Impressum:

Regina Maria
c/o 4H DIGITAL
Lars Hütz
Fischerstr. 49, 40477 Düsseldorf

Kontakt: reginamaria-roman@web.de

Wenn Liebe ein Herz heilt
REGINA MARIA

Namen und Beschreibungen, der in diesem Buch erwähnten Personen, sind frei erfunden und haben keinen Bezug zur Realität.

PROLOG

Ich bin Marie und ich habe schon einige Jahre meines Lebens hinter mir. Ich bin mir ziemlich sicher, ich habe schon mehr hinter mir als noch vor mir.
Ohne hellseherische Fähigkeiten zu haben, kann man das wohl sagen, wenn man um die fünfzig ist.
Irgendwie scheine ich mein Leben nicht in den Griff zu bekommen, weil ich das Gefühl habe, dass alle um mich herum ihren Platz und ihr Zuhause gefunden haben, nur ich nicht.
Aber ich glaube, zu solchen Gedanken neigt man immer nur dann, wenn man sich von Selbstmitleid überwältigen lässt, das ein Ausmaß annimmt, das Realitäten verschleiert und den objektiven und klaren Blick verstellt. Natürlich haben auch die anderen um mich herum ihre Nöte und Probleme. Und ich bin eigentlich auch kein jammernder Mensch. Aber ich habe vor einiger Zeit mein Fundament verloren, auf das ich in meinem Leben immer großen Wert gelegt habe.
Seitdem bin ich aus dem Gleichgewicht geraten und finde einfach nicht mehr in mein stabiles Gleichgewicht zurück.
Das hat leider zur Folge, dass ich seit über drei Jahren das Leben manchmal viel negativer sehe, als es vielleicht eigentlich ist, und das liegt vor allem daran, dass ich mir selbst nicht mehr vertraue.
Dadurch fehlen mir der positive Glaube, die Lust, die Spontaneität und die Neugier auf das Leben, das jeden Tag neu auf uns wartet.
Ich traue mich einfach nicht mehr mit voller Kraft voraus auf das offene Meer des Lebens.

Und das nur, weil ich bei einer Kleinigkeit zu übermütig war und nicht auf meine inneren Teamkollegen gehört habe. Vielleicht war ich auch zu unwissend und habe es nicht für möglich gehalten, dass mir etwas passieren könnte, das mein ganzes Fundament ins Wanken bringt.

Jetzt bin ich schlauer. Es war die lächerliche Kleinigkeit einer Begegnung mit einem Menschen, die mein Team und mich aus der Bahn geworfen hat. Ganz langsam, fast zwei Jahre lang. Wir haben es gemerkt, aber wir haben nicht genug gekämpft und uns an der Nase herumführen lassen.

Ich glaube, so war es.

Ich bin mir immer noch nicht ganz sicher. Ich habe diese Sache nie wirklich aufgeklärt. Sie bleibt ein ungelöster Fall in meinem persönlichen XY-ungelöst-Aktenschrank. Es ist die einzige Akte in diesem Schrank, und ich würde immer noch alles dafür tun, damit sie aufgeklärt wird und ich dadurch mein Team wieder finde. Denn das eine gehört zum anderen wie der Tag zur Nacht.

Mit dieser kleinen Begegnung begann sich etwas zu verändern. Es hat mich verändert.

Vorher hatte ich ein ganz normales Leben, würde ich sagen. Ich hatte einen Beruf erlernt, der mir auch heute noch Spaß macht. Ich hatte einen Mann, mit dem ich ein Haus gebaut und zwei Kinder geboren habe.

Dann hatte ich eine Scheidung. Zog mit den Kindern aus unserem Haus aus und hatte irgendwann darauf eine neue Beziehung. Ich suchte mir eine Arbeit und hatte das Glück, dass ich meinen Job immer weiter ausbauen konnte, je älter die Kinder wurden. Ich versuchte, ihnen die bestmögliche Mutter zu sein, auch wenn ich diesen Titel gar nicht mehr für mich beanspruchen konnte, weil ich mit ihnen gegangen war und ihnen damit das Privileg einer heilen Familie genommen hatte.

Das ist sicher ein wunder Punkt in meinem Leben, den ich mitnehmen werde, wenn ich für immer gehe.

Aber ich muss sagen, je älter die Kinder wurden und je mehr ich merkte, dass es ihnen nicht geschadet hat, desto besser konnte ich damit umgehen.

Eine meiner Töchter hat mir kürzlich sogar gesagt, dass sie langsam versteht, dass ihr Vater und ich nicht zusammenbleiben konnten. Weil wir so verschieden sind.
Ich habe mit den Kindern alleine gelebt. Nach ein paar Jahren sind wir mit dem neuen Mann an meiner Seite zusammengezogen. Nach kurzer Zeit wieder auseinander, weil es beim besten Willen nicht funktioniert hat. Die Beziehung war ein paar Mal zu Ende und fing wieder neu an.
Dann wurden die Kinder älter und gingen ihre eigenen Wege.
Irgendwann war auch diese Partnerschaft endgültig vorbei, als ich endlich den Mut hatte zu gehen.
So vergingen insgesamt fast fünfzehn Jahre.
Dann war dieser Mann weg und mit ihm das gemietete Haus und meine Lebensplanung.
Ich fing von vorne an. Das war vor vier Jahren.

In all diesen Jahren und den Jahren davor habe ich mir immer vertraut. Ich habe an meine Entscheidungen geglaubt, war bereit, die Konsequenzen zu tragen und war mir sicher, dass mein Team und ich die richtigen Entscheidungen getroffen hatten.
Auch bei den großen Entscheidungen in meinem Leben, die auch die Kinder betrafen, bin ich so vorgegangen. Es gab Entscheidungen, die waren sofort sonnenklar. Andere mussten reifen und brauchten Zeit.
Weil ich nicht wankelmütig bin und Beständigkeit für mich einen hohen Wert hat. Denn ich entscheide nie heute so und morgen anders.
Wenn ich mich einmal für etwas entschieden hatte, dann war die Entscheidung gefallen und ich habe mich daran gehalten.
Nach dem Umzug und der Trennung wollte ich mich neu aufstellen. Eine Wohnung suchen und mich neu orientieren.

All das wollte ich mit gutem Willen tun, denn ich wusste, dass alles, was kommen würde, besser sein würde als das, was war.
Ich war erst zwei, drei Monate auf diesem neuen Kurs ins offene Meer des Lebens unterwegs, als mir diese lächerliche Kleinigkeit passierte, die mein inneres nautisches System völlig aus dem Gleichgewicht brachte. Bis heute lässt es sich nicht auf die Parameter zurückstellen, die ich in langen Jahren mühsamer Feinabstimmung eingestellt hatte.
Ich lernte Philip kennen.
Einfach so.
Ohne Vorwarnung.
Jetzt unterteile ich die Zeit in eine vor und eine nach Philip.
Seine Stimme und sein Lachen haben mich von der ersten Sekunde an verzaubert. Ich verliebe mich eigentlich nicht so schnell und weiß genau, was ein Mann haben muss, damit ich mich zu ihm hingezogen fühle. Philip hatte alles. Wir sind uns über den Weg gelaufen und haben einen ganzen Abend geredet wie alte Freunde. Ich war traurig, als er ging, und überlegte, wie ich wieder Kontakt mit ihm aufnehmen könnte, und noch bevor ich mit dem Plan beginnen konnte, den ich mir zu diesem Zweck ausgedacht hatte, meldete sich Philip bei mir.

... ich freue mich, dich kennenzulernen...
war eine seiner ersten Nachrichten.

Alles war so vielversprechend. Ich war überwältigt von dem Gedanken, einen Mann kennengelernt zu haben, der in meinen Augen perfekt war und der mich anscheinend auch mochte, sonst hätte er ja nicht schon am Tag nach unserer Begegnung den Kontakt zu mir gesucht.
War das so fatal von mir?

Wir schrieben uns Nachrichten und er machte mir Komplimente. Er rief mich oft an, denn er war viel mit dem Auto unterwegs und, wie er sagte, beruflich ein vielbeschäftigter Mann.
Das gefiel mir, denn ich war vorher viele Jahre mit jemandem zusammen, der keine Lust auf seine Arbeit hatte, keine Überstunden machte und in dessen Firma es keine Rolle spielte, ob er am Arbeitsplatz anwesend war oder nicht, und diese Einstellung war so gegensätzlich zu meiner wie Feuer und Wasser.
Dann planten wir unsere erste Verabredung zum Essen.
Aber dazu kam es nicht.
Auch nicht in den zwei Jahren, die auf den Tag unseres Kennenlernens folgten.
Dafür trafen wir uns irgendwann kurzfristig bei mir in meiner Wohnung. Zu diesem Zeitpunkt war sie noch nicht mal richtig eingerichtet, denn ich hatte sie gerade erst gemietet und stand erst am Anfang umfangreicher Renovierungsarbeiten. Wir haben Kaffee getrunken und uns unterhalten. Es war wunderbar, genau wie an dem Abend, an dem wir uns das erste Mal trafen.
Ich konnte es kaum glauben, zum Abschied an diesem Abend küsste er mich.
Nach einiger Zeit kam er wieder und wir schliefen miteinander.
Ich ließ es immer wieder zu.
Er hat mich irgendwie vereinnahmt. Meinen Körper und meinen Geist, mein Herz und meine Seele.
Aber sonst passierte nichts.
Ein paar Nachrichten. Eine kurze Verabredung bei mir zu Hause. Wir schliefen miteinander.
Immer wieder ...

Ich dachte natürlich, dass sich mit der Zeit mehr daraus entwickeln würde. Obwohl mein Team und ich schnell merkten, dass etwas nicht stimmte, gaben wir ihm immer wieder eine Chance. Als mich sein Verhalten immer mehr

bedrückte und ich immer trauriger und verletzter wurde, aber immer noch so weitermachte, verabschiedeten sich meine Teamkollegen von mir.
Ich glaube, weil ich nicht auf sie gehört habe, mich immer weiter habe verletzen lassen und den Mann, der mir das angetan hat, nicht zur Rede gestellt habe.
Ich hätte ihn so was von gerne zur Rede gestellt, aber er hat mir signalisiert, dass er nicht reden will. Also habe ich es gelassen und mich weiter verletzen lassen.
Kann man von mangelnder Wertschätzung sprechen, wenn ein Kontakt über lange Zeit nur aus ein paar Nachrichten, ein paar Telefonaten und kurzen Treffen in meiner Wohnung besteht?
Er hat mir doch nichts zuleide getan.
Ich wollte, dass er mich besucht.
Ich hätte nur sagen müssen, wenn er das nächste Mal kurzfristig ein Treffen ankündigt, dass ich unter diesen Umständen und aufgrund seines merkwürdigen Verhaltens und Schweigens nicht mehr zur Verfügung stehe.
Aus.

Wie charakterlos war ich eigentlich?
Erbärmlich!
Ich war mir selbst gegenüber charakterlos. Weil ich meine Grenzen immer weiter hinausgeschoben habe.
Jämmerlich! Das ist wohl ein klassischer Fall von *Shifting Baselines*. (…ist es möglich, dass uns selbst schwerwiegende Verfehlungen als Anpassungen erscheinen…)
Und das Schlimmste war, ich hätte vorher nie gedacht, ich würde so sein. Ich war bei vollem Bewusstsein so charakterlos und erfand Gründe, um es zu rechtfertigen.
Das ist noch erbärmlicher!
Kein Wunder, dass sich mein gesunder Menschenverstand und mein Bauchgefühl verpisst haben.
Ich wünschte, ich wäre Philip nie begegnet.

Dann wäre ich mir selbst gegenüber nicht so charakterlos geworden.
Dann wäre ich nicht so tief verletzt worden und meine Teamkollegen wären noch bei mir.
Dann wäre ich noch der Mensch, der ich vor Philip war und hätte jetzt keine Angst vor den kleinen Dingen des Lebens.
Natürlich ist das hier nur die grobe Zusammenfassung meiner Zeit mit ihm. Was in der ganzen Zeit mit ihm passiert ist, ist eine andere Geschichte.
Auf dieses Gerüst greife ich immer dann zurück, wenn ich vergessen habe, warum ich nicht mehr so frei und offen durch die Welt gehe, wie ich es noch vor einigen Jahren getan habe, obwohl auch da nicht immer alles eitel Sonnenschein war.
Ich war immer mutig und freundlich, trotz allem.

Jetzt bin ich ängstlich und verschlossen, und damit ganz das Gegenteil von dem eigentlichen mir selbst.
Diese Philip-Geschichte endete, als ich gesundheitliche Probleme bekam und mir endlich eingestehen musste, dass mein Herz aus dem gleichen Grund schon lange krank war. Mein Körper hat irgendwann reagiert, weil ich den Herzschmerz anscheinend nicht ernst nehmen wollte.
Ich glaube, ich wollte auch meine Charakterlosigkeit nicht mehr wahrhaben.
Um ehrlich zu sein, muss ich noch gestehen, dass ich in dieser Zeit ganz zufällig auf etwas gestoßen bin, das vielleicht Philips seltsames Verhalten erklären könnte.
Ich habe bis heute keine Beweise dafür, aber wenn ich daran denke, dass es so sein könnte, schaudert es mich immer noch.
Und wenn es so gewesen wäre, dann hätte ich keine Chance auf Veränderung und ehrliche Empathie gehabt.
Also war es auch aus dieser Sicht das Beste, es zu beenden.

Denn wenn das, was ich herausgefunden hatte, auch die Wahrheit über Philip wäre, dann hätte er Charakterzüge, mit denen er andere Menschen manipuliert und ausnutzt.
Ich habe herausgefunden, dass Menschen, die von Menschen mit solchen Charakterzügen vereinnahmt werden, seelisch zerbrechen können.
Allein der Gedanke, dass es wahr sein könnte und ich einer dieser Menschen sein könnte, half mir, eine Entscheidung zu treffen, die mich vielleicht rettete.
Vielleicht.
Vielleicht habe ich aber auch jemandem Unrecht getan, weil ich etwas geglaubt habe, was ich nicht beweisen konnte, nur weil er nicht gesprochen hat.
Vielleicht.
Aber sicher ist, dass ich mich gegen den Menschen entschieden habe, den ich tief in mein Herz gelassen hatte.
Sich mehr oder weniger freiwillig gegen jemanden zu entscheiden, den man tief in sein Herz gelassen hat, ist wohl eine der schwersten Entscheidungen, die man treffen muss. Und sie ist deshalb so schwer, weil die Person, die einen zwingt, sich gegen diese Person zu entscheiden, dieselbe Person ist, die diese Person eigentlich für immer bei sich behalten möchte.

Eins

Ich berühre das Display meines iPhones, das neben mir auf der Matratze liegt. Meine Befürchtung, dass es noch zu früh zum Aufstehen ist, bestätigt sich. Es ist halb vier. Mitten in der Nacht. Wieder kann ich nicht durchschlafen, obwohl ich noch bis kurz vor Mitternacht gelesen habe.

Knapp vier Stunden nur heute. Es gibt selten eine Nacht, in der ich durchschlafe. Ich wünschte, ich könnte es wieder, aber mit diesem Problem bin ich wohl nicht allein. Unzählige Menschen schlafen aus unzähligen Gründen nicht. Jeder hat seine eigenen Gründe.

Ich glaube sogar, heute bin ich schon länger wach, als ich es denke, denn ich erinnere mich, dass ich mich schon eine ganze Weile unruhig hin und her bewege und es mir vorkommt, als würde ich mir selbst dabei zusehen.

Ich muss auf die Toilette. Natürlich. Ist so, wenn man in dieses Alter kommt. Dann muss man ständig auf die Toilette und schon vor einer längeren Autofahrt macht man sich Gedanken, wie viel man vor der Fahrt getrunken hat und wie lange man das durchhält, bis man anhalten muss. Es gibt Dinge, da hat man keine Wahl. Ob du willst oder nicht, du musst.

Ich bin versucht, das Licht oder das E-Book oder das Handy anzuschalten, als ich aus dem Bad komme, aber das mache ich nicht.

Ich kuschle mich wieder in die Bettdecke zurück und lege mich in meine Lieblingsposition.

Vielleicht klappt es ja und ich schlafe wieder ein. Ich muss, denn etwas mehr als drei Stunden Schlaf sind viel zu wenig. Einmal nur drei Stunden, das wäre kein Problem, aber ich bin ein Wiederholungstäter. Das hält man nicht lange durch. Meistens sehen es andere einem Körper früher an, als derjenige, dem dieser Körper gehört, es selbst merkt. Und meistens sagt dir niemand, wenn du dunkle Ringe unter den Augen hast oder scheiße aussiehst.

Und niemand sagt dir, wenn du dich in deinem Wesen veränderst oder ständig gereizt bist, weil du zu wenig schläfst und dir stattdessen den Kopf zerbrichst. Immer wieder über das gleiche Thema.
Mein gesunder Menschenverstand sagt mir, dass ich das Licht, das Handy und das E-Book auslassen und versuchen sollte, wieder einzuschlafen.
Mein gesunder Menschenverstand... Ich lache kurz, stumm und sarkastisch in mich hinein. Dass ich es überhaupt wage, von meinem gesunden Menschenverstand zu sprechen...
Habe ich den nicht vor etwa drei Jahren verloren, als ich ihn so lange und so vehement ignoriert habe, dass ich jetzt noch dafür bezahlen muss?
Bis dahin hatten wir uns so gut verstanden. Wir waren ein Herz und eine Seele. Wir hatten viel dafür getan, dass wir uns so nahe waren, und das war gut so.
Die Menschen um mich herum haben davon profitiert. Wir waren ein gutes Team. Mein gesunder Menschenverstand und ich.
Und wir hatten uns noch einen weiteren Kumpel ins Team geholt, der im Laufe der gemeinsamen Jahre aus unserer Verbindung gewachsen war. Das ging nicht so schnell.
Er hatte sich uns langsam angeschlossen, und als wir viel Zeit mit ihm verbracht hatten und wir beide ihm vertrauten, fragten wir ihn, ob er mit uns ein Team bilden wollte. Er hatte zugesagt und seitdem sind wir zusammen.
Der gesunde Menschenverstand, mein Bauchgefühl und ich.
Viele Jahrzehnte lang. Wir wuchsen immer mehr zusammen. Es war schön. Wir waren uns fast immer einig. Auch wenn es manchmal etwas gedauert hat und wir den einen oder anderen im Team erst überzeugen mussten. Aber am Ende hat es immer geklappt.

Daraus ergab sich eine Quintessenz, die Johann Wolfgang von Goethe in neun Worte fasste:
Sobald du dir vertraust, sobald weißt du zu leben.

Ich fand diese Zeilen irgendwann vor fast zwei Jahrzehnten in einem alten Einrichtungskatalog. Als ich sie zum ersten Mal gelesen hatte, war ich in sie verliebt. Denn sie drückten nach meiner Überzeugung alles aus, woran ich glaubte und wofür ich mit meinem Team einstand.
Das Bild, das diesem Goethe-Zitat beigefügt war, manifestierte den Satz und vervielfachte seine Aussagekraft für mich unendlich. Es war die Nahaufnahme eines lächelnden weiblichen Mundes mit geschlossenen Lippen, in dessen linker Ecke eine kleine Margeritenblume steckte.
Das Bild und die Worte ergaben für mich eine glaubwürdige Darstellung eines glücklichen Daseins, wenn man sich selbst vertrauen kann.
Mit meinem Team war mir das auch irgendwie gelungen. Wir haben jeden Tag daran gearbeitet. Es war ein gutes Gefühl, Teil dieses Teams zu sein, es an meiner Seite zu wissen und jeden Tag darauf zurückgreifen zu können. Das war schön.
Manchmal brauchte ich weder den einen noch den anderen.
Manchmal den gesunden Menschenverstand.
Manchmal mein Bauchgefühl.
Manchmal beides.
Wir waren immer zusammen und es waren immer alle da, auch wenn ich niemanden brauchte.
Zu wissen, dass wer da ist, auch wenn man ihn nicht braucht, aber wer da wäre, das ist richtig viel wert!
Ich muss wieder eingeschlafen sein, denn es ist kurz vor halb sieben, als ich wieder aufwache.
Es ist wie jeden Tag, seit mir das passiert ist, im Spätherbst vor über drei Jahren, dass meine Gedanken von

der ersten Sekunde an, in der ich aufwache, immer um das Gleiche kreisen. Jeden Morgen und fast jede weitere Sekunde eines jeden Tages. Seit mehr als drei Jahren. Und ich kann es nicht abschalten.
Es ist wie der Blick aus einem Fenster. Wenn man die Jalousien hochzieht, sieht man immer das gleiche Bild.
Sobald mein Geist aufwacht, habe ich immer denselben Gedanken, Philip, und egal, wohin ich schaue oder woran ich denke, er ist überall.

Ich habe Philip zufällig bei der Arbeit kennen gelernt. Er gehörte zum Verkaufsteam eines Lieferanten. Ich traf ihn zufällig bei einem Termin. Es war eine dieser Kleinigkeiten, die mir schon tausendmal passiert waren, jeden Tag eigentlich, und ich hatte überhaupt kein Problem damit. Ich lernte ständig Leute kennen, beruflich und privat. Es machte mir Spaß.
Ich war neugierig und mutig und irgendwie auch fröhlich.
Zusammen mit meinem Team war Menschen Kennenlernen, eigentlich sogar mein Hobby. Ich war empathisch und selbstbewusst. Manchmal beneideten mich andere um meine Gabe, auf Menschen zugehen zu können. Für jemanden, der schüchtern und vorsichtig ist, muss es eine große Überwindung und Anstrengung sein, auf andere zuzugehen, sie anzusprechen oder spontan ein gutes Gespräch aus dem Hut zu zaubern.
Bei mir war das nicht so.
Dafür habe ich andere Schwächen.
Es war also eine Kleinigkeit, die mein Leben verändert hat. Ich hatte damals wirklich keine Ahnung. Sonst hätte ich dieser belanglosen, selbstverständlichen, alltäglichen, unbedeutenden, für mich normalen Kleinigkeit eine andere Aufmerksamkeit geschenkt und vielleicht hätte mich diese Kleinigkeit nicht dahin gebracht, wo ich jetzt bin. Also mental gesehen.
Das konnte ich damals nicht wissen. Und die Kleinigkeit der Begegnung ist ehrlich gesagt auch nicht der Grund für

meinen Zustand, sondern das, was danach passiert ist. Meine Teamkollegen haben alles versucht, um mich zu warnen und haben sich die größte Mühe gegeben, mich immer wieder darauf aufmerksam zu machen, was aus dieser lächerlichen, alltäglichen Kleinigkeit einer Begegnung mit diesem Mann im Laufe der Zeit geworden ist, aber ich habe mein Team verleugnet.

Oft. Lange. Ich dachte, ich brauche sie nicht. Ich dachte, sie irren sich. Ich dachte, sie verstehen mich nicht und wissen nicht, was gut für mich ist.

Ich habe mich geirrt.

Seitdem sind meine Teamkollegen so gekränkt, dass sie sich in die hinterste Ecke meines Ichs verzogen haben.

Ich weiß nicht, wo das ist, ich kann sie nicht finden.

Wie oft habe ich sie gebeten, zu mir zurückzukommen. Ich brauche sie.

Aber sie zeigen sich nicht.

Sie sind immer noch sauer.

Und ich kann sie sogar verstehen.

Die Kleinigkeit, die der Auslöser für das Alles war, die gibt es in meinem Leben nicht mehr. Ich habe sie eliminiert.

Also Philip.

Ich habe ihn natürlich nicht umgebracht, obwohl es Momente gab, in denen ich es gerne getan hätte.

Mit eliminiert meine ich, er ist nicht mehr Teil meines Lebens.

Ich habe keinen Kontakt mehr mit ihm. Und doch ist er seitdem fast mehr Teil meines Lebens als zu der Zeit, als er noch da war.

Er geht mir einfach nicht aus dem Kopf. Und noch weniger geht mir die Frage aus dem Kopf, wie das alles mit ihm passieren konnte.

Leider ist der Rest meines Teams nicht da, um mir zu helfen.

Manchmal erzähle ich mir das in stillen Gedanken, um mich daran zu erinnern, warum ich in diesem Zustand bin.

Gerade mache ich es, während ich aufstehe und im Bad die Dusche anstelle.

Es ist Samstag und ich habe frei. Manchmal arbeite ich auch samstags, aber nicht so oft. Aber ich habe mir einen Nebenjob gesucht, weil ich so wenig Zeit wie möglich alleine verbringen möchte, ohne etwas zu tun zu haben. Das tut mir nicht gut. Und das liegt nicht an der grundsätzlichen Tatsache, dass ich Single bin.
Ich habe eine gar nicht so schlechte Wohnung und einen ganz guten Job. Ich habe keine Geldsorgen und ich habe zwei Kinder. Sie sind erwachsen und haben sich zu guten Menschen entwickelt. Ich hoffe, ich kann sagen, dass ich dazu beigetragen habe. Sie wohnen in meiner Nähe und wir kümmern uns die meiste Zeit umeinander. Das ist sehr schön.

Die vier Stunden Schlaf, die ich mir noch gönnen durfte, haben mir gutgetan und die warme Dusche macht mich fit für den Tag. Ich habe seit kurzem eine Alexa in meinem Badezimmer, das ist perfekt. Warum habe ich das nicht schon viel früher gemacht? Ich sage ihr, welche Musik ich hören möchte, und schon spielt sie.
Heute Morgen habe ich mir die Toten Hosen ausgesucht, und jetzt singe ich gerade so laut, wie man in einem Mietshaus morgens um kurz vor sieben singen kann:
... und alles nur, weil ich dich liebe und nicht weiß, wie ich es beweisen soll, komm ich zeig dir, wie groß meine Liebe ist und bring mich für dich um ...

Paradoxerweise denke ich dabei nicht einmal an Philip. Ich mag das Lied einfach, weil es so schöne Harmonien und einen ehrlichen Text hat.
Nach einem Kaffee mache ich mich gleich auf den Weg zu einem Bekannten. Er hat einen kleinen Handwerksbetrieb und ich habe ihm vor ein paar Wochen versprochen, ihm im Büro zu helfen. Für eine fest angestellte Bürokraft ist es zu wenig und für ihn allein zu viel Büroarbeit.

Das hat er mir neulich erzählt und ich dachte, das wäre doch eine tolle Aufgabe für mich. Mein Tag hat noch zu viele Stunden, in denen ich allein bin.
Das muss ich noch verbessern, und für eine Herausforderung bin ich immer zu haben. Gott sei Dank habe ich mir das bewahrt.
Als ich die Wohnungstür schließe, schaue ich auf meine Smartwatch. Perfekt in der Zeit, es ist kurz nach acht.

»Guten Morgen, Marie. Schon so früh auf?«
Da ich niemanden sehe, drehe ich mich einmal im Kreis, bevor ich bemerke, dass sich die Tür des Gartenhäuschens meines Nachbarn leicht öffnet und eine Sekunde später sein Kopf durch den Spalt lugt.
»Guten Morgen, Rudi. Na klar, der frühe Vogel ..., kennst du den?«
»Klar, den kenne ich gut. Musst du heute ins Büro?«
»Sonderauftrag. Hab einen schönen Tag.«
Ich habe ihm nicht gesagt, wo ich hinwollte, aber ich habe ihn auch nicht angelogen. Noch während ich ihm einen schönen Tag wünsche, biege ich um die Ecke und höre, wie er mir nachruft. »Den wünsche ich dir auch.«
Vor dem Haus steht mein Lieblingsauto, auch nach sieben Jahren noch. Manchmal überlege ich, ob ich es verkaufen soll oder muss, damit der Wertverlust nicht so groß ist, aber ich hänge an ihm und wüsste auch nicht, wodurch ich es ersetzen sollte. Das ist einer der Werte, nach denen ich lebe und die mir wichtig sind: Beständigkeit.

Ich fahre nur ein paar Minuten ins Nachbardorf zu Martins Büro und frage mich währenddessen, was er heute wohl für mich zu tun haben wird. Als er mich vor zwei Tagen anrief, sprach er von viel Arbeit.
Mir soll's recht sein.

... Als ich Philip zum ersten Mal sah, hatte er mich, glaube ich, schon in seinen Bann gezogen.
Eine kleine Begegnung, die eine Wirkung hatte, die ich nie vermutet hätte...

»Hey, du bist ja schon fleißig, Moin Martin«. Es riecht nach Kaffee und der Bildschirm an meinem Arbeitsplatz ist bereits eingeschaltet.
»Guten Morgen, Marie. Ich habe schon ein paar Vorbereitungen getroffen, so dass wir gleich loslegen können. Möchtest du einen Kaffee?«, begrüßt er mich.
»Sehr gerne«, gestehe ich und hänge meine Jacke über die Lehne des Bürostuhls.
Eigentlich kenne ich Martin gar nicht so gut. Früher dachte ich immer, er sei ein stiller, introvertierter, vielleicht etwas langweiliger Mensch, aber da habe ich mich geirrt. Je länger und besser ich ihn kennenlerne, desto mehr entpuppt er sich als toller Typ.
Er ist Chef eines Familienunternehmens, verheiratet, in meinem Alter und hat Kinder. Diesen kleinen Nebenjob verdanke ich einem glücklichen Zufall, denn wir haben uns vor ein paar Monaten auf der Party einer Freundin kennen gelernt.
Ich glaube, das ist die erste Kleinigkeit seit damals, die ich ohne mein Team mache. Aber ich bin mir sicher, dass ich es nur deshalb zulasse, weil es nicht um Gefühle geht, sondern um Arbeit.
Wir haben bis Mittag zu tun. Dann fahren wir unsere Computer herunter, und er schiebt mir einen Umschlag über den Schreibtisch und sagt: »Danke«.
»Ich bringe noch die Rechnungen zur Post, okay?«, frage ich ihn.
»Das wäre echt klasse.«
Der Umschlag verschwindet schnell in meiner Handtasche, denn diese Art der Bezahlung ist mir immer etwas peinlich.

Ich helfe ihm nicht wegen des Geldes, sondern weil ich nicht zu lange allein sein will, denn dann komme ich auf dumme Gedanken und der Zenit dieser Gedanken ist immer Philip.
»Ruf mich nächste Woche an, wenn ich wieder kommen soll. Ich kann auch mal abends kommen, wenn du mich brauchst. Viele Grüße zu Hause und ein schönes Wochenende.«
Ich kenne seine Familie nur flüchtig, aber es ist selbstverständlich, sie mit einzubeziehen. Dann nehme ich meine Jacke und Tasche und verabschiede mich. »Vielen Dank, Martin, und bis bald.«
»Gerne, ich bin froh, dass du mir geholfen hast. Bis nächste Woche, Marie.«

Ich werde jetzt einkaufen gehen, dann die Wohnung putzen und es mir anschließend vor dem Fernseher gemütlich machen. Dann ist das halbe Wochenende schon vorbei.

... Als ich Philip das erste Mal lachen hörte, schmolz ich dahin. Dabei ist es doch eine Kleinigkeit, wenn jemand lacht ...

Es ist definitiv die falsche Zeit zum Einkaufen, das wird mir klar, als ich auf den Parkplatz des Supermarktes fahre. Es ist so voll, dass ich durch mehrere Reihen fahren muss, bis ich endlich einen freien Platz finde. Aber was soll's, jetzt bin ich schon mal da und ziehe es durch. Die Situation auf dem Parkplatz spiegelt sich im Laden wider. Es ist mega voll. Aber für die paar Teile, die ich brauche, halte ich es aus. Auf einen Einkaufskorb habe ich verzichtet, ich nehme meinen großen Jutebeutel und schleiche damit möglichst unsichtbar durch die Gänge. Hoffentlich treffe ich niemanden, den ich kenne.

Und hoffentlich spricht mich niemand an, denn das bringt mich neuerdings aus der Fassung.
Früher habe ich selbst immer Leute angesprochen, und man glaubt gar nicht, wie viel Gesprächsstoff zum Beispiel eine Reihe von verschiedenen Olivengläsern in einem Supermarktregal bietet, wenn man zufällig mit einem Fremden davorsteht und seine Gedanken, welche Sorte man kaufen soll, einfach mal laut ausspricht. So war ich immer. Bei allen möglichen Gelegenheiten, und ich fand es schön. Wenn man freundlich zu seinen Mitmenschen ist, bekommt man auch Freundlichkeit zurück. Diese Erfahrung habe ich immer gemacht und sie hat mich bestärkt, damit nicht aufzuhören.
Heute versuche ich, unauffällig und unsichtbar durch den Alltag zu huschen und so schnell wie möglich wieder nach Hause zu kommen. Außer in meinen eigenen vier Wänden fühle ich mich nur in vertrauter Umgebung wohl. Bei meiner Familie, meinen Freunden und im Büro. Die Welt da draußen ermüdet mich, weil es wegen der Scham über die Demütigungen durch Philip so anstrengend geworden ist, Starksein vorzugaukeln, auch deshalb meide ich jetzt lieber das Haifischbecken des Lebens. Und dabei geht es nur darum, mich selbst zu schützen, ich glaube, das kann man mir nicht vorwerfen oder verübeln.

So, ich glaube, ich habe alles, was ich brauche, und mache mich auf den Weg zur Kasse. Die Schlangen davor sehe ich schon von weitem. Das wird eine Situation, in der ich mich nicht einfach unsichtbar durchschlängeln kann. Schon bei diesem Gedanken gerate ich in Stress und überlege, wie ich dem entkommen kann. Ich entscheide mich spontan, erst einmal links abzubiegen und bleibe vor einem großen Papregal stehen, das bestimmt über einen Meter breit und höher ist als ich. Es ist von oben bis unten mit den verschiedensten Geschmacksrichtungen einer angesagten Schokoladenmarke bestückt.

Auf dem Schild darüber steht in großen Buchstaben *Wochenendknüller*.

Der Preis ist wirklich super und meine Kaufentscheidung steht fest. Aber welche Sorte? Ich fange in der obersten Reihe an und überlege, welche Geschmacksrichtungen infrage kommen.

Neben mir nehme ich in dieser Sekunde einen Körper wahr, aber ich schaue nicht hin, sondern konzentriere mich weiter auf die Schokoladensorten.

»Da weiß man ja gar nicht, was man nehmen soll. Das ist alles so lecker. Ich kann mich beim besten Willen nicht entscheiden.«

Der Körper neben mir spricht.

Es ist eine Männerstimme. Ruhig und tief.

Der Klang ist warm, und obwohl es nur gesprochene Gedanken sind, glaube ich, einen gewissen Intellekt zu hören, weshalb meine Augen die Schokoladenreihe, in der ich mich gerade befand, verlassen und einen Blick nach rechts riskieren. Aber ohne aufzuschauen. Ich sehe weiße Sneaker und Beine in dunkelblauen Chinohosen. Anscheinend reicht diese Bestandsaufnahme, denn ich will etwas sagen.

»Ja, schlimm, oder? Ich bin gerade auch überhaupt nicht entscheidungsfreudig. Am besten, man sollte es einfach ganz lassen.«

»Wahrscheinlich ja. Aber manchmal braucht man einfach ein Stück Schokolade und dann ist es gut, wenn man welche im Haus hat.«

Das klingt so vertrauensvoll, und obwohl es nur um Schokolade geht, glaube ich zu wissen, was er meint. Jetzt muss ich ihn ansehen, um die Bestätigung zu bekommen, dass ich mit meiner Vermutung richtig liege. Ich hebe den Kopf und schaue ihn an. Er ist viel größer als ich. Das Männeroberteil zu den Sneakern und der Chino blickt auf mich herab und scheint auf meine Zustimmung oder meinen Widerspruch zu seiner letzten Aussage zu warten.

In einer Sekunde entscheide ich mich für die Fortsetzung unseres Schokoladengesprächs und gegen eine kurze, gefühllose Verabschiedung.
Sein Satz, dass man manchmal Schokolade brauche, hat für mich etwas Ehrliches, denn die meisten Menschen leugnen doch lieber, dass sie Schokolade essen, weil sie ungesund ist und dick macht.
»Das stimmt. Man weiß nie, wann man mal ein Stück Schokolade braucht«, sage ich etwas gedankenverloren.
Er schaut mich an und lächelt. Er trägt ein weißes T-Shirt. Auf der Brust steht in blauen Buchstaben *hugo*. Nicht groß und aufdringlich, sondern schlicht und zurückhaltend.
Sein braunes, volles Haar ist kurz geschnitten, und um sein Kinn trägt er einen Schatten, der einem Bartansatz eines Montagmorgens gleichkommt, wenn Mann sich das ganze Wochenende nicht rasiert hat. Aber es ist Samstag und nicht Montag, also denke ich, dass dieser Dreitagebart genauso gewollt ist. Ich mag ihn, also den Bart.
»Und, welche nehmen wir?«, fragt er plötzlich forsch und selbstbewusst.
Wie kann das sein, dass ich Lust habe, mitzumachen? Überrascht antworte ich etwas schüchtern. »Ich mag Trauben-Nuss mit Rum.«
»Bingo! Perfekt. Ich auch. Die nehmen wir.«
Er nimmt zwei aus dem Regal, gibt mir eine und legt die andere in seinen Einkaufskorb.
»Weiter, bitte! «fordert er mich auf.
»Noch eine? «frage ich vorsichtig.
»Natürlich. Ist ja schließlich im Angebot. Wir könnten den Schokoladenjahresbedarf kaufen.«
Ich muss automatisch lachen, weil er so schlagfertig ist und ich ihn witzig finde.
»Ach, das ist keine gute Idee. Ich kenne mich, was ich als Jahresbedarf kaufen würde, würde bei einer halbjährlichen Schokoladeninventur sicher einen ernüchternden Bestand aufweisen.«

Jetzt lacht er. »Okay. Ist ein Argument. Könnte bei mir auch so sein. Für wie viele entscheiden wir uns?«

Er stellt diese Frage so selbstverständlich, als gehöre sie zum Gespräch eines Paares beim gemeinsamen Lebensmitteleinkauf. Dabei sind wir nur Fremde und stehen erst seit einer läppischen Minute zusammen vor einem Supermarktregal.

Ich lasse meinen Blick noch einmal über das Regal schweifen und überlege, wie viele es wohl sein könnten. Dann merke ich, dass es so viele Geschmacksrichtungen gibt, die ich mag, es wären viel zu viele, wenn ich von jeder eine Tafel nehmen würde. Ich weiß nicht warum, aber plötzlich sage ich: »Vier«.

Er sagt genau in derselben Sekunde. »Fünf.«

Wir lachen beide, und ich verschwende den Hauch eines Augenblicks, um mir einzugestehen, dass ich mich gut fühle. Dann muss ich meine Aufmerksamkeit wieder meinem Schokoladenverbündeten widmen.

»Und jetzt?«, frage ich theatralisch, als ob es sich um eine bedeutsame Unstimmigkeit handeln würde, die die Drehung der Erde verändert.

»Wir machen Schnick Schnack Schnuck«, entscheidet er.

»Wenn ich gewinne, nehmen wir fünf. Wenn du gewinnst, nehmen wir vier. Okay?«

Während er das erklärt, hat er seine rechte Hand schon hinter dem Rücken. Ich habe keine Ahnung, ob in der Zwischenzeit jemand an das Schokoladenregal will, denn seit einiger Zeit nehmen wir den Platz vor ihm so dominant ein, als würde er uns gehören.

Aber eigentlich ist es mir auch egal und ihm anscheinend auch.

Das Spiel beginnt.

Er Schere. Ich Brunnen.
Er Schere. Ich Papier.
Er Schere. Ich Papier.

»Gewonnen«, sagt er leise, fast zärtlich, ohne Arroganz oder Überheblichkeit.
»Also fünf. Welche darf ich dir geben?«
Wie aus der Pistole geschossen schleudere ich ihm eine Liste meiner Lieblingsgeschmacksrichtungen entgegen.
»Nougat, Erdnuss, weiße Schokolade, Erdbeerfüllung, Krokant, Keksfüllung, Oreofüllung, Praline, Vollmilch, Haselnuss ... Such dir fünf aus!«
»Puh, sag das noch mal langsam. Ich glaube, da waren ein paar dabei, die ich auch für mich nehmen möchte.«
Ich versuche mich an alle zu erinnern und sage die Liste noch mal langsamer auf.
Er entscheidet. Schließlich habe ich es erlaubt.
Erdbeere fällt raus. Erdnuss auch. Vollmilch, zu langweilig, sagt er. Er nimmt für sich genau die gleichen Sorten wie für mich. Von meiner Liste. Dann drückt er mir den Stapel in die Hand.
»Danke!« Ich weiß nicht, was ich sagen soll.
»Gern geschehen«, antwortet er höflich.
Es ist komisch, aber ich bin fast ein bisschen traurig, dass unsere Begegnung jetzt zu Ende ist, aber es gibt ja auch keinen Grund mehr, dass wir weiter miteinander zu tun haben.
»Mal sehen, ob die Schlange an der Kasse jetzt nicht mehr so lang ist«, gebe ich von mir und ihm damit zu verstehen, dass mein Einkauf beendet ist und ich gehen werde.
»Ich komme mit. Nicht, dass du dich unterwegs doch noch für vier entscheidest und eine Tafel Schokolade heimlich irgendwo entsorgst.«
Dabei zwinkert er mir zu und lächelt.
»Das würde ich nie tun! Ich habe das Spiel verloren und muss mit den Konsequenzen leben«, antworte ich geknickt und gehe voraus.
Dann gehe ich auf das erste Kassenband zu und er biegt rechts ab und nimmt das daneben.
Wie gut sich das anfühlt... Ich kann es also noch... So herzlich und ungezwungen mit Menschen umgehen.

Unglaublich, wie lange ich mich schon zurückgezogen habe und eine meiner guten, starken Seiten nicht mehr ausspiele.

Als ich mit meiner Tasche zum Ausgang gehe, steckt er gerade sein Portemonnaie in die Gesäßtasche.

»Wieder mal geschafft. Scheiß Einkaufen. Ist nicht gerade meine Lieblingsbeschäftigung. Aber heute hat es mir Spaß gemacht«, sagt er beiläufig.

»Lag das an mir?«, frage ich verlegen und doch irgendwie herausfordernd.

»Nein, an der Schokolade!«, wirft er ein, natürlich, bei meiner Steilvorlage war das eine Einladung.

»Ach ja ... Entschuldigung, wie konnte ich das nur glauben ... Natürlich lag es an der Schokolade«, gebe ich mich geschlagen und spiele das Spiel weiter, gleichzeitig mache ich zur Bekräftigung eine entsprechende Handbewegung, indem ich mir mit dem Zeigefinger an die Stirn tippe.

Die große Eingangsschiebetür schließt sich hinter uns und ich merke, wie er kurz zögert und sich dann auf den Weg zu seinem Auto macht.

Meins steht in der entgegengesetzten Richtung.

»Natürlich warst du das! Vielen Dank für den schönen Schokoladeneinkauf«, korrigiert er sich schnell und ich muss zugeben: «Das kann ich nur zurückgeben!«

Jetzt gibt es keinen Grund mehr, den Weg zu unseren Autos nicht fortzusetzen, das ist uns beiden wohl in diesem Moment klar. Wir gehen los und entfernen uns voneinander, aber viel langsamer, als man es sonst normalerweise tun würde.

Aber es muss sein. Was auch sonst? Es war ja nur eine Begegnung vor einem Schokoladenregal.

»Schönes Wochenende«, ruft er mir noch zu, als wir schon ein paar Meter voneinander entfernt sind.

»Das wünsche ich dir auch.«

Jetzt gibt es aber wirklich nichts mehr zu sagen.

Ich sehe, wie er zu einem schwarzen Audi geht, dessen Kofferraum sich schon öffnet, als er selbst noch Schritte von ihm entfernt ist. Er stellt den Karton mit den Einkäufen hinein und wie von Zauberhand schließt sich die Kofferraumklappe ganz langsam automatisch, ohne dass er sie auch nur berührt.
Als ich einsteige, ist er gerade dabei, den Einkaufswagen wegzufahren, und ich bemerke einen Blick in meine Richtung, als er zu seinem Auto zurückkehrt.
Ich warte, bis sich sein Auto in Bewegung gesetzt hat, bevor ich meinen Motor starte, vielleicht in der Hoffnung, dass wir uns auf einer der Parkplatzstraßen noch mal begegnen.
Doch dann muss ich mich auf das Gewusel von Autos, Fußgängern und rennenden Kindern konzentrieren, damit ich beim Verlassen meiner Parkbucht niemanden überfahre und dabei verliere ich ihn aus den Augen.
Egal.
Es war sowieso nur eine Schokoladenregalbegegnung.

Doch plötzlich steht er mit seinem Audi neben mir in entgegengesetzter Richtung. Jemand rangiert aus einer Parklücke und zwingt uns zum Anhalten.
Er lässt das Seitenfenster auf der Fahrerseite herunter und gibt mir ein Zeichen, es ihm gleich zu tun.
Unsere Gesichter sind kaum einen Meter voneinander entfernt und der Moment wird nur wenige Sekunden dauern.
»Ich werde mich mit jedem Stück Schokolade an diesen schönen, ungewöhnlichen Einkauf erinnern, versprochen«, ruft er mir lächelnd zu und schaut mich aufmerksam an, obwohl er sich eigentlich auf das Geschehen auf dem Parkplatz konzentrieren sollte.
»Das ist eine schöne Idee. Das werde ich auch machen«, schaffe ich gerade noch zu sagen, bevor der Verkehr wieder rollt und er weg ist.

Mein Herz ist leicht und in meiner Brust wird es ganz warm. Nicht wegen des Mannes, obwohl er es wert wäre, sondern weil ich mich endlich wieder getraut habe, ein bisschen so zu sein, wie ich eigentlich bin.

Noch bevor ich zu Hause ankomme, haben mich Millionen von Gedanken ermahnt und mir vorgehalten, was das letzte Mal passiert war, als ich in einer ähnlichen Situation so war, wie ich eigentlich bin.
Es war genauso eine Kleinigkeit.
Eine Begegnung, fast wie diese.

Zwei

Am Montag sitze ich wieder im Büro und kann ein weiteres überlebtes Wochenende in meiner Zeit *danach* abhaken.
In der ersten Zeit gab es verdammt schlimme Wochenenden. Da habe ich mir freitags, wenn ich aus der Firma kam, meine alten Jogginghosen angezogen und bin bis Sonntagabend darin auf dem Sofa vergammelt. Immer am Rande des schwarzen Lochs, konnte ich meine Energie für nichts anderes aufbringen, außer für den uneingeschränkten, starken Willen, irgendwie nicht hineinzufallen. Innerhalb eines Jahres habe ich es immerhin geschafft, nicht mehr jedes Wochenende am Rand dieses Abgrundes zu stehen. Das kann man schon als Fortschritt bezeichnen, finde ich.
Tatsächlich muss ich in den letzten zwei Tagen immer wieder an die Begegnung vor dem Schokoladenregal denken. Ehrlich gesagt bin ich überrascht über meinen Mut und meine Bereitschaft, mich auf eine solche Begegnung einzulassen, anstatt mich aus dem Staub zu machen. Aber am Ende führen mich alle Gedanken immer wieder zu Philip zurück.
So schön die Begegnung auch war, umso schmerzhafter sind dann die Erinnerungen an das, was aus einer anderen zufälligen Begegnung geworden war.
Eigentlich dachte ich, meine Wunden wären im letzten Jahr etwas besser verheilt, aber es gibt Momente, da spüre ich wieder das Messer in meinem Herzen. Scheiße, warum habe ich nur so lange zugelassen, dass es immer aufs Neue hineingestoßen wurde.
Und das bei vollem Bewusstsein.
Was habe ich mir nur dabei gedacht?
Immer noch so viel an Philip zu denken, macht mich manchmal wütend.
Als ob er es wert wäre... Einen Scheiß ist er wert! Ich will das nicht mehr.

Seit Samstag und dieser eigentlich lächerlichen kleinen Begegnung im Supermarkt weiß ich wieder, wie gut sich die Leichtigkeit des Lebens anfühlt und wie schön es wäre, wieder unvoreingenommen daran teilnehmen zu können.
Wenn ich an das schöne warme Gefühl in meiner Brust zurückdenke, möchte ich nur eines: wieder an das Gute glauben und mir selbst wieder vertrauen.
Nie wieder wird es einem Mann gelingen, mich so zu manipulieren. Das ist sicher.
Dafür habe ich gesorgt, indem ich diesen Panzer um mein Herz und meine Seele gebaut habe. Wenn er seinen Job macht, kann mich niemand mehr verletzen.
Aber manchmal frage ich mich, ob ich diesen Panzer nicht zu hart gebaut habe und er deshalb nie wieder einen Menschen an mich heranlässt.
Ich würde sonst was dafür geben, aus dieser Enge und Angst herauszukommen und wieder so schöne, lustige Begegnungen wie am Samstag zu erleben. Das war ein wunderbares Gefühl.

Das Telefon klingelt auf meinem Schreibtisch und auf dem Display sehe ich die Nummer meiner Tochter.
»Hallo Annabell. Ist alles in Ordnung?«
»Hallo Mama. Ja, alles in Ordnung. Bei dir auch? Wir haben uns das ganze Wochenende nicht gesehen, da dachte ich, ich rufe mal an.«
»Das ist aber lieb von dir. Warst du am Samstag nicht auf einer Hochzeit? Wie war es da? Was hattest du an?«
»Es war toll. Bis in die frühen Morgenstunden. Ich hatte mich für das schwarze Cocktailkleid entschieden. Das war auch gut so, alle waren mega chic angezogen. Und was hast du gemacht?«, fragt sie.
»Ich war am Samstag bis mittags bei Martin und den Rest des Wochenendes habe ich geputzt und es mir gut gehen lassen.«

Meinen Kindern erzähle ich nicht, wie mich die Sache mit Philip immer noch belastet. Wie viele Sorgen sollen sie sich noch machen? Ich weiß, dass sie es schon zu der Zeit machten, als das mit Philip lief und danach erst recht. Ich konnte ihnen nichts von meinem Zustand verheimlichen. Sie hatten ein Auge auf mich, das wusste ich. Nur durch einen Satz, den sie mir immer wieder sagten *...Mama, pass auf dich auf!*

Mehr konnten sie nicht tun. Sie konnten mir nicht helfen. Niemand konnte mir helfen.

Ich werde es alleine schaffen, ich werde mich wieder finden und irgendwann werde ich wieder die beste Variante von mir sein. Das hoffe ich jedenfalls.

»Wann fährst du?«, fragt sie.

Ich habe ein paar Tage an der Nordsee gebucht.

Es wird der erste Urlaub seit langem sein, den ich allein verbringe. In den letzten Jahren ist Annabell ein paar Mal mit mir verreist, aber jetzt ist sie in einer Beziehung und möchte natürlich mit dem Mann, in den sie sich verliebt hat, Urlaub machen.

Also gibt es wohl nur zwei Möglichkeiten. Die erste, ich fahre nicht mehr weg, und die zweite, ich mache es einfach alleine. Nach einigem Überlegen habe ich mich für Variante zwei entschieden und fange mit einem fünftägigen Urlaub an der Nordsee an, da kenne ich mich aus. Und sollte ich dort allein elendig zugrunde gehen, fahre ich einfach wieder nach Hause. Während ich in den letzten Wochen über diese beiden Varianten nachdachte und mich manchmal so hilflos und klein fühlte, gab es nicht wenige Momente, in denen ich fast schon kapituliert und mich schon für Variante eins entschieden hatte, bis ich eines Tages in einer Talkshow Reinhold Messner sah.

Er erzählte damals, wie lange er gebraucht hatte, um seine Angst zu überwinden, die ihn davon abgehalten hatte, allein auf einem Berg zu übernachten. Und ich dachte, wenn dieser großartige Typ solche Ängste hat und sie im

Fernsehen zugibt, dann kann ich auch versuchen, eine Woche allein an der Nordsee zu verbringen. Ob Meer oder Berg, ob Reinhold oder Marie, wichtig ist, die Angst zu benennen und sich ihr zu stellen.

»Donnerstag. Ich habe vor, am frühen Nachmittag die Fähre zu nehmen.«
»Bis dahin sehen wir uns doch noch, oder? Musst du noch bis Mittwoch arbeiten?«, fragt sie.
»Ja.«
»Okay, Mama, ich muss. Hier ist alles voller Kunden. Bis bald«, verabschiedet sie sich.
»Bis bald, mein Schatz.«
Ich lege den Hörer auf, widme mich wieder den Dingen auf meinem Schreibtisch und verschwende einen kurzen Gedanken an meine großartigen Töchter. Ich habe sie schon lange nicht mehr gefragt, ob sie mich mittlerweile für eine langweilige, altmodische, in die Jahre gekommene Mutter halten, die versucht hat, ihnen aus dem großen Portfolio der Werte, die mir wichtig erscheinenden zu vermitteln. Vertrauen, Empathie und Beständigkeit. Ich weiß nicht, ob junge Menschen das heute noch für wichtig halten oder ob sie das irgendwie anders nennen.

... Ich dachte, ich könnte Philips Wesen ändern, indem ich ihm nur genug zeige, wie Vertrauen, ehrliche Empathie und beständige Zuneigung aussehen. Das Problem war, dass ich selbst dabei kaputtgegangen bin, und dennoch glaube ich, nicht das Geringste bei ihm bewirkt habe...

***

Der Wind zerzaust mir die Haare, als ich an der Reling der Fähre stehe und über das Wattenmeer schaue.
Ich bin ein bisschen stolz auf mich. Vielleicht ist es lächerlich, weil ich nur vierhundert Kilometer gefahren bin, aber für mich ist es viel mehr. Ich habe mir etwas zugetraut und es geschafft.
Die Wohnung ist toll und liegt in der Nähe des Strandes. Schließlich habe ich ein Vermögen dafür bezahlt. Während ich meinen Koffer auspacke, mache ich mir einen Kaffee und richte mich für die nächsten Tage gemütlich ein. Dann freue ich mich auf den ersten langen Strandspaziergang.
Ich krame in der Kühltasche nach der Milch für den Kaffee und halte plötzlich eine Tafel Schokolade in der Hand. Trauben-Nuss mit Rum.
Ich öffne die Packung und erinnere mich an mein Versprechen und während ich mit dem Kaffee und der Schokolade im Strandkorb auf der Terrasse sitze, denke ich an das Schokoladenregal, an den Mann in der Chino mit dem schönen Dreitagebart und an das warme Gefühl in mir, weil ich mich so offen auf diese Situation eingelassen habe. Und ein bisschen spüre ich jetzt auch wieder den Hauch dieser Wärme, die plötzlich mein Herz umgibt.

Der Blick, den ich habe, als ich die kleine Treppe zur Strandpromenade hinaufsteige, ist atemberaubend und lässt mich kurz innehalten. Es ist auflaufendes Wasser aber noch ganz viel Sandstrand zu sehen. Die Sonne scheint von einem wolkenlosen Himmel und nur wenige Menschen sind auf dem breiten Sandstreifen zwischen der befestigten Promenadenmauer und dem Meer unterwegs. Die Sommerferien sind schon vorbei und das merkt man auch an den Besucherzahlen auf der Insel. Ich stehe einfach da und schaue. Wie gut, dass ich mich getraut habe. Wie wunderbar, hier zu sein.
Ohne Schuhe laufe ich durch den tiefen, lockeren Sand zum Wasser, dorthin, wo der Sand fest ist und die Wellen

meine Füße umspielen. Und dann gehe ich. Weiter und weiter. Ich weiß nicht, wie lange und wie weit. Immer weniger Menschen kommen mir entgegen, je weiter ich mich von der Stadt entferne und je näher ich der Landspitze komme, die nur aus Sand und Meer besteht.

Ich fühle mich gut, denn hier kennt mich niemand und durch den Kurbetrieb auf dieser Insel falle ich als Einzelgänger überhaupt nicht auf. Ich weiß nicht, wie lange ich in diese Richtung gehe, aber irgendwann kommt das Wasser viel näher und ich drehe um.

An einer besonders schönen Stelle zwischen zwei Wellenbrechern, die in die Nordsee ragen und jetzt fast vollständig vom Wasser überspült sind, setze ich mich in den losen, warmen Sand und schaue zum Horizont. Die Möwen kreischen und ich weiß genau, wie sich die schweren, dunklen Steine des Wellenbrechers anfühlen, die mehrmals am Tag von der Flut umspült werden. Mit der Zeit haben sie sich mit Grün bewachsen, das sie rutschig und glatt macht. In ihren Zwischenräumen sammelt sich der angeschwemmte Kleinkram der Nordsee. Muscheln, kleine Krebse, manchmal Seesterne und Treibholz.

... Ob ich Philip wohl Unrecht getan habe? Für all meine Vermutungen gibt es keine Beweise. Aber ich habe mich so lange damit beschäftigt und alles miteinander abgewogen, es muss so sein, wie ich vermute. ... Anerkennung ... das, soll angeblich das einzig Wichtige sein, nachdem diese Menschen streben.

Auf dem Rückweg frage ich mich, ob ich mir zutraue, alleine in einem Restaurant zu essen. Eine wichtige Frage, denn die Antwort entscheidet über die Qualität meines Abendessens.

Doch die Entscheidung wird mir abgenommen, als ich an einem angesagten Strandrestaurant vorbeikomme und auf der Terrasse ein Gewusel von Gästen herrscht, in das ich mich ohne Angst flüchten kann. Ich hole mir etwas zu essen und ein Bier und suche mir einen Platz.

Die langen Tische und Bänke laden dazu ein, sich einfach mit fremden Menschen zusammenzusetzen. Der Blick auf das Meer ist göttlich und meine Wahl fällt auf einen Tisch, an dem bereits ein Pärchen sitzt. Ich frage höflich, ob ich mich dazusetzen darf und werde freundlich aufgenommen.

Es dauert nicht lange, bis wir ins Gespräch kommen und die Zeit wie im Flug vergeht. Wir holen uns noch zwei, drei Getränke und bleiben, bis die Sonne im Meer versinkt.

Später, als ich im Bett liege, frage ich mich plötzlich, was ich habe. Ich weiß nicht warum, ich habe das noch nie gemacht und ich kann nicht einmal sagen, ob ich diese Frage auf mein ganzes Leben beziehe, auf diesen Abend, auf Materielles oder Soziales. Ich glaube, es liegt einfach am Alkohol und so sind auch meine Antworten. Also, ich bin beschwipst, ich habe nette Leute kennen gelernt und ich habe einen nicht ganz so schlechten ersten Urlaubstag gehabt. Gute Quote.

Am vierten Tag auf der Insel entscheide ich mich für einen Strandtag mit einem Buch. Es ist so schön warm, das muss ich ausnutzen. Die Strandtasche ist gepackt und am späten Vormittag mache ich mich auf den Weg. Unwillkürlich beschließe ich, mich in der Nähe der Strandbar aufzuhalten und breite mein großes Badetuch irgendwo auf dem weichen Sand aus. Dann mache ich einen ausgiebigen Strandspaziergang.

Schon von weitem sehe ich auf dem Rückweg einen Nachbarn, der sein Handtuch etwa drei Meter neben meinem ausgebreitet hat und darauf liegt.

Er trägt Boxershorts und sonst nichts, was natürlich nicht ungewöhnlich ist. Er ist ungefähr so alt wie ich.

Als ich zu meinem Handtuch komme, liegt er auf dem Rücken und hat die Augen geschlossen. Ich hätte ihn begrüßt, wenn sie offen gewesen wären, aber so...

Auf meinem Handy sehe ich eine Nachricht von einem Arbeitskollegen, die ich beantworte, dann schicke ich meinen Töchtern noch einen Gruß und ein paar Fotos. Dann vertiefe ich mich in mein E-Book und sehe aus dem Augenwinkel, wie mein Handtuchnachbar seinen Oberkörper aufrichtet. Er wirft mir einen kurzen Blick zu, dann steht er auf und geht Richtung Meer und ich beobachte, wie er zielstrebig durch die Wellen läuft, um kurz darauf unterzutauchen und weit draußen in der wellenlosen Nordsee zu schwimmen.
Während ich lese, schaue ich alle paar Sekunden, ob ich ihn noch sehe, und als ich gerade wieder aufblicke, kommt er schon in voller Größe auf mein und sein Handtuch zu. Das Wasser läuft an seinem Körper herunter. An seinen Armen und Beinen hat sich seine Behaarung der Fließrichtung des Wassers angepasst und erinnert mich an die Fasern eines hochflorigen Teppichs, die alle exakt und gleichmäßig in einer Richtung liegen. Auf seinem Oberkörper kann ich kein einziges Haar entdecken, dafür glitzern die Wassertropfen auf seiner gebräunten Brust. Seine durchtrainierten Schultern sind bereits von der Sonne getrocknet, und sein Haar ist von einem Grau durchzogen, das sexyer nicht sein könnte.
Jesus Christus ... ein toller Typ!

Ich kann mein Buch gleich wieder weglegen, denn ich weiß gar nicht mehr, was ich in den letzten Minuten gelesen habe.
Neben seinem Handtuch liegt ein kleiner schwarzer Rucksack, aus dem er jetzt ein weiteres Handtuch zieht und sich damit übers Gesicht streicht. Ich riskiere einen flüchtigen Blick und erkenne seine perfekt gepflegten Hände.
Dann legt er sich wieder hin, dreht sich auf den Bauch und den Kopf in die andere Richtung.
Jetzt kann ich mich vielleicht wieder auf das Buch konzentrieren, denke ich, aber irgendwie geht das nicht

mit so einem Nachbarn. Ich versuche es immer wieder, komme aber zu dem Schluss, dass meine Umgebung tausendmal spannender ist als mein Buch. Also gebe ich auf, lasse aber mein E-Book als Alibi in der Hand.
In der nächsten Stunde wiederholt mein Nachbar drei- bis viermal seinen Gang ins Meer. Es wird nicht langweilig, ihm dabei zuzusehen, und ich hoffe, dass man mir nicht anmerkt, dass mein E-Book aus ist, obwohl ich es in den Händen halte, als wäre ich in eine spannende Geschichte vertieft.
Es ist Flut und das Wasser ist keine zehn Meter von uns entfernt. Wir sitzen beide auf unseren Handtüchern und beobachten die Menschen und das Meer.
Mein altes Ich würde ihn ansprechen.
Nicht anmachen. Ansprechen.
Aber ich kann nicht. Wieder denke ich an Philip und die Kleinigkeit der Begegnung mit ihm.

Irgendwann bemerke ich seine Aufmerksamkeit und seinen Blick, der schon seit geraumer Zeit auf ein bestimmtes Geschehen hinter mir gerichtet ist, also drehe auch ich meinen Kopf in diese Richtung und sehe, was er beobachtet.
Es ist ein älterer Herr in einem langen, weißen Frotteebademantel, der, auf zwei Gehhilfen gestützt versucht, die alte, schmale, rostige Eisentreppe hinunterzuklettern, die von der befestigten Promenade zum Strand führt. Es sieht furchtbar gefährlich aus. Etwa fünfzig Meter weiter gäbe es eine große gemauerte Rampe, die zum Strand führt, aber dieser Mann quält sich bewusst über das Eisengestell. Er wechselt die Gehhilfen von einer Hand in die andere und wieder zurück.
Er weiß nicht, wie er sich und die Dinger halten soll, um die Füße auf die nächste Stufe zu bekommen.
Ich bin unentschlossen, ob ich aufstehen und ihm helfen soll, aber ich spüre auch eine gewisse Wut, wie man in seinem Zustand ein solches Risiko eingehen kann, obwohl

ich nichts über seinen wirklichen Zustand weiß. Er sieht nicht frisch operiert aus und ich kann nicht beurteilen, wie schlimm sein Zustand ist, aber die ganze Szene ist für einen Außenstehenden beängstigend. Ich glaube, mein Jesus Christus-Nachbar sieht das genauso.
Aber das Härteste kommt noch. Endlich am Strand angekommen, kämpft er sich mit seinen Gehstützen durch den tiefen losen Sand, an uns vorbei und bleibt etwa zehn Meter von uns entfernt stehen. Dann zieht er seinen Bademantel aus, unter dem er eine Badehose trägt, die sicher schon seit vier Jahrzehnten aus der Mode gekommen ist, wirft die Gehhilfen in den Sand und taumelt mit einer unglaublichen, unbeholfenen, fast schmerzhaften Unsicherheit ins Meer. Es sind nur wenige Meter bis zum Wasser, aber bei jedem Schritt habe ich Angst, dass er stürzt, und wenn er die Wellen erreicht, hoffe ich, dass er nicht von ihnen mitgerissen wird.

Während ich das beobachte, habe ich unbemerkt die Hände an den Kopf gelegt. Vielleicht um mir die Augen zuhalten zu können, falls er wirklich fällt.
Als er bis zur Hüfte im Wasser steht, legt er sich hinein und schwimmt.
»Unglaublich...« sage ich erleichtert und merke, dass ich es lauter gesagt habe, als ich wollte, denn ich höre meinen Nachbarn sagen: »Ja, das habe ich auch gerade gedacht«. Und dann prophezeit er: »Und jetzt sind wir dazu verdammt, auf ihn aufzupassen und ihn zu retten.«
Das Eis zwischen Jesus Christus und mir ist gebrochen. Immerhin, das haben wir dem Alten zu verdanken.
Jetzt kann ich ihn auch ansehen, ohne mich verstohlen umzuschauen, und endlich das E-Book weglegen.

»Ich weiß gar nicht, ob ich ihn retten könnte. Aber irgendwie würde es schon gehen. Wenn es sein muss«, gebe ich ehrlich zu.
»Ich wüsste es, das ist mein Beruf.«
»Rettungsschwimmer?«

»Lebensretter. Ich bin bei der Feuerwehr.«
»Wow! Berufsfeuerwehr?«
»Ja. Werkfeuerwehr.«
»Rheinland? Das höre ich.«
»Ja, genau.«
Er ist wortkarg. Das erinnert mich an Philip.
Ich bekomme ein komisches Gefühl in der Magengegend und überlege zu gehen.
»Toll hier heute, oder? Ich bleibe nur diesen einen Tag. Fahre am frühen Abend wieder nach Hause«, sagt er plötzlich.
»Wirklich? Du wolltest nur den einen schönen Tag ausnutzen? Da bist du aber weit gefahren.«
»Ja, genau. Ich hatte noch Urlaub. Ich bin um fünf Uhr losgefahren und habe eine der ersten Fähren genommen. Im Mai war ich schon mal für ein paar Tage zu einem Lehrgang hier. Die Insel hat mir so gut gefallen.
»Das ist ganz schön spontan. Toll.«
»Stimmt, so bin ich.«
Und dann erzählt er mir von ein paar Urlauben und einer Amerikareise, die er mit seiner Tochter gemacht hat.
Während er erzählt, schaut er immer wieder auf sein Handy und tippt. Wir unterhalten uns bestimmt zwei Stunden lang über alles Mögliche. Das Wasser geht langsam zurück und auch der ältere Herr ist längst wieder in seinem weißen Bademantel verschwunden.
»Ich treffe mich gleich mit einem Bekannten, der hier Urlaub macht. Wir haben vor über dreißig Jahren zusammen die Grundausbildung bei der Feuerwehr gemacht.
»Ach, so ein Zufall. Er macht hier Urlaub?«
»Ja, das habe ich auf seinem Statusbild gesehen und ihm daraufhin geschrieben. Seine Frau und er holen mich gleich hier ab und dann gehen wir was trinken.«
Er bereitet mich auf seinen Aufbruch vor. Das ist doch nett.
»Mit welcher Fähre fährst du zurück?«, frage ich ihn.

»Spätestens die um zwanzig Uhr, damit ich gegen Mitternacht zu Hause bin. Wie lange bleibst du noch?«
»Bis übermorgen.«
»Schönes Wetter erwischt. Gut gemacht!«
Dann höre ich jemanden Ralph rufen. Er fühlt sich angesprochen und dreht seinen Kopf in Richtung Promenade.
»Oh, da sind sie. Ich muss los.«

Er springt auf, geschmeidig wie ein Panther, und ich sehe zum letzten Mal den schönen Anblick seines Oberkörpers, weil er dann sein Shirt aus dem Rucksack holt und es sich über den Kopf zieht. An den Boxershorts ändert er nichts. Sie ist längst trocken und absolut straßentauglich.
Mit einer Hand greift er nach Handtuch, Schuhen und Rucksack und steht dann in voller Größe vor mir.
»War nett mit dir. War ein schöner Strandtag. Hab noch einen schönen Resturlaub. Tschüss!«
»Danke, kann ich nur zurückgeben. Hat mich auch sehr gefreut. Komm gut nach Hause und alles Gute!«
Wenige Augenblicke später sehe ich die drei auf der Strandpromenade in eine andere Richtung verschwinden.
Gut gemacht, Marie.
... ein Schokoladenregalverbündeter und Jesus sexy Feuerwehrmann Christus...
Dabei geht es gar nicht um die Männer, sondern darum, dass ich mir wieder zutraue, mich auf die kleinen Dinge des Lebens einzulassen.

Gerade komme ich mit meinem Kaffee und dem Stück Kuchen um die Ecke auf die Terrasse der Strandbar, um mir einen Platz an einem Tisch zu suchen, und bin ganz in Gedanken versunken, als ich höre: »Na, hier auch?«
Ich stehe vor einem Tisch, an dem Ralph mit seinem Besuch sitzt und gemütlich ein Bier trinkt.

»Oh, hallo, sorry, hab euch gar nicht gesehen. War so in Gedanken auf der Suche nach einem Platz.«
»Setzen Sie sich doch zu uns«, lädt mich die anwesende Dame ein und schaut ihre Begleiter und dann mich an. »Oder?«
»Klar, wenn du willst.« Ralph rückt auf der Bank ein Stück weiter, um mir Platz zu machen, und so ist es beschlossen, ich setze mich zu ihnen.
Aber nachdem der Kuchen gegessen ist, gehe ich schnell wieder, schließlich will ich nicht unhöflich sein, denn die drei kennen sich schon so lange und haben sich bestimmt viel zu erzählen.
»Alles Gute für euch«, verabschiede ich mich. »Dir auch«, sagen sie im Chor, dann stelle ich mein Geschirr an der Außenbar ab und verschwinde.

***

Am letzten Abend sitze ich draußen in einem anderen Restaurant, wieder mit Blick aufs Meer und einem unglaublich schönen Sonnenuntergang. Nach und nach kommen immer mehr Gäste, so dass bald alle Tische besetzt sind. Als sich zwei Frauen nach einem freien Tisch umsehen, spreche ich sie an und biete ihnen die Plätze an meinem Tisch an. Wir kommen sofort ins Gespräch, weil wir uns total sympathisch finden. Irgendwie merkt man doch schon in den ersten Sekunden, ob die Chemie stimmt, wenn man jemanden trifft. Bei Philip stimmte die doch auch... war ich mir sicher… Verrückt. Wieder so eine lächerliche Kleinigkeit, der man eigentlich keine besondere Bedeutung beimisst, und ich

wünschte, ich könnte es auch wieder so sehen, aber ich kann es nicht.
Trotzdem reden und lachen wir und genießen den Sonnenuntergang und dabei trinken wir zu viele, viel zu teure Cocktails.

***

Wieder stehe ich auf dem Oberdeck. Diesmal fährt die Fähre in die andere Richtung und ich schaue zurück auf die Insel, die langsam kleiner wird und aus meinem Blickfeld verschwindet.
Wahnsinn, die Woche ist schon wieder vorbei, aber ich freue mich auch auf zu Hause.
Der Wind ist heute frischer und die Fähre ändert gerade ihre Richtung und stellt sich ihm noch einmal richtig entgegen. Ein paar Bänke vor mir sitzen eine Frau und ein Mann. Ich schätze, sie sind ein paar Jahre jünger als ich. Vielleicht sind sie verheiratet, vielleicht leben sie auch ohne Trauschein zusammen. Vielleicht leben sie auch gar nicht zusammen oder vielleicht ist der Mann Chef und die Frau seine Sekretärin, vielleicht ist es aber auch umgekehrt oder ganz anders. Es ist auch eigentlich egal.
Jedenfalls schmiegt sie sich in diesem Moment an ihren Begleiter, weil ihr kalt ist, und er legt seinen Arm um sie, drückt sie fest an sich und gibt ihr einen zärtlichen und vertrauten Kuss auf ihr Haar.

... Welche Anerkennung hat Philip von mir erwartet? Ich weiß es nicht und auch nicht, ob ich sie ihm überhaupt gegeben habe. Müsste man nicht dazu viel mehr Zeit miteinander verbringen? Sich vertrauen?
... Anerkennung ...
... ich verstehe das nicht ...

Drei

Der Urlaub ist schon mehr als zwei Wochen Geschichte und doch erinnere ich mich ab und zu plötzlich wieder an schöne Augenblicke. Das habe ich mir in den letzten Jahren angewöhnt, denn so bleiben die Urlaube in mir unvergessen. Diese Erinnerungen haben selten mit Menschen zu tun, sondern mit den schönen Orten, die ich für einen kurzen Moment besuchen durfte. Und wenn ich diese Momente später habe, bin ich dankbar, dass ich die Möglichkeit hatte, sie besuchen zu können.

Der Anblick des Schiefen Turms von Pisa, das Kolosseum und der Petersdom in Rom, der alte Hafen von Marseille, an dem ich in einem Café saß und frische Croissants genoss, die stillen Fjorde umgeben von hohen Bergen in Norwegen, der traumhafte Anblick des Indian Summer in Kanada und die atemberaubende Stunde, als ich um sechs Uhr morgens auf einem Kreuzfahrtschiff auf dem Hudson River an der Freiheitsstatue vorbeifuhr und die Skyline von Manhattan vor mir auftauchte und New York erwachte.

Diese Bilder habe ich noch immer vor Augen, obwohl meine Besuche an diesen wunderschönen Orten schon einige Jahre zurückliegen. Ich bekomme immer noch eine Gänsehaut, wenn ich daran denke, und ich bin immer noch so beeindruckt wie damals, wenn ich an das 9/11 Memorial denke. Ich stand vor der Brüstung dieses riesigen Kraters, der zu einem Mahnmal geworden ist.
Wie unfassbar groß dieser Krater ist, konnte man an dem Verhältnis seiner Größe zu den Bäumen sehen, die ihn umgaben, wie kleine Pflänzchen, die ein Riese mühelos mit zwei Fingern aus der Erde ziehen könnte, wie ein Gänseblümchen.
Dann legte ich meine Hand auf den Rand, der mit einer Aluminiumplatte eingefasst ist, auf der die Namen der Opfer eingraviert sind. Ich legte meine Hand darauf,

spreizte die Finger und fuhr mit ihnen sanft über die eingravierten Namen. Diesen Moment werde ich nie vergessen.
Ich glaube, der Mann, der mich damals begleitete und neben mir stand, hat diesen Moment ganz anders wahrgenommen und nicht verstanden, wie wichtig er für mich war und wie ehrfürchtig er mich gemacht hat. Sonst hätte er vielleicht seinen Arm um mich gelegt, wie der Mann auf der Fähre, der die Frau im kühlen Wind wärmte und ihr einen Kuss ins Haar drückte.
Jetzt habe ich das Bild vom letzten Nordseeurlaub vor Augen, wie ich die wenigen Stufen zur Promenade hinaufsteige, vor mir den breiten, kilometerlangen Sandstrand sehe, und die Sonne herrlich warm scheint.

Seit ein paar Minuten ist Feierabend und deshalb fahre ich gedankenverloren die Warenwirtschaftssoftware herunter.

... *Wie es Philip wohl geht?*
Was soll diese Frage jetzt? Wann höre ich eigentlich endlich auf, an ihn zu denken?
Statt den Computer ganz herunterzufahren, öffne ich plötzlich wie ferngesteuert die Suchmaschine und gebe eine Internetadresse ein. Es ist die, die damals auf einer Werbetafel in der Einfahrt vor Philips Haus stand. Meine Hände zittern, als würde ich etwas Verbotenes tun und Angst haben, erwischt zu werden. Weiß der Teufel, warum ich das jetzt gerade mache. Die Anspannung zeigt sofort Wirkung, meine Hände werden feucht und zittern. Seit über einem Jahr habe ich diese Internetadresse nicht mehr in eine Suchmaschine eingegeben. Das erste Mal tat ich es, als ich wieder in meinem Auto saß, nachdem ich mich im Dunkeln mit Baseballmütze und dickem schwarzen Schal an seinem Haus vorbeigeschlichen hatte. Im Impressum dieser Firmenwebsite stand damals der Name einer Frau, und die angegebene Adresse war die, die auch Philip gehörte.

Was ich sah, war wohl die Bestätigung dessen, was ich schon lange vermutet hatte, mir aber nicht einzugestehen wagte und auch nicht beweisen konnte. Offenbar gab es eine Frau an seiner Seite, mit der er auch zusammenlebte. Schockiert schaltete ich damals mein Handy aus und verließ fluchtartig den Ort.

Das war sicher nicht der Hauptgrund, warum ich etwas später die Sache mit Philip beendet habe, aber es war ein Puzzleteil von vielen, die alle zusammengenommen nichts anderes zuließen, als mich endlich zurückzuziehen. Obwohl mein Bauchgefühl mir damals etwas anderes sagte. Irgendetwas stimmte nicht. Ich hatte seine Onlinebewegungen so lange beobachtet, dass ich mich fragte, ob jemand jeden Abend bis nach Mitternacht in sozialen Netzwerken unterwegs wäre, wenn er eine intakte, gute Beziehung hätte. Das war alles. Nur immer wieder dieser Gedanke.

Was soll's, es ist längst irrelevant.

Am liebsten würde ich gar nicht mehr daran denken. Aber das geht nicht, denn die ganze Sache hat etwas mit mir gemacht. Es hat mich einfach verändert, aufgewühlt und verletzt. Und das Schlimme ist, dass ich mich auch jetzt noch, Jahre später, manchmal frage, ob ich etwas falsch gemacht habe und er sich deshalb so verhalten hat.

Krass ... und erbärmlich zugleich!

Die Website sieht noch immer genauso aus wie beim ersten Mal, als ich sie öffnete.

Ich lese nichts und schaue mir auch die Bilder nicht an.

Sie interessieren mich nicht.

Mein Ziel ist der kleine Reiter Impressum, und im nächsten Moment durchfährt mich ein heftiger Stromstoß, der mir das Herz zerspringen und das Blut in den Ohren rauschen lässt. So sehr, dass ich für einen Moment nichts mehr höre außer dem pumpenden Rhythmus meines Blutes. Fürchterlicher Druck blockiert plötzlich meinen Sehnerv. Mir wird schwarz vor Augen.

Das Herz hämmert heftig gegen meinen Brustkorb, es schmerzt richtig und deshalb stoße ich unbewusst einen undefinierbaren Laut aus, um dem Druck zu entkommen.
Für einen Moment ist alles still und schwarz. Wie in Panik schnappe ich nach Luft und nehme ein paar tiefe Atemzüge, die meinen Kreislauf langsam wieder normalisieren.
Die Adresse, die ich jetzt auf dem Bildschirm sehe, ist nicht mehr dieselbe, die ich damals gelesen habe.

Hastig klicke ich die Seite weg und schalte den Computer aus. Dann schiebe ich stümperhaft die Sachen auf meinem Schreibtisch zu einem Stapel zusammen und verlasse fast fluchtartig das Büro.
Die Adresse hat sich geändert. Das heißt doch, diese Frau wohnt nicht mehr mit Philip zusammen.
Genau an dieser Stelle hatte ich vor einigen Jahren mein Bauchgefühl verloren.
Seine Andeutungen waren damals zu schwach, um sie überzeugend in mir zu wecken und ihnen zu folgen. Am großen Ganzen hätte es wohl auch nichts mehr ändern können.
Ich musste und habe Philip verlassen, weil er mich benutzt und manipuliert hat.
Aber seitdem habe ich an mir gezweifelt, weil ich dachte, mein Bauchgefühl hat mir einen Streich gespielt. Seit heute weiß ich, dass es vielleicht doch nicht so war, und ich fühle mich ein bisschen besser, obwohl ich außer einer geänderten Adresse keine weiteren Beweise habe.
Es wird nichts ändern, Philip ist nicht mehr Teil meines Lebens und das ist auch besser so, aber es hilft mir!
Es hilft mir, wieder an mich zu glauben und mir selbst zu vertrauen, denn ich will den Rest meines Teams zurück. Ich will sie wieder an meiner Seite wissen.
Mein Gott, ich bin so erleichtert.

Eine beschissene geänderte Adresse gibt mir einen Schub von 350 PS in drei Sekunden von Null auf Hundert. Der erste Schub seit über drei Jahren.

Das Telefon klingelt in der Handtasche neben mir auf dem Beifahrersitz und ich zucke zusammen. Es ist Annabell.
»Mama, hast du Lust, auf einen Kaffee bei mir vorbeizukommen?«
»Gerne. Ich könnte jetzt sofort. Ich sitze gerade im Auto«, freue ich mich.
»Das passt gut. Dann bis gleich«, sagt sie.
In wenigen Minuten bin ich bei ihr, mache aber noch einen kleinen Umweg und halte bei einem Blumenladen. Ich habe gerade ein Geschenk bekommen, das mich dazu inspiriert, auch jemandem ein Geschenk zu machen. Meine Wahl fällt auf Sonnenblumen, die ich mit viel Grün zu einem Strauß binden lasse.
»Bitte keine Manschette und auch keine Folie. Ich nehme den Strauß pur und er wird gleich überreicht«, gebe ich der Floristin mit an die Hand, obwohl sie mich dazu nichts gefragt hat.
»Okay. Wir machen das gerne so, wie Sie es wünschen«, antwortet sie höflich und kurze Zeit später hält sie mir den fertigen Strauß zur Begutachtung hin und wartet auf mein Urteil.
»Perfekt. Sehr schön.«

Ich bezahle, verschwinde und kurze Zeit später öffnet mir Annabell die Haustür.
Das Erste, was sie sieht, ist der Sonnenblumenstrauß, den ich ihr hinhalte und damit mein Gesicht verdecke.
»Ist der für mich?«, begrüßt sie mich.
»Ja, nur für dich.«
»Warum Mama, wofür ist der?«

»Einfach so, weil ich Lust hatte und weil du immer für mich da bist«. ... *und wegen dem 350 PS-Schub.*
»Du bist doch auch immer für mich da. Das ist doch selbstverständlich. Aber ich freue mich trotzdem. Vielen Dank!«
Sie umarmt mich kurz und wir gehen in ihre gemütliche Küche. Während sie die Kaffeemaschine anstellt und eine Vase sucht, fragt sie mich, ob alles in Ordnung sei und ob es etwas Neues im Büro gäbe.
Hmm... da ist was im Busch... geht es mir durch den Kopf, aber ich warte ab.
Dann stellt sie zwei Tassen Kaffee auf den Tisch, setzt sich, streckt symbolisch den Rücken durch und sagt: »Mama ...« ... Pause...

... okay, ich wusste es

»Ich glaube, ich brauche einen Jobwechsel. Ich muss raus aus dem Laden, in dem ich meine Ausbildung gemacht habe. Ich denke schon seit ein paar Monaten darüber nach und habe mich auch schon auf zwei, drei Stellen beworben. Es gab auch schon Vorstellungsgespräche. Und jetzt wird es ernst, denn heute Morgen habe ich die Zusage bekommen.«

... Hmm...

Ich trinke einen Schluck, rekapituliere kurz in Gedanken und überlege, was ich sagen soll. Es ist aller Ehren wert, schließlich will sie meinen Rat, vielleicht sogar meine Zustimmung, obwohl sie schon dreiundzwanzig ist.
Ich freue mich, dass sie mich einbezieht und meine Meinung wichtig ist.

Allerdings bleibt mir nicht die Zeit, alle Parameter abzuwägen und obwohl sie in einer altbewährten, beständigen, soliden Firma arbeitet, bei der alle Eltern stolz wären, wenn ihr Kind dort arbeiten würde, merke ich, ich sollte dieses Argument nicht bringen, sondern ihr einfach signalisieren, dass es gut wäre, wenn sie andere Luft schnuppern und sich neu orientieren möchte, anstatt

ihr die Flügel zu stutzen. Deshalb sage ich nur, »Mach es!« und ich sehe, wie erleichtert sie mich ansieht.
Ich weiß, sie wird sich vorher über alles andere Gedanken gemacht haben und in allen wichtigen Dingen gut vorbereitet sein. Deshalb frage ich nicht, wie viel würdest du verdienen und wie viel Urlaubstage hättest du, sondern, »Bleibst du in der Branche, wohin gehst du und was wird deine Aufgabe sein?«
Die nächsten Minuten höre ich ihr einfach zu und weiß, sie wird das Richtige tun und darin bestärke ich sie.

***

Zum hundertsten Mal schaue ich auf den Wecker und die Zeit vergeht wie im Schneckentempo, seit ich vor über einer Stunde ins Bett gegangen bin. Es ist kurz vor halb eins und ich wälze mich hellwach von einer Seite auf die andere.
Meine Gedanken kreisen um Annabells Jobwechsel und die geänderte Adresse auf dieser Website und dabei kommen all die Erinnerungen an die Zeit mit Philip wieder hoch. Es ist immer noch unglaublich, aber das alles hält mich mehr in Schach, als ich dachte, und wenn ich so intensiv darüber nachdenke wie jetzt, bin ich wie gelähmt von so viel Ungewissheit, die mich immer noch anstarrt wie eine hässliche Fratze, die mir die Zunge herausstreckt, mir ins Gesicht lacht und mir zuruft, wie sie mich an der Nase herumgeführt hat und es anscheinend immer noch tut.

Man soll nicht am Handy spielen, wenn man nicht schlafen kann, weil man dadurch erst richtig wach wird.

Obwohl ich das weiß, mache ich es trotzdem. Öffne Maps, gebe die neue Adresse dieser Website in die Suchleiste ein und warte, bis sich vor mir eine Karte aufbaut, in deren Mitte ein rotes Fähnchen mein Ziel anzeigt.
Dann fahre ich näher heran und sehe, dass der Ort nur wenige Kilometer von Philips zuhause entfernt ist. Vielleicht zehn. Ich zoome so weit heran, bis ich nur noch die Straße auf dem Bildschirm sehe. Aber welche Erkenntnis soll mir das jetzt bringen?
Frustriert schüttle ich den Kopf, doch dann sehe ich das kleine Quadrat in der unteren Ecke des Bildschirms, mit dem ich zur Google Earth-Oberfläche wechseln kann.
Innerhalb von zwei Sekunden baut sich die neue Ansicht auf. Ich zoome wieder auf die Straße und das Grundstück mit der Hausnummer, die ich gelesen habe. Doch an dieser Stelle sehe ich nur eine unbebaute Grünfläche.
Was mache ich hier schon wieder? Ich dachte, ich wäre im letzten Jahr schon ein ganzes Stück weitergekommen, aber plötzlich merke ich, dass ich mit einem Mal wieder zu hundert Prozent in dem Thema stecke, das mich damals um mich selbst, mein Team und fast um meine Gesundheit gebracht hat. Diese Büchse der Pandora wollte ich doch nie wieder öffnen.

***

Im Büro ist die Hölle los, aber ich bin froh darüber, denn so komme ich nicht in Versuchung, über die Ereignisse der letzten Tage nachzudenken. Wie konnte ich es nur zulassen, dass sich dieser ganze Sumpf wieder auftut und ich das Gefühl habe, schon wieder mit einem Bein darin zu

stecken. Verzweifelt appelliere ich an mich, alles zu tun, um nicht wieder zuzulassen, dass die Erinnerungen und Ereignisse seit der Begegnung mit diesem Mann meine Tage bestimmen und ich mich ein zweites Mal in Philip verliere und die gerade erst verheilten Wunden in meinem Herzen und meiner Seele wieder aufreißen. Dabei glaube ich gar nicht, dass es wirklich noch um Philip geht. Es geht vor allem um die Ungewissheit, an der ich fast zerbrochen wäre, weil ich bis heute nicht mit Sicherheit sagen kann, was er von mir wollte und ob ich vielleicht an einen Menschen mit einer hochgradigen narzisstischen Störung geraten war, der nur Menschen sucht, um sie zu manipulieren, zu benutzen und zu brechen.
Mir fällt ein Satz ein, den ich einmal gelesen habe, als ich versuchte, alles zu finden, was mir helfen könnte, es zu verstehen:

Narzissten klopfen an deine Tür, nur um zu sehen, ob du aufmachst. Dabei wollen sie gar nicht reinkommen. Ihr Ego will nur sicher sein, dass sie hätten, können, wenn sie wollten.

Während ich darüber nachdenke, spüre ich wieder diese Übelkeit, die sich langsam in meinem Magen ausbreitet und mich überkommt. In diesem Ausmaß habe ich sie schon lange nicht mehr gespürt.
Und dann stehe ich vor der Quintessenz, die geblieben ist und mich seither zu einem anderen Menschen gemacht hat. Was mich die Kleinigkeit gekostet hat, dem Falschen zu begegnen, nur weil ich nicht vorsichtig genug war. Und ich frage mich zum millionsten Mal, wie mir das passieren konnte.
In den nächsten Tagen sollte ich mir besser einen genauen Plan machen, wie ich meine Zeit verbringe und möglichst wenig Zeit einplanen, in der ich alleine bin. So habe ich damals schon mal gelernt, das Schlimmste zu verhindern.

Heute wird der Tag im Büro mit seinen Ablenkungen nicht ausreichen. Vielleicht hat Martin Arbeit.

Ich: *Hallo Martin, hast du Arbeit für mich? Ich könnte heute ab 17 Uhr vorbeikommen.*

Jetzt überlege ich mir, wie ich die Mittagespause verbringen kann und hoffe auf Martin mit einer positiven Nachricht.

Ich: *Hey Annabell, hast du Lust auf eine gemeinsame Mittagspause?*
Annabell: *Sorry, Mom, das klappt heute leider nicht. Morgen?*

An Morgen denke ich noch gar nicht, erstmal muss ich heute organisieren.

Ich: *Kein Problem, Morgen planen wir später ... Ich hab dich lieb.*
Annabell: ... *und ich dich auch.*

Von meinem Schreibtisch aus sehe ich die Sonne durch die schmalen Vertikaljalousien vor dem Fenster blinzeln. Es ist Anfang Oktober und heute noch so warm, dass man im T-Shirt draußen sein kann. Spontan kommt mir eine Idee für die Mittagspause und ich plane etwas, was ich noch nie gemacht habe.
»Ich bin zu Tisch«, rufe ich den Kollegen meiner Abteilung beim Hinausgehen zu und verschwinde. »Guten Appetit«, wünschen sie mir noch, mein »Danke« wird aber durch das Zuschlagen der Eingangstür hinter mir abgeschnitten und erreicht nicht mehr die, für die es gedacht war.
Heute will ich die Sonne genießen und beschließe, mir einen Cappuccino in der Eisdiele in der Stadt zu gönnen. Heute brauche ich Wärme, Sonne und Licht.

Vielleicht hätte ich mich vorher über die Öffnungszeiten des Cafés informieren sollen, schließlich ist es schon Oktober. Gut möglich, dass aus meinem Plan nichts wird. Aber dann sehe ich die Tische draußen, von denen nur zwei besetzt sind. Ich entscheide mich für einen Platz in der prallen Mittagssonne, die um diese Jahreszeit ja nicht mehr so gefährlich ist.
Nur aus Interesse schaue ich kurz auf die Karte, denn eigentlich weiß ich schon, was ich möchte, und kurz nachdem ich sie wieder auf den Tisch gelegt habe, steht auch schon die Kellnerin neben mir.
»Einen großen Cappuccino bitte und ein Mineralwasser.«
»Grazie. Vieni subito«, antwortet sie, ohne etwas aufzuschreiben.
Ich schließe kurz die Augen und genieße die Sonne, dann suche ich in meiner Handtasche nach dem Handy. Vielleicht hat Martin schon geantwortet.

Martin: *Marie, das passt. Ich hätte mich in den nächsten Tagen auch gemeldet. Komm, wann du willst. Ich bin im Büro.*
Der Tag ist gerettet.
Ich: *Gut. Bis später ...*

Während ich einen kurzen Abstecher zu Facebook und Insta mache, meine Mails checke und kurz meine Kontobewegungen überprüfe, kommen meine Getränke. Ich nehme einen Schluck Cappuccino und beschäftige mich weiter mit meinem Handy, als plötzlich die Sonne verschwindet und ich im selben Moment jemanden sagen höre: »Ist an diesem Tisch noch ein Platz frei? Ich hätte wahnsinnig Lust auf ein Schokoladeneis«.
Was ist das für ein Idiot?
Hier gibt es unzählige freie Tische. Warum an meinem?
Oder ist das vielleicht einer meiner Arbeitskollegen, der sich einen Scherz mit mir erlaubt?

Genervt schaue ich auf und blicke in das Gesicht meines Schokoladenregalverbündeten.
Ich kann nichts dagegen tun, lache ihn einfach an und dabei entfährt mir ein »Sehr gerne, ja«.
Da sitzt er auch schon an meinem Tisch.
»Was für ein schöner Zufall.«
Ich lasse mich in meinen Stuhl zurückfallen. »Ja, das finde ich auch. So so, Schokoladeneis möchtest du. Da muss ich leider passen. Ich mag kein Schokoladeneis«, gestehe ich.
»Ehrlich gesagt will ich auch keins. Eigentlich wollte ich gar nicht in dieses Café, aber dann habe ich dich hier sitzen sehen. Ich bin übrigens Tom.«
Noch während er das sagt, steht er auf und kommt auf mich zu. Er streckt die Hand aus, aber er hätte sie mir auch über den Tisch reichen können, denke ich.

In dieser Sekunde prasseln tausend Fragen auf mich ein wie ein heftiger Landregen. Und mit jeder Frage eine Warnung, eine Erinnerung. Scheiße, warum kann ich nicht einfach mir und meinem Gefühl vertrauen und diese Situation zulassen? Genau wegen solcher Situationen bin ich seit der Sache mit Philip lieber zu Hause geblieben.
Aber, ich hatte mir vorgenommen, an meinen Ängsten zu arbeiten und deshalb erinnere ich mich daran und erhebe mich von meinem Stuhl, noch bevor er mit ausgestreckter Hand vor mir steht und auf meine Reaktion warten muß.
Wir schütteln uns die Hände und dabei zieht er mich an sich und beugt sich ein wenig zu mir herunter. Er ist viel größer als ich und mein Scheitel reicht nicht einmal bis zu seinen Schultern. Unsere Wangen berühren sich kurz und ich spüre die raue Oberfläche seines Dreitagebarts.
Heute ist wieder nicht Montag, also trägt er ihn wahrscheinlich immer so, erinnere ich mich an unsere erste Begegnung. Obwohl ich seine Haut nicht lange berühre, spüre ich die angenehme Wärme, die von ihm ausgeht. Er umarmt mich und lässt seinen Arm für einen kurzen Moment auf meinem Rücken ruhen. Es ist seltsam,

es ist nur ein kleiner Moment, aber er hat eine schöne Massivität.

»Marie«, antworte ich knapp, dann ist der Moment auch schon vorbei und wir setzen uns wieder an den Tisch. Meine Sinne arbeiten auf Hochtouren. Alle.
Meine Augen scannen ihn, meine Ohren warten auf seine nächsten Worte und ich rieche immer noch den außergewöhnlichen Duft seines Aftershaves.

Ich muss etwas sagen, sonst überwältigen mich wieder die vielen Fragen und Warnungen und ich könnte vor Angst die Flucht ergreifen.
»Und, was macht der Schokoladenbestand?«, frage ich deshalb ohne Umschweife.
»Ich warte schon seit ein paar Wochen wieder auf ein Angebot, aber das Pappregal ist weg und dich habe ich auch noch nicht wiedergefunden.«
Sein Lächeln gefällt mir, aber ich habe mich schon einmal auf ein Lächeln eingelassen, nur weil es mir gefallen hat.
Das sind genau die Momente, die mich seit Philip warnen, weil ich mir selbst nicht mehr vertraue und glaube, dass alles, was mir begegnet, böse ist. Und dennoch weiß ich, dass ich damit wahrscheinlich vielen Menschen von vornherein Unrecht tue.
»Darf ich dir kurz Gesellschaft leisten oder erwartest du jemanden? Ich möchte mich nicht aufdrängen.«
»Du kannst gerne bleiben. Ich habe gerade Mittagspause und wollte ein bisschen die Sonne genießen«, erkläre ich mich und merke, dass ich ihn gerade wirklich eingeladen habe, an meinem Tisch zu bleiben.
»Was machst du hier in dieser Stadt? Wohnst und arbeitest du hier?«, fragt er dann und ich weiß nicht warum, aber ich glaube es klingt nach ehrlichem Interesse. Doch diese ganzen negativen Gedanken kommen mir schon wieder, nur weil er mir eine harmlose Frage gestellt hat. Früher hätte ich diese Begegnung und ein Gespräch genossen. Ganz ohne Hintergedanken.

»Ja, das mache ich. Seit fast dreißig Jahren. Und du?«
»Ich bin erst seit kurzem hier, wegen eines neuen Jobs.«

Die Kellnerin kommt an unseren Tisch und bevor sie etwas sagt, bestellt Tom höflich einen Cappuccino. »Darf ich dir auch noch einen bestellen?«, fragt er beiläufig.
»Okay, warum nicht. Danke, gerne«, antworte ich schüchtern.

Er ist selbstbewusst und hat gute Manieren. Heute trägt er Jeans und braune, schlichte Lederstiefeletten. Dazu einen dünnen, grauen Strickpullover. Sonst nichts.
»Wo wohnst du denn, wenn ich fragen darf?«, nehme ich das Gespräch wieder auf und er nennt mir die Straße, die ich zwar kenne, aber ein infrage kommendes Mietshaus habe ich gerade nicht vor Augen.
»Eine sehr schöne Wohnung. Ich fühle mich wohl. Im Haus und in dieser Stadt. Es ist alles da, was man braucht.«
Das kann ich nur bestätigen. »Ja, das stimmt. Alles, was man braucht, ist da. Was arbeitest du?«
Bevor er antwortet, kommen unsere Cappuccinos und er wartet einen Moment.
»Ich bin Einkäufer von Hightech-Komponenten für eine Entwicklungsabteilung.«

Er nennt mir die Firma, von der ich weiß, dass sie weit über die Grenzen Europas hinaus für ihre innovativen elektronischen Neuheiten bekannt ist.
»Wow, das klingt ja sehr interessant. Ist es das?«, frage ich etwas provokant und warte auf seine Antwort.
»Ich liebe es. Aber leider ist es seit der Pandemie nicht mehr das Gleiche, es ist viel anstrengender und schwieriger geworden. Früher war ich mehrmals im Jahr im Ausland, habe persönlich mit unseren Lieferanten in China, den USA und Nordeuropa gesprochen. Das ist anders, wenn man das jetzt per Telefon oder Videokonferenz machen muss.«

Mir gefällt, dass er seinen Job liebt. Ich liebe meinen auch. Meiner Meinung nach sollte man seinen Beruf lieben, weil man ihn viele Jahre lang viele Stunden am Tag ausüben muss. Da sollte man sich möglichst nicht mit schlechten Kompromissen zufriedengeben. Aber ich weiß natürlich auch, dass es leider tausend Gründe gibt, warum jede Menge Leute es trotzdem Tag für Tag machen müssen.

»Ich könnte mir vorstellen, dass das persönliche Gespräch, Empathie und die Körpersprache bei solchen Geschäften sehr viel ausmachen, und das hat man nicht, wenn man am Telefon oder am Bildschirm miteinander zu tun hat, oder?«, frage ich nach.

»Genau! Gerade in Asien kommt es sehr auf die persönlichen Verhandlungen an. Wirklich schwierig im Moment. Was machst du denn?«, fragt er und nimmt einen Schluck Cappuccino.

»Ich bin im Büro einer hiesigen Firma aus der Innenausstattungsbranche.«

Dann fällt mir ein, dass er mir von seiner neuen Arbeitsstelle erzählt hat und dass er, wie er mir gerade erzählt hat, Kontakte hat, die schon vor der Pandemie bestanden haben. Ich muss noch einmal nachfragen, ob ich etwas falsch verstanden habe.

»Hast du nicht von einem neuen Job gesprochen?«

»Ach ja, ich war bei der gleichen Firma, nur an einem anderen Standort.« Er sieht mich an und fährt fort. »Ich wollte aus persönlichen Gründen den Wohnort wechseln. Wie das im Leben manchmal so ist...«, dabei hält er seinen Blick auf mich gerichtet. Ich denke an das, was er vor ein paar Wochen vor dem Schokoladenregal gesagt hat.

... manchmal braucht man einfach Schokolade und dann ist es gut, welche im Haus zu haben...

Ich fand es damals schon sympathisch und vielleicht hatte diese Aussage auch etwas mit den persönlichen Gründen für den Wohnortwechsel zu tun. Aber weiter

nachzufragen, erscheint mir zu persönlich und deshalb antworte ich nur: »Ich weiß, was du meinst«.
»Und du? Wohnst du hier?«, wechselt er schnell die Richtung.
»Ja, in einem Ortsteil ein paar Kilometer außerhalb.«
»Mit Mann, Kind und Hund?«
»Mit nichts.«
»Okay ...«
»Die Kinder sind groß und leben in eigenen Wohnungen. Hund und Mann gibt es nicht.«
Ich glaube, damit habe ich ohne viele Worte alles gesagt.
Ich schaue auf die Uhr und stelle erschrocken fest, dass ich schon einige Minuten meiner Mittagspause überzogen habe. Es ist nicht so schlimm, aber ich muss mich langsam auf den Weg machen.
»Ich muss. Meine Mittagspause ist vorbei«, erwidere ich knapp mit einem Blick auf die Uhr und wende mich der Bedienung zu, um zu bezahlen.
»...und ich halte dich auch noch auf, indem ich dich vollquatsche...«, entschuldigt er sich und fragt im selben Atemzug: »Marie, darf ich deine Getränke übernehmen?«
Ich mag das eigentlich nicht und suche nach passenden höflichen Worten.
»Bitte«, fügt er hinzu.
»Danke, Tom, aber ich kann meine Sachen selbst bezahlen. Ich bin nicht der Typ, der gerne eingeladen wird.«
Es gäbe noch viele andere Gründe: wir kennen uns nicht, ich habe viel mehr konsumiert als er, ich will ihm nichts schuldig bleiben …
Aber ich sage nichts mehr. Das wären viel zu viele, zu starke Argumente. Er will mich nur einladen. Da ist nichts Schlimmes dabei und ich sollte jetzt wirklich nicht aus einer Mücke einen Blauwal machen.
Ich glaube, er merkt, worüber ich nachdenke, und versucht es mit einem anderen Argument.

»Marie, ich habe mich so gefreut, dich wiederzusehen, bitte lass mich dich einladen. Bitte.«

Ich unterbreche ihn, denn ich denke, ich muss mich nicht weiter bitten lassen und kann seine nette Geste einfach annehmen. »Danke Tom, ich habe mich auch gefreut, dich wiederzusehen.«

Dann spricht er weiter. »Darf ich dir einen Vorschlag machen? Möchtest du in einer Woche wieder mit mir die Mittagspause verbringen? Wieder hier? Und wenn es draußen nicht geht, dann drinnen? Wie wäre das? Dann kannst du auch die Rechnung übernehmen.«

Ob ich möchte? Ja, vielleicht möchte ich. Oder doch nicht? Schon kriechen wieder die ersten Zweifel und Fragen in mir hoch. Aus allen Ecken und Enden meines Körpers kommen sie hervor, um meine Gedanken in Beschlag zu nehmen.

Ich muss gegensteuern, bevor sie mich überwältigen und antworte, vielleicht ein bisschen zu laut und zu schnell,

»Das machen wir. Das ist eine gute Idee.«

Ich stehe auf und nehme meine Handtasche.

»Nächsten Mittwoch um 13 Uhr wieder hier?«, fragt er sicherheitshalber. »Nächsten Mittwoch um 13 Uhr genau hier«, bestätige ich.

Wir gehen aufeinander zu.

»Ich freue mich«, sagt er schüchtern.

»Ich freue mich auch«, antworte ich leise und ungläubig.

Dann umarmen wir uns kurz und drücken wieder unsere Wangen aneinander.

Nur eine ganz kurze, flüchtige Berührung, bei der ich seine Haut und seine Wärme spüre und ihn rieche.

Es fühlt sich gut an.

Glaube ich.

... Bei Philip damals fühlte es sich auch gut an

Ich habe mich schon ein paar Meter von ihm entfernt, will mich aber noch einmal umdrehen und rufe ihm zu: »Danke für die Einladung und bis bald«.
Er ist schon auf dem Weg zur Eingangstür des Cafés, um unsere Getränke zu bezahlen.
»Gern geschehen. Bis bald, Marie.«

Während ich den Motor starte, spüre ich eine Leichtigkeit, die mein Herz umgibt. So etwas habe ich schon lange nicht mehr gespürt. Dieses schöne warme Gefühl hält nur einen Moment an, dann wird es wieder verdrängt von den Warnungen, die seit einiger Zeit meine ständigen Begleiter sind, die überängstlich über mich wachen und mich daran hindern, zu meinem alten Ich zurückzufinden. Sie bedecken alles Schöne mit einem grauen Schleier und mahnen mich ständig zur Vorsicht. Sie meinen es nur gut, das weiß ich, denn sie haben miterlebt, in welchen Zustand mich die Kleinigkeit einer Begegnung mit dem falschen Menschen gebracht hat.

Vier

Den ganzen Nachmittag im Büro und später auf dem Weg zu Martin, denke ich an die Begegnung mit Tom und obwohl ich mich in seiner Gegenwart gut gefühlt und gefreut habe, ihn wiederzusehen, erfasst mich nach jedem schönen Gedanken, ein weiterer, der mich mahnt, mir droht und Angst macht.
Ich bin so froh, endlich in Martins Büro zu sitzen und mit ihm Ordnung in sein Chaos zu bringen. Meine Gedanken haben die nächsten Stunden keine Zeit für Grübeleien und es ist schon dunkel, als ich mich auf den Weg nach Hause mache.
Das war ein langer Tag, mit so vielen unterschiedlichen Eindrücken, die mich, sobald ich allein in meinem Auto sitze, wieder beschäftigen.
Ich versuche, mir das Gespräch mit Tom in Erinnerung zu rufen und glaube, dabei sein Aftershave zu riechen.
Es hat mir gefallen, wie er mit mir geredet hat, wie er sich anzieht, wie er sich bewegt und seine guten Manieren.
... alles das hatte Philip auch! Pass auf und mach nicht denselben Fehler wieder. Spiel nicht schon wieder mit dem nächsten Feuer, das dich verbrennen könnte ...

Zwischen die Gedanken über Tom mischen sich die Erinnerungen an Philip und die neuen Erkenntnisse über die geänderte Adresse dieser Frau. Dann wohnt sie vielleicht nicht mehr dort, oder? Dann haben sie sich vielleicht getrennt?
Durch all diese Gedankenfetzen entsteht eine schreckliche Verwirbelung in meinem Kopf, die mich irremacht. Ich wünschte, ich könne sie ausschalten.
Diese Gedanken in meinem Kopf fühlen sich an, wie Papierschnipsel in einer Box, die durch einen Ventilator aufgewirbelt werden.

Könnte ich das nur ausschalten, könnte ich es nur mit einem Knopfdruck stoppen …

… Warum denke ich immer noch so oft an Philip und warum habe ich nach so langer Zeit wieder auf diese Internetseite geschaut? Manchmal glaube ich, mein Bauchgefühl möchte mir immer noch etwas sagen. Aber das kann nicht sein, denn mein Bauchgefühl kommuniziert ja schon so lange nicht mehr mit mir

Ich muss dringend zur Ruhe kommen und beschließe, zu Hause etwas Schönes zu kochen. Es gibt Tage, da mache ich mir nur schnell eine Kleinigkeit, aber manchmal habe ich richtig Lust etwas zuzubereiten.

Außerdem beruhigt es mich und hilft, üble Gedanken zu vertreiben und beim Abarbeiten von Rezepten, strukturiert zu denken.

Gerade habe ich mir alle Zutaten zusammengesucht, da klingelt es.

»Hallo, Mom«, höre ich durch die Gegensprechanlage und drücke im nächsten Moment den Türöffner.

Annabell kommt die Treppe herauf und ich freue mich sie zu sehen. »Möchtest du mit mir zu Abend essen? Ich wollte gerade etwas kochen?«

»Da kann ich nicht widerstehen«, antwortet sie und dabei zwinkert sie mir ein Auge zu und setzt sich an den Tisch in meiner Küche.

»Kann ich etwas helfen?« Ich habe sie gut erzogen.

»Nein, aber du kannst erzählen, was es Neues gibt.«

Ich mache mich an die Arbeit und muss ihr den Rücken zudrehen, um auf der Küchenarbeitsplatte zu hantieren.

»Ich hatte noch mal einen Termin mit dem Personalchef der Firma, bei der ich mich beworben habe. Es war ein sehr gutes Gespräch. Ich habe ein gutes Gefühl, Mama. Ich möchte das machen.«

Sie möchte meinen Segen. Dafür sollte ich das Messer zur Seite legen. Dann setze ich mich zu ihr an den Tisch.

Ich finde, diesen Moment sollte man nicht nebenbei, in eine andere Richtung gewendet, während des Kartoffelschälens, mit einem flüchtigen ... *ja, dann mach doch*, abtun.
»Ich habe ein paar Tage gebraucht, nachdem du mir von deinem Plan erzählt hast, aber ich habe begriffen, es muss sein, du solltest diese neue Herausforderung annehmen. Warum zweifelst du?«
Aus ihrem Gesicht glaube ich genau lesen zu können, was sie fühlt. Sie ist zerrissen zwischen der neugierigen Lust auf etwas Neues und der sicheren Beständigkeit des Habenden.
Ich kenne diese Momente, sie sind ätzend.
Gerade dann, wenn man sich trauen und entscheiden will auf das Neue zu setzen, zieht ein anderer Teil deines Ichs an deinem Ärmel und mahnt, bei dem Alten zu bleiben, weil du dort weißt, was du hast.
Bevor sie etwas sagen kann, sage ich, »Trau dich, Annabell! Du wirst es sonst bereuen und wenn du nach einiger Zeit feststellst, es ist nicht der richtige Job, suchst du dir etwas anderes. Du bist jung und wenn du deine Weiterbildung abgeschlossen hast, tun sich noch ganz andere Möglichkeiten für dich auf. Sei nicht feige.«
Der Ausdruck in ihrem Gesicht verändert sich und ich glaube Erleichterung darin erkennen zu können. Sie sieht mich an, sagt aber immer noch nichts. Ich weiß, welchen Satz ich ihr jetzt noch mit auf den Weg gebe. Dann greife ich über den Tisch und nehme ihre Hände in meine, schaue sie an und sage vertrauensvoll, »Sei mutig und freundlich, Annabell!«
Dieser Satz hat für uns beide irgendwie eine besondere Bedeutung. Er stammt aus einem Disney-Film, den wir früher oft gemeinsam angeschaut haben.
»Danke, Mama«, ist alles, was sie sagt, aber ich weiß, es reicht, um so viel zu sagen, was zu sagen wäre.

Der Moment ist plötzlich so emotional, die Tränen stehen uns beiden in den Augen, aber nicht, weil der

Augenblick so traurig, sondern, weil er so vertrauensvoll ist. Ich glaube, ich muss die Situation retten und schiebe meinen Stuhl zurück, mit den Worten, »... und jetzt wird gekocht!«

Ich sehe, wie dankbar sie ist, weil ich das Thema wechsele und sie sich dadurch wieder fangen kann. Sie ist schon dreiundzwanzig und mir kommt es vor, als habe ich sie erst letzte Woche, mit ihrer pinken Kindergartentasche, im Kindergarten abgegeben. Verrückt ...

Wir essen zusammen, während wir am Tisch sitzen und erzählen. Eine ganze Weile lang. Dann nehme ich irgendwann wieder das Thema mit der neuen Stelle auf.

»Hast du schon gekündigt?«

»Nein. Aber ich habe sie schon geschrieben. Ich werde sie erst nächste Woche abgeben. So lange habe ich noch Zeit.«

»Aber erst, wenn du deinen neuen Arbeitsvertrag unterschrieben hast.« Ich kann es nicht lassen und muss meinem *Kindergartenkind* noch eine Belehrung *á la Mutter weiß mehr* ... mit auf den Weg geben.

»Natürlich Mama. Aber gut, dass du es noch mal sagst.«

Wie respektvoll sie ist ... Sie könnte mir auch zeigen, ich soll mit der Bevormundung und Besserwisserei aufhören und sie könnte es, mit nur einem einzigen Wort, einer Geste oder einem Gesichtsausdruck.

Aber das tut sie nicht. Mir kommen schon wieder die Tränen. Mein Gott, wie dünnhäutig bin ich heute eigentlich? Schlimm ...

Bevor Annabell es merkt, habe ich mich wieder im Griff und etwas später verabschieden wir uns mit einer festen Umarmung, bevor sie geht.

»Danke Mama.«

»Sehr gerne, mein Kind.«

Ich sehe ihr nach, wie sie im Treppenhaus verschwindet. Dann räume ich den Tisch ab und die Küche auf und ziehe mir etwas Bequemes an.

Es ist schon kurz nach halb neun, als ich den Fernseher anmache. Mal sehen, ob ich noch in einen Film einsteigen kann.
Der Bildschirm geht an und ich sehe eine Szene aus einem Film: Eine Frau und ein Mann auf einem Sofa. Sie liegt in seinen Armen und er streichelt ihr sanft über den Arm. Dann sagt sie, »Danke, dass du dich gekümmert hast. Ich bin so froh, dich zu haben. Du bist ein wunderbarer Mann, der für alles eine Lösung hat und mir so viele Dinge abnimmt. Danke, du bist großartig.«
Schöne Worte, denke ich. Das ist Anerkennung.
Und schon sind meine Gedanken wieder bei Philip.
... Menschen mit narzisstischen Zügen streben nur nach Anerkennung, weil sie innerlich leer und klein sind, habe ich gelernt. Welche Art von Anerkennung? Ich verstehe das nicht ...

Natürlich nicht, weil den Menschen, die diese Neigungen nicht haben, dieses Streben völlig fremd ist.
Wenn wir einen Menschen mögen und in einer guten Verbindung zu ihm stehen, dann geben wir doch automatisch Anerkennung.
Anerkennung der unterschiedlichsten Art. Je nach Intensität der Verbindung. Warum muss man dafür andere Menschen manipulieren, benutzen und sogar brechen?
Für welche Art von Anerkennung, die man nicht durch Empathie erreichen könnte? War Philip wirklich so jemand? Und warum habe ich es nicht gemerkt? Stopp! Ich habe es ja bemerkt ...
Ich habe es nur nicht wahrhaben wollen und mich weiter manipulieren und benutzen lassen. Scham durchfährt plötzlich meinen ganzen Körper wie eine intravenöse Injektion, die diese Substanz durch meinen Blutkreislauf bis in meine Eingeweide jagt und mich damit in jeder nächsten Sekunde stärker vergiftet.
Ich will nicht mehr darüber nachdenken. Diese ganzen Gedanken sollen endlich für immer verschwinden.

Ich möchte an etwas Schönes denken und rufe mir die Mittagspause mit Tom in Erinnerung.
Aber im selben Augenblick fühle ich mich schlecht. Nur, weil ich in meinen Gedanken, einen Mann durch einen anderen austausche und es sich so anfühlt, als würde ich einen nach dem Nächsten Verkonsumieren. Dabei sind zwei Jahre vergangen, seit ich Philips Kontakt gelöscht habe. Und seitdem gibt es keinen anderen Mann.

Der Film entpuppt sich als eine Komödie, aber ich verstehe die Zusammenhänge nicht mehr und deshalb verliere ich schon kurz nach der Szene mit dem Paar auf dem Sofa das Interesse. Schon wieder habe ich das Handy in der Hand, die Website dieser Frau geöffnet und starre die neue Adresse an und ich habe es überhaupt nicht bemerkt.
Ich bin immer noch so richtig am Arsch!
Nur, weil ich vor ein paar Jahren bei dieser Kleinigkeit, einer Begegnung mit einem Menschen, zu unvorsichtig war.
Diese Kleinigkeit? Nein, es ist viel mehr. Es ist, als hätte eine fremde Macht in mir, die aus dieser Kleinigkeit gewachsen ist, das Mark aus meinem Rückgrat gesaugt und mich dadurch in vielerlei Hinsicht instabil gemacht.

Fünf

Wie schnell die Woche vergangen ist. Ich weiß nicht, wo die Tage geblieben sind. Jeden Tag hatte ich etwas vor und dreimal habe ich sogar bis zum Einbruch der Dunkelheit bei Martin gearbeitet. Dann habe ich mich selbst zu einem spontanen Besuch bei Sabine eingeladen und war einen Abend mit Laura im Kino.
Es ist Mitte Oktober und die Temperaturen von vor einer Woche sind Geschichte.
Vor einer Woche saß ich noch nur mit einem T-Shirt bekleidet draußen im Café und jetzt haben wir Temperaturen, bei denen man eine Jacke braucht und draußen sitzen geht gar nicht mehr.
Morgen bin ich mit Tom verabredet.
Ob er wohl kommt?
Eigentlich ist er ein Mann, der einen zuverlässigen Eindruck macht.
... aber diesen Eindruck vermittelte Philip auch

Ich sollte aufhören, alles, was ich positiv denke, auf Philipp zu projizieren, weil es dadurch negativ wird. Das macht krank!
Er wird kommen. Und ich freue mich sogar ein bisschen, aber ich erlaube mir diese Freude nicht. Das wäre zu leichtfertig, das darf ich nicht.
Aber wenn ihm etwas dazwischenkäme, hätte er keine Chance, mir Bescheid zu sagen.
... es wird ihm nichts dazwischenkommen!
Außerdem bin ich überzeugt, dass er eine Menge Phantasie hätte, wie er eine Verhinderung seinerseits mitteilen würde, auch ohne meine Telefonnummer zu kennen. Er könnte meine Firma googeln oder mir im Eiscafé eine Nachricht hinterlassen.
Aber das muss er nicht, denn er wird da sein, und daran möchte ich mit Überzeugung glauben.

***

Der Wecker klingelt, aber ich bin schon fast eine Stunde wach, vielleicht weil ich mich auf die Mittagspause freue und mir dabei vorstelle, wie es sein wird, wenn wir uns wiedersehen. Gleichzeitig frage ich mich, ob ich Anzeichen erkennen werde, die mich warnen würden, wenn er etwas Böses im Schilde führt. Ich hatte mit Philip damals auch eine Verabredung. Eine Verabredung zum Essen. Aber er ließ sie platzen. Sogar erst nach dem eigentlichen Zeitpunkt der Verabredung, hatte er sich durch einen Anruf entschuldigt.

Ich erinnere mich an diesen Tag und dieses Gefühl.

Wie unbekümmert ich zum ersten Mal von diesen Merkwürdigkeiten überrumpelt wurde und wie weh sie mir taten. Noch heute spüre ich den Schmerz und mir wird übel, wenn ich daran denke, wie leicht er mich damals mit seiner Ausrede beschwichtigt hat. Damals wusste ich noch nicht, dass es die erste von so vielen Ausreden sein würde.

Ich muss aufstehen, sonst ziehen mich die Gedanken wieder so tief in diesen Abgrund, von dem ich dachte, seine Oberfläche sei längst zugewachsen und diese gewachsene Schicht würde mich sicher davor bewahren, wieder in ihn zu versinken.

Aber ich muss mich getäuscht haben. Die Oberfläche dieses Moorlochs ist gar nicht zugewachsen. Sie ist nur eine Täuschung, wie die scheinheilige Oberfläche einer Erdfalle, die nur aus einer dünnen Schicht Laub und Moos hergerichtet ist, um Nichtsahnende darin zu versenken und zu fangen.

Im Badezimmer frage ich Alexa nach dem Wetter und wünsche mir eine Playliste, die ich in mühevoller Arbeit zusammengestellt habe. Dann lasse ich das warme Wasser der Dusche meine negativen Gedanken wegspülen und nehme mir fest vor, bis zu meinem Date mit Tom nur noch positiv zu denken. Sonst kann ich es auch gleich lassen.

Wenn er wüsste, mit wie vielen negativen Gedanken unser Date behaftet ist, würde er mich wahrscheinlich für irre erklären und schnell das Weite suchen, und ich könnte es ihm nicht einmal verübeln. Außerdem ist es ja nur eine gemeinsame Mittagspause. Gut, er hätte es nicht vorgeschlagen, wenn er mich nicht irgendwie sympathisch fände, und ich hätte nicht zugesagt, wenn es nicht irgendwie genauso wäre. Vielleicht sucht er aber auch nur Bekanntschaften in einer fremden Kleinstadt, weil er gerade erst zugezogen ist. Und ehrlich gesagt, eine Bekanntschaft ohne weitere Hintergedanken würde mir auch guttun, um wieder am normalen Leben teilzunehmen.

Ich überlege, was ich anziehen soll, entscheide mich dann aber schnell und aus tiefster Überzeugung dafür, mich genauso zu kleiden wie an einem stinknormalen, langweiligen Tag im Büro.

Die Zeit vergeht wie im Flug und es ist schon nach zehn, als ich zum ersten Mal auf die Uhr schaue. In drei Stunden werde ich mit Tom bei einem Cappuccino sitzen und ich bin hin- und hergerissen zwischen Neugier, vorsichtiger Freude und Angst. Bin ich das wirklich, was ist nur aus mir geworden?

»Hey Marie, hast du gerade Zeit, hier ist Besuch für dich.« Julius, mein Arbeitskollege, steht in der Tür und schaut mich fragend an. »Wer ist denn das?«, frage ich nach.

»Herr Steinhoff, oder so? Von einem Lieferanten glaube ich.«

»Dann ist es bestimmt Herr Steinhaupt. Ja klar, schicke ihn zu mir«, bitte ich freundlich. Eigentlich ist es mir lieber, wenn diese Besuche nicht so überraschend kommen, dann

habe ich mehr Zeit, bin vorbereitet und habe eventuell zu klärende Punkte parat. Heute bin ich völlig unvorbereitet.
»Hallo Michael«, begrüße ich den Mann, der mit Aktentasche und zögerlichem Blick vor meinem Büro steht.
»Hallo Marie, entschuldige, dass ich so kurzfristig vorbeikomme, aber ich war gerade in der Nähe und dachte, ich schaue mal bei dir vorbei.«
»Komm doch rein und setz dich. Möchtest du einen Kaffee?«, frage ich höflich, aber er verneint und erklärt mir, dass er gleich weitermüsse, weil er einen Termin mit einem anderen Kunden habe. Ich bin erleichtert, denn ich war auf nichts vorbereitet und bin mit meinen Gedanken auch, ehrlich gesagt, ganz woanders. Ein paar Minuten Smalltalk kriege ich aber natürlich hin, und als wenig später das Telefon auf meinem Schreibtisch klingelt, springt Michael sofort auf, streckt mir seine Hand entgegen und sagt: »Nimm ab, ich muss sowieso los«.
»Bis bald«, verabschiede ich mich noch und habe den Hörer schon in der Hand.
Als ich das nächste Mal auf die kleine Digitaluhr am rechten unteren Rand meines Bildschirms schaue, ist es bereits 12.30 Uhr. Plötzlich spüre ich den Herzschlag in meiner Brust und eine seltsame Freude, die mir ein Lächeln ins Gesicht zaubert. Es ist ein schönes Gefühl, so warm. Aber es dauert nur ein paar Sekunden an.
Denn dann überkommt mich schon wieder das, was immer sofort kommt, wenn ich in den letzten Jahren diese Art von Freude empfunden habe. Ich werde überrollt von Erinnerungen und Zweifeln, die viel massiver und größer sind als das kleine Pflänzchen Freude.
Sie breiten sich über das Freudegefühl aus und ersticken das feine, zarte, zerbrechliche Pflänzchen Freude mit einer Decke aus Angst, bösen Gedanken und Selbstzweifeln, noch bevor es richtig das Tageslicht erblickt hat.
Diese undurchlässige, schäbige Decke schafft es gerade wieder, mich mit quälenden Fragen zu bombardieren,

während ich auf dem Weg zur Personaltoilette bin, um mich kurz frisch zu machen.
Es sind immer die gleichen Waffen, die abgefeuert werden und mit ihren Einschlägen hinterlassen sie immer neue Wunden oder reißen alte wieder auf.
Ich schaue in den Spiegel und spreche mir laut Selbstvertrauen und Mut zu, nachdem diese Attacke über mich hinweggerollt ist.
... Es ist nur ein Treffen auf einen Kaffee in einer Mittagspause. Er ist ein netter Mensch, vertraue dir...
Nie wieder wird dich jemand benutzen und manipulieren.
Du wirst es nie wieder zulassen!

Meine Güte, was ist nur aus mir geworden, ich muss mich beruhigen und mir gut zureden, nur weil ich gleich eine halbe Stunde mit einem Mann in einem Café verbringen werde.
Zurück im Büro schalte ich das Licht aus und nehme meinen Mantel vom Garderobenhaken.
Während ich das Auto starte, den Parkplatz verlasse und die kurze Strecke in die Stadt fahre, kreisen meine Gedanken nur um eine Sache: Wenn er nicht da ist und mich versetzt, wie Philip damals bei unserer Verabredung ... Was dann?
Dann bin ich es wohl nicht wert, dann muss es wirklich an mir liegen, denn es wäre kein Zufall, wenn der nächste Mann wieder eine Verabredung mit mir platzen lässt.

Diese Gedanken lassen nicht den Hauch von Freude aufkommen, die ich eigentlich empfinden sollte und so gerne empfinden würde. Ich hoffe mit aller Kraft, dass er da sein wird. Bitte!
Warum habe ich mich nur auf diese Verabredung eingelassen?

Als ich mit zitternden Händen meine Handtasche vom Beifahrersitz nehme, aussteige und die Autotür zuschlage,

bekomme ich plötzlich eine Ahnung, wie groß das Ausmaß der Enttäuschung und Verletzung sein könnte, wenn er nicht da wäre.
Ich sehe den schwarzen Abgrund vor mir, den ich nur zu gut kenne.
Ich sehe all die Wochenenden, die ich in derselben Jogginghose unter einer Decke auf meinem Sofa verbracht habe, unfähig, etwas anderes zu tun als zu atmen. Ich dachte, es wäre längst vorbei.
Ich dachte, ich wäre schon lange geheilt.
Aber nein… ich bin immer noch ein verlorener, gottverdammter Zombie.
Ich frage mich, ob er mit dem Auto kommt und schaue suchend in alle Richtungen, um ein Auto oder ihn zu finden. Aber ich weiß ja nicht, was für ein Auto er ... doch! ... auf dem Parkplatz, beim Supermarkt habe ich ihn doch in einen Audi einsteigen sehen.
Aber ich sehe keinen Audi. Mit jedem Schritt, den ich mich dem Café nähere, werden meine Kniee weicher. Einen Moment denke ich, ich breche zusammen, aber mit einem tiefen Atemzug kann ich das gerade noch verhindern.
... bitte Gott, mach, dass er da ist

Ich atme tief durch, stoße die Tür zur Eisdiele auf und bleibe stehen. Ich will nicht hineingehen, wenn er nicht da ist. Wenn ich erst einmal drinnen wäre und mich verzweifelt nach ihm umsehen würde, er aber nicht da wäre, müsste ich den Raum wieder verlassen. Alle Gäste würden mich ansehen und wüssten, dass mich jemand versetzt hat, und ich müsste wie ein geprügelter Hund wieder davonkriechen. Wenn ich in der Tür stehen bleibe und mich umschaue, kann ich, ohne einzutreten, wieder verschwinden.
Er ist nicht da!
Nur ein paar Tische sind besetzt.
Er sitzt an keinem.

Was mache ich bloß? ...

In diesem Moment steht eine Frau mit ihrem Kinderwagen vor mir und will das Café verlassen. Ich stehe ihr im Weg und versperre die Tür und den Ausgang. Tief in Gedanken versunken gehe ich automatisch ein paar Schritte zur Seite, um sie durchzulassen und merke erst, als die Tür hinter mir langsam ins Schloss fällt, dass ich damit genau das getan habe, was ich nicht wollte. Jetzt stehe ich verloren in diesem Café und die Tür hinter mir hat sich geschlossen. Ich muss handeln. Ich muss Entscheidungen treffen. Bleiben - sitzen - warten - bestellen - gehen - zusammenbrechen - weinen
Jetzt Marie! Mach etwas! Er ist nicht da. Er hat dich versetzt. Schon wieder hat dich jemand versetzt! Alle starren dich an ...

Ein letztes Mal lasse ich meinen Blick durch den Raum gleiten, sehe wie hypnotisiert die wenigen Menschen an den Tischen. Er ist nicht da.
Ich muss hier raus…
Aber warum? Vor einer Woche bin ich auch in dieses Café gegangen, habe mich allein an einen Tisch gesetzt und etwas bestellt?
Aber heute kann ich das nicht! Heute ist es anders!
Hastig drehe ich mich um und will nur noch raus. Wie aus heiterem Himmel beginne ich plötzlich zu schwitzen, spüre feuchten Schweiß auf meiner Stirn und ein kleines Rinnsal läuft langsam meinen Rücken hinunter. Hilflosigkeit überkommt mich, ich will nur noch weg. Panisch greifen meine Hände nach der langen, schmalen Griffstange der Eingangstür, deren Türblatt aus einer stylischen, modernen Glasfüllung besteht, und dann sehe ich Tom auf der anderen Seite stehen. Seine Faust umklammert die Griffstange und wir stehen uns gegenüber, nur durch das Glas getrennt. Er will rein, zu mir, und ich will fliehen, einfach nur weg…

Oh mein Gott, danke. Ich bin so froh!

Was in diesem Moment mit mir, meinem Körper, meinem Herzen und meiner Seele passiert, begreife ich nicht so schnell, aber ich weiß, dass er mich vor dem großen schwarzen Loch bewahrt, in das ich auf dem Weg zu meinem Auto ohne Zweifel gefallen wäre.
»Marie, entschuldige bitte. Ich bin zu spät. Es tut mir leid. Ich war in einem Meeting, das ich einfach nicht rechtzeitig verlassen konnte. Ich hasse das!«
Er spricht hastig, hält einen Moment inne und sieht an mir herunter. Dabei bemerkt er meine Hand, die sich immer noch um die Griffstange krallt, so fest, die Fingerknöchel sind mittlerweile weiß geworden unter dem Druck, mit dem meine Faust das kalte Metall umklammert. Bereit zu gehen, bereit zu fliehen, noch nicht eingenommen von der plötzlichen Wendung dieses schrecklichen Augenblicks. Seine Augen heben sich wieder, bis zu meinen Augen. Sein Blick taucht unter meine Haut, sieht durch alles in mir hindurch, bis direkt auf mein Herz, genau auf diesen wunden Punkt, der sich dort gebildet hat. Dabei kann er doch gar nicht wissen, dass er da ist. Trotzdem fühlt es sich an, als würde er diesen Punkt bestrahlen. »Du wolltest gehen, oder?«, fragt er leise.

Wir stehen immer noch voreinander in der offenen Tür. Ich bin einfach nur glücklich, weil er da ist. Seine Anwesenheit und seine Wärme umhüllen mich wie eine warme Wolldecke, die mich schützt und geborgen hält. Er kann gar nicht ermessen, wie wichtig seine Anwesenheit für mich ist.
»Ich dachte, du kommst nicht.«
Mehr bringe ich nicht heraus. Ich würde es ihm so gerne erklären, aber es geht einfach nicht.
»Aber jetzt bin ich hier. Bitte verzeih mir und komm wieder mit rein. Ich habe mich so auf heute gefreut.«
Er lächelt mich an und alles in mir will ihm glauben, also lasse ich langsam den Griff los und drehe mich, ängstlich

und vorsichtig, als stünde ich auf einem Minenfeld und die kleinste falsche Bewegung könnte mich zerreißen, wieder in Richtung Innenraum. Er geht an mir vorbei. Ich rieche ihn. Es ist so ein hölzerner Geruch, wie Natur oder Wald, mit einem Hauch von etwas anderem.

Zielstrebig geht er auf einen Tisch in der Ecke zu und ich folge ihm. Heute trägt er einen Anzug, der ihn mächtig und gleichzeitig unglaublich sexy aussehen lässt. Ich wünschte, ich könnte diesen Moment und seinen Anblick mehr genießen, aber ich bin nur erleichtert, weil er da ist und merke, wie ich mich mit jeder Sekunde mehr entspanne. Wenn er wüsste, wie kaputt ich bin, würde er das Weite suchen.

»Sollen wir diesen Tisch nehmen?«, fragt er höflich und schaut mich an, während er auf meine Antwort wartet.

»Sehr gerne, der ist perfekt«, fiepse ich wie eine kleine Maus.

»Bitte setz dich, wo möchtest du sitzen?«

Ich glaube, er wartet darauf, welchen Platz ich auswähle, um mir dann den richtigen Stuhl abziehen zu können. Ich liebe gute Manieren, sie machen Männer sexy. Dann setzt er sich zu meiner Rechten, und während er seinen Stuhl zurechtrückt, berühren sich unsere Knie ganz leicht.

Aus dem Augenwinkel sehe ich die Kellnerin auf uns zukommen. Auch Tom bemerkt sie und fragt schnell: »Was darf ich dir bestellen?«

»Hallo, schon vergessen? Heute darf ich dich fragen, was ich dir bestellen darf.«, antworte ich schlagfertig und seine Antwort kommt prompt. »Darüber reden wir noch!«

Die Dame mit dem kleinen Gerät in der Hand wartet an unserem Tisch auf die Bestellung.

»Ich hätte gerne einen Cappuccino und ein Tiramisu«, beginne ich, ohne auf die Karte zu schauen und sehe sie dabei freundlich an. Die Erleichterung und Entspannung, nur weil er da ist, überwältigt mich in diesem Moment fast.

»Hey, das ist eine tolle Idee, das nehme ich auch. Danke.«

Dann sind wir wieder allein. Er lässt sich gegen die Stuhllehne fallen und seufzt: »Was für ein Tag. Ich hätte dir heute Morgen so gerne Bescheid gesagt, wegen des Meetings und dass ich mich vielleicht ein paar Minuten verspäten werde, aber außer in diesem Café anzurufen und dir eine Nachricht zu hinterlassen, gab es keine andere Möglichkeit. Okay, ich hätte im Internet nach deiner Firma suchen und dich dann anrufen können, aber das schien mir alles zu unpassend für eine mögliche Verspätung von ein paar Minuten. Vielleicht könntest du mir deine Visitenkarte geben, nur für den Fall…?«

Ich höre ihm nur zu, wie er redet, sich entschuldigt und erklärt. Und wie vorsichtig er ist. Er fragt mich nicht nach meiner Privatnummer, sondern bittet mich um eine Visitenkarte.

Als ob er schon wüsste, wie ungern ich schnell meine Handynummer rausrücke. »Das kann ich gleich machen«, antworte ich mechanisch, und frage ihn danach, warum er so schick gekleidet ist und bitte ihn, etwas über das Meeting zu erzählen, weil ich merke, dass es mir guttut, wenn er redet. Er soll einfach noch ein bisschen erzählen, ich brauche noch Zeit, um mich zu erholen und wohler zu fühlen.

Er erzählt von einer wichtigen Besprechung mit einem Kunden. Im Rahmen des Erlaubten erklärt er mir, worum es geht, welche Aufgaben er bei diesem Geschäft hat und warum er und seine Kollegen bei solchen Meetings förmlicher gekleidet sind als sonst. Zwischendurch kommen die Kaffees und das Tiramisu.

»Es ist schön, mit dir hier zu sitzen, Marie«, er hebt seine Tasse und prostet mir zu, ohne darüber nachzudenken, ob diese Geste angemessen ist. Prostet man sich mit Kaffeetassen zu? Aber es scheint ihm egal zu sein. Er hat so eine Leichtigkeit. So ein Selbstbewusstsein, das zu tun, was ihm gerade in den Sinn kommt, ohne darüber nachzudenken, ob es den guten Sitten der Gesellschaft

entspricht. Warum sollte man sich auch nur mit einem Glas Champagner oder einem anderen hochprozentigen Getränk zuprosten? Es geht doch um den Moment mit einem geschätzten Menschen, der etwas bedeutet, und da ist es völlig egal, ob es etwas Großes oder Kleines ist und womit man anstößt.
»Ja, das finde ich auch, Tom«, sage ich erleichtert. Und ich meine es jetzt, in diesem Moment, wirklich so. Er steckt sich ein Stück Kuchen in den Mund und schwärmt leise: »Hmm, ist das lecker! Das ist genau die richtige Belohnung nach dem heutigen Meeting«.
Ich glaube, ich bin jetzt so weit, dass ich mich an einem Gespräch beteiligen kann, also frage ich ihn: »Erzähl mal, wie geht es dir? Hast du dich gut eingelebt? Hast du dich schon eingerichtet?«
»Das sind ja gleich drei Fragen auf einmal ...«, lacht er und beginnt dann, alle drei nacheinander zu beantworten. Ich höre zu, spüre, wie sich jede Zelle meines Körpers weiter entspannt, genieße den Klang seiner Stimme, seine Wortgewandtheit, seine Phantasie. Er ist so ausgeglichen und ruhig, während er spricht. Er erdet mich auf eine Weise, wie ich es schon lange nicht mehr gespürt habe, obwohl er nur von seiner Wohnung, seiner Arbeit und dieser Kleinstadt erzählt, in die er vor kurzem erst gezogen ist. Ich schweige, und er schwärmt weiter von den Lebensmittelgeschäften in unserer Stadt, die auf seiner Favoritenliste ganz oben stehen. Alle meine Eindrücke verdichten sich plötzlich zu einer Erkenntnis: Er ist mega-charismatisch! Aber ich schaffe es noch nicht einmal, die typischen guten Eigenschaften eines Menschen mit Charisma auf ihn zu projizieren, da treffen mich schon die Pfeile der Erinnerung. Einer ins Herz, der Schmerz der Liebe. Einer in die Seele, der Schmerz der Verletzung und der Nichtbeachtung. Einer in den Verstand, der Schmerz der Ungewissheit.
Sie treffen mich alle gleichzeitig, in derselben Sekunde, und ich erstarre mit nur einem Gedanken. Philip.

Für einen Moment glaube ich, er merkt, wie mich etwas beschäftigt und meine Aufmerksamkeit auf sich zieht. Ich bin an einem anderen Ort. Aber das will ich gar nicht. Er kann nichts dafür, dass ich mit diesem Fluch behaftet bin, dass ich seit der Begegnung mit Philip und dem, was sie aus mir gemacht hat, so kaputt bin. Tom hat nichts falsch gemacht. Ich würde es ihm so gerne sagen, aber ich kann es nicht.

Ich habe in meinem Leben gelernt, dass das Glück ein schlechter Gastgeber sein kann. Es lädt dich ein, deckt den Tisch und wirft dich vielleicht ohne Vorwarnung wieder hinaus.

Aber ich muss aufhören zu glauben, dass es immer so sein wird. Ich muss aufhören, alles mit der Kleinigkeit der Begegnung mit Philip zu vergleichen. Ich muss endlich damit aufhören und mich an den kleinen Dingen des Lebens wieder erfreuen.

»Wie lange hast du Pause?«, frage ich ihn, um mich auf andere Gedanken zu bringen.

»Eigentlich kann ich das selbst entscheiden, aber wir wollen gleich im Team über das Meeting von heute Morgen sprechen und planen, wie es weitergeht.« Er schaut auf seine Armbanduhr. »Ich habe noch zwanzig Minuten Zeit. Und du?«

»Eigentlich mache ich immer nur dreißig Minuten Mittagspause, aber ich kann sie auch mal verlängern. Wenn du gehst, gehe ich auch.«

Wir heben beide gleichzeitig die Tassen und trinken einen Schluck.

Ich bin wohl aus der Übung, merke ich, früher konnte ich mich immer darauf verlassen, solche Situationen empathisch und freundlich zu meistern, ohne anstrengende Suche nach Gesprächsthemen.

»Hast du schon Freunde gefunden und soziale Kontakte geknüpft, seit du hier wohnst?«

Er stellt seine Tasse ab, bevor er antwortet. »Eigentlich noch nicht so viele. Ich bin in der Firma aber auch sehr beschäftigt. Das Projekt erfordert viel Aufmerksamkeit und Zeit. Deshalb habe ich mich erst einmal darauf beschränkt die Wohnung einzurichten und alles Notwendige zu erledigen. Noch ein paar Wochen, dann wird es entspannter mit dem Kunden und dann sehen wir weiter.«

Ich lege die Kuchengabel zurück auf den Teller, mit der ich gerade das letzte Stück Tiramisu genossen habe. »Kann ich verstehen. Wohnen hier auch Arbeitskollegen von dir? Das wäre doch die beste Möglichkeit, private Kontakte zu knüpfen.« Bevor er antworten kann, füge ich schnell hinzu: »Natürlich nur, wenn man diese Kollegen mag und auch in der Freizeit Kontakt zu ihnen haben möchte.«

»In meinem Team im Moment nicht, soweit ich weiß. Das ist schade, aber wie gesagt, so viel Zeit habe ich im Moment sowieso nicht. Wenn das Projekt vorbei ist, sieht das wieder anders aus und für den nächsten Kunden wird wieder ein neues Team zusammengestellt. Vielleicht ist dann jemand von hier dabei.

Ich dachte, er wäre fertig, aber dann sagt er: »Ich habe dich kennen gelernt ... was will ich mehr? «

Verstohlen schaue ich bei diesen Worten auf meine Smartuhr und merke, dass ich damit überhaupt nicht umgehen kann. Wieder einmal unterstelle ich Tom etwas, wovor mich Philip zu fürchten gelehrt hat und übersehe dabei fast, dass mein Gegenüber nur einen netten, freundlichen Satz gesagt hat, gewürzt mit einem kleinen Scherz.

Jetzt nichts zu erwidern, wäre sicher unhöflich. »Das verdanken wir dem Schokoladenregal. Und damit heute eine gelungene Abwechslung in unserer Mittagspause.«

Das war eine scheiß Antwort, ich weiß, aber ich kann nicht anders.

»So kann man es auch nennen«, antwortet er mit weit weniger Enthusiasmus, so dass es mir fast leidtut, ihm den Wind aus den Segeln genommen zu haben.
»Und was machst du in deiner Firma? Bist du schon lange dort?«, wechselt er das Thema.
Ich erzähle von der Firma, in der ich arbeite, was ich dort mache und wie lange ich schon dort bin. Wir kommen vom Hölzchen aufs Stöckchen und finden endlich, und ich glaube, es lag vorher ausschließlich an mir, in einen schönen, unkomplizierten Gesprächsfluss.
Bis er irgendwann wieder auf die Uhr schaut und sagt: »Ich muss los, Marie. Ist zwar schade, aber wir haben gleich die Teamreflexion und die ist für alle Pflicht. «
Ich will es ihm leicht machen, schaue auch auf die Uhr und antworte schnell: »Oh ja, ich muss auch. «
»Bitte, lass mich dich einladen«, versucht er noch einmal, aber ich will nicht.
»Auf keinen Fall. Abgemacht ist abgemacht. «
Wir stehen gemeinsam auf und ich gehe zur Kasse, um zu bezahlen.
Tom steht etwas abseits und wartet auf mich.
Mit einer oberflächlichen Verabschiedung greift nach der Eingangstür und hält sie mir auf.
»Wo steht dein Auto?«, fragt er.
»Da hinten, in der Parkbucht vor der Kinderarztpraxis, der kleine Schwarze.« Ich deute über den Platz vor dem Café, auf dem im Sommer die vielen Tische stehen, in die Richtung. »Und du?«
»In der Nebenstraße da drüben. Hier war nichts frei.«
Wir gehen in verschiedene Richtungen zu unseren Autos.
»Welche Automarke fährst du? «, frage ich noch.
»Einen Audi. Ist ein Firmenwagen. Und du, einen Mercedes?« Er schaut über mich hinweg zu der Stelle, die ich ihm gezeigt habe.
»Ja, einen kleinen.«
»Sehr schön«, gibt er zurück und dann ist der Moment gekommen, an dem wir uns trennen müssen.

»Das war schön«, verabschiede ich mich leise.
»Fand ich auch, hättest du Lust auf eine Wiederholung?«, fragt er mutig.
»Vielleicht«, höre ich mich vorsichtig sagen. »Hast du eine Visitenkarte? Willst du sie mir vielleicht geben? Dann könnte ich mich mal bei dir melden«, schlägt er vor.
Ich krame in meiner Handtasche. In dem kleinen Innenfach waren doch immer ein paar Karten. Er nimmt sie mir aus der Hand, unsere Finger berühren sich für eine kleine Sekunde.
»Danke. Schönen Tag noch. Ich melde mich. Ganz bestimmt«, verspricht er und entfernt sich langsam ein paar Schritte von mir.
Dann dreht er sich noch einmal um, lächelt mich an und wartet, ob ich noch etwas sage.
»Mach das. Bis bald, Tom.«
»Bis bald, Marie.«

Dann gehen wir beide unserer Wege.

Sechs

Die nächsten Tage vergehen so schnell, ich merke es kaum, mit meinen Verpflichtungen, der Arbeit, der Aushilfe bei Martin, den Besuchen bei Laura und Annabell und anderen Terminen bin ich gut beschäftigt.
Am Donnerstag nach Büroschluss bin ich mit Sabine auf einen Kaffee verabredet. Da meine Freundin drei Hunde hat, kommt sie nicht so oft zu mir. Wir haben in letzter Zeit echt Probleme, überhaupt einen Termin zu finden, an dem wir uns sehen können, deshalb freue ich mich sehr auf unser Treffen.
Es sind nur ein paar Kilometer über die Landstraße bis zu ihr. Während ich vor ihrer Haustür auf Einlass warte, höre ich schon das Empfangskomitee, bestehend aus bellenden Hunden, auf der anderen Seite der Tür. Dann sehe ich Sabine durch den schmalen Glasstreifen in ihrer Haustür. Entschlossen schiebt sie die Hunde zur Seite, um mir öffnen zu können, und ich weiß schon, was jetzt kommt.
Die drei werden mich stürmisch und freundlich begrüßen. Ich habe keine Angst vor großen Hunden, das ist gut. Einen der beiden schwarzen Belgischen Schäferhunde, von denen ich weiß, dass es Groendaele sind, habe ich schon kurz nach ihrer Geburt auf den Händen gehalten, da war sie kaum größer als ein Meerschweinchen.
Die zweite, pechschwarze Hündin, ist ihre Mutter, die eine hervorragende Zuchtzulassung hat. Und die dritte im Bunde ist meine alte, liebe Freundin, eine Golden Retriever-Dame, die schon im Hunde-Greis-Alter ist und die mir wegen des Temperaments ihrer schwarzen Mitbewohnerinnen manchmal etwas leidtut, wenn man ihr Alter bedenkt und es auf Menschen projiziert würde.
Dann wäre sie eine gutmütige, liebevolle, ruhige Achtzigjährige, die mit einer kräftigen, temperamentvollen Vierzigjährigen und deren pubertierenden Halbwüchsigen zusammenlebt.

Vielleicht beurteile ich das aber auch viel kritischer, als es in Wirklichkeit ist, aber in diesem Moment sehe ich sie ruhig hinter den schwarzen Kraftprotzen stehen und empfinde einfach ein wenig Mitleid für sie, als sich unsere Blicke treffen.
»Hey, Marie. Komm rein.«
»Hallo. Ich versuche es.«
Ich bleibe kurz in der offenen Haustür stehen und lasse mich erst einmal von den Hunden begrüßen.
Halte ihnen meine Hände hin, damit sie mich beschnuppern können.
Vielleicht erinnern sie sich noch an meinen Geruch, obwohl ich schon seit Wochen nicht mehr hier war.
Dann kraule ich die alte Dame. »Na, meine Süße.«
Und endlich ist der Weg frei, um Sabine mit einer Umarmung zu begrüßen.
»Schön, dich zu sehen«, begrüßt sie mich.
»Endlich mal wieder. Schade, dass wir uns so lange nicht gesehen haben«, muss ich ehrlich gestehen.
Die Hunde haben sich verzogen und liegen ruhig in ihren riesigen Körben, als wäre nichts gewesen. Ich folge Sabine in die Küche und setze mich auf einen der Barhocker an ihren Küchentresen, während sie den Kaffeeautomaten anwirft und Wasser in den Tank laufen lässt.
»Wie geht es euch?«, frage ich beiläufig.
Seltsam, sie soetwas zu fragen. Sollte man nicht immer wissen, wie es einer Freundin geht?
»Alles bestens«, antwortet sie entspannt. »Die Arbeit, das Haus, die Hunde, meine Fortbildung und alles, was sonst noch so ansteht, sorgen für ausgefüllte Tage.«
Ich glaube ihr aufs Wort.

»Wie geht es dir?«, fragt sie und stellt mir einen Kaffee hin.
»Mir geht es auch gut. Es ist so ähnlich wie bei dir, nur ohne Hunde und Mann und Haus und Garten, aber trotzdem ist immer was los und die Tage vergehen wie im Flug, bis wieder Wochenende ist.

Durch den kleinen Nebenjob, den ich noch habe, kommt keine Langeweile auf.«

Ehrlich gesagt habe ich ein schlechtes Gewissen, weil ich Sabine nicht die ganze Wahrheit sage.

Aber die Wahrheit ist schon so alt, dass ich sie jetzt auch nicht mehr erzählen will. Jetzt, wo sie kurz davor ist, ganz aus meinem Leben zu verschwinden.

Also werde ich es auch heute nicht tun. Sabine wusste damals von Philip, aber bei Weitem nicht alles, und über das ganze Ausmaß der Sache schweige ich immer noch. Sie merkt nicht, wie ich mich dadurch verändert habe und immer noch nicht geheilt bin, weil wir uns nicht regelmäßig sehen, und das müsste man, um genau diese Veränderungen wahrzunehmen. Auch heute rede ich nicht darüber. Auch weil ich auch nicht erklären könnte, warum ich seit Jahren nicht mit ihr darüber rede.

Ich weiß, ich bin ein Feigling. Ich hoffe, dass ich die ganze Sache bald vergessen habe.

Wir sitzen fast zwei Stunden an ihrer Küchentheke, trinken Kaffee und unterhalten uns, bis plötzlich alle drei Hunde gleichzeitig aufspringen und wie von der Tarantel gestochen zur Haustür rennen. Für Sabine scheint das nichts Besonderes zu sein, denn sie bleibt regungslos sitzen. Gerade will ich sie fragen, was los ist, da höre ich einen Schlüssel in der Haustür und zwei Sekunden später wird Herrchen überschwänglich begrüßt.

Aha, so ist das also... Ich bin wirklich unwissend, was das Leben mit Hunden angeht, stelle ich fest.

Kurz darauf kommt Bernd zu uns in die Küche. »Hallo ihr zwei.«

Er gibt Sabine einen flüchtigen Kuss und mir eine ebenso flüchtige Umarmung.

»Lange nicht gesehen.«

»Hallo, mein Lieber. Ja, das stimmt. Aber heute war es mal wieder an der Zeit«, antworte ich kleinlaut.

»Willst du auch einen Kaffee?«, fragt Sabine.

»Ja bitte, aber nur einen kleinen. Dann gehe ich erst mal mit den Hunden raus. Oder warst du schon?«
»Nein, Marie ist ja da«, entschuldigt sie sich und zwinkert mir zu.
»Ich bin gleich weg, dann könnt ihr zusammen gehen«, schlage ich beschwichtigend vor, denn ich habe das Gefühl, Sabine von ihren Pflichten abgehalten zu haben.
»Das wäre doch was. Das haben wir schon ewig nicht mehr gemacht«, gesteht Bernd.
»Nur wenn du bleibst und das Kochen übernimmst.«
Das ist Sabines Retourkutsche auf meinen frechen Vorschlag.
»Oh, ich glaube, ich muss gehen«, entgegne ich gespielt beschäftigt und wir drei wissen, was damit gemeint ist.
Kurze Zeit später verlasse ich mit Bernd und den drei Hunden das Haus. Sabine umarme ich noch kurz im Hausflur, Bernd auf dem Gehweg und allen Vierbeinern streiche ich kurz über den Hals.
»Bis bald, ihr Lieben ...«

Es ist schon dunkel, als ich meine Wohnung erreiche. Ich habe sie um sieben Uhr morgens verlassen.
Jetzt ist sie kalt und düster, deshalb mache ich erst einmal überall ein schönes, gemütliches Licht an und drehe die Heizung auf.
Eigentlich wollte ich nach Büroschluss noch einkaufen gehen, aber die kleine WhatsApp-Unterhaltung mit Sabine am Mittag hatte zu diesem kurzfristigen Besuch geführt und das hat jetzt zur Folge, dass ich nicht eingekauft habe.
Zum Abendessen gibt es also eine Tiefkühlpizza, die ich noch in meinem Eisschrank finde.
Erst jetzt fällt mir auf, dass ich den ganzen Tag noch nichts gegessen habe, außer ein paar Keksen zum Kaffee eben.
Während die Pizza im Ofen backt und sich der Duft von Teig und Überbackenem in meiner Wohnung ausbreitet, decke ich den Tisch im Esszimmer und schalte den

Fernseher im Wohnzimmer ein. Bevor das Essen fertig ist, kann ich mir noch die Nachrichten anschauen. Perfektes Timing.
Danach beginnt irgendeine Vorabendserie, deren Ton ich im Hintergrund höre, als ich mich später mit der Pizza an den Tisch setze.
Ich habe mein Handy dabei, checke Mails und werfe einen kurzen Blick in die sozialen Netzwerke.
Im Film nebenan schreit gerade eine Frau ... *Tom, warte, ich hab's nicht so gemeint...*

Tom ...

Heute ist der fünfte Tag, seit ich die zweite Mittagspause mit ihm verbracht habe. Seitdem immer habe ich nichts von ihm gehört. Ob das schlecht ist, kann ich beim besten Willen nicht beantworten.
Will ich auch gar nicht. Es soll sein, wie es ist.
Ich werde nicht wieder den Fehler machen, den ich bei Philip gemacht habe, nämlich zu viel zu erwarten. Ich kann sowieso nichts machen. Er hat die Karte mit meinem Firmenkontakt und wenn er sich irgendwie meldet, dann erfahre ich das nur während meiner Arbeitszeit. Für mich ist viel wichtiger, dass ich es überhaupt zugelassen habe, zu dieser Verabredung zu gehen. Dass ich mir genau das wieder zugetraut habe.
Plötzlich bin ich wieder auf der Internetseite dieser Frau, die irgendwas mit Philip zu tun hat und ich weiß gar nicht warum. Ich habe nichtmal gemerkt, wie ich sie aufgerufen habe und warum gerade jetzt, weil ich doch eben erst die ganze Zeit über Tom nachgedacht habe. Den Inhalt der eigentlichen Seite sehe ich mir wieder nicht an, sondern lese zum x-ten Mal das Impressum.
Die Straße, die dort steht, ist schon in mir eingebrannt, genauso wie die Adresse von Philip.
Immer wieder erinnere ich mich an die kleinen Zweifel, die damals in mir aufkamen, als ich dieses Schild auf seinem Grundstück sah, und im Grunde suche ich immer noch nach irgendeinem rettenden Strohhalm, nur um mir

nicht eingestehen zu müssen, wie sehr mich das alles verletzt hat.
Was habe ich mir nur dabei gedacht... Diese Frau spielt nicht die geringste Rolle für das, was zwischen Philip und mir passiert ist. Nicht die geringste.
Aber das rede ich mir wahrscheinlich auch nur ein.
Aber vielleicht spielt es aber eine Rolle für mich, für mein Bauchgefühl, für mein Team, das mir so sehr fehlt. Das wäre schließlich kein unwichtiger Grund, sich etwas einzureden, was eigentlich nicht wichtig ist.
Ich denke, die Strafe dafür, dass ich es wegen Philip so oft missachtet habe und es sich dann irgendwohin verzog, war jetzt lang genug. Ich möchte es zurück.
Wenn mein Bauchgefühl zurückkäme, käme vielleicht auch mein gesunder Menschenverstand zurück...

Der Teller vor mir ist nur halb leer geworden, weil ich wohl doch nicht soviel Hunger hatte wie ich dachte, und mein iPhone liegt mit schwarzem Bildschirm auf der Tischplatte. Wie lange sitze ich jetzt schon hier und denke wieder über all das nach? Keine Ahnung, aber es macht mich traurig und melancholisch, wie schon so oft.
Von nebenan höre ich das Gemurmel aus dem Fernseher und merke erst dadurch, dass ich mit meinen Gedanken schon eine ganze Weile weit weg war.
Es macht mich wütend und richtig sauer. Ich will den Scheiß nicht mehr!
Entschlossen schiebe ich den Stuhl zur Seite und räume den Tisch ab.

Dann ziehe ich meinen Schlafanzug an und mache überall das Licht aus. Heute werde ich mir im Schlafzimmer einen Film ansehen. Ich habe keine Lust, allein auf dem Sofa zu sitzen, und insgeheim hoffe ich, schnell einzuschlafen und so meinen Gedanken zu entfliehen.

Morgen sieht die Welt sicher wieder anders aus.

***

Und so ist es...
Gut gelaunt komme ich am nächsten Morgen in die Firma und schalte meinen Computer ein, voller Vorfreude auf einen guten Arbeitstag.
Es ist Freitag.
Meine Gedanken schweifen kurz zu Tom, aber ich komme nicht dazu, weiter über ihn nachzudenken, denn kurz darauf hat mich der Büroalltag fest im Griff. Heute werde ich auch pünktlich Feierabend machen, denn am Nachmittag habe ich noch ein paar Stunden bei Martin zu tun. Deshalb muss ich mich beeilen, damit alles Wichtige auf meinem Schreibtisch erledigt ist. Mein Handy vibriert. Es ist eine Nachricht von Annabell.
Hallo Mama, geht es dir gut? Wollen wir heute Abend mal essen gehen? Wir haben uns die ganze Woche nicht gesehen.
Ich: *Hey, gute Idee, aber ich bin bis ca. 19 Uhr beschäftigt. Wäre danach okay? Dann melde ich mich.*
Annabell: *Klar, kein Problem. Schreib mir, wenn du fertig bist.*
Ich: *Mach ich. Wo fahren wir hin?*
Annabell: *Ich kümmere mich darum, Mama ...* Kusssmiley
Das ist eine schöne Idee. Ich freue mich auf den Abend und auf Neuigkeiten über ihre Entscheidung, die Firma zu verlassen.
Kurz vor Feierabend vibriert es wieder. Diesmal ist es Martin.
Hallo. Kommst du heute?
Ich: *Hey Martin, hatte ich vor.*
Martin: *Sehr gut.*
Ich: *Ich denke so gegen 14.30 Uhr. Bis gleich.*

Es ist sogar schon kurz nach zwei, als ich bei Martin ankomme. Wir trinken zusammen einen Kaffee

und besprechen, was zu tun ist. Er hat einige Baustellen abzurechnen und ein paar Abschlagsrechnungen zu schreiben. Alles in allem dauert es aber gar nicht so lange wie gedacht und so sitze ich schon um halb sechs wieder im Auto. Ich wähle Annabells Nummer und höre sofort ihre Stimme.
»Hallo Mama.«
»Ich bin schon fertig, wollte ich nur sagen.«
»Sollen wir früher los?«
»Gerne. Ich habe Hunger.«
»Ich könnte dich jetzt abholen kommen, wenn du willst.«
»In Ordnung. Aber du musst noch ein paar Minuten reinkommen. Ich muss mich noch umziehen.«
»Mach ich. Bis gleich, Kind.«
»Bis gleich, Mama.«

Sie hat einen Tisch in einer gemütlichen Pizzeria im Nachbarort reserviert. Nachdem wir Getränke und unser Essen ausgesucht haben, bin ich neugierig, was es mit ihrem Jobwechsel auf sich hat. Sie erzählt mir, dass sie es getan hat und schildert die Reaktionen ihres jetzigen Arbeitgebers. Natürlich hat sie den neuen Arbeitsvertrag schon unterschrieben und erzählt mir Einzelheiten daraus und was genau sie machen wird.
Unser Essen kommt. Pizza für Annabell und Pasta für mich. Immerhin habe ich gestern schon Pizza gegessen, auch wenn das Tiefkühlzeug nicht mit einer frischen Pizza vom Italiener zu vergleichen ist.
Wir unterhalten uns wie alte Freundinnen, bis wir satt sind und alles erzählt haben, was in den wenigen Tagen, in denen wir uns nicht gesehen haben, passiert ist. »Sollen wir gehen? Ich bin hundemüde«, fragt sie irgendwann. Ich schaue auf die Uhr. Es ist kurz vor acht. Immer noch früh am Abend, aber wir waren ja schon früh hier.
»Klar, können wir machen.« Ich suche jemanden, der die Rechnung bringen kann, und es ist der Chef des

Restaurants selbst, der kurz darauf an unseren Tisch kommt.
»Hat es Ihnen geschmeckt? War alles zu Ihrer Zufriedenheit?«, fragt er und nimmt das Geld entgegen.
»Danke, es war alles sehr gut. Sehr lecker und eine sehr gemütliche Atmosphäre bei Ihnen. Wir kommen gerne wieder«, antworte ich spontan und ehrlich.
»Danke, es war sehr gut«, lobt auch Annabell.
»Vielen Dank. Wenn unsere Gäste wiederkommen, ist das für uns die schönste Anerkennung.«

Er legt die Rechnung auf den Tisch, ich bezahle mit einem angemessenen Trinkgeld und wir verabschieden uns freundlich.
Schweigend verlassen wir im Auto den Parkplatz, denn meine Gedanken fischen nach einem Wort, das mich seit einigen Minuten beschäftigt und gefangen hält. Ich weiß nicht einmal, welches es ist, aber es ist ein Wort, das mir so nahe ist, als läge es direkt unter meiner Haut. Ich kann nur nicht herausfinden, welches es ist.

Meine Gedanken sind so damit beschäftigt, dass ich ganz vergesse, mich mit Annabell zu unterhalten.
Ich muss herausfinden, was es ist, das mich gerade so beschäftigt. Es triggert mich richtig.
Dann fällt es mir ein. *Anerkennung*
Was hat er gesagt? ... Wenn unsere Gäste wiederkommen, ist das die größte Anerkennung...
Wie lange beschäftige ich mich schon mit diesem kack Wort?
Wie lange?
Es war immer so harmlos und positiv für mich. Ich war so ahnungslos, bis ich den Charakter von Philip verstanden habe und die Rolle, die dieses Wort für ihn spielt.
...Anerkennung ist die wichtigste Währung, die es unter Menschen gibt, ...

Ja, das weiß ich. Aus Büchern, die ich über Philosophie gelesen habe, und das glaube ich auch, ohne Zweifel.

Aber der gesunde Mensch benutzt und manipuliert andere nicht, um Anerkennung zu bekommen. Zumindest nicht dauerhaft, und es ist auch nicht das einzige Ziel seines gesamten zwischenmenschlichen Verhaltens.
...Anerkennung...
Dieses Wort gehörte früher nicht zu meinem täglichen Wortschatz. Ich wusste zwar, was es bedeutet, aber ich habe es so gut wie nie benutzt oder darüber nachgedacht. Und jetzt? Jetzt geht es mir unter die Haut!
Jeden Tag gebe ich Anerkennung. Meinen Töchtern für das, was sie sind und was sie erreicht haben. Meinen Kolleginnen und Kollegen für alles Mögliche. Dem Freund meiner Tochter dafür, dass er der beste Stürmer ist. Einer Arbeitskollegin für ein tolles Kleidungsstück oder eine außergewöhnliche Handtasche. Meinen Geschwistern, meiner Mutter, manchmal sogar auch einem Fremden. Ja, aber immer aus Liebe, Empathie oder Herzlichkeit.
Ich habe lange gebraucht, um zu verstehen, was dieses Wort für manche Menschen wirklich bedeutet und was sie alles dafür tun, um sie zu bekommen ... *Anerkennung ...*
... ist für uns die größte Anerkennung ...
... die größte Anerkennung ...

»Mama, du sagst ja gar nichts. Ist alles in Ordnung?« Annabell reißt mich unsanft aus meiner Gedankenspirale.
»Ach, tut mir leid. Ich bin so satt und müde.« Es ist ein kläglicher und unehrlicher Versuch, mir nichts anmerken zu lassen. Gott sei Dank biegen wir gerade in die Straße ein, in der ihre Wohnung liegt.
»Danke, Mama, für die Zeit, das Essen und die Einladung. Willst du noch reinkommen?«
Ich glaube, es ist nur eine rhetorische Frage, denn sie macht auf mich auch einen müden Eindruck und ich wette, sie würde jetzt lieber den Fernseher einschalten, als sich weiter mit ihrer Mutter zu unterhalten. »Nein, danke. Ich möchte auch nach Hause«, erwidere ich schnell. Meine

mentale Aufmerksamkeit ist auch immer noch ganz woanders.
Wir umarmen uns kurz, dann steigt sie aus und wünscht mir eine gute Nacht.
Und ich bin mit *ANERKENNUNG* allein.
Automatisch schaue ich in den Außenspiegel und fahre aus dem Parkstreifen. Es ist stockdunkel.
In meinem Kopf ist nichts außer den Buchstaben, aus denen sich das Wort *Anerkennung* zusammensetzt. Ich setze sie hintereinander, bis das Wort komplett ist, und wenn es fertig ist, fange ich wieder von vorne an. Immer wieder... Dabei merke ich nicht, dass ich im nächsten Kreisverkehr eine andere Ausfahrt nehme als die, die mich zu meiner Wohnung führt. Wie ferngesteuert folgt mein Auto einfach dem Straßenverlauf, und in meinem Kopf gibt es nichts als *Anerkennung*. Wahrscheinlich fahre ich deshalb schon einige Kilometer in die falsche Richtung, ohne es zu merken. Erst auf der Autobahnauffahrt wird mir bewusst, was ich tue und wo das Ziel dieser Fahrt sein wird. Im gleichen Moment bekomme ich ein schlechtes Gewissen und eine Armee von Einwänden formiert sich in mir, um mir diese absurde Idee auszureden. Völliger Blödsinn, was ich hier mache... Ich weiß es, und trotzdem fahre ich weiter, aber ich versuche, mir jeden Gedanken daran zu verbieten.

Ich will einfach nicht darüber nachdenken, was ich hier mache und hoffe, dass mir das für die Dauer dieser Fahrt gelingt. Meine Ausrede, ich mache es für mich und für mein Bauchgefühl, wird durch die Fadenscheinigkeit schon neutralisiert, bevor ich sie überhaupt bis zum Ende ausgedacht habe.
Ein armseliger, kläglicher Versuch, dieses Unterfangen zu rechtfertigen. Und doch muss ich weiterfahren.

Ich muss wissen, ob mich mein Gefühl getäuscht hat. Ob es mich wirklich fast drei Jahre lang getäuscht hat. Ich werde einfach herausfinden, ob die Neuigkeit, die ich herausgefunden habe, richtig ist. In mir entsteht plötzlich

eine Unruhe, die ich für ungesund halte. Ich beginne zu schwitzen und reiße mir den dünnen Schal vom Hals, weil ich das Gefühle habe, er zieht sich wie eine Schlinge mit jedem Kilometer immer mehr zu, und wird mich gleich strangulieren. Dabei ist es nur ein dünner Seidenschal, der locker um mich geschlungen ist und keiner Menschenseele etwas zuleide tut. Meine Hände sind feucht vor Aufregung und kleben am Lenkrad.
Mit einigen tiefen Atemzügen versuche ich mich zu beruhigen und drehe das Radio auf, um mich abzulenken. Langsam verschwindet der Teil meiner Panik, der mich dazu bringen würde, dieses Projekt abzubrechen, und ich schaffe es, nüchtern meinen Plan zu formulieren. Ich werde zu der neuen Adresse fahren, die im Impressum der Website dieser Frau steht. Auf der Google-Earth-Karte sah ich unter der angegebenen Hausnummer nur ein unbebautes Grundstück.
Danach entscheide ich, ob ich noch zu Philips Adresse fahre. Es ist nichts Schlimmes dabei.
Ich werde niemanden belästigen, ich fahre nur eine Straße entlang.
Die nächsten fünfundvierzig Minuten auf der Autobahn versuche ich, das Für und Wider, das Richtig und Falsch, die Sehnsucht nach Gewissheit und die Fragen nach Moral im Keim zu ersticken. Als ich die Autobahn verlasse, gebe ich die Adresse in das Navigationsgerät ein. Noch dreiundzwanzig Minuten bis zum Ziel. Ich fahre weiter und beobachte, wie die Minuten auf dem kleinen Bildschirm mit jedem Kilometer weniger werden. Irgendwann biege ich in ein Wohngebiet ein, verlasse es wieder und komme in eine andere Siedlung. Ein paar Mal biege ich links und rechts ab, dann höre ich die Stimme aus meinem Cockpit sagen, dass ich mein Ziel erreicht habe.
Ich bin so aufgeregt, ich weiß nicht, was ich tun soll. Weiterfahren? Anhalten? Ich wünschte, ich hätte tausend Augen. Ich spüre, wie mein Herz hart und schmerzhaft

gegen meine Rippen schlägt. Langsam fahre ich weiter, bis ich die nächste Abzweigung erreiche, in die man hineinfahren und wenden kann. Es ist eine Sackgasse mit einem Wendehammer, dessen Straßenverlauf mich um eine Ansammlung von Parkbuchten herum und wieder zurück auf die Straße führt.
Wieder nähere ich mich meinem Ziel, diesmal aus der anderen Richtung. Die Straße ist menschenleer.
In unmittelbarer Nähe kann ich nichts erkennen, was mir zum Verhängnis werden könnte. Im Schritttempo nähere ich mich dem Grundstück und erblicke ein neu gebautes Mehrfamilienhaus in einem angesagten Baustil. Die Eingangstür liegt ein paar Meter zurück in der Dunkelheit. Kaum habe ich alles in mich aufgenommen, habe ich das Gebäude schon hinter mir gelassen und erkenne neben ihm eine Reihe von Parkplätzen, die zum Gebäude zu gehören scheinen.
In einer dieser Parkbuchten steht ein Auto, das ich zu kennen glaube. Sollte ich mich wirklich nicht getäuscht haben?
Ich beschließe, mir das genauer anzusehen. Noch einmal wende ich in der nächsten Straße und wiederhole meine Vorbeifahrt, den Blick nur auf die Autos gerichtet.
Ungefähr in der Mitte der Parkreihe steht der Wagen, den ich damals auf Philips Grundstück gesehen zu haben glaube. Etwas zu heftig trete ich auf die Bremse und bleibe abrupt stehen, um das Nummernschild zu betrachten, und es dauert nur eine Sekunde, bis ich beruhigt weiterfahren kann.
Der mittlere Teil des Nummernschildes besteht aus den Initialen der Frau, von der ich vermute, dass sie jetzt hier wohnt.
Schon als ich die nächste Kreuzung erreiche, macht sich eine Erleichterung in mir breit, die langsam meine Panik und Aufregung vertreibt. Mit jedem Meter, den ich mich von diesem Ort entferne, entspannen sich meine Muskeln und meine Atmung normalisiert sich wieder. Es gibt so

viele Gründe dafür, die mir erst jetzt bewusstwerden, aber der wichtigste ist, dass ich mich immer auf mein Bauchgefühl verlassen konnte und kann. Ohne zu wissen, ob ich richtig bin, fahre ich ein paar Mal in Nebenstraßen, bis ich glaube, weit genug weg zu sein. Dann halte ich auf einem Parkstreifen und gebe mein neues Ziel in den Routenplaner ein. Es dauert ein paar Sekunden, bis mich die Stimme aus dem Lautsprecher auffordert, loszufahren und an der nächsten Kreuzung dem Straßenverlauf zu folgen. Auf dem Display sehe ich die Ankunftszeit meines neuen Ziels. Ankunft in acht Minuten. Mein neues Ziel ist Philips Haus.

Ich muss das hier einfach zu Ende bringen und nachsehen, ob und was sich dort verändert hat. Ich glaube es zu wissen, aber ich brauche Gewissheit.

Während ich diesen Ort verlasse und ein Stück über die dunkle Landstraße fahre, stelle ich mir vor, was mich erwartet. Vor drei Jahren war ich schon einmal hier. Ich erlaube mir, mich an alles zu erinnern, was ich damals gesehen habe, und sofort tauchen die Bilder in meinem Kopf auf. Lange hatte ich sie verdrängt, mir verboten, fest verschlossen, eingekapselt, mit allem, was dazu gehörte, irgendwo tief in mir. Fast schockiert nehme ich jetzt wahr, wie schnell jedes Detail dieser Bilder, wieder voll präsent ist und ich weiß dadurch, dass alles Verdrängte nur ganz kurz unter meiner Oberfläche schlummert.

Ich erkenne die Siedlung, in die ich jetzt einbiege. Nur noch zwei Straßen bis zum Ziel.

Hier werde ich das Auto irgendwo abstellen und den Rest zu Fuß gehen.

Das letzte Mal war ich vorbereitet, hatte eine Mütze und einen großen schwarzen Schal dabei, um mich unkenntlich zu machen.

Da meine Fahrt heute nicht geplant war, habe ich nichts von beidem dabei und das bemerke ich gerade voller Sorge. Deshalb binde ich wenigstens meine roten Haare mit einem Haargummi, das ich in der Mittelkonsole meines Autos finde, zu einem strengen Zopf zusammen und verstecke ihn unter der Kapuze meiner schwarzen Softshelljacke. Mit dem Band darin ziehe ich sie so eng zu, dass nur noch mein Gesicht zu sehen ist, und den Reißverschluss ziehe ich so hoch wie möglich. Tatsächlich ersetzt er zu meiner Zufriedenheit einen Schal, denn er reicht mir bis über das Kinn. So mache ich mich auf den Weg, die Hände tief in den Jackentaschen. Auf der anderen Straßenseite geht eine Frau mit ihrem Hund spazieren.

Ich weiß nicht, warum, aber ich beschließe, erst einmal die Straße entlangzugehen, von der aus ich das Haus von der Rückseite sehen kann.

Im unteren Teil des Gebäudes sehe ich gemütliche Beleuchtung. Eine kleine Lampe scheint irgendwo zu brennen, die den großen Raum, hinter den bodentiefen Scheiben indirekt beleuchtet, aber irgendwelche Bewegung kann ich nicht wahrnehmen. Meine Schritte werden kleiner und tatsächlich bleibe ich auch ein paar Sekunden stehen, bis ich mich ermahne weiterzugehen, damit ich unauffällig bleibe. Im ersten Stock brennt Licht in einem Fenster. Ich glaube, das ist sein Arbeitszimmer. Unwillkürlich stelle ich mir vor, wie er vor einem Bildschirm an seinem Schreibtisch sitzt. Er ist nur ein paar Meter von mir entfernt. Verrückt und irre ist das. Was hat mich nur dazu getrieben, das hier zu tun? Nach so langer Zeit … Ich weiß es nicht und kehre abrupt von dem Ort zurück, an den mich meine Gedanken geführt hatten. Auch hinter diesem Fenster, oben, ist keine Bewegung, kein Schatten zu sehen.

Schon versperrt mir das nächste Gebäude den Blick. Ein paar Häuser weiter nehme ich die nächste Querstraße und komme so an der Vorderseite meines Ziels vorbei. Dasselbe Bild im Untergeschoss, aber darüber ist diese Seite des Hauses stockdunkel. Neben dem Haus steht sein Firmenwagen.

Jetzt interessiert mich nur noch das Eine, nämlich ob die Werbetafel noch an der Einfahrt hängt.
Noch ein paar Schritte, dann sehe ich es.
Sie ist tatsächlich weg.

Allein für diesen Anblick und die Erkenntnis daraus hat sich die Fahrt hierher gelohnt.
Die nächsten Stunden, Tage, vielleicht Wochen werden es mir hoffentlich danken und ich bin mir endlich hundertprozentig sicher, dass mein Bauchgefühl mich nie getäuscht hat. Noch bevor ich mein Auto erreiche, befreie ich mich von der Kapuze und dem Reißverschluss, der mir bis über den Mund reicht und darunter die Hitze staut, die sich durch Bewegung und Angst gebildet hat. Ich spüre das Adrenalin durch meine Adern schießen und seine Wirkung.
Ich will nur noch weg von hier. Reiße die Fahrertür auf und ziehe mir die Jacke aus, die ich beim Einsteigen mit einer beiläufigen Bewegung auf den Rücksitz werfe.
Ich will nach Hause. Endlich meinen Frieden finden mit diesem Ort, diesem Thema, diesem Mann.
Ich hoffe so sehr, dass ich es jetzt kann. Endlich.
Jetzt habe ich Gewissheit, dass ich über drei Jahre lang ein Gefühl in mir getragen habe, von dem ich seit einer Minute weiß, es hat mich nicht getäuscht.
Mit diesem Ausflug möchte ich doch einfach nur meine beiden Teamkollegen zurückgewinnen. Ohne sie bin ich verloren, sind die kleinen Dinge des Lebens so viel schwieriger geworden. Genau wegen dieser Sache hier, hat sich damals mein Bauchgefühl irgendwohin verzogen, um sich an mir zu rächen, weil ich es so lange verleugnet habe. Und mit ihm ist dann auch der Glaube an meinen gesunden Menschenverstand verschwunden.
Der Weg nach Hause kommt mir viel kürzer vor, aber das fühlte sich als Kind schon immer so an. Das Wort, das mich auf der Hinfahrt ständig beschäftigt hatte, ist aus meinen Gedanken verschwunden und hat einem Gefühl

von Erleichterung und Hoffnung Platz gemacht. Für einen kurzen Moment hatte ich das Gefühl, als wäre alles wieder da, jedes noch so kleine Gefühl von damals.
Die Kälte, das Lachen, die Fragezeichen, die Trauer und die Scham. Als wäre ich immer noch mittendrin. Doch plötzlich merke ich, ich bin ja gar nicht mehr dieser hilflose kleine Schmetterling, den er sich mit seinem Kescher erhascht hatte, fröhlich und unbeschwert flatternd, gefangen in seinem Netz und angewiesen auf seine Gunst. Plötzlich habe ich wieder Hoffnung, die letzten Teile meines Ichs zurückzufinden, die mir fehlen, um wieder die zu werden, die ich einmal war.
Der Mensch, der ich war, bevor ich Philip kennenlernte, und mit ihm meinen ersten Kontakt zu einem Menschen mit vermutlich ausgeprägter narzisstischer Störung und ihren Folgen. In den Fängen eines Narzissten, emotional abhängig. Der Fachbegriff *"Traumabonding"* fährt kurz durch meinen Körper und hinterlässt an allen erdenklichen Stellen Gift, Schmerz und Selbstzweifel.
Ich frage mich, vielleicht zum ersten Mal in dieser Klarheit, wie ich etwas für jemanden empfinden konnte, der mich so behandelt hat. Allein dieser Gedanke löst in mir ein Gefühl aus, als würde mein Herz von einer Hand ergriffen und langsam in ihr zerquetscht. Dabei hatte ich es selbst in diese Hand hineingelegt ... vertrauensvoll, in freudiger Erwartung, arglos und unwissend. Das macht es noch viel schlimmer. Ich sehe die fleischige, rote, zermürbte Masse zwischen den Fingern einer geballten Faust hervorquellen, sehe den roten Lebenssaft, mein Blut, heraufließen und versickern. Die Überreste meines Herzens... und in diesem Moment weiß ich genau, warum ich mir diese Frage nie stellen wollte.
Ich muss diese Gedanken und Gefühle loswerden, diese Ängste, die sich seit dieser Begegnung in mir festgesetzt haben.
Doch das ist das Tückische an Erinnerungen: Die, die wir am liebsten vergessen würden, verfolgen uns für immer,

und die, an denen wir festhalten möchten, verblassen von Tag zu Tag mehr.
Mit einem Cocktail unterschiedlichster Empfindungen komme ich in meiner Wohnung an und bin zu nichts anderem mehr fähig, als mir Schlafzeug anzuziehen und in die Dunkelheit unter die Bettdecke zu schlüpfen.
Irgendetwas in mir spricht zu mir, will mich beruhigen, trösten, Mut machen.
So ist das Leben, wir können uns nun mal nicht aussuchen, was wir fühlen und wen wir lieben. Wir können uns selbst belügen, aber ganz tief in uns ist die Wahrheit. Und die Wahrheit bleibt nun mal für immer die Wahrheit.

Es ist kurz nach dreiundzwanzig Uhr und ich setze meine ganze Hoffnung in den Wunsch, am nächsten Morgen als das alte Ich zu erwachen.

Sieben

Das Wochenende verbringe ich damit, die unendlichen Weiten der Netflix-Galaxie zu erforschen, ein ganzes Buch durchzulesen und mich von unterschiedlichen sehr guten Podcasts inspirieren zu lassen, jede Menge Kaffee zu trinken und tierisch lange Telefonate mit Petra zu führen. Ich versuche bei allem, was ich tue, in mich hineinzuhorchen und die positiven Veränderungen seit Freitag in mir bewusst wahrzunehmen.

Am Montag sitze ich wieder an meinem Schreibtisch und freue mich Menschen, um mich zu haben.
Es ist später Vormittag, ein junger Kollege kommt in mein Büro, setzt sich auf meine Schreibtischkante und schaut mich an. Er könnte mein Sohn sein, so groß ist der Altersunterschied, aber wir verstehen uns gut und vertrauen uns. In den vielen Jahren, seit er seine Ausbildung in unserem Unternehmen begonnen hat, haben wir uns oft geholfen, haben uns Dinge anvertraut und uns gegenseitig um Rat gefragt, wenn auch aus unterschiedlichen Blickwinkeln, die sicher auch dem Altersunterschied geschuldet sind. Ein Beispiel für ein vertrauensvolles Miteinander über Generationen hinweg. Ich mag das und pflege es, weil man viel voneinander lernen kann.
»Marie, darf ich dich um einen Gefallen bitten?«, fragt er zögerlich. »Alles, was in meiner Macht steht«, antworte ich ohne Umschweife.
»Mein Vater wird heute operiert und ich muss gleich zu einem Lehrgang, könntest du in meinem Namen für ihn eine Kerze anzünden und auf sie aufpassen?«
»Natürlich mache ich das, wenn es weiter nichts ist. Du kannst dich auf mich verlassen«, versichere ich.
Er weiß, dieses Ritual, eine Kerze anzünden, um in bestimmten Situationen an jemanden zu denken, kenne ich

auch aus meiner Familie und mache es auch manchmal in besonderen Momenten für besondere Menschen, die mir nahestehen. Vielleicht ist er deshalb damit zu mir gekommen. Vielleicht aber auch, weil er es für eine uncoole Geste für einen Dreißigjährigen hält, um die er keinen anderen Kollegen bitten möchte. Er geht und überlässt mir die Kerze im Glas, und ich fühle sogar eine gewisse Verantwortung, die weit über das Anzünden einer Kerze hinausgeht. Eine ungewöhnlich schöne Geste, finde ich und verliere mich plötzlich in Gedanken, wie fürsorglich, sentimental und romantisch er ist. So kann man sein, auch wenn man ein selbstbewusster und erfolgreicher Mann ist. Denn das ist er. Ein Sahnestück in seiner Altersklasse, und ich weiß, dass in den letzten Jahren viele junge Frauen um seine Aufmerksamkeit gebuhlt haben, bis er endlich in festen Händen war.

An dem kleinen Briefsymbol am unteren Bildschirmrand erkenne ich den Eingang von E-Mails in meinem Postfach. Ich habe seit fast einer Stunde nicht mehr auf das Programm gewechselt und finde daher eine Menge neue vor.
Eine davon verlangt meine besondere Aufmerksamkeit. Sie hat einen dienstlichen Absender. Aber in der Betreffzeile steht *Mittagspause*.

Hallo Marie. Entschuldige, dass ich mich erst heute bei dir melde, da ich seit Mitte letzter Woche in unserem Büro in München bin. Ich hatte gehofft, nur bis zum letzten Wochenende bleiben zu müssen, aber das hat leider nicht geklappt. Jetzt hoffe ich, dass ich am Donnerstag zurück bin. Geht es dir gut?
Ich wollte noch was loswerden: Danke für die zwei schönen Mittagspausen!
Viele Grüße aus München und bis bald. Tom

Was für eine schöne Überraschung. In Gedanken sehe ich Tom vor mir, wie wir nebeneinander vor dem Schokoladenregal stehen und als wir uns gegenüberstanden, nur durch die Glasscheibe der Eingangstür des Cafés getrennt.

Hallo Tom. München ist doch ein toller Ort, wenn man nicht arbeiten muss. Danke der Nachfrage, ja, mir geht es gut. Dir hoffentlich auch. Den Dank für die Mittagspausen kann ich nur zurückgeben, fand ich auch sehr schön.
Komm gut nach Hause.
Liebe Grüße Marie

In den letzten Tagen war ich so mit alten Dingen beschäftigt, dass ich fast gar nicht mehr an Tom gedacht habe. Umso schöner ist es, jetzt von ihm zu hören. Aber noch während ich die schönen Gedanken wirken lasse, und einen kleinen Schimmer der Freude zulassen will, legen sich die ersten Zweifel darüber wie eine dünne Decke aus weißem Raureif, der die kleinen zarten Keime aufkommender guter Gefühle und Gedanken bedeckt und am weiteren Gedeihen hindert.
Wird mich das nun mein ganzes weiteres Leben begleiten? Werde ich nie wieder unvoreingenommen auf eine neue Begegnung zugehen können, egal wie sie sich entwickelt? Dann hätte diese Kleinigkeit der Begegnung mit dem falschen Menschen, viel verheerendere Folgen, als ich mir bis jetzt eingestanden habe. Dann war es nicht nur eine vergebene, verhängnisvolle, unerwiderte Liebe, dann war es nicht nur ein Syndrom des Zweifels an existenziellen Grundgefühlen, die jeder Mensch in sich trägt und zum Überleben braucht, sondern dann hätte die Kleinigkeit der Begegnung mit dem falschen Menschen sogar zur Folge, dass ich nie wieder jemandem gestatte, mir näher zu kommen als bis zu dem von mir errichteten Schutzpanzer, den ich in den letzten Jahren um meine Seele und mein Herz gebaut habe.

Ich weiß, wie dick und undurchdringlich ich ihn gemacht habe. Manchmal habe ich Angst, dass ihn nichts mehr durchdringen oder einreißen kann.
In meiner Erinnerung an die Zeit, als ich begann ihn zu bauen, habe ich mich an meiner Lieblingsfigur gemessen. Ich wollte einen Panzer um mich bauen, wie Batman. Undurchdringlich, um das Wertvollste von mir für die Zukunft zu schützen.

Am nächsten Morgen finde ich wieder eine E-Mail von Tom in meiner Mailbox. Er hat sie spät abends geschrieben und ich hebe sie mir auf, bis ich alle anderen geöffnet und bearbeitet habe.

Hey, Marie. München ist toll, aber ich werde nichts davon sehen. Wir hecheln von einem Meeting zum nächsten und in der Zwischenzeit versuchen wir im Team die Wünsche unseres Kunden neu umzusetzen. Bin echt froh, wenn das hier überstanden ist!
Marie, ich frage mich seit ein paar Tagen, ob du vielleicht Lust hast, eine weitere Mittagspause mit mir mal auf einen Abend zu verlegen. Ich würde dich gerne zum Essen einladen.
Hättest du Lust? Ich würde mich sehr freuen.
Liebe Grüße Tom

Ich weiß nicht, was ich sagen soll, und lese seine Nachricht noch einmal. Ein bisschen bemerke ich dabei ganz ehrlich ein sehr vorsichtiges und zartes Gefühl in mir, mit dem Wunsch, diese Einladung anzunehmen. Ich möchte einfach, ohne viel nachzudenken, ohne große Erwartungen und ohne Druck, eine Einladung zu einem Abendessen mit einem Menschen annehmen können, der mir bisher nett, sympathisch und ehrlich erschienen ist. Zum ersten Mal seit langer Zeit glaube ich sogar, die leise Stimme meines Bauchgefühls wieder zu hören. Ganz leise und vorsichtig. Kaum hörbar flüstert es mir zu und ermutigt mich, diese Einladung anzunehmen.

Hallo Tom. Das ist ja eine nette Idee, die Mittagspause auf den Abend zu verlegen.
Ja, warum nicht? ....
Warum kommst du nicht nach Hause und wir machen einen Termin aus? Was meinst du?
Ich drücke dir die Daumen, dass in München alles so klappt, wie du es dir wünschst, und dass du wie geplant bald wiederkommen kannst.
Liebe Grüße Marie

Als ich am Nachmittag zu Hause ankomme, wartet Annabell im Auto vor dem Haus. Wir öffnen gleichzeitig die Autotüren und begrüßen uns herzlich.
»Schön, dich zu sehen«, umarme ich sie.
»Ich dachte, ich schau mal bei dir vorbei.«
»Gute Idee. Komm rein. Wollen wir einen Kaffee trinken?«, frage ich schnell.
»Oh ja, sehr gerne.«
Während wir unsere Jacken ausziehen, stelle ich schnell die Heizung und den Kaffeeautomaten an.
Annabell nimmt die Tassen aus dem Schrank. »Gibt's was Neues, Mama?«
Ich sehe sie erstaunt an. »Das sollte ich dich fragen, bei dir passiert doch gerade so viel Neues.«
Ich vermisse sie. Eigentlich schon, seit sie vor ein paar Jahren ausgezogen ist. Aber in letzter Zeit fehlt sie mir noch mehr, weil sie jetzt mit einem jungen Mann zusammenlebt und wir nur noch selten Zeit für uns finden. Aber so ist das wohl, wenn die Kinder erwachsen werden und ihr eigenes Leben führen. Was werden Eltern sagen, deren Kinder in andere Städte oder Länder ziehen? Darüber habe ich mir früher nie Gedanken gemacht.
Wir nehmen uns fast zwei Stunden Zeit, obwohl wir nichts Wichtiges zu besprechen haben, springen von einem Thema zum anderen, bis Annabell sagt: »Ich muss jetzt los«.

»Schön, dass du da warst. Das machen wir mal wieder.« Wir umarmen uns kurz, bevor sie verschwindet.
Jetzt widme ich mich endlich der Wäsche, die seit Tagen darauf wartet, gebügelt zu werden.
Im Fernsehen läuft irgendein Film, den ich oberflächlich verfolge, und ein paar Stunden später falle ich mit dem Gedanken an das geplante Essen mit Tom ins Bett und schlafe sofort ein.

***

Am nächsten Morgen frage ich mich auf dem Weg ins Büro, ob Tom vielleicht wieder geschrieben hat, und ich muss zugeben, ich würde mich darüber freuen. Obwohl ich diese Freude besser nicht empfinden sollte. Es gab in den letzten zwei Jahren nicht viele Situationen, in denen solche Gefühle hätten aufkommen können, aber sie hätten auch keine Chance gehabt, denn ich hatte mir streng verboten, solche Gefühle zuzulassen. Anfangs musste ich sie unterdrücken, aber später hatte sich mein aufgebauter Schutzpanzer um solche Situationen und die daraus resultierenden Gefühle gekümmert, ohne dass ich es merkte. Es hatte sich eine Art Membran um mich herum gebildet, die das Zulassen von positiven und schönen Gefühlen aus Begegnungen und Situationen mit fremden Menschen ausschloss. Ein unsichtbarer Schutzmantel, der mich vor den Kleinigkeiten des Lebens und vor Begegnungen mit anderen Menschen abschirmte.

An diesem und am nächsten Tag schreibt Tom nicht, aber ich nehme mir fest vor, nicht darüber zu urteilen.
Ich werde versuchen, Tom nicht mit Philip zu vergleichen und nicht alles, was passiert, mit den negativen Augen zu

sehen, die mir aus der Zeit mit Philip geblieben sind. Allein am Beispiel unserer zweiten gemeinsamen Mittagspause kann ich sehen, dass nicht alles so ist, wie ich es zu interpretieren gezwungen war.
Die vergangenen Jahre haben Spuren hinterlassen. Auf meiner Haut, in meiner Seele. Mehr als jede andere Phase in meinem Leben zuvor und mehr als ich mir eingestehen will. Es gibt Momente, in denen wird mir das besonders bewusst, aber ich weiß noch nicht, wie groß der Schaden wirklich ist und bleiben wird. Wenn ich die Spuren der Schäden sehe, die andere um mich herum erlitten haben, dann meldet sich mein Gewissen und ich bin mir sicher, dass Krankheit und Tod, Geldsorgen und Arbeitslosigkeit viel größere Spuren hinterlassen als die Kleinigkeit einer Begegnung mit dem falschen Menschen. Und dann bin ich mir sicher und traue mir zu, dass ich es schaffen kann, meine Spuren nach und nach verschwinden zu lassen.

Die Stunden im Büro vergehen, und als ich zum ersten Mal auf die Uhr schaue, ist es fast Zeit für die Mittagspause. Da fällt mir ein, dass ich noch ein paar Besorgungen machen wollte und etwas aus der Apotheke brauche. Das erledige ich gleich, denn die haben über Mittag geschlossen. So vergeht die Pause wie im Flug und ich sitze wieder an meinem Schreibtisch, beschäftigt bis zum Feierabend, aber das gefällt mir.
Die Zeit vergeht so viel schneller und außerdem fände ich es schrecklich, wenn ich einen Beruf hätte, der mich nicht fordert und in Anspruch nimmt.
Wieder klingelt das Telefon und ich nehme den Hörer beiläufig ab. »Marie Schubert.«
»Hallo Marie, hier ist Tom.«
Das leise Rauschen in der Leitung lässt auf ein Gespräch aus einem fahrenden Auto schließen.
Tom ... ja, er hat ja meine Karte mit meinen Firmendaten...
»Oh, hallo Tom, bitte entschuldige, ich musste kurz meine Gedanken sortieren.«

»Kein Problem, der Anruf kommt ja auch überraschend. Ich bin gerade auf dem Weg nach Hause und dachte, das wäre doch eine gute Gelegenheit, dich anzurufen. Schließlich habe ich noch über sechshundert Kilometer vor mir. Oder störe ich gerade?«
»Nein, du störst nicht. Das ist eine gute Idee. Wo bist du denn?«, frage ich.
»Kurz vor Nürnberg. Ist gerade ein bisschen zäh. Hoffentlich wird es besser, wenn die Baustellen vorbei sind.«
»Ist doch schon mal gut, dass du überhaupt wieder auf dem Weg nach Hause bist, oder?«, hake ich nach.
Tom lacht. »Ja, da hast du recht. Wir haben die letzten Tage ganz schön geschuftet. Die anderen wollten auch nach Hause.«
»Musst du nochmal hin?«, frage ich ihn.
»Ja, bestimmt, aber das wird noch eine Weile dauern. Zuerst müssen wir die Wünsche unseres Kunden umsetzten. Wie geht es dir?«, erkundigt er sich.
»Danke, gut. Ich habe viel zu tun. Aber das mag ich.«
»Hast du dir meinen Vorschlag überlegt? Hättest du Lust, mit mir essen zu gehen?«, fragt er dann vorsichtig.
»Das würde ich machen.«
»Das freut mich. Schon dieses Wochenende? Morgen? Oder Samstag?«
»Wenn du es so eilig hast? Aber ja, ich könnte.«
»Ich habe es nicht eilig, aber ich würde gerne«, sagt er etwas schüchtern, aber es klingt ehrlich.
Und nein, ich werde jetzt nicht darüber nachdenken, ob das eine Lüge sein könnte oder ob er mich manipuliert, oder Macht ausübt. Bis jetzt gibt es nicht die geringsten Anzeichen dafür, also werde ich jetzt nicht irgendwelche Dinge an den Haaren herbeiziehen, die ich nicht gespürt habe. Stattdessen frage ich: »Hast du schon eine Idee, wo wir hingehen wollen?«

Er nennt mir ein angesagtes Restaurant in der Nähe und fragt: »Kennst du das? Oder willst du lieber woanders hin? Zum Italiener, zur Tapas-Bar oder ins Steakhouse?«
»Nein, das Restaurant ist eine gute Wahl. Dabei bleiben wir gerne«, bestätige ich seinen Vorschlag.
»Dann schlage ich vor, ich schicke dir gleich eine Mail mit meiner privaten Handynummer, dann kannst du mir schreiben und ich habe dann auch deine Handynummer. Wir können uns dann heute Abend noch einmal melden und alles Weitere besprechen. Wäre das okay für dich?«

Nein ist es nicht! Mein Panzer schlägt Alarm. Ich kann seinen Vorschlag nicht annehmen. Es muss andersherum sein. Ich will nicht diejenige sein, die ihm zuerst schreibt und auf seine Antwort warten muss. Ich kann nicht diejenige sein, die warten muss, bis er als der Angeschriebene entscheidet, ob und wann er mir zurückschreibt. Das sind die Gedanken, die mein Abwehrsystem produziert. So sieht es aus, wenn man einen Panzer mit aktiviertem Alarm um sich herum aufgebaut hat. Meinen habe ich seit der Zeit mit Philip.
Wie oft hatte ich ihm damals Nachrichten geschrieben, die er erst Stunden oder Tage später beantwortete. Anfangs hatte ich mir Gründe dafür ausgedacht. Er sei so beschäftigt... Wenn ich jetzt darüber nachdenke, wird mir klar, wie lächerlich das war.
Aber es ist nicht lächerlich zu sehen, wie präsent mir diese Dinge immer noch sind und wie sie mein Handeln auch Jahre später noch beeinflussen.
»Tom, du bist doch im Auto, lass mich dir meine Nummer schicken und du schreibst mir, wenn du später mal Zeit hast.«
Ich hoffe, dass dieses spontane, fadenscheinige, kleine Argument ausreicht, um ihn umzustimmen, ohne dass er den wahren Grund bemerkt.
Natürlich merkt er es nicht, denn er ahnt nicht, aus welchem Grund ich ihn darum bitte. Deshalb bin ich auch erleichtert, als er antwortet: »Natürlich, so können wir es

auch machen. Du sitzt ja vor dem PC und kannst mir schnell eine E-Mail mit deiner Nummer schicken«.
»So machen wir das«, stimme ich erleichtert zu. »Hab eine gute Fahrt und komm gut nach Hause.«
»Danke, Marie. Ich melde mich später.«

Dann hat er aufgelegt, aber ich halte den Hörer noch gedankenverloren in der Hand, weil mir gerade bewusstwird, dass ich seit vielen Jahren wieder eine Verabredung habe.
Panik macht sich in mir breit. Ich merke es, weil ich mich plötzlich unwohl fühle. Ein unangenehmes Kribbeln breitet sich in meinen Adern aus, das über den Blutkreislauf in den ganzen Körper gelangt. Gleichzeitig tauchen tausend Fragen auf, auf die ich keine einizge Antwort zu haben glaube.
Was mache ich hier eigentlich?
Wie konnte ich mich darauf einlassen?
Wo ist mein Panzer, der mich schützt?
Und warum macht er nicht das, was er machen soll?
Ohne es kontrollieren zu können, scheint sich eine imaginäre Seite für Tom und eine gegen ihn gebildet zu haben, die beide versuchen, mich zu beeinflussen. Ich merke jedoch, dass sich die Seite gegen Tom nicht wirklich gegen ihn richtet, sondern gegen alles, was mich verletzen könnte.
Mit dieser Erkenntnis versuche ich, mich auf Tom zu konzentrieren und stelle fest, dass es nicht das geringste Anzeichen gibt, das mich alarmieren müsste und dass ich mit allem, was ich befürchte, diesem Mann in diesem Moment Unrecht tun würde. Also reiße ich mich zusammen und versuche, Tom und mir zu vertrauen.
Und dann schreibe ich die vereinbarte E-Mail.

Hallo Tom, hier ist meine Handynummer, wie besprochen. Gute Fahrt und bis bald ...

Etwas mehr Empathie und Gefühl hätte ich schon hineinbringen können, merke ich, als ich sie gleich nach dem Versenden noch einmal lese.
Wie wäre es mit einem Satz wie: ... *ich freue mich* ... oder ... *das ist eine nette Idee von dir, die Mittagspause auf den Abend zu verschieben*, oder ... *ich freue mich auf deine Nachricht....*
Stattdessen schreibe ich den Text wie in einer Geschäftsmail, weil ich so furchtbar vorgeschädigt und aus der Übung bin. Was ist nur aus mir geworden...? Resigniert schüttle ich den Kopf. Bis ich die Firma verlasse, begleiten mich all diese Gedanken und lassen mich mal mit Freude, mal mit Unbehagen an die erste Nachricht denken, die Tom mir schicken wird.

Die Tagesschau beginnt gerade, als mein Handy vibriert und eine Nachricht anzeigt. Sie ist von Tom.
Auf dem Display sehe ich kein Profilbild, denn Tom und seine Nummer gehören noch nicht zu meinen Kontakten. Das werde ich gleich ändern und bin gespannt, welches Profilbild er gewählt hat.
Wahnsinn, was man heutzutage alles aus einem WhatsApp-Profilbild herauslesen kann.

Hey Marie, ich bin gut durchgekommen und nach gut sechs Stunden wieder zu Hause. Schön, wieder in den eigenen vier Wänden zu sein.
Wie war dein Nachmittag? Es war schön mit dir zu telefonieren und ich freue mich, dass du zugesagt hast. Wann passt es dir besser, morgen oder übermorgen?
Liebe Grüße Tom

Während ich die Nachricht lese, überkommt mich eine Ruhe, die mich wohlig einhüllt. Je länger ich stillsitze und sie zulasse, desto mehr merke ich, dass mit Toms Nachricht anscheinend Ängste und Befürchtungen

verbunden waren, die mir gar nicht bewusst waren, die sich jetzt aber mehr und mehr in Luft auflösen.
Ich erinnere mich an Philips Nachrichten. Sie waren immer sehr kurz. Meistens ohne Anrede. Sie waren selten länger als zwei Sätze. Ich glaube, ich hatte das Gleiche von Tom befürchtet. Aber seine erste Nachricht war ganz anders und meine unterschwellige Sorge war völlig unbegründet. Wieder einmal muss ich mir eingestehen, dass mich die Sache mit Philip immer noch in meinen Gedanken und auch in meinem Handeln beeinflusst.
Nur ganz selten öffnete ich eine seiner Nachrichten, las sie und spürte weder Wut noch Enttäuschung, Unverständnis oder andere negative Gefühle.
Wenn ich Toms Worte lese, fühle ich nichts davon.
Nur Erleichterung, weil es anders ist.
Besser.
Nicht traurig.
Ehrlich.
Hoffnungsvoll.
Und es fällt mir leicht, sofort zu antworten.

Hallo Tom. Schön von dir zu hören. Ich hatte viel zu tun im Büro, aber ich mag es so. Beim Essen richte ich mich gerne nach dir. Ich kann an beiden Tagen. Also, was ist dir lieber?
Kaum habe ich auf Senden gedrückt, ist er online. Drei, vier Sekunden passiert nichts, dann schreibt er.
Auch das ist anders als bei Philip. Philip war nie sofort online, selbst wenn wir, was sehr selten vorkam, eine kleine WhatsApp-Konversation hatten.
Tom: *Dann würde ich vorschlagen, dass wir am Samstag essen gehen. Ich kümmere mich um die Tischreservierung und hole dich ab. Passt dir 19 Uhr?*
Das klingt alles so einfach. So unkompliziert und ehrlich.

Ich: *Das passt mir sehr gut. Aber du musst mich nicht extra abholen. Wir können uns auch im Restaurant treffen.*

Er ist immer noch online.
Er schreibt.
Dann ist er weg.
Sofort steigen wieder schlimme Befürchtungen und Fragen in mir auf, aber dann klingelt plötzlich mein iPhone und ich erschrecke so, dass es mir aus der Hand rutscht und auf dem Teppich landet.
Auf dem Display steht: Tom ruft an
Unbeholfen fische ich es vom Boden und plappere los.
»Hallo Tom, jetzt war ich so überrascht von deinem Anruf, mir ist vor Schreck das Handy aus der Hand gefallen.«
»Oh, das tut mir leid. Das wollte ich nicht. Ich dachte, es wäre etwas einfacher, kurz anzurufen. Ich bin nicht der größte Schreiber«, rechtfertigt er sich.
»Das ist eine sehr gute Idee«, finde ich und greife sein Angebot mich abzuholen wieder auf. »Du musst mich nicht ...«
Er unterbricht mich mitten im Satz. »Doch, ich möchte es. Und außerdem liegt dieses Kaff, in dem du wohnst, auf dem Weg zu dem Restaurant, von dem wir gesprochen haben.«

Was soll ich jetzt noch sagen? Er meint es wirklich ernst und ehrlich und dann will ich auch nicht undankbar sein.
»Okay, dann freue ich mich, wenn du mich abholst«.
»Sagst du mir noch, in welcher Straße du wohnst?«, fragt er dann. Er klingt so schüchtern und mir wird klar, dass wir wirklich noch ganz am Anfang stehen, wir wissen noch nicht einmal, wo wir wohnen.
Tom scheint das Gleiche zu denken, denn plötzlich spricht er es aus. »Meine Güte, Marie, findest du das alles auch so komisch? Entschuldige, aber ich bin ehrlich, ich hatte das so lange nicht mehr, ich muss erst wieder lernen, damit umzugehen.«

... Gott sei Dank!
Er hat es auf den Punkt gebracht, genau so geht es mir auch. Und weil ich seine ehrlich geäußerte Verlegenheit

schätze, will ich ihn damit nicht allein lassen und gestehe auch meine.
»Immer ehrlich? Das habe ich gerade auch gedacht. Schrecklich, oder?«
Wir scheinen uns beide ein wenig zu entspannen, darüber, dass wir im selben Boot sitzen.
Tom lacht. »Dann bin ja nicht nur ich so unbeholfen.«
»Nein, ganz bestimmt nicht«, beruhige ich ihn.

... Philip hätte diese Unbeholfenheit nie zugegeben. Denn dann hätte er Schwäche zugeben müssen, und das tun Narzissten nicht...

Ich gebe ihm meine Adresse, damit wir endlich diese lästigen und notwendigen Formalitäten erledigt haben und uns wieder anderen Dingen widmen können.

»Erzähl mir von München«, bitte ich ihn.
Aus dieser harmlosen Frage entwickelt sich ein Hin und Her über Gott und die Welt und ein über einstündiges Telefonat. Er kann gut reden und ebenso gut zuhören. Und, er ist witzig. »Himmel, es ist ja schon halb zehn«, ruft er plötzlich wie aus dem Nichts. »Ich muss noch etwas für morgen vorbereiten. Bitte sei mir nicht böse, aber können wir unser Gespräch am Samstag an dieser Stelle fortsetzen?«
»Klar können wir das. Das wäre eine gute Voraussetzung für einen schönen Abend«, prophezeie ich.
»Das war schön, Marie. Schlaf gut und bis bald«, verabschiedet er sich.
»Schlaf du auch gut. Bis Samstag ...«

Etwas später kuschle ich mich in meinem Bett unter die Decke und schließe das iPhone an das Ladekabel. Da fällt mir ein, dass ich noch gar nicht auf Toms Profilbild geschaut habe.

Ich öffne seine letzte Nachricht und tippe auf das Bild, um es zu vergrößern. Es zeigt einen beeindruckenden Blick auf schneebedeckte Berge, die sich mit blauem Himmel und weißen Wolken vermischen.
Sonst nichts. Und doch unglaublich viel.
Für mich.
Es ist nie und nimmer das Profilbild eines Narzissten.
Da bin ich mir ziemlich sicher...

Acht

Der Audi kommt pünktlich, wie verabredet, und hält direkt vor mir am Straßenrand. Ich glaube, es ist ein A6, ich kenne mich mit Autos nicht so gut aus.
Natürlich hatte ich in der kurzen Zeit des Wartens wieder Angst, er würde nicht kommen und mich versetzen, wie Philip bei unserem ersten Essengeh-Date.
Die Erleichterung, als ich sein schwarzes Auto sehe, das ich noch vom Supermarktparkplatz kenne, ist riesig und so öffne ich beruhigt und voller Vorfreude die Beifahrertür.

»Guten Abend. Entschuldigen Sie, hätten Sie vielleicht Lust, heute Abend mit mir essen zu gehen?«, scherze ich, bleibe vor der geöffneten Autotür stehen und beuge mich ins Wageninnere, als wären wir wirklich völlig Fremde.
Er lächelt kurz, wird aber sofort wieder ernst und antwortet gespielt. »Na ja, wenn Sie mich so fragen… Ich habe heute Abend wirklich nichts anderes vor, Hunger habe ich auch, also warum nicht? Dann steigen Sie doch ein, gnädige Frau.«
Das Eis ist gebrochen und eine eventuell aufkommende Peinlichkeit für ein erstes offizielles Date im Keim erstickt.
»Danke, verehrter Herr.«
Erst jetzt steige ich ein und ziehe die Tür zu.
Dann beugen wir uns gleichzeitig über die Mittelkonsole und umarmen uns kurz.
»Hey, schön dich zu sehen«, begrüßt er mich nun auf einer ganz anderen Ebene.
»Hallo Tom. Auch schön, dich zu sehen und danke fürs Abholen.«
»Hast du Hunger?«, fragt er.

»Ja, sehr. Ich habe heute noch nichts gegessen«, gebe ich zu. »Und ich freue mich auch schon auf das Restaurant. Hoffentlich gefällt es dir genauso gut wie mir.«
»Ganz bestimmt. Verrätst du mir, wie ich fahren soll, oder soll ich das Navi einschalten?«, fragt er, setzt den Blinker und fährt los.
»Nee, Navi brauchen wir nicht, ich weiß, wo's langgeht «,
Er fährt nach meinen Anweisungen und wir frotzeln über die kleinen Ortschaften, durch die wir fahren, weil er glaubt, dass man dort noch das Licht mit dem Hammer ausmacht.
»Woher kommst du?«, nutze ich die Gelegenheit, etwas mehr über ihn zu erfahren.
»Aus Kaarst. Weißt du, wo das ist?«
Ich weiß es nicht genau, aber so ungefähr.
»Zum Studium hat es mich dann nach Köln verschlagen und da bin ich vorerst geblieben, auch wenn ich ein paar Mal in der Region umgezogen bin. Und du? Wohnst du schon immer hier?«, fragt er und schaut mich einen Moment an. Aber nur so lange, wie es sich gehört, wenn man am Steuer eines fahrenden Autos sitzt.
»Nein, ich komme auch nicht von hier, aber aus der Nähe. Ungefähr fünfzig Kilometer von hier ist mein Geburtsort. Auch so ein kleines Nest wie diese hier«, gestehe ich.
»Was hat dich dann hierhin verschlagen und wie lange bist du schon hier?«, fragt er weiter.
Ich überlege einen Moment, wo ich mit meiner Erzählung anfangen soll. Vielleicht einen Moment zu lange, denn plötzlich befürchtet er: »Oder bin ich zu neugierig?«
»Nein, bist du nicht«, beruhige ich ihn. »Ich bin jetzt seit dreißig Jahren hier. Der Liebe wegen. Der Vater meiner Kinder ist von hier. Und weil die Kinder hier verwurzelt sind, bin ich nach unserer Trennung hiergeblieben.«
»Okay, aber es ist auch zu deiner Heimat geworden, oder?«, vergewissert er sich. »Ja«, gebe ich kurz und knapp zu, weil ich ihm einen Hinweis zum Abbiegen geben muss, und außerdem sind wir schon so gut wie da.

»Hier links, bitte. Und dann kannst du hier an der Straße einen Parkplatz suchen, oder wir versuchen es zuerst auf dem Restaurantparkplatz, vielleicht haben wir Glück.«
»Wo ist der?«, fragt er. »Etwa zweihundert Meter weiter und dann rechts. Siehst du schon.«
Wir fahren gerade an unserem Ziel vorbei, einem angesagten Restaurant in der Gegend. »Oh, das sieht sehr einladend aus«, meint er, dann muss er sich wieder auf den Verkehr und die Einfahrt zum Parkplatz konzentrieren. Tatsächlich finden wir einen freien Platz. Nebeneinander gehen wir den kleinen, stilvoll beleuchteten Weg entlang zum Eingang.
»Wann warst du das letzte Mal hier?«, fragt er beiläufig, während er mir die schwere Eingangstür aufhält.
»Im Sommer, glaube ich, mit meiner Tochter. Da haben wir auf der schönen Terrasse gegessen.«
Ich lasse ihn vor und er erledigt die Anmeldung. Eine freundliche Kellnerin führt uns zu einem Tisch.
Wir ziehen unsere Jacken aus, Tom nimmt mir meine ab und hängt sie an die Garderobe nebenan.
»Wo möchtest du sitzen?«, fragt er, als er zurückkommt.
»Vielleicht hier?«, frage ich zurück, weil ich das nicht allein entscheiden möchte und schaue ihn an, während ich auf seine Zustimmung warte.
»Perfekt« sagt er nur.
Er zieht mir den Stuhl zurecht und setzt sich dann selbst. Wieder hat er sich den Platz seitlich neben mir ausgesucht. Dann lässt er seinen Blick durch den Raum schweifen.
»Schön ist es hier. Geschmackvoll eingerichtet, finde ich.«
»Das finde ich auch. Ich bin gerne hier«, gestehe ich.
Wenig später kommt auch schon ein freundlicher Kellner, reicht uns die Speisekarten und fragt, ob wir schon Getränke bestellen möchten.
»Möchtest du ein Glas Wein mit mir trinken?«, fragt Tom.
»Sehr gerne«, sage ich viel zu emotionslos, aber es sind meine Gedanken, Gefühle und Erinnerungen, die in mir

ein Chaos auslösen, dem ich im Moment nicht gewachsen bin.
... es gibt nichts, was dich an Philip erinnern sollte. Nichts! ... hörst du? Vertraue dir selbst und entspanne dich!

Tom bestellt sehr höflich und gewandt für uns Wein und eine Flasche Mineralwasser.
Als wir wieder allein sind, schaut er mich an, nimmt die schwere, in Leder gebundene Speisekarte und fragt, bevor er sie aufschlägt: »Kannst du etwas empfehlen?«
Seine Augen ruhen auf meinen, warten auf eine Antwort, und es ist, als könnte er in mich hineinsehen. Es ist das erste Mal, dass zwischen uns ein solcher Moment entsteht, der mich irgendwie gefangen nimmt.
»Alles«, antworte ich wie hypnotisiert und halte seinem Blick stand.
Ja, das war die Antwort auf seine Frage, aber es war auch die Antwort auf all die Fragen, die ich mir gestellt hatte, seit er mich eingeladen hatte.
Woher weiß er nur, wie anziehend ich Männer in schwarzen Oberhemden finde? Er trägt heute eines. Mein Blick und meine Gedanken verlieren sich in seinem wie aus Nachlässigkeit gewachsenen Dreitagebart. Dabei ist er genauso gewollt und perfekt gepflegt. War mir vorher schon einmal aufgefallen, wie attraktiv er Tom macht? Auf solche Gedanken sollte ich besser nicht kommen. Aber ich kann nicht verhindern, dass sich mein Blick langsam löst und über seinen Mund gleitet, weiter über sein Kinn und seinen Hals.
Dabei scannen meine Augen jeden Quadratzentimeter Haut, den sie auf diesem Weg zurücklegen.
Am Ausschnitt seines Oberhemdes bleibe ich hängen und frage mich, wie es wohl darunter aussieht.
... ernsthaft jetzt?

Unter dem Hemd trägt er ein schwarzes T-Shirt, dessen Ausschnitt genau unter dem ersten geschlossenen Knopf seines Hemdes liegt. Es liegt eng und perfekt auf seinem Oberkörper und ich kann deutlich die Muskeln erkennen, die sich darunter abzeichnen.
Ob er wohl Brusthaare hat, frage ich mich?
... *Marie, was soll denn das?*
»Alles also ...«, sagt er plötzlich betont bedeutungsvoll und reißt mich aus meinen Gedanken.
Sofort trifft mein Blick wieder seinen und ich glaube, er sieht mir an, dass es nicht nur die Speisekarte war, der meine Antwort galt, sondern auch noch etwas anderem.
...Ich wette, ich werde rot. Er soll mich nicht so ansehen!
Er hat ein grandioses Pokerface aufgesetzt, während ich ihn beobachte, und ich werde noch ein bisschen verlegener, als ich es merke.

Tief in mir spüre ich dieses besondere Gefühl und es schockiert mich, weil ich bisher dachte, mein Panzer würde genau solche Gefühle von mir fernhalten. Ich sollte etwas sagen, aber er schaut mich immer noch an und wartet.
»Ähm, also, ich habe hier noch nie etwas bestellt, was in irgendeiner Weise zu beanstanden wäre. Es ist alles superlecker. Allerdings esse ich selten Fleischgerichte und nie Steak, da kann ich mir kein Urteil erlauben. Aber ich glaube, es ist hervorragend.«
Es ist erstaunlich, wie schnell ich wieder so leicht über Essen sprechen kann. Jedoch glaube ich, ich habe seine Brust gemeint, als ich das Steak bewertet habe.
»Willst du eine Vorspeise?«, frage ich.
Insgeheim flehe ich ihn an, auf meine Frage nicht mit der Gegenfrage, ob ich eine nehmen werde, zu antworten. Das hat nämlich mein Gegenüber, mit dem ich dreizehn Jahre verbracht habe, immer getan, und ich habe es gehasst.

Aber nein, er fragt mich nicht.

»Ich würde die gebackenen Champignons nehmen. Und du?«, will er wissen.
»Ich stehe auf Tomatencremesuppen«, antworte ich wie aus der Pistole geschossen.
Ein junger Mann bringt unsere Getränke.
Tom legt die Speisekarte auf den Tisch und nimmt sein Weinglas, dann schaut er mich an und sagt: »Auf einen schönen Abend, Marie«.
Ich nehme mein Glas und stoße leicht gegen seines. »Auf einen schönen Abend, Tom. Und auf deine Idee, die ihn erst möglich gemacht hat.«

»Ich entscheide mich für die Herbstsalatvariation mit Lachs«, verkünde ich, kurz nachdem wir unsere Gläser wieder auf den Tisch gestellt und erneut einen Blick auf die Karte geworfen haben.
»Und ich nehme das Rumpsteak«, entscheidet er eine Sekunde nach mir.
Wir schließen die Karten, legen sie übereinander an den Rand unseres Tisches und werden im nächsten Moment gefragt, was wir essen möchten. Während ich kurz zögere, gibt Tom schon die Bestellung auf.
Nicht nur seine, auch meine.
Er hat sich alles gemerkt.
Als er fertig ist, schaut er mich an, und ich glaube, einen Moment der Unsicherheit in seinem Blick zu erkennen, als wolle er mich im Stillen fragen, ob ich damit einverstanden bin.
Wenn er nur wüsste, dass es mir aus tiefstem Herzen recht war. Genau das versuche ich ihm mit meinem Gesichtsausdruck zu sagen. Es gefällt mir...
Ich glaube, er hat es verstanden.
Jetzt liegt es an uns. Der Wein steht vor uns. Das Essen ist bestellt. Wir sind allein mit uns, an diesem Tisch, mitten in einem ausgebuchten Restaurant. Jetzt liegt es an uns, etwas daraus zu machen, aber allein der Gedanke lähmt mich.

»Erzähl mir von dir«, bittet er mich plötzlich so bedeutungsvoll, als hätte er in diesem Moment das Gleiche gedacht.
Ich beginne einen groben Anriss meines Lebenslaufes, und gerade, als ich am Ende meiner Ehe angekommen bin, werden unsere Vorspeisen serviert. Erleichterung über die Unterbrechung macht sich in mir breit. Ich fühle mich unbehaglich, denn damals bei Philip war ich auch diejenige, die viel mehr aus ihrem Leben erzählt hatte als er. Ich setze meine ganze Hoffnung auf Tom, der mir, hoffentlich gleich, genauso viel aus seinem Leben erzählen wird, wenn ich ihn danach frage.
»Das sieht aber lecker aus. Guten Appetit«, wünscht er mir und lächelt mich an.
»Guten Appetit«, antworte ich verlegen.
Die Suppe ist so heiß, dass ich die Gelegenheit nutzen kann, die wenigen noch nicht erwähnten Stationen meines Lebens zu vervollständigen. Es fehlt ja nur noch die fünfzehnjährige Beziehung, die ich vor vier Jahren beendet habe, und danach die Erwähnung einer Bekanntschaft, die nicht lange dauerte, weil ich merkte, dass es nicht das Richtige war.

Eine absurde Untertreibung für eine schicksalhafte Begegnung, die mich bis heute prägt, habe ich da von mir gegeben. Insgeheim muss ich noch überlegen, ob ich das für Tom oder für mich so nichtig heruntergespielt habe. Ich wünschte, es wäre gar nicht mehr der Rede wert. Vielleicht sollte ich mir vornehmen, diese Begegnung und das, was daraus geworden war, in meinem persönlichen Lebenslauf ab sofort gar nicht mehr zu erwähnen und ihn einfach mit der damaligen Trennung von meinem langjährigen Partner enden lassen.
»Meine Suppe ist hervorragend«, wechsle ich das Thema. Auch Tom findet seine Vorspeise perfekt. Ein paar Augenblicke schweigen wir, während wir unser Essen genießen. Dann muss ich ihn bitten, etwas von sich zu

erzählen, damit hoffentlich wieder eine meiner Ängste wie eine Seifenblase zerplatzt.
»Und, wie war dein Leben bisher?«, frage ich.
Er hat sich gerade einen dieser köstlich aussehenden frittierten Champignons mit Cocktailsauce in den Mund geschoben, was ihm ein paar Sekunden Bedenkzeit gibt, bevor er antworten kann. In der Zwischenzeit nehme ich noch einen Löffel von meiner Suppe.
»Oh, das war ähnlich wie deins«, beginnt er.
»Während des Studiums habe ich meine Frau kennen gelernt. Wir haben einen Sohn, der ist schon erwachsen und studiert seit ein paar Jahren in Düsseldorf. Nach dem Studium habe ich schnell eine Stelle in der Firma bekommen, in der ich heute noch arbeite. In den ersten Jahren war das sehr geregelt, da wir haben eine Doppelhaushälfte gekauft, unser Sohn kam zur Welt und so ging das ein paar Jahre weiter. Dann hatte ich die Chance, mich beruflich weiterzuentwickeln und das wollte ich auch. Meine Frau wollte das leider nicht. Sie wollte mich lieber jeden Nachmittag um 15 Uhr zu Hause sehen. Wir haben uns dann ein paar Jahre mehr oder weniger arrangiert und versucht, uns gegenseitig gerecht zu werden, aber wir haben uns verloren. Als Felix in die elfte Klasse des Gymnasiums kam, trennten wir uns. Es war für keinen von uns dreien mehr eine gute Basis, und eines Tages sagte unser Sohn beim Abendessen, »... wenn ihr nur meinetwegen noch zusammenbleiben wollt, dann muss das nicht mehr sein ...«.
Er nimmt einen Schluck Wein und die Pause, die dadurch entsteht, gibt dem eben erzählten Lebensabschnitt noch einmal eine Gewichtigkeit, die ich nachvollziehen kann, weil ich sie kenne und ähnlich auch erlebt habe.
Ich möchte ihm die Chance geben, seine Vorspeise weiter zu essen, damit sie nicht kalt wird, also übernehme ich kurz.
»Man macht es sich eben nicht leicht, wenn Kinder da sind. Das kenne ich auch.

Die Entscheidung, die ich damals traf, zu gehen und den Kindern die Chance auf eine heile, ganze Familie zu nehmen, war die schwerste meines Lebens und hat mich viele Jahre mit einem schlechten Gewissen im Griff gehabt. »

Sein Teller ist nun leer und er hat das Besteck bereits in der Vier-Uhr-Position darauf abgelegt.

»Ja, so ist das. Deshalb haben wir es so viele Jahre durchgehalten, aber heute bin ich mir nicht mehr sicher, ob es richtig war. Egal, es ist nicht mehr zu ändern.«

Auf keinen Fall möchte ich unsere erste Begegnung in eine Negativspirale unserer früheren Leben hineinziehen, das wir eigentlich längst hinter uns gelassen haben und sowieso nicht mehr ändern können, also frage ich schnell nach: »Wie ist es danach weitergegangen?«

»Ich habe eine neue Stelle in der Firma angenommen, an einem anderen Standort, und mir in der Nähe dieser Niederlassung eine Wohnung genommen. Das war ungefähr zweihundert Kilometer von zu Hause entfernt. Ich musste damals diese neue Herausforderung annehmen, sonst hätte ich die Miete nicht bezahlen und das Haus nicht halten können.«

Er nimmt wieder sein Weinglas und gibt mir ein Zeichen, es ihm gleichzutun. Wir trinken einen Schluck und er fährt fort: »Ich brauchte einige Zeit, um mich zu erholen und den Anforderungen der Arbeit gerecht zu werden. Dann lernte ich Susanne kennen. Sie wurde meine Arbeitskollegin. Wir waren fast zwei Jahre zusammen, aber irgendwann haben wir gemerkt, dass es nicht funktioniert. Wahrscheinlich ähnlich wie bei dir«, beendet er seinen persönlichen Lebenslauf und ich glaube zu spüren, wie froh er ist, als er zu Ende erzählt hat.

Ich sehe unsere Gerichte schon auf uns zukommen, also ergreife ich die Gelegenheit, unsere Lebensgeschichten für heute Abend endgültig zu beenden, indem ich ihm zustimme.

»Ja, wahrscheinlich. Das ist eben so, wenn es nicht passt, dann passt es nicht.«
Das war ein ganz mieser, oberflächlicher Scheißsatz, den ich da von mir gegeben habe. Aber es sei mir verziehen, weil meine Gedanken eigentlich ganz woanders waren, als ich das einfach so dahingesagt habe. Es war nämlich nie und nimmer bei ihm ähnlich wie bei mir.
Denn mich hatte ja die Kleinigkeit einer Begegnung mit einem Menschen, der mich nur für sein Ego benutzte und manipulierte, dahingestreckt.
Aber das konnte er ja nicht wissen, weil ich es ihm nämlich in meinen Erzählungen verschwiegen hatte.

Das Essen wird serviert und wir freuen uns über den Anblick auf unseren Tellern.
Dieser Moment lenkt unsere Aufmerksamkeit auf andere Dinge und ich bin froh, dass es so ist. Zum Kennenlernen gehören natürlich auch Informationen über das Vorleben eines Menschen. Das ist sicher ein Puzzleteil von vielen, durch das man sich ein Bild von jemandem machen kann. Leider werden diese Vorleben immer länger, je älter man wird, aber das liegt wohl in der Natur der Sache.
Tom lächelt mich an, mit einem besonderen Ausdruck in seinen Augen, der mich glauben lässt, dass er genauso denkt und ebenso froh ist, diesen Teil zumindest für heute Abend abgehakt zu haben.
»Na dann, guten Appetit«, sagt er leise.
»Danke, das sieht fantastisch aus. Guten Appetit«, antworte ich leise.
Die nächsten Minuten bestehen aus kurzen Worten wie »Hmm« oder »Ist deins auch so lecker wie meins?«.
Dann fragt er: »Willst du mal mein Fleisch probieren?«
Ich muss ablehnen und erkläre ihm auch warum.
»Nein danke. Ich esse eigentlich kaum Fleisch. Ein gutes Steak würde ich vielleicht doch probieren, aber leider nicht bei der Garstufe, die du für dein Steak gewählt hast.«

Ich versuche, ihm und dem teuren, sicher perfekt gebratenen Stück Fleisch Respekt zu zollen und meine Gesichtszüge nicht entgleisen zu lassen, angesichts des auslaufenden Bratensaftes seines medium bestellten Rumpsteaks.
Er weiß es zu schätzten, genießt das nächste Stück, und antwortet grinsend: »Schade, es ist wirklich köstlich!«
Ich grinse zurück. »Das glaube ich gern.«
»Erzähl mir von deiner Arbeit«, bittet er mich wenig später.
Ich erzähle von meiner Firma, von meinem Job und frage ihn immer wieder auch nach seinem Beruf und seiner Firma. Wir kommen über Hobbys und Urlaub zu schlechten Gewohnheiten und offenen Wünschen.

Unsere Teller sind längst abgeräumt und wir haben nochmal Wein nachbestellt.
Wie aus dem Nichts fragt Tom plötzlich: »Warum hast du keinen Partner? Wie viele Jahre bist du jetzt Single? Vier, wenn ich richtig zugehört habe, oder?«
Wow, auf diese Frage war ich nicht vorbereitet.
»Da musst man ja erst mal jemanden finden, ne. Passende Männer wachsen schließlich nicht auf Bäumen.«
»Ja«, sagt er. »Aber es gibt ja unzählige Plattformen, auf denen man sie finden kann und anscheinend auch erfolgreich findet.«

Aha, ich glaube zu ahnen, warum er das fragt. Wahrscheinlich will er wissen, ob ich auf diesen Plattformen unterwegs bin und in meiner Freizeit mit unzähligen Männern chatte oder mich mit ihnen verabrede. Das würde ich ehrlich gesagt auch gerne von ihm wissen.
Aber da hat er einen Punkt angesprochen, dem ich aus voller Überzeugung nicht beiwohne. Deshalb antworte ich, vielleicht sogar etwas zu forsch: »Kommt für mich nicht in Frage!«
»Warum nicht?«, fragt er, fast ein wenig schockiert über meine Antwort, die in ihrer Entschiedenheit keinen Raum

für Zweifel lässt. »Etwas Wichtiges fehlt. Was das Internet nicht hat, ist Biochemie!«
Ich mache eine bedeutungsvolle Pause, um meinem Satz mehr Ausdruck zu verleihen.
Er bleibt stumm und schaut mich nur an.
Oje, ... jetzt habe ich ihn verärgert, oder vielleicht ist es das erste Mal, dass wir völlig unterschiedlicher Meinung sind.
Er öffnet den Mund, um etwas zu sagen, wartet aber noch einen Moment und schließt ihn dann, ohne ein Wort herauszubringen, vielsagend wieder. Dann sagt er nur: »Stimmt!« dabei lacht er herzlich und reißt mich eine Sekunde später mit.
Anscheinend habe ich seine Neugier geweckt, denn er legt noch einmal nach. »Darf ich dir ein Dessert bestellen, und während du es isst, erzählst du mir von deinen Erlebnissen, die dich zu der knappen, aber treffenden Aussage veranlasst haben, die du eben gemacht hast?«
Ich tue verwirrt und frage: »Was? Ähm, nein, kein Dessert, danke.«
»Schade, ich hätte dir so gerne zugehört ...«, spielt er enttäuscht.
»Was genau erwartest du?«, frage ich geheimnisvoll, obwohl ich genau weiß, dass er hinter meiner Aussage ausreichende Erfahrungen vermutet, die ich auf diesen Plattformen gemacht haben könnte.

Das Restaurant ist schon fast leer. Nur an ein paar Tischen sitzen noch Gäste.
Tom schaut auf die Uhr. »Es ist schon kurz vor elf, wann machen die zu?«
»Was? Das hätte ich nicht gedacht. Ist es schon so spät? Ich glaube so gegen elf«, gebe ich eine Vermutung ab.
»Sollen wir dann bezahlen?«, fragt er.
»Ja, können wir«, antworte ich und fische auf dem Stuhl neben mir nach meiner Handtasche.

»Bitte Marie, lass deine Handtasche ruhig da stehen, du bist natürlich eingeladen.«

Ich hasse solche Momente, denn ich habe einen Job und möchte mein Essen selbst bezahlen. Welchen Grund sollte es geben, dass ein Mann immer automatisch das Essen bezahlt? Macht das nicht schon ein bisschen abhängig?

Aber, es gibt auch ein Aber für mich, weil ich die Geste an sich mag. Es geht gar nicht ums Geld. Am liebsten hätte ich Tom vor dem Betreten des Restaurants einen passenden Schein zugesteckt und ihn gebeten, die Rechnung später für uns zu bezahlen. Es geht nicht ums Geld ...

Vielleicht bin ich kompliziert, altmodisch und manchmal auch nicht emanzipiert, und es gibt Situationen, in denen ich mir einen Partner an meiner Seite wünsche, der für mich entscheidet oder handelt.

Vielleicht bin ich genau deshalb Philips Opfer geworden ... vielleicht.

»Bitte, Marie, mach mir die Freude«, höre ich Tom von ganz weit weg sagen, weil ich so in Gedanken versunken bin. Recht hat er. Ich sollte nicht immer alles so kompliziert machen und gut gemeinte Gesten bis ins kleinste Detail zerdenken.

»Danke, Tom. Dann nehme ich deine Einladung sehr gerne an.«

»Es ist mir wirklich ein Vergnügen, dich einzuladen«, gesteht er und im selben Moment steht auch schon der Kellner mit unserer Rechnung am Tisch.

Wir trinken beide den letzten Schluck Wein aus unseren Gläsern. Tom holt unsere Jacken und hilft mir hinein. Dann verlassen wir das Restaurant.

»Das war eine gute Wahl. Nette Atmosphäre und super Küche«, fasst Tom den Abend noch einmal zusammen und lässt den Sicherheitsgurt einrasten. »Da können wir gerne noch mal hingehen.«

»Ich weiß noch nicht, ob ich da noch mal mit dir hinfahre«, halte ich ihm entgegen und bemühe mich um einen todernsten Gesichtsausdruck. Ich schaue ihn extra nicht an, sondern fummle übertrieben an meinem Mantel herum, versuche ihn unbeholfen zwischen mir, dem Sitz und dem Sicherheitsgurt zurechtzuzupfen. Aus den Augenwinkeln nehme ich wahr, wie er mich schockiert ansieht, aber er sagt nichts. Ich glaube, er versucht herauszufinden, was er falsch gemacht hat.
Nach einer Weile finde ich, dass ich ihn nicht länger auf die Folter spannen sollte, denn er hat nichts falsch gemacht.
»Ich gehe nur noch einmal mit, wenn du nicht wieder die ganze Rechnung übernimmst!«, kläre ich ihn schnell auf und schaue ihn dabei lächelnd an.
»Meine Güte, Marie! Jetzt dachte ich schon ... Wie kannst du nur so ernst bleiben, wenn du mich so aufziehst?«, schnauft er erleichtert.
»Humor ist wichtig ...«, antworte ich kühl und zwinkere ihm zu.
Habe ich vor diesem Satz mit möglichen Konsequenzen gerechnet? Ich glaube nicht, fällt mir gerade ein, als ich ihn vielversprechend sagen höre: »Gut zu wissen!«
Als hätte er schon eine lange Liste mit Plänen, wie er meinen Humor auf die Probe stellen kann.

Er hält vor dem Haus, in dem ich wohne, lässt aber den Motor laufen. Bis zu diesem Moment hatte ich mir keine Gedanken darüber gemacht, wie dieser Abend enden würde. Keine Ahnung, wie er enden sollte. Meine Güte, ich zerdenke schon wieder alles. War ich schon immer so kompliziert, oder ist das auch eine Folge der letzten Jahre?
Ich klicke den Gurt aus der Halterung und drehe mich zu Tom um. »Vielen Dank für den schönen Abend, die Einladung zum Essen, den Fahrdienst und die interessanten und unterhaltsamen Gespräche. Herzlichen Dank!«

»Es war mir eine Freude, den Abend mit dir zu verbringen und ich würde das sehr gerne wiederholen«, antwortet er.
Für einen kurzen Moment treffen sich unsere Blicke und ich erinnere mich an den Moment vor ein paar Stunden, als sie sich ähnlich begegnet sind und sich symbolisch, wie Magnete angezogen haben.
Obwohl es bis auf die Innenbeleuchtung dunkel ist, sehe ich seine Augen. Sie sind so braun und intensiv wie Schokolade. Sie haben keine andersfarbigen Sprenkel. Sie sind ein reines, warmes, sattes Braun, in dem man versinken möchte.
Wenn ich sie noch länger anschaue, könnte das etwas in mir auslösen, was ich nicht möchte. Ich muss an all die Auswirkungen denken, die ich seit Philip in meinem unsichtbaren Rucksack mit mir herumschleppe, und ich kann sie nur weniger werden lassen, indem ich sie bewusst abarbeite, sonst stehen sie alle zusammen, wie eine Armee, irgendwann wieder vor meiner Tür und fordern Einlass.
Ich muss einen Schritt nach dem anderen machen.
Tom vertrauen lernen.
Lernen, mir zu vertrauen.
Ein Schritt nach dem anderen.

Mein Blick wandert von seinen Augen zu seinem Mund. Oje, dieser Anblick wird noch schlimmere Folgen haben, merke ich schon jetzt. Sein perfekter Mund, dieser verwegene Bart, der wie zufällig aus Nachlässigkeit gewachsen ist, und seine Lippen, die für einen Mann einen winzigen Hauch zu viel Rot haben.

Ich habe mich wohl zu lange von Männern ferngehalten. Das muss der Grund für solche Gedanken sein. Schluss damit!
»Das machen wir«, versichere ich schnell und umarme ihn etwas unbeholfen, wieder über die Mittelkonsole hinweg.
Dann öffne ich die Tür und drehe mich noch einmal zu ihm um. »Wir schreiben uns, Tom, oder wir telefonieren, okay?«

Während er antwortet: »Ja, das machen wir«, steige ich aus.
»Schlaf gut.«
»Schlaf gut, Marie.«
Die Autotür fällt ins Schloss. Ich winke kurz und gehe.
Der Wagen wartet noch ein paar Sekunden, bis ich die Haustür erreicht habe, dann setzt er sich in Bewegung und nimmt mit einem kräftigen Schub Fahrt auf.
Bevor ich die Tür öffne, blicke ich noch einmal zurück und sehe den Audi hinter der nächsten Kurve verschwinden.

Nur aus Gewohnheit schalte ich noch den Fernseher ein. Obwohl, zum Schlafengehen wäre es auch eigentlich noch zu früh. Auf einem Sender fängt gerade so ein Agentenfilm an, den ich mir aussuche.
Es dauert den ganzen Film über, bis sich mein Hormonspiegel und meine Gedanken normalisiert haben und gefühlte hundert verschiedene Eindrücke unterschiedlichster Art verarbeitet sind, die auf einem großen Haufen vor mir liegen und mir vorkommen wie Wäschestücke, die *gebügelt* und *gefaltet* in den richtigen *Schrank* einsortiert werden müssen.
Ich nehme mir ein *Wäschestück* nach dem anderen vor und am Ende des Films ist der ganze *Wäschehaufen* weg und es war kein einziges Wäschestück dabei, das ich wegen eines schlechten Gefühls gegenüber Tom nicht hätte einsortieren wollen.
Die Handlung des Films habe ich nicht verstanden, aber das war auch nicht so wichtig.
Wichtig ist, dass die *Wäsche* sortiert ist.

Allein die Frage, ob ich Tom in meine Wohnung hätte einladen sollen, hat mir einen ganzen Korb voller ungefalteter *Wäsche* beschert.

Ich wollte ihn nicht hereinbitten. Ich werde nie wieder einen Mann in meine Wohnung einladen, das habe ich bei Philip gemacht, ohne zu ahnen, was daraus geworden war.

Anscheinend war es für Tom in Ordnung, denn er wollte wohl auch nicht hereingebeten werden, sonst hätte er doch den Motor nicht laufen lassen.
... Gedanken sortieren ist wie Wäsche falten ... Wäsche falten ist gut...
Wie viele meiner Befürchtungen und Gedanken über Tom und diesen Abend, die ich mir vorher gemacht hatte und von denen ich glaubte, sie nicht bewältigen zu können, lösen sich einfach so in Luft auf?

Ich sollte wieder anfangen, mir selbst zu vertrauen.

Neun

»Schön, dich zu sehen«, freut sich Martin, denn ich war seit über einer Woche nicht mehr bei ihm.
Eigentlich ist es ungewöhnlich, an einem Sonntag zu ihm zu fahren, aber er hatte mich mittags angerufen und gefragt, ob ich Zeit hätte, weil er ein größeres Projekt abschließen und abrechnen wolle.
»Kein Problem, ich hatte für den Nachmittag nichts vor. Also, was soll ich machen?«, frage ich und gebe gespielt eine große Portion Elan dazu. Ich weiß, dass ich Martin damit motivieren kann, denn dieser Bürokram ist nicht sein Ding. Er ist lieber draußen auf den Baustellen. Er gibt mir die Unterlagen und fängt an, die Positionen der Ausschreibung nachzurechnen, um sie mir dann für die Rechnung zu diktieren.

Es dauert ein paar Stunden, bis alles erledigt ist und am Ende die fertigen Unterlagen mit einer detaillierten Berechnung für den Auftraggeber vor uns auf dem Tisch liegen.
Man merkt ihm an, dass er wieder einmal froh ist, den Papierkram erledigt zu haben und er hat sich an diesem Nachmittag schon mehr als einmal dafür bedankt.
Er weiß es natürlich nicht, aber ich bin auf andere Weise genauso froh, zu ihm zu kommen.

Als ich nach Hause fahre, ist es schon dunkel und mir fallen die vielen Lichter in den Fenstern und Vorgärten der Häuser auf, an denen ich vorbeikomme.

... Oh Gott, ist schon wieder Advent?

Automatisch schaue ich auf das Datum im Display meines Cockpits und stelle erleichtert fest, der erste Advent ist erst am nächsten Wochenende.
Die Leute scheinen die Adventsbeleuchtung immer früher anzuschalten.

Sollen sie doch, mit Advent und Weihnachten habe ich seit einigen Jahren nicht mehr viel am Hut.

Plötzlich klingelt mein Telefon und lässt mich zusammenzucken, weil es mich laut über die Freisprechanlage aus meinen Gedanken reißt.

»Hallo Annabell.«

»Hallo Mama. Was machst du gerade? Bist du mit dem Auto unterwegs?«, fragt sie sofort.

»Ich komme gerade von Martin. Wir waren den ganzen Nachmittag beschäftigt.«

»Ach so, ich dachte, ich rufe mal an und frage, ob du Ablenkung oder Betreuung brauchst.«

Ich höre ein scherzhaftes Lächeln in ihrer Stimme und freue mich insgeheim, dass sie sich so um mich kümmert.

»Oh, das ist aber lieb von dir. Aber es ist alles in Ordnung. Ich bin beschäftigt. Was habt ihr heute gemacht?«, frage ich zurück.

»Ich war auf dem Sportplatz und habe meinem Torjäger zugeschaut. Aber es war arschkalt und ich bin froh, wenn bald Winterpause ist.«

»Und, hat der Torjäger ein Tor geschossen?«, frage ich weiter.

»Sogar zwei«, teilt sie stolz mit.

»Oh, meine Anerkennung«, entfährt es mir unbedacht und ich weiß sofort, diese Unachtsamkeit wird noch Folgen haben. Es ist, als würde mir ein Messer mit Erinnerungsgift in die Brust gestoßen.

Wenn ich nur wüsste, wie ich dieses Wort aus meinem Wortschatz streichen könnte, ich würde es tun und für den Rest meines Lebens darauf verzichten.

»Wir holen uns gleich etwas zu essen vom Imbiss. Möchtest du auch etwas?«

Sie hat keine Ahnung, aber mit dieser Frage rettet sie mich aus meinen verseuchten Gedanken.

Im allerletzten Moment beiße ich mir auf die Zunge, weil ich versucht bin, ihr von meinem Abendessen am

Vorabend zu erzählen. Aber sie würde mich fragen, mit wem, und dann käme ich in Erklärungsnot, denn für solche Neuigkeiten ist es noch viel zu früh.
»Danke, heute nicht. Ich werde mir zu Hause eine Kleinigkeit zubereiten«, antworte ich schnell und zweifellos wahrheitsgetreu.
»Okay. Dann hab einen schönen Abend. Bis dann...«, verabschiedet sie sich und ich wünsche auch ihr einen schönen Abend und guten Appetit.

Toms Nachricht ist schon über eine Stunde alt, als ich sie sehe. Da ich das Handy während der Arbeit mit Martin stumm in meiner Handtasche hatte, habe ich sie nicht mitbekommen. Jetzt zaubert sie ein Lächeln auf mein Gesicht.
Ich weiß es, obwohl ich mich nicht im Spiegel sehe.
Heute Morgen habe ich mich gefragt, warum sich seit dem Essen keiner von uns beim anderen gemeldet hat. Keine Ahnung, warum er sich nicht gemeldet hat, ich kenne meinen Grund nur zu gut.
Ich kann ihm nicht schreiben, denn dann müsste ich auf eine Antwort von ihm warten, und auf eine Antwort kann ich nicht warten. Das erinnert mich an die Macht und die Manipulation, die jemand ausgeübt hatte, indem er mich manchmal Tage lang auf die lächerliche Beantwortung einer Nachricht warten ließ.
Auch wenn ich jetzt weiß, mit welcher Absicht diese Person das gemacht hat, kann ich nicht über meinen Schatten springen und Tom zuerst eine Nachricht schreiben.
Er ist mir noch nicht vertraut genug, um sagen zu können, dass er mich nicht vorsätzlich und manipulativ benutzt, und auch wenn ich zu glauben wissen, dass er nicht so ist, muss es bewiesen werden, damit ich diese Befürchtung endlich als Teil von Philips Erbe, aus meinem unsichtbaren Rucksack schmeißen kann.

Gut, dass ich am Nachmittag bei Martin war, sonst hätten mich diese Gedanken wieder stundenlang beschäftigt und mir mal wieder einmal vor Augen geführt, was aus mir geworden ist.

Es ist vor allem Erleichterung, die ich spüre, als ich seine Nachricht sehe. Aber mein Lächeln, kommt von woanders her. Mein Lächeln kommt von der Erinnerung an seine Augen, seinen Mund, seinen Bart, sein schwarzes Oberhemd, seinen Geruch und den Klang seiner Stimme, als er sagte, … *Gut, zu wissen* ..., nachdem ich meinte, Humor ist wichtig.
Ich öffne die Nachricht.

Hey, hattest du einen schönen Sonntag? Ich wollte mich noch mal bedanken, für den tollen Abend. Du hast es geschafft, dass ich mich hier ein ganzes Stück angekommener fühle. Ein großes Glück …
Liebe Grüße Tom

… ein großes Glück
… ein ganzes Stück angekommener

Ich: *Hallo Tom, ich hatte einen schönen Sonntag und du hoffentlich auch. Ich fand den Abend sehr schön, dafür haben wir gemeinsam gesorgt. Aber, wie konnte ich dafür sorgen, dass du dich angekommener fühlst?*

Ich sehe, er ist sofort wieder online. Gott sei Dank, er schreibt und antwortet mir sofort.

Tom: *Fühlt man sich nicht dort angekommen, wo man mit netten Menschen zu tun hat? Das gilt für Nachbarn, Arbeitskollegen, in der Freizeit und in noch ganz vielen anderen Bereichen. Mit dir, gehörte das gestern auch dazu …*

Schon ertappe ich mich, wie ich wieder beginne etwas Manipulatives und Unehrliches in seinen Worten zu suchen, dabei ist alles, was er schreibt, rein und in keiner Weise verwerflich.

Ich: *Das ist eine sehr schöne Art, die Dinge zu sehen.*

Eigentlich wollte ich meiner Nachricht noch etwas hinzufügen und suche noch nach passenden Worten, doch dann drücke ich versehentlich auf Senden. Plötzlich fühle ich mich richtig unbeholfen. Es gibt Momente, da glaube ich, die kleinsten zwischenmenschlichen Kleinigkeiten nicht mehr richtig zu verstehen, weil ich in allem etwas scheinheilig Negatives suche. Ich war bestimmt nicht so, bevor ich Philip kennen gelernt habe.
Es ist, wie es ist: Die Kleinigkeit, den falschen Menschen getroffen zu haben, hat mich verändert, und natürlich weiß ich jetzt, warum. Weil er die Grundbedürfnisse der menschlichen Psyche mit Füßen getreten hat.
Meiner Psyche!
Er hat mir keine Verlässlichkeit und Zugehörigkeit gegeben. Er hat mich manipuliert, getäuscht und belogen.
Er hat schlechte Gefühle in mir hervorgerufen und vor allem, hat er meinen Selbstwert schwer beschädigt.
Was er meiner Psyche angetan hat, wäre für meinen Körper wie Entzug von Grundbedürfnissen, vielleicht sogar Folter und Missbrauch...

Das Handy vibriert und auf dem Display steht:
Tom ruft an

***

Ich habe den Tatort verpasst und es macht mir nicht das Geringste aus, denn ich habe fast drei Stunden mit Tom telefoniert.
Er hat mir erklärt, was er mit dem Satz meinte, er habe sich durch unseren Abend angekommener gefühlt. Ich habe es verstanden.
Er meint es wirklich gut und aufrichtig und seine Gründe und Empfindungen sind bodenständig und ehrlich. Er hat Intellekt, ist neugierig und offen. Er gibt sich nicht gerne mit halben Sachen zufrieden und ist höflich und selbstbewusst. Ich glaube, er ist fair, überhaupt nicht hinterhältig, er hat jede Menge Humor und was das Wichtigste ist, er ist empathisch, er fragt nach, er zeigt Gefühle und er traut sich, Niederlagen zu benennen.
Das ist mehr als ich erwartet habe.
Das ist mehr, als ich erhofft hatte.
Das ist so viel mehr und es lässt mich an diesem Abend ohne Ängste, Befürchtungen und Erinnerungen einschlafen.

***

Die nächsten Tage, bis zur Wochenmitte, vergehen wie im Zeitraffer. Tom und ich schreiben uns jeden Tag ein paar Nachrichten. Nichts Besonderes, aber es ist schön irgendwie. Er hat in der Firma viel zu tun und er hat sich ein Studio gesucht, in dem er Sport machen kann. Es sind nur ein paar Nachrichten am Tag. Morgens schickt er mir Grüße und wünscht mir einen schönen Tag und abends schreibt er von seinem Tag und fragt, wie meiner war.
Ich habe immer noch dieses Problem.
Ich lasse ihn weiterhin als Ersten schreiben, weil ich einfach nicht anders kann.

Noch eine kleine Weile lang, bis ich mir sicher bin, dass er mir zurückschreibt, wenn ich ihm schreiben werde.
Irgendwann werde ich es ihm erklären.
Ich muss es tun, bevor es Schaden anrichtet, auch wenn ich nicht weiß, ob es Schaden anrichten könnte.
Dazu müsste ich erst einmal wissen, was aus dieser Schokoladenregalbegegnung wird.
Bleibt sie oberflächlich, brauche ich gar nichts zu erklären, sagt mein Panzer.
Und, ich weiß anscheinend nicht mehr, wie man in meinem Alter jemanden kennenlernen und sich selbst dabei gerecht bleiben kann, ohne sich immer so viele Gedanken über alles zu machen.
Vielleicht gibt es aber auch überhaupt kein Problem.
Vielleicht bin einfach *ich* das Problem.

***

Der Motor des Autos ist aus und ich suche in der Handtasche nach meinem Portemonnaie. Eigentlich wollte ich gar nicht einkaufen gehen, sonst hätte ich meinen Korb oder eine Tasche dabei. Aber im Büro fiel mir plötzlich ein, dass ich noch ein paar Lebensmittel und Kulturartikel brauche.
Vor dem Eingang des Supermarktes stehen winterliche Blumensträuße. Amaryllis und Weihnachtssterne, mit Tannengrün umwickelt. Sie sehen wunderschön aus.
Vor uns liegt das erste Dezemberwochenende, der erste Advent. Mein Blick schweift über die Sträuße, ich suche nach einem Preisschild und überlege, ob ich einen mit nach Hause nehmen soll.
Da vibriert es in meiner Manteltasche.
Eine mir unbekannte Festnetznummer.

»Schubert«, melde ich mich kühl.
»Hey, hier ist Tom.« Dass er es ist, lässt meinen Tonfall augenblicklich von kühl auf warm umschlagen.
»Oh, hallo Tom, du bist es.« Es klingt, wie eine Entschuldigung dafür, dass ich mich vielleicht etwas zu forsch gemeldet habe.
»Das ist meine Büronummer, das konntest du natürlich nicht wissen. Störe ich dich? Was machst du gerade?«, fragt er, und ich glaube, es wird keines dieser Telefonate, die nur ein paar Sekunden dauern, weil man dem anderen nur schnell etwas mitteilen will. Deshalb habe ich mich schon entschlossen, wieder zum Auto zu gehen, denn ich möchte dieses Gespräch nicht vor dem Eingang eines Supermarktes führen. Aber das sage ich ihm nicht.
»Ich sitze im Auto, gerade auf einem Parkplatz, weil ich einkaufen gehe wollte.«
»Oh, soll ich dich später anrufen?«, fragt er.
»Nein, ich freue mich über deinen Anruf. Musst du noch arbeiten?«
Das ist nicht der richtige Ort für ein langes Gespräch, aber ich will nicht, dass er jetzt auflegt.
»Ich mache im Büro gleich Schluss und gehe dann zum Sport«, erklärt er und wird dann ganz ernst. »Marie, ich wollte dich etwas fragen.«
Plötzlich fühle ich mich so unwohl, als hätte mir jemand in den Magen geboxt.
... Was will er mich fragen?

Vielleicht will er wissen, warum immer er zuerst schreibt?
Vielleicht denkt er, weil ich manchmal so zurückhaltend und introvertiert bin, ich mag ihn nicht oder möchte seine Gesellschaft nicht.
Vielleicht hat er mich schon durchschaut und will wissen, wer oder was dafür verantwortlich ist, dass ich so kaputt bin?
Vielleicht hat er aber auch jemand anderen kennen gelernt.
Meine Stimme zittert sogar ein wenig, als ich sage,

»Ja, was denn?«
... *Ich glaube, ich will die Frage gar nicht hören.*
Aber dafür ist es jetzt zu spät.
»Ich bin am nächsten Sonntag zum siebzigsten Geburtstag meines Vermieters eingeladen. Er feiert in einem Hotel ein paar Orte weiter. Es wird ein großes Fest, ich glaube, mit über dreihundert Gästen, und er scheint großen Wert auf mein Kommen zu legen. Er hat mich irgendwie ins Herz geschlossen. Vielleicht so wie Vater und Sohn, seit wir uns wegen der Wohnung kennen gelernt haben.
Er hat mich ausdrücklich gebeten, eine Begleitung mitzubringen, und da ich keine Ahnung habe, wer mich begleiten könnte, wollte ich dich fragen...«.
Er unterbricht seinen Satz und ich höre, wie er scharf Luft holt und vielleicht noch etwas anderes.
Vielleicht Mut. Ich lasse ihm diese Pause, denn ich weiß, er wird gleich weitersprechen.
»... ja, ich wollte dich fragen, ob du Lust hast, mich zu begleiten.«
Die Art, wie er diesen Satz sagt, erinnert mich an meine Kindheit und die meiner Töchter. Immer wenn es etwas zu beichten gab, hatten wir diesen Tonfall. Die Angst im Nacken, vor den Konsequenzen des Gesagten.
... *Das ist seine Frage?*

Ich bin erleichtert, weil es so harmlos ist, so ganz anders, als ich befürchtet hatte.
Wahrscheinlich schweige ich deshalb noch, weil sich die Erleichterung langsam warm in mir ausbreitet.
»Marie?«, fragt er vorsichtig.
»Oh...oh, Tom, entschuldige. Das kommt wirklich überraschend«, lüge ich, damit er den wahren Grund meiner Unsicherheit nicht bemerkt.
»Zu überraschend? Wenn du nicht willst ...«
Er hält kurz inne.
»Wenn ich dir damit zu nahe komme ... Es war nur so eine Idee. Bitte sei nicht böse.«

... Oje, der Arme! Wie konnte ich ihn nur so verunsichern? Nur weil ich einen Moment gezögert habe, um meine eigene verdammte scheiß Unsicherheit in den Griff zu bekommen.
Du versaust es, Marie!

»Oh nein, nein, so ist es nicht. Du bist mir nicht zu nahegetreten. Ich bin nicht böse ... nein, nein«. Ich kann gar nicht so schnell die Worte herausbringen, die ich sagen will, um ihm klarzumachen, dass er nichts falsch gemacht hat. Die Worte kommen ohne Zusammenhang über meine Lippen und müssen für Tom völlig unverständlich sein. Vor allem, weil er meinen Gesichtsausdruck jetzt nicht sehen kann, der ihm zeigen würde, dass nichts von dem Gestammel, das ist, was ich ihm eigentlich antworten will.
»Ja, ich glaube schon. Ja, warum nicht. Ja, das könnte ich machen. Ja, wenn du mich dabeihaben willst. Ja, ich glaube, ich habe noch nichts vor. Ja.«
In meinem Kopf wirbeln die Gedanken wieder durcheinander, wie Konfetti, in das man hineingepustet hat. Aber ich glaube, auf jedem Konfettiteilchen das Wort *Ja* lesen zu können.
»Oh, das ist sehr schön.«
Seine Stimme hat nun nichts mehr von einem Kind, das beichtet, sondern von einem Jungen, dem ein Wunsch erfüllt wurde.
»Hey, denk einfach mal drüber nach. Ich will dich nicht überrumpeln. Geh du doch erst mal einkaufen und ich gehe zum Sport und dann rufe ich dich heute Abend noch mal an. Wäre das okay?«, fragt er vorsichtig, als würde er meinem Gestammel mit den unzähligen Neins und Jas von eben keinen rechten Glauben schenken.

Es soll mir recht sein. Dann kann ich bis dahin die verschiedenen Emotionen, die sein Anruf in mir ausgelöst hat, verarbeiten und mich auf ein schönes, langes Telefonat mit ihm am Abend freuen. Das wäre auch eine

gute Gelegenheit, das wiedergutzumachen, was ich ihm gerade angetan habe.
Wir verabschieden uns und ein bisschen verwirrt finde ich mich in der Gemüseabteilung wieder. Die Blumensträuße, die mich eben noch ansprachen, habe ich schon mit Verachtung gestraft, als ich gedankenverloren an ihnen vorbeiging.
... Was wollte ich nochmal einkaufen?
Während ich versuche eine Liste der Zutaten zusammenzustellen, die ich später in meinem Salat wiederfinden möchte, verarbeite ich noch die verschiedenen Gedanken zu Toms Anruf.
Ein Kopfsalat und eine Gurke sind bereits in dem roten, hässlichen Plastikkorb gelandet, den ich an meinem Arm trage, ohne zu wissen, wie er dorthin gekommen ist.
... kann es sein, dass heute die Tomaten mit mir sprechen?
Gerade als ich einen mit acht mittelgroßen Strauchtomaten gefüllten Pappkarton aus der Auslage nehmen will, höre ich, wie sie mir alle gemeinsam etwas sagen, und zwar mit einer Gewichtigkeit, die mich an meinen früheren Mathematiklehrer, Herrn Pieper, erinnert, der uns ab der sechsten Klasse mit der gleichen Gewichtigkeit in die Geheimnisse der Mathematik einführen wollte.
Jedenfalls haben sie meine volle Aufmerksamkeit, mit der ich ihnen zuhöre:
Wenn er dich auf eine Feier mitnehmen will, ist das das Beste und Aufrichtigste, was dir passieren kann...

... Jetzt zwinkern mir auch noch alle acht zu. Ich glaube, ich werde bescheuert...

Verstohlen schaue ich mich um, ob links und rechts von mir niemand diese Szene beobachtet hat.
Als mein Blick wieder bei den Tomaten ankommt, liegen sie still in ihrer Pappschale, als ob sie kein Wässerchen trüben könnten.

Sie werden mit mir nach Hause kommen, beschließe ich und lege sie kopfschüttelnd zu den anderen Sachen in den Korb. Auf dem Weg zur Kühltheke schaue ich noch zweimal hinunter zum Tomaten-Achter, aber er liegt still und stumm darin.

... Ich werde wirklich bescheuert!

Nach dem Regal mit den Kulturartikeln, ist der Korb so voll, dass ich die vorlauten Tomaten nicht mehr sehen kann und fühle mich dadurch ein bisschen wohler.

Bis ich die Kasse erreiche, finden noch ein paar Süßigkeiten und eine Flasche Wein Platz in meinem Einkaufskorb.

Ich mag es nicht, wenn ich an der Kasse auf fleißige Mitarbeiter treffe, die so unglaublich schnell die Waren scannen, das ich mit dem Einräumen nicht hinterherkomme, weil ich zu langsam bin und den ganzen Verkehr hinter mir an der Kasse aufhalte. Heute ist, Gott sei Dank, nichts los, also habe ich das Problem nicht, aber ich befürchte, die Einkäufe, die ich mir hoch auf dem Arm stapeln muss, weil ich weder Tasche noch Korb dabeihabe, werden mir auf dem Weg zum Auto hinfallen.

Den Tomaten-Achter nehme ich gerade, um ihn an die Spitze des Turms zu stapeln, die sich knapp unter meinem Kinn befindet.

Da sprechen sie wieder. Der gleiche Satz, wie eben.

Wenn er dich auf eine Feier mitnehmen will, ist das das Beste und Aufrichtigste, was dir passieren kann...

Als ich sie wieder so bescheuert ansehe wie vorhin, fügen sie noch etwas hinzu.

V E R S T A N D E N?

... Habe ich heute zu wenig getrunken und gegessen, oder warum bilde ich mir solche Sachen ein?

Zur Strafe werde ich sie in den Kofferraum sperren und später einige von ihnen, die ich nach dem Prinzip des russischen Roulettes auswähle, verspeisen.

***

In der Sekunde, in der ich der ersten, des Tomaten-Achters, das Messer an die Pelle setze, weiß ich plötzlich, was sie meinten.
Bevor ich ihr etwas antue, halte ich inne und lege das Messer auf die Arbeitsplatte.
... Wenn er sich mit mir in der Öffentlichkeit zeigen will, dann wird er nicht die gleichen Absichten haben, wie Philip. Menschen, die manipulieren und benutzen, für ihr krankes Ego. Philip hat sich nicht ein einziges Mal mit mir in der Öffentlichkeit gezeigt.

Wie leicht mir plötzlich das Atmen fällt... Als wäre mir ein dicker Mühlstein von der Brust gefallen, der mich lange Zeit daran gehindert hat.

... Diese schlauen Strauchtomaten! Ich werde sie heute verschonen ...

Tom meldet sich um kurz vor acht und fragt vorsichtig, ob ich Zeit für ein Telefongespräch hätte.
... Wenn er wüsste, wie ich mich freue ...
»Hast du alles eingekauft?«, beginnt er.
»Alles, was ich wollte und alles, was ich für einen Salat zum Abendessen brauchte.«
... Sogar eine besondere Sorte Tomaten ...
»Und, wie war es beim Sport? Gefällt dir das Studio?«
»Sehr gut. Hat mir ein Kollege empfohlen, aber ich war erst dreimal da, mal sehen, wie es auf Dauer so ist.«
Dann wechselt er das Thema. »Wie geht es dir?«
... Wenn er wüsste, wie schön diese Frage ist ...

Er fragt nach den Kindern, nach meiner Arbeit und möchte Empfehlungen für einen neuen Hausarzt.
»Was hast du heute Abend gegessen? Kannst du kochen?«, frage ich ihn.
... Ich weiß nicht, warum ich diese Frage stelle.
Wenn ich einen Tipp abgeben müsste, würde ich sagen, er kann.
»Es wird besser. Außer Wasser, kann ich jetzt sogar schon Eier kochen *und* braten.«
... Okay, es ist schlimmer, als ich dachte
Ich muss kurz über seinen Satz nachdenken und mich entscheiden, ob ich ihn einfach übergehen oder etwas dazu sagen soll. Da fängt er plötzlich an zu lachen. »Ich habe dich nur aufgezogen, das war ein Spaß, Marie.«
... Oh, wow, das kann ja lustig werden ...
»Humor ist wichtig ... hast du das nicht neulich zu mir gesagt?«
... Tor für ihn ...
»Okay, das war eine Retourkutsche«, gestehe ich kleinlaut. »Ich dachte, die fahren immer nur dienstags.«
Wie aus der Pistole geschossen, kommt seine Antwort. »Nee, die fahren immer dann, wenn sie benötigt werden!«
Er lacht süffisant, wird dann aber wieder ernst. »Also, kommen wir zurück zu meiner Frage. Möchtest du mich zur Geburtstagsfeier meines Vermieters begleiten?«
...richtig, das war ja der Anlass unseres Telefonats. Irgendwie hatte ich das schon wieder vergessen.
»Ja, ich weiß nicht. Als was würde ich denn mitkommen?«
... als ob das nicht scheißegal wäre, solange er mich nicht als seine Religionslehrerin vorstellt.

Genau das denkt er wohl auch, und spricht es aus.
»Das spielt doch überhaupt keine Rolle, außer für uns beide. Ich muss doch nicht erklären, wer du bist. Es reicht doch, wenn wir Tom und Marie sind.«
... es reicht doch, wenn wir Tom und Marie sind ...

»Es reicht doch, wenn wir Tom und Marie sind … da hast du eigentlich recht«, wiederhole ich seinen Satz.
… Oh, Man, ich bin ein schwieriger Fall!
»Marie, es ist einfach so, ich habe die Möglichkeit, jemanden mitzubringen und ich würde dich gerne mitbringen. Ganz ohne irgendwelche Hintergedanken meinerseits und auch ganz ohne irgendwelche Verpflichtungen deinerseits.«
Ich bemerke, dass er meine Unentschlossenheit und meine Bedenken … *als was ich mitkommen würde* …, nicht verstehen kann und deshalb sucht er nach Argumenten, um sie zum Verschwinden zu bringen.
Hoffentlich hält er mich nicht für verklemmt und schwierig. Er weiß ja nicht, dass ich früher so nie war und warum ich jetzt so bin.
… natürlich hält er mich jetzt für verklemmt und schwierig. Das würde doch jeder! Ich bin bescheuert …

In solchen Momenten merke ich, wie groß der Verlust meiner Leichtigkeit und Unbeschwertheit wirklich ist.
Man ist so lange, leicht und unbeschwert, bis jemand ausnutzt, dass man so ist und diese Eigenschaften für seine Zwecke benutzt und manipuliert.
Vielleicht hat dieser Jemand jemanden gesucht, der genau so ist, und er nimmt in Kauf, dass er dich verletzt.
Und dann bist du vielleicht nie wieder leicht und unbeschwert.
Aber das wird ihm scheißegal sein, denn wenn du es dir endlich eingestehst, ist er schon weitergezogen, auf der Suche nach dem nächsten Menschen, der leicht und unbeschwert ist.
Und das Schlimmste daran ist, du hast es vorher nicht in Erwägung gezogen und deshalb, bist du ohne Vorwarnung und ohne dich abzustützen, voll auf die Fresse gefallen. Das ist das Allerschlimmste!
Ich stimme übrigens mit dem Tomaten-Achter überein, dass Tom so jemand nicht ist.

... also lass ihn nicht für Scheiße bezahlen, die ein anderer dir angetan hat!

»Du hast Recht, ich mache mir zu viele Gedanken. Ich komme mit.«
Ich höre ihn erleichtert antworten. »Oh, prima, dann freue ich mich. Jetzt habe ich gleich viel größere Lust hinzugehen, weil ich nette Begleitung habe.«

... ich hoffe, ich finde bald eine passende Gelegenheit, in der ich ihm etwas erklären kann. Wenigstens etwas. Damit er nicht aufgibt, weil er glaubt, ich bin bescheuert.

»Wann geht die Feier denn los? «, frage ich.
Er sagt, er müsse nur schnell die Einladungskarte aus der Küche holen. Ich höre Schritte, dann Rascheln. Dann wieder seine Stimme. »... bla, bla, bla, lade ich zum Frühschoppen um elf Uhr ins Parkhotel ein. Also elf Uhr«, list er vor.
»Haben wir ein Geschenk?«, frage ich.
»Haben wir noch nicht.«
»Haben wir eine Idee?«
»Haben wir.«
... ich könnte ewig so weitermachen...
»Welche?«
»Also« beginnt er und ich merke an der Art, wie er tief Luft holt, dass es eine etwas längere Idee wird.
»Ich werde auf keinen Fall Geld verschenken. Davon hat er genug. Er hat eine eigene gutgehende Firma. So wie ich ihn kennengelernt habe, würde er sich über ein richtiges Geschenk freuen.«
Er macht eine Pause, als erwarte er, dass ich nachfrage.
Natürlich mache ich das.
»Hast du schon darüber nachgedacht?«
»Nein, muss ich noch.«
»Ist ja auch noch Zeit.«

»Vielleicht Blumen für die Terrasse. Einen Kübel vielleicht? Ich glaube, er mag Rosen. Oder vielleicht einen Gutschein für ein Restaurant. Aber, lass uns einfach noch ein paar Tage darüber nachdenken.«
»Das machen wir. Aber die Ideen finde ich schon mal gut.«
Das Geburtstagsthema ist besprochen und es entsteht eine kurze Pause.
Ich möchte mich noch nicht verabschieden.
Wenn ich ihn schon besser kennen würde, könnte ich vielleicht sagen, ob er sich auch noch nicht verabschieden möchte. Aber bevor er auf den Gedanken kommt, und es macht, rutscht mir eine dieser Allerweltsfragen heraus, für die man weder besondere Phantasie braucht noch besonderes Interesse haben muss.
»Was machst du heute noch?«
... ist mir wirklich auf die Schnelle nichts anderes eingefallen?

»Ach, erst mal mache ich mir was zu essen. Viel mehr nicht. Vielleicht schalte ich noch den Fernseher ein.«
Nach seinem Scherz mit dem Kochen eben haben wir gar nicht weiter darüber gesprochen, ob er es nun wirklich kann, und wenn ja, wie gut.
»Kochst du noch?«, frage ich deshalb.
»Nee, heute wird es Abendbrot. Hey, ist heute nicht Fußball?«
Ich weiß, dass heute Fußball ist, weil ich mich selbst dafür interessiere. Das habe ich von meinem Vater, der mich schon als Kind manchmal mit ins Stadion genommen hat. Aber das ist bei weitem nicht das Einzige, was ich von meinem Vater habe.
»Ja, ist heute. Englische Woche.«
Ich schaue auf meine Uhr, aber das kann er natürlich nicht sehen.
»Hat schon angefangen. Hast du einen Lieblingsverein?«
»Bin Gladbacher«, antwortet er knapp.

Bevor ich antworten kann, fährt er fort. »Außerdem muss ich mir dringend noch ein paar Gedanken über ein Meeting machen, das ich morgen früh mit meinem Chef und unserem Kunden habe. Da muss ich gut vorbereitet sein und gute Argumente vorbringen können.«
Das hat er nicht gesagt, um einen Grund zu haben unser Telefonat zu beenden, aber ich gebe ihm trotzdem die Chance.
»Hey, mach das erst mal. Wir reden ein andermal weiter.«
»Nein, nein, so habe ich das nicht gemeint. Wir können uns gerne noch weiter unterhalten«, versucht er mich umzustimmen, aber ich finde, seine Pläne für den Abend sind zu wichtig, um sie zu übergehen.
»Iss erst mal was und bereite dich auf morgen vor.
Ich könnte es nicht verantworten, wenn du meinetwegen verhungerst, keine Argumente für das Meeting findest und den fünfzehnten Spieltag der Bundesliga verpasst. Bitte lade das nicht alles auf meinen Schultern ab, das könnte ich nicht ertragen«.
Ich legte eine gehörige Portion Theatralik in meine Stimme. Aber anstatt sofort darauf einzugehen und mitzumachen, wie ich es erwartet hatte, sagt er verwundert: »Du weißt, dass heute der 15. Spieltag und englische Woche ist. Du machst mir Angst! Was weißt du noch von Fußball?«
… okay, das kann er haben …

»Gladbach spielt heute auswärts *An der alten Försterei.*«
Eigentlich dachte ich, das sollte reichen, aber als er nicht gleich darauf antwortet, schiebe ich noch einmal nach. »Sonst noch Fragen?«
Er stottert, als er sagt, »Oh, wow! Ich glaube, darüber müssen wir noch mal ein gesondertes Telefonat führen. Hier scheint Ahnung am anderen Ende der Leitung zu sein.«
»Nein, hier ist Marie am anderen Ende der Leitung.«

Wir lachen beide.
»Humor ist wichtig, Tommi!«
»Yes, Baby, Humor ist wichtig!«
»Schlaf gut.«
»Schlaf du auch gut.«

Zehn

Irgendjemand hat beschlossen meinen Schlaf zu beenden. Anders kann es nicht sein, denn ich wache gerädert auf und merke sofort, dass es noch mitten in der Nacht ist. Jetzt im Dezember kann ich zwar nicht am Grad der Dunkelheit erkennen, wie spät es ist, weil es auch noch dunkel ist, wenn ich um acht Uhr zur Arbeit fahre. Wenn ich meine innere Uhr das spüren lassen würde, würde ich es ihr verdammt schwer machen. Aber an der Intensität des Verkehrs vor meinem Schlafzimmerfenster kann ich nach über vier Jahren, in denen ich meine Nächte hinter diesem Fenster verbringe, ungefähr sagen, wie spät es ist.
Es ist noch ziemlich ruhig. Also ist es noch sehr früh. Ich schlafe immer bei gekipptem Fenster. Das ganze Jahr, Sommer wie Winter. Dieses Fenster in meinem Schlafzimmer war noch nie geschlossen, seit ich Mieterin dieser Wohnung bin und somit über das Öffnen und Schließen dieses Fensters entscheide. Ich liebe es, im Winter, wenn es bitterkalt ist, in die kalte Decke zu steigen und mich einzukuscheln. Es dauert keine zwei Minuten, dann habe ich durch meine Körperwärme das Bettzeug und die Matratze auf eine Temperatur erwärmt, bei der sie sich wie ein Teil meines Körpers anfühlen.
Was ich nicht mag, ist, dass ich an einer Straße wohne, die anscheinend eine wichtige Verkehrsverbindung für Berufspendler in die nächstgrößere Stadt ist, und dass ich deshalb morgens ab halb fünf für mehr als zwei Stunden das Gefühl habe, mitten auf einer Autobahn zu schlafen. Nicht auf der A281 oder so, sondern quasi mitten auf der A1 oder A2!

Meinem Gefühl nach ist es noch keine Autobahnzeit. Ich fische im Dunkeln nach meinem altmodischen Wecker und natürlich stoße ich mit der Hand direkt in ihn hinein und reiße ihn durch meine grobmotorische Bewegung mit, so dass er krachend auf dem Boden landet.

... der Tag fängt wirklich gut an!

Mein Oberkörper robbt an den Rand des Boxspringbettes und beugt sich nach unten. Mal sehen, ob mein ausgestreckter Arm den Wecker ertasten kann, oder ob ich auch noch das Licht anmachen muss, um ihn zu finden und damit endgültig eine Eskalationsstufe erreicht hätte, die mich für Stunden mit schlechter Laune besudeln würde, obwohl ich eigentlich gar kein miesepetriger Mensch bin.

Ehrlicherweise muss ich gestehen, dass ich diese Eskalationsstufe eigentlich schon jetzt erreicht habe, aber nicht, weil mir der Wecker runtergefallen ist. Es ist etwas anderes. Aber ich weiß noch nicht genau, was es ist.

Zuerst wollte ich eigentlich nur wissen, wie spät es ist. Aber selbst das scheine ich heute nicht hinzukriegen.

Eins, zwei, drei ... Licht an. Ohne Licht hätte ich den scheiß Wecker nie gefunden...

Ich stelle ihn an seinen Platz zurück und schalte das Nachttischlicht wieder aus.

Es ist vier Uhr achtzehn.

So eine Scheiße!

Da ich eh nichts Besseres zu tun habe, sollte ich jetzt vielleicht mal nach dem Grund suchen, der mich zu dieser Uhrzeit, schon in die höchste E-Stufe, die ja bekanntlich als *Gemeinsam in den Abgrund* betitelt wird, gebracht hat.

Lange muss ich nicht nachdenken, dann fällt es mir ein.

Ich habe von Philip geträumt.

So realistisch.

So schwachsinnig!

Er war in meiner Wohnung. Wir saßen zusammen und tranken Kaffee.

Die Stimmung war gut, so dass ich dachte, ich könnte es noch einmal wagen, ihn zu fragen, warum er immer nur zu mir kommt und ich noch nie bei ihm war. Er hat nichts darauf gesagt, immer nur gelächelt.

Ich erinnere mich, dass ich ganz vorsichtig immer mehr Argumente vorbrachte, warum ich mehr Zeit mit ihm

verbringen möchte. Weil ich ihn mag. Er hat nur gelächelt … und dann hat er irgendwann sein Handy genommen und etwas reingetippt. Nach einer Weile hielt er es mir hin und ich sah, was er gemacht hatte.
Er hatte eine Anzeige bei eBay Kleinanzeigen aufgegeben.
Der Text:
Suchen Sie jemanden, der mit Ihrem Hund Gassi geht?
Rufen sie an ...

Als ich ihn verwirrt ansah, nachdem ich das gelesen hatte, sagte er emotionslos: *"Ich würde auch mal mitkommen, wenn es passt. Dann würden wir Zeit miteinander verbringen. Das wolltest du doch."*

Da bin ich aufgewacht.
So ein Arschloch!
... nicht dein Ernst, Marie! Man, ich bin so am Arsch!
... immer noch!

So ein scheiß Traum!
So ein obermäßiger Bullshit!

Vielleicht sollte ich mir mal Gedanken darüber machen, wie ich es schaffen kann, mein eingeschnapptes Unterbewusstsein, das ja irgendwie auch zu meinem Team gehört, das ich durch Philip verloren habe, in den Griff zu bekommen, damit es mich nicht um vier Uhr achtzehn morgens mit solchen Oberschwachsinnsträumen aus dem Schlaf reißt, um mir zu zeigen, dass es auch noch da ist. Schlimmer noch, um mir zu zeigen, dass ich mich in Sicherheit wähne, es aber in Wirklichkeit gar nicht bin.

... alter Falter, das wird ein ganz toller Tag!

Ich wünschte, mir könnte jemand sagen, was ich tun muss, damit sich nichts, rein gar nichts mehr von mir, mit diesem Thema beschäftigt.

Ein Königreich für jemanden, der das könnte …
Schade, dass es für Menschen keine Tastenkombination gibt wie für PCs, mit der man einen Neustart auslösen kann. Würde ich machen ….

Um mich abzulenken, könnte fürs Erste vielleicht ein Podcast helfen. Ich entscheide mich gegen Atze und Leon, weil die immer so viel über Gefühle quatschen. Eigentlich mag ich das, aber nicht jetzt.
Die Wahl fällt auf Richard und Markus. Die Folge, in der sie über die Ambitionen Chinas reden. Das ist genau das richtige Thema, um mich zu neutralisieren.
Eine Stunde.
Mehrere Kaffees.
Eine Dusche.
Eine viel zu frühe Marie im Büro.
Der ganze Laden ist noch abgeschlossen und dunkel. Aber das ist mir egal. Später kommen die Kolleginnen und Kollegen und ihre Sprüche, die alle ungefähr so lauten, wie *Hey, Marie, aus dem Bett gefallen?* interessieren mich kein bisschen.
Aber dann leuchtet mein Handy auf und zeigt eine Nachricht an, die mich interessiert.

Tom: *Guten Morgen. Ich hoffe, du hast gut geschlafen. Ich wünsche dir einen sehr schönen Tag!*

... wenn er wüsste! Er weiß so vieles nicht. Aber ich möchte, dass er es irgendwann weiß. Vielleicht nicht alles. Am liebsten alles. Aber das geht nicht!

Ich: *Guten Morgen. Ich bin schon fleißig im Büro. Hab du auch einen schönen Tag. Und viel Erfolg für deine Besprechung.*

Bis zum Mittag hat mich die Büroarbeit fest im Griff. Gott sei Dank denke ich dadurch nur einen Bruchteil so oft an

meinen Scheiß-Traum, wie ich es tun würde, wenn ich keine Ablenkung hätte.
Dadurch denke ich vielleicht dann nur noch ungefähr einhundertsiebenundachtzigtausendvierhundertdreizehn Mal an diesen Scheiß-Traum und an Philip.
Am späten Vormittag schreibt Tom wieder.
Tom: *Danke, es hat prima geklappt. Wie war dein Vormittag?*
Ich: *Sehr gut. Mein Vormittag war auch gut. Keine besonderen Vorkommnisse.*
... Lügnerin!
Ich: *Hast du Mittagspause?*
Tom: *In einer Minute. Schreibe gerade noch eine Mail zu Ende.*
Ich lege das Handy neben meine Tastatur. Nach einem kurzen Moment nehme ich es wieder auf, suche Toms Kontakt und drücke auf das Hörersymbol. Mein Anruf hat überhaupt keinen besonderen Grund und ich weiß überhaupt nicht, was ich sagen will. Ich möchte einfach nur seine Stimme hören, aber ich traue mich nicht, ihm das zu sagen.
»Hey«, meldet er sich sofort.
»Tom?«, frage ich unbeholfen.
... wer sollte es sonst sein, schließlich wählte ich seine Nummer ...
»Ja, klar. Schön, dass du dich meldest.«
Jetzt muss ich wohl etwas sagen. Sagt nicht immer derjenige etwas, der anruft ...
»Hey, ich wollte dich mal was fragen. Hast du Zeit oder störe ich?«
Er versichert, »Du störst nicht, ich habe Mittagspause.«
Ich weiß immer noch nicht, was ich sagen soll. Ich wollte doch einfach nur seine Stimme hören. Möchte nur, dass er den ganzen Bullshit seit vier Uhr achtzehn und der Zeit davor, in der ich diesen Kacktraum träumte, vergessen macht.

Plötzlich sage ich etwas, woran ich bis eben noch gar nicht gedacht hatte.
»Tom, kann ich dich etwas fragen? Bitte antworte ganz spontan, ohne nachzudenken. Keine Angst, es ist harmlos.«
Ich höre, wie er schluckt und sich wahrscheinlich fragt, was jetzt kommt, aber er antwortet ganz cool.
»Okay, schieß los!«
»Farbe: blau oder grün?«
»Blau.«
»Städtetrip: Köln oder Hamburg?«
»Hamburg. Sowas von!«
»Die Ärzte oder die Hosen?«
»Die Hosen.«
»Schlafen, mit Schlafanzugoberteil oder ohne?«
»Oh wow, krasse Frage! Die Antwort ist ohne. Immer ohne.«
»Danke, das war's.«
Ich dachte, er wäre erleichtert, weil es vorbei ist.
»Was, das war's schon? Schade, es hat mir gefallen.«
Dann setzt er noch einen drauf: »Und, was sagst du, geht?«
Er sagt das so ernst, obwohl ich glaube, dass seine Stimme schon zittert, weil er eigentlich viel lieber lachen würde, als er mich das fragt.
»Geht!«, antworte ich ebenso ernst, aber mit dem gleichen Zittern, das uns beide im nächsten Moment zum Lachen bringt.
Dann klingelt leider das Telefon auf meinem Schreibtisch.
»Tom, ich muss rangehen. Vielleicht hören wir uns heute Abend noch mal, wenn du Zeit hast.«
»Okay. Wir hören uns definitiv und auf jeden Fall. Ich möchte auch mal ein paar solcher Fragen stellen.«
»Ohje ... Tschüss.«
»Tschüss.«

***

Kurz vor meiner eigenen Mittagspause, fällt mir siedend heiß ein, ich wollte doch noch eine Kleinigkeit besorgen, damit der Umschlag mit dem Flachgeschenk, den ich meiner erstgeborenen Tochter morgen, an ihrem fünfundzwanzigsten Geburtstag überreichen möchte, nicht so langweilig daherkommt. Auf dem Weg in die Stadt beschließe ich, diesen Billigladen aufzusuchen, in dem es jeden erdenklichen Schnickschnackkram zu kaufen gibt. Das Angebot ist riesig und überfordert mich völlig. Weil ich auch keine genaue Vorstellung von dem habe, was ich eigentlich kaufen will. Ich möchte einfach nur einen Geburtstagsumschlag mit Inhalt etwas auflockern, weil ich finde, dass man mit fünfundzwanzig noch zu jung ist, um nur einen beschissenen Umschlag zu bekommen.
Ich stehe vor Wänden voller bonbonfarbenem Zeug.
Aber irgendwann habe ich mich entschieden.
Laura hasst Rosa. Schon ihr ganzes Leben lang. Schon als kleines Mädchen. Deshalb finde ich, dass es morgen an der Zeit ist, ihr mal so richtig etwas in Rosa zu schenken.
Ich kaufe eine rosa Schärpe, auf der in Glitzerbuchstaben *Happy Birthday* steht. Dann ein großes rosa Einhorn, mit einem Band zum Aufhängen. Einen rosa Karton, in den ich den Umschlag stecken werde und eine viel zu große, in allen Maßen übertriebene, hässliche, quietschrosa Schleife, die ich in die Mitte auf den Karton kleben werde.
... Eine sehr gute Idee
Und das alles zusammen, kostet mich keine fünf Euro, weil es echter Scheiß ist.
Die Schlange an der Kasse ist lang und beweist, dass ich nicht die Einzige bin, die Dinge kauft, die man eigentlich nicht braucht.
Laura wird fünfundzwanzig. Ich erinnere mich, als wäre es gestern gewesen, als sie gegen zwei Uhr morgens in einer

stürmischen, regnerischen Nacht zur Welt kam, wenige Tage nach dem errechneten Geburtstermin.
Kaum zu glauben, dass das schon 25 Jahre her ist. Plötzlich werde ich schrecklich sentimental, weil all die Jahre seit ihrer Geburt jetzt wie in einem Film vor meinem inneren Auge vorüberziehen.
Schuld daran ist nur diese Schlange vor der Kasse, in der ich, so wie es aussieht, meine ganze Mittagspause verbringen werde.
Fünfundzwanzig Jahre Mutter. Und was ist am Ende geblieben? Sollte ich nicht eine Mutter sein, die zusammen mit dem Vater, diesem Kind ein Nest gebaut haben sollte, in dem es 25 Jahre lang gewachsen und gereift ist? Sollte ich nicht eine Mutter sein, die seit der Geburt dieses Kindes, gemeinsam mit dem Vater, in einem selbstgebauten Heim, diesem Kind immer mit Rat und Tat zur Seite stand, es durchs Leben begleitete und ihm zeigte, worauf es wirklich ankommt? Sollte ich nicht eine Mutter sein, die abends mit dem Vater zusammen zufrieden auf dem Sofa sitzt, sie sich über dieses Kind unterhalten und sich gemeinsam fragen, wann dieses Mädchen, das morgen fünfundzwanzig wird, sie zu stolzen Großeltern machen wird?
Stattdessen stehe ich hier allein ohne all das.
Gescheitert mit dem Vater, gescheitert mit wem auch immer, und dann aus der Bahn geworfen durch die Kleinigkeit einer Begegnung mit dem falschen Menschen.
... was für ein Geburtstag
... was für eine Mutter

Und doch habe ich das alles getan, trotzdem, nur ohne den Vater …

***

Während ich versuche, die rosa Utensilien zu einem außergewöhnlichen Geburtstagsgeschenk einzupacken,

rufe ich Laura an, um zu fragen, wann ich sie besuchen kann.
»Komm doch nach der Arbeit vorbei«, schlägt sie vor. Damit ist dann wohl alles geklärt.
»Soll ich was mitbringen?«, frage ich schnell, aber sie antwortet ebenso schnell: »Nö. Alles da.«

Das Abendessen wird heute nur aus einem Brötchen bestehen, denn ich habe keine Lust, etwas zu kochen. Ich hätte auch nichts Spektakuläres, außer Nudeln mit Ketchup oder Reis mit irgendwas. Aber Brötchen gehen auch. An diesem Abend habe ich wirklich nichts zu tun. Die Wäsche ist gewaschen und gebügelt, die Fenster werde ich nicht putzen, weil es diese Woche jeden Tag mehrere Stunden regnen soll, und sonst ist, glaube ich, alles sauber. Ach ja, Staubsaugen werde ich gleich noch schnell erledigen. Ich muss einfach jeden Tag staubsaugen, das ist mein Hobby. Jeder hat so einen Spleen.
Meiner ist Staubsaugen und dazu stehe ich auch.
Dann mache ich es mir auf dem Sofa gemütlich und schaue, was im Fernsehen läuft.
Ich habe mir einen Krimi ausgesucht, mit vielen Schauspielern, die ich sehr mag.
... ich mag Tom
Oh wow, das habe ich zum ersten Mal gedacht.
Ohne jeden Grund. Nur weil ich gedacht habe, dass ich die Schauspieler in diesem Film mag, und in diese Reihe habe ich irgendwie automatisch auch Tom eingereiht.
Und jetzt habe ich ein schlechtes Gefühl, nur weil ich denke ich mag ihn.
... bei Philip habe ich das auch gedacht. Schon am ersten Abend. Viel zu früh, wie sich herausstellte. Es war der Abend, an dem wir uns so gut unterhielten. Ich habe es schon nach den ersten Minuten gedacht, als er mich angelächelt hat ...
Ich sollte noch nicht so früh jemanden mögen. Ich sollte damit erst noch warten. Wer weiß …

Ich muss wohl eingeschlafen sein, denn auf dem Bildschirm läuft eine Nachrichtensendung und nicht mehr der Krimi, den ich angefangen hatte. Ein Blick auf meine Smartuhr verrät mir, dass es schon nach halb elf ist. Dann habe ich also über eine Stunde geschlafen.
Wahrscheinlich war es einfach zu gemütlich in meinem Wohnzimmer. Außerdem war die letzte Nacht auch schon um vier Uhr achtzehn zu Ende. Da kann man auch schon mal auf dem Sofa einschlafen.
Vielleicht habe ich im Schlaf das Vibrieren meines Handys übergehört. Tom wollte doch anrufen. Ich nehme das Handy vom Tisch und das Display leuchtet dabei auf. Nichts. Kein Anruf. Keine Nachricht.
... komisch
... schade
Ich hätte gewettet er meldet sich, wenn er es sagt.
Damals im Café, hat er mich auch nicht versetzt. Er war nur ein bisschen spät dran. Das kann passieren.
Vielleicht ist er noch beim Sport.
Oder vielleicht muss er noch etwas für morgen vorbereiten.
Oder er hat es vielleicht vergessen.

... Schluss jetzt!
Wir gehen ins Bett.
Wer sind wir?
Du und ich.
Wer sind denn du und ich?
Du, und deine verdammten Gedanken
Natürlich kann ich nicht einschlafen, aber ich will auch nicht mehr denken. Also nehme ich das E-Book, stelle es mit dem Umschlag der Hülle auf der Matratze und lege mich auf den Bauch. Das ist meine Lieblings-Leseposition im Bett. Wenn ich Glück habe, schlafe ich gleich ein und der Bildschirm des E-Books schließt sich automatisch, wenn längere Zeit niemand mehr darauf getippt hat, um die Seite zu wechseln.

So muss es wohl gewesen sein, denn ich werde mitten in der Nacht wach. Das E-Book steht immer noch in derselben Position, nur der Bildschirm ist schwarz. Diesmal schaue ich nicht auf die Uhr und knipse auch nicht das Licht an, sondern kuschele mich einfach wieder tief unter meine Bettdecke zurück. Heute versuche ich wieder einzuschlafen.
Ich lasse das Licht, das Handy und die Gedanken aus.

Tom: *Guten Morgen. Sorry, ich bin gestern Abend total erschöpft auf dem Sofa eingeschlafen. Wollte dich noch anrufen. Wir holen das nach ...*
Hab einen schönen Tag!
Die Nachricht ist schon über eine Viertelstunde alt, als ich sie kurz nach dem Aufwachen lese.
... na also. Keine Panik. Es gibt einen schlüssigen Grund.
Wie wichtig ist es, in der ersten Sekunde, in der man mit ihnen in Berührung kommt, den vorgebrachten Gründen Glauben zu schenken. Dann ist die Enttäuschung über etwas, das nicht eingetroffen ist, gar nicht mehr so groß, denn etwas dazwischenkommen, kann aus guten Gründen immer etwas.
Ich: *Hey, guten Morgen. Ist nicht schlimm, mir ist dasselbe passiert ... Na klar, holen wir das nach.*
Dir auch einen schönen Tag.

***

Mit dem rosa Einhorn an einem meiner Finger und dem rosa Geschenk mit der übertrieben kitschigen, mindestens

fünfundzwanzig Zentimeter großen Schleife daran, mache ich mich auf den Weg in den Tag.
»Hey Marie, sieht nach Kindergeburtstag aus.«
Mein Nachbar Rudi holt gerade seine Zeitung aus dem Briefkasten, als ich um die Ecke zu meinem Auto gehe. Ich gönne dem Einhorn eine extra Flugrunde, indem ich den Arm, an dem es hängt, einmal über meinem Kopf kreisen lasse.
»Moin Rudi. Ja, genau, meine Tochter wird heute fünfundzwanzig.«
»Oh wow, toll. Dann mag sie Rosa, wie es aussieht. Ein richtiges Mädchen. Schön.«
Er grinst, als würde er mich und meine Tochter für ein bisschen bescheuert halten.
»Einen schönen Tag und viel Spaß.«
Er wedelt mit der Zeitung, die er zusammengerollt in der Hand hält.
»Und wie sie Rosa mag. Und ich dachte, für ein Einhorn ist es doch nie zu spät. Das hätte doch jeder gerne, oder?«
Ich zwinkere ihm zu und versuche umständlich, das Einhorn, das Geschenk, die Handtasche und mich unbeschadet in meinem Auto unterzubringen.
Insgeheim glaube ich nicht, dass Rudi weiß, welche Mythen Einhörner umgeben, es sei denn, seine Enkeltöchter haben ihm diese Geheimnisse bereits verraten.
»Hab auch einen schönen Tag«, wünsche ich ihm noch und dann verschwindet er im Haus.
Hauptsache, das Einhorn kommt wohlbehalten im Fußraum der Beifahrerseite an, wo es den Tag verbringen wird, bis ich es am späten Nachmittag seiner neuen Besitzerin übergebe und ihr für den Rest ihres Lebens den Zauber und die Magie der Einhörner wünsche.

Eigentlich dachte ich, kurz vor Weihnachten würden sich die meisten Leute mit Geschenken, Tannenbäumen und

Weihnachtsbraten beschäftigen, aber bei uns im Betrieb ist so viel los, dass ich meinen Glauben revidieren muss.
Als ich an diesem Morgen zum ersten Mal auf die Uhr schaue, ist es kurz vor halb zwölf. Krass ...
Ich hatte mir doch für die Wintermonate vorgenommen, meine Ablage aufzuräumen und ein paar Dinge nachzuholen, die ich im Laufe des Jahres nicht geschafft habe, aber mein Plan scheint in dieser Hinsicht nicht aufzugehen. Zumindest noch nicht, vielleicht klappt es ja im Januar.
Das Handy summt mit einer Nachricht. Es ist Tom.

Tom: *Hey, Lust auf eine gemeinsame Mittagspause?*
Ich: *Revival im Eiscafé?*
Tom: *Wo auch immer ...*
Ich: *Eiscafé hat geschlossen. Es ist Weihnachten!*
Tom: *Dann ohne Eis ...*
Tom: *...im Café*
Ich: *Wann?*
Tom: *Um dreizehn Uhr?*
Ich: *Passt. Bis gleich ...*
Tom: *Ich freu mich.*

In unserem kleinen Ort gibt es nur ein Cafe, also waren keine weiteren Absprachen nötig und wir kommen sogar zeitgleich auf dem Parkplatz an.
»Schön dich zu sehen«, sagt er, kommt zielstrebig auf mich zu und mich kurz drückt.
»Schön, dich zu sehen«, erwidere ich.
Er riecht gut.
Wieder nach diesem besonderen Naturgeruch.
Er hält mir die Tür auf und folgt mir dann hindurch.
»Was darf ich dir bestellen?«, fragt er, als wir vor den Kuchen in der Auslage der großen Theke stehen.
»Du schon wieder? Auf keinen Fall!«, protestiere ich. »Dann esse und trinke ich nichts!«

»Okay. Dann bestell du. Ich hätte gerne einen großen Kaffee und ein Stück Mohnkuchen«, antwortet er knapp.
Er sagt das so einsichtig, dass ich überrascht bin, weil er auf meinen Protest nichts mehr erwidert und sich geschlagen gibt. Ich bestelle Kaffee für uns beide und den Mohnkuchen für ihn. Meine Wahl fällt auf Rosinenkuchen. Mohnkuchen würde ich auch gerne essen, aber die kleinen schwarzen Mohnkörner bleiben mir immer in den Zahnzwischenräumen hängen, und das hasse ich.
Die Kellnerin stellt unsere Bestellung auf ein Tablett. Tom steht hinter mir und wartet.
»Möchtest du uns schon einen Tisch aussuchen?«, frage ich ihn und drehe mich kurz zu ihm um. »Nein, ich warte auf dich«, antwortet er trocken.
Während die Dame hinter dem Tresen die Beträge in die Kasse tippt, halte ich mein Portemonnaie bereit. Dann schaut sie auf, an mir vorbei, nennt einen Betrag und greift im selben Moment neben meinen Kopf und nimmt einen Geldschein entgegen, den Tom ihr hinter mir hinhält. Sie würdigt mich keines Blickes, denn Tom hat ihr längst über meinen Kopf hinweg mit einer Geste zu verstehen gegeben, dass er bezahlt. Hinter meinem Rücken.
»Hey!«, protestiere ich.
»Hey, was?«
Er provoziert mich.
»Ich wollte das doch übernehmen«, antworte ich leise.
»Du kannst die Auswahl des Tisches übernehmen.«
... ist das zu glauben?

Ohne ein weiteres Wort gehe ich voraus und nehme den erstbesten freien Tisch. Er setzt sich ebenfalls. Heute trägt er einen hellbraunen, enganliegenden Pullover mit einem kleinen, angedeuteten Rollkragen. Ich glaube, die Dinger heißen Turtle Neck oder so ähnlich.

Mir gefällt der Pullover nicht, aber das liegt wahrscheinlich nur daran, weil Tom darin unglaublich attraktiv aussieht.
»Nicht böse sein«, sagt er kurz und knapp.
»Ach, du, ich bin überhaupt nicht böse. Ich will nur nicht, dass du immer alles bezahlst. Vielleicht verstehst du das«, versuche ich mich noch einmal zu erklären.
»Ich verstehe. Aber bitte versteh du auch, dass ich dich sehr gerne einladen würde. Und jetzt reden wir nicht mehr darüber. Einverstanden?«
»Ja.« Was soll ich dazu auch noch sagen, ich kann ihm nicht einmal böse sein.

In der nächsten halben Stunde erzähle ich vom Geburtstag meiner Tochter, vom Geburtstagseinhorn und von meinem Nachbarn, der mich am Morgen wohl für bescheuert gehalten hat. Er fragt mich noch einmal nach dem Fragespiel vom Vortag und jetzt gestehe ich ehrlich, dass ich eigentlich nur seine Stimme hören wollte. Nur den Grund dafür, also wegen des beschissenen Traums, den verrate ich ihm nicht.
»Oh, das ist aber schön. Und da hast du dir diese ganzen Fragen ganz schnell ausgedacht?«, fragt er amüsiert.
»Was sollte ich denn sonst tun?« Ich bin ein bisschen verlegen und fühle mich ertappt. »Ich finde, an den Antworten auf diese Fragen kann man einiges erkennen.«
»Soso ... was hast du denn an meinen Antworten erkannt?«, will er wissen.
»Du magst Blau, wie ich. Du magst Hamburg, ich auch und du magst die Hosen. Ich auch«, gestehe ich und hoffe, dass er mich nicht nach der letzten fehlenden Antwort fragt.
»Und wie sieht es aus mit der Antwort über das Schlafanzugoberteil?«

... scheiße. War ja klar, das musste kommen ....
»Hmm. Da sind wir uns wohl mal nicht einig.«

Ich lächle ihn verschmitzt an, er lächelt zurück und dann schweigen wir darüber.

»Haben wir jetzt ein Geburtstagsgeschenk für deinen Vermieter?«, fällt mir ein.
»Haben wir. Und wir brauchen uns darüber keine Gedanken mehr zu machen. Er hat gesagt, er will keine Geschenke zu seinem Geburtstag, sondern lieber eine Einzahlung auf ein Spendenkonto für die Krebsforschung. Ich finde, da sollten wir uns auf jeden Fall anschließen und nicht mit irgendwelchen oberflächlichen Geschenken kommen. Oder was meinst du?«
»Ja, auf jeden Fall. Ich bin total deiner Meinung. Gute Sache«, pflichte ich ihm bei, ohne auch nur eine Sekunde darüber nachzudenken.
»Wie viel wollen wir spenden?«, spreche ich meine Gedanken laut aus.
Plötzlich wird er nachdenklich und ernst. »Lass uns noch ein oder zwei Tage darüber nachdenken, okay?«
»Klar, können wir. Bis Sonntag ist ja noch Zeit«, antworte ich und spreche aus, was mir gerade durch den Kopf geht.
»Vielleicht ist das ja auch eine Gelegenheit, mal eine etwas größere Summe zu spenden als nur die, die wir für ein Geschenk ausgegeben hätten. Also, ich spreche jetzt wenigstens für mich, weißt du ...«
»Genau das habe ich auch schon gedacht«, unterbricht er mich.
Wir schauen uns einen Moment schweigend in die Augen. Es ist schön, sich so einig zu sein.

Der Moment ist seltsam. Ich weiß nicht wie.
Es ist, als würden wir gerne noch etwas sagen, irgendwie anders reagieren, aber irgendetwas hindert uns daran. Ich weiß nicht einmal, ob es ihm genauso geht oder ob er mich aus einem anderen Grund so ansieht.
Vor ein paar Jahren hätte ich ihm gesagt, dass er einen schönen Pullover trägt, dass mir sein Bart gefällt und dass

ich ihn mag. Vielleicht erwartet er das. Vielleicht denkt er es auch. Immerhin sagt er schon solche Dinge zu mir wie:
... ich freue mich, dich zu sehen...
Ich sage so etwas nicht.
So sehr ich es auch möchte, ich schaffe es nicht, ihm so etwas zu sagen. Aber das heißt nicht, dass ich es nicht vielleicht denke oder fühle.
Es ist einfach zu früh.
Ich sollte nicht so früh so etwas denken und sagen.

Dann müssen wir wieder los.

Er begleitet mich zum Auto und umarmt mich zum Abschied. Ich glaube, diesmal umarmt er mich etwas fester als zur Begrüßung. Vielleicht bilde ich es mir aber auch nur ein, weil ich es mir wünsche. Ich spüre seinen Atem, der wie eine Praline riecht, nach einer Mischung aus Mohnkuchen und Kaffee.
Seine Haut berührt kurz meine Wange, als er seine an sie drückt. Sie ist warm und kratzig, und ich rieche wieder diesen Duft.
Für einen Moment glaube ich den Wunsch zu verspüren, ihn küssen zu wollen.
Aber es wäre noch viel zu früh.

***

»Mama, du weißt doch, dass Rosa in meinem Farbspektrum nicht vorkommt.«
Laura bleibt in der Tür stehen und schaut mich ein paar Sekunden missmutig an. Mich, ihre Mutter, die mit den rosa Utensilien vor ihrer Wohnung steht und das Einhorn schwenkt.
»Herzlichen Glückwunsch und alles Gute zum Geburtstag, Kind. Ich dachte, ein bisschen Rosa tut dir gut.«
Sie atmet tief durch, bevor sie sagt: »Okay, komm trotzdem rein.«
... genau diese Reaktion wollte ich sehen, ja!

»Manch einer wäre froh, ein Einhorn zu haben«, beschwöre ich und halte es ihr an meinem Finger baumelnd entgegen. Sie nimmt es mir ab und wir umarmen uns.
Wir haben denselben Humor.
Sie weiß, dass das ganze rosa Zeug nur ein Witz ist und ich weiß, dass ihre Reaktion darauf auch Spaß ist, obwohl sie sich selbst nie etwas Rosanes kaufen würde.
Der Tisch ist für drei gedeckt.
»Wer kommt noch?«, frage ich.
»Papa.«
Ich muss stottern. »Oh, oh... cool.«
»Problem damit?«, fragt sie messerscharf.
»Nee, überhaupt nicht. Wir haben das nur schon lange nicht mehr gemacht. Du, dein Vater und ich.«
»Genau. Papa bringt den Kuchen mit.«
... was die Kinder so entscheiden mit fünfundzwanzig und stellen die Mutter vor vollendete Tatsachen!

»Danke, Mom, für die schöne Karte mit Inhalt und das Einhorn!«, sagt sie, nachdem sie den rosa Karton geöffnet hat.
Dann klingelt es an der Tür.
Sie geht und kommt mit ihrem Vater und Kuchen zurück.

Es ist das erste Mal seit fünfzehn Jahren und wir sitzen zusammen an einem Tisch.

Vielleicht ist das gar nicht so schlecht.
Vielleicht ist das gar nicht so schlecht für eine Tochter.
Und vielleicht sogar auch dann nicht, wenn man
Fünfundzwanzig und Besitzerin eines Einhorns ist …

Elf

Tom klingelt am Sonntagmorgen kurz nach halb elf an meiner Tür. »Willst du noch reinkommen, oder müssen wir schon los?«, frage ich durch die Sprechanlage.
»Wenn du mich rein lässt, gerne, dann kannst du mir ja sagen, ob ich dem Anlass entsprechend gekleidet bin.«
... daran habe ich keinen Zweifel

Ich lasse ihn in die Wohnung und er begrüßt mich mit einer kleinen Umarmung. »Hey, du siehst toll aus!« Sein warmer Atem streift meine Ohrmuschel und löst einen kleinen kurzen Kribbelschauer auf meiner Haut aus.
Ich habe mich für ein tief dunkelrotes, knielanges Strickkleid, blickdichte Strumpfhosen und hohe schwarze Stiefel entschieden.
Er trägt dunkelblaue Jeans, ein Hemd und ein passendes Sakko.
»Du siehst auch toll aus«, entfährt es mir, als ich ihn sehe. Ich glaube, ich werde sogar ein bisschen rot, weil mich dieser Satz so verlegen macht und ich so überrascht bin, dass ich ihn überhaupt gesagt habe.
»Meinst du? Oder hätte ich einen Anzug anziehen sollen?«
»Nein, auf keinen Fall. Das ist absolut perfekt«, versichere ich.
»Hast du die Überweisung der Spende gemacht?«
»Ja, gerade eben«, antwortet er. »Den Betrag, den wir besprochen haben.«
Ich nehme das Portemonnaie vom Schrank und gebe ihm die Hälfte des Betrages, den ich schon bereitgelegt habe.
»Ich möchte kein Wort hören«, beschwöre ich und drücke ihm das Geld in die Hand.
»Ich hätte nichts gesagt«, antwortet er brav.

»Komm, ich zeige dir kurz die Wohnung. Geht ganz schnell. Sie ist nicht groß.«
Wir machen einen kleinen Rundgang und er findet, sie ist sehr geschmackvoll eingerichtet.
»Sollen wir?«, frage ich dann, nachdem ich auf die Uhr geschaut habe.
»Ja gleich«, sagt er und zögert einen Moment. Dann macht er einen Schritt auf mich zu und dann noch einen und noch einen. Dabei schaut er mich an, direkt in meine Augen, und murmelt so etwas wie, »Vorher wollte ich eben noch kurz was machen.« Jetzt steht er direkt vor mir. Er starrt mir auf den Mund und legt plötzlich seine Hand in meinen Nacken. Dann zieht er sanft an meinen Haaren, bis sich mein Kopf ein wenig nach hinten neigt, und plötzlich küsst er mich.
Ohne Vorwarnung. Langsam, ohne zu Zögern treffen unsere Lippen aufeinander. Zuerst noch ganz vorsichtig und kurz. Dann zieht er sich für einen kleinen Moment zurück, als wolle er auf einen möglichen Protest meinerseits warten.
Aber ich protestiere nicht.
Vielleicht, weil ich so überrascht bin.
Vielleicht, weil ich ihn insgeheim auch küssen möchte.
Vielleicht, weil ich es genieße und traurig bin, weil es schon wieder vorbei ist.
Aber es ist noch nicht vorbei.
Ganz im Gegenteil.

Er legt seine Hand um meinen Hals und zieht mich an sich, und ich bin so ungeschickt, dass ich ihm mit meinen hochhackigen Stiefeln auf die Füße trete, aber er zeigt nicht die geringste Regung, sondern drückt seine Lippen wieder auf meine. So fest, dass es schmerzt. Unsere Münder öffnen sich automatisch und wir vermischen uns, während wir uns immer enger aneinanderpressen. Er schmeckt nach Minze und riecht nach Natur.
Nach Moos und Holz.

Der Daumen seiner Hand streicht sanft über meinen Kieferknochen und ich spüre sein Herz hart gegen meine Brust schlagen. Das Aftershave benebelt meine Sinne.

... ist es nicht viel zu früh ihn zu küssen?

Unser Kuss wird so hemmungslos und fordernd, als hätten wir beide seit dem Schokoladenregal darauf gewartet. Ich lege meine Hände auf seine Brust und spüre durch den dünnen Stoff seines Oberhemdes die Muskeln darunter. Seine Hand, die in meinen Nacken gewandert ist, fixiert meinen Kopf, und gleichzeitig wandert die andere Hand meinen Rücken hinunter und bleibt auf meinem Po liegen. Mir wird dort so heiß. Es fühlt sich an, als würde meine Haut brennen.

Irgendwie sind wir beim Sofa gelandet, denn plötzlich liegt er auf mir, ohne den Kuss auch nur eine Sekunde unterbrochen zu haben. Ich drücke seinen Kopf kurz an meinen Hals, damit ich Luft holen und atmen kann.

... Was passiert hier gerade?
Wir wollten doch auf eine Geburtstagsfeier ...

Nach ein paar hastigen Atemzügen finden sich unsere Lippen wieder.

»Tom«, hauche ich.

Mehr nicht, denn ich weiß gar nicht, was ich sagen will. Ich will gar nichts sagen.

Es ist viel zu früh, um ihn zu küssen. Ich weiß nicht einmal, ob er mir zurückschreiben würde, wenn ich ihm schreiben würde.

»Nicht reden ...«, flüstert er mir zu.

Seine Hand wandert meinen Oberschenkel hinauf, stößt an den Saum meines Kleides und schiebt sich irgendwie unbemerkt ein kleines Stückchen höher.

... das darf sie nicht!

Plötzlich, von einer Sekunde auf die andere, ist das schöne Gefühl weg, wie eine Seifenblase, die zerplatzt ist, und ich

werde von einer Panik erfasst, die mir Angst macht. Alles, was ich eben noch gefühlt habe, ist weg.
Die Empfindungen, Wünsche, Sehnsüchte, Lust, Freude und Vorstellungen, die ich zu haben glaubte, sind wie auf Knopfdruck neutralisiert.
Als hätte jemand den Stecker der Gefühle gezogen.
Einfach weg.
Mein Schutzpanzer ist aktiviert.
Er macht seine Arbeit. Verdammt gute Arbeit!
Statt der schönen Gefühle, die ich eben noch hatte, tauchen all die Momente mit Philip wieder in meinem Kopf auf und erinnern mich daran, welche Wirkung sie hatten und immer noch haben.
Ich stemme meine Hände gegen Toms Brustkorb und mit aller Kraft schaffe ich es, ihn von mir wegzudrücken, so dass sich unsere Lippen trennen.
Es gelingt mir wohl nur, weil er von meiner Gegenwehr so überrascht ist, und er damit nicht gerechnet hat.
Seine Brustmuskeln sind plötzlich steinhart, weil er sie reflexartig anspannt. Er schaut mich erschrocken an, und ich sehe in seinen Augen, dass er nicht weiß, was hier gerade passiert.
Aber ich weiß es auch nicht.

Ich habe diese Entscheidung nicht bewusst getroffen, und meine Hände haben sich auch nicht in voller Absicht auf seinen Brustkorb gestemmt, um dadurch den Kuss zu unterbrechen und ihn auf Abstand zu drücken. Ich hatte in den letzten zwanzig Sekunden keinen einzigen Gedanken, der diese Reaktion hätte hervorrufen wollen.
Ich wollte ihn küssen, so wie er mich geküsst hat.
Was geht hier vor? Was mache ich hier? Wer hat das entschieden?
Ich glaube, dass in jedem von uns auch noch ein anderer steckt, den wir nicht kennen und von dem wir nicht wissen, welche Auslöser es braucht, damit er um die Ecke schaut. Nur so kann es sein, dass ganz normale Menschen

manchmal Dinge tun, die man sich nicht erklären kann. Kleine und große, manchmal schreckliche Dinge, die wir selbst nie für möglich halten würden.
Aber das gilt doch nicht bei einem harmlosen, lächerlichen Kuss. Da muss doch der andere in *mir* nicht zeigen, dass er da ist.
Ich muss in den nächsten zwei Sekunden etwas tun. Aber ich weiß nicht, was …
Wenn ich nicht weiß, ob ich diese Handlung zu verantworten habe, dann weiß ich auch nicht, ob ich sie wirklich möchte. Und wenn ich ihr jetzt nachgebe, dann war es das mit Tom.
Dann ist es hier und jetzt für immer vorbei.
Mehr kann ich nicht denken, denn die zwei Sekunden sind längst vorbei.
»Tom, wir sollten los, sonst kommen wir zu spät. Lass uns alles andere verschieben …«

Diese harmlosen Worte sollen uns retten?
Lächerlich!
Diese harmlosen Worte, gegen die Kraft meiner Arme und den Druck meiner Hände auf seiner angespannten Brust.
Diese harmlosen Worte, gegen all die Kraft, die ich in meinen Armen aufbringen kann, um ihn wegzustoßen.
Er starrt mich an, wie ein Raubtier seine Beute, nur mit dem Unterschied, dass er mich nicht erlegen will, sondern jede meiner Regungen wahrnehmen und deuten will, um zu verstehen, was hier vor sich geht.
Damit er versteht, ob er etwas falsch gemacht hat. Damit er versteht, ob er in den letzten Wochen, bis zu dem Moment, als sich eben unsere Lippen berührten, irgendetwas zwischen uns falsch interpretiert hat.
Seine Augen fixieren meine, und ich sehe die hektischen Bewegungen seiner Pupillen, die in meinen Augen und auf meinem Gesicht nach Antworten suchen.
Seine Augen sind voller Fragezeichen, die sich bedrohlich auf den Weg in sein Gehirn machen.

Ich kann den Weg, den sie nehmen, deutlich hinter seinen Augäpfeln sehen.
Das satte, tiefe und warme Braun ist aus seinen Augen verschwunden.
Sein Gesichtsausdruck gleicht dem eines versteinerten Gottes aus der Antike, der mit ausdruckslosem Gesicht, aber kräftigem muskulösem Körper, seit Ewigkeiten als stummes Denkmal, an ein und derselben Stelle steht.
Er tut mir so leid.
In meinem Kopf ist Leere. Nur Leere und ein ohrenbetäubender Lärm, der sich anhört wie eine Alarmanlage, die zwei Sekunden einen Ton abgibt, der in den Ohren schmerzt, und dann zwei Sekunden lang still ist. Immer im Wechsel.
Der Ton, der immer wieder auf die Stille folgt, besteht aus den Buchstaben P H I L I P.
Ich tue mir so leid!
Plötzlich umfassen seine Hände pfeilschnell meine Handgelenke, mit denen ich noch immer gegen seinen Brustkorb presse. Entschlossen zieht er sie weg, und ich spüre, wie der Schmerz der angespannten Muskeln in meinen Armen nachlässt.
Dann sagt er ruhig und emotionslos: »Du hast Recht. Wir müssen.«
Im nächsten Moment steht er schon vor dem Sofa und streckt mir seine Hand entgegen, um mich hochzuziehen.
Mein Gott, was habe ich getan?
Er tut mir so leid.
Denn er hat nichts Falsches getan.
Die Sirene in meinem Kopf ist verstummt und ich weiß nicht, was ich jetzt tun soll. Diese Situation ist so schrecklich und unwirklich.
Ich wünschte, ich hätte mich nicht auf ihn eingelassen.
Ich bin schockiert, weil die Kleinigkeit einer Begegnung mit dem falschen Menschen, nach so langer Zeit, das hier anrichten kann.

So muss es sein. Es muss mit meiner verletzten Seele zu tun haben, die nie wieder so respektlos behandelt werden will wie damals von Philip. Nur so kann es sein. Nur so kann ich Tom das antun.

»Hast du alles? Eine Jacke?«, fragt er, ohne Bezug zu nehmen, auf das was war und dabei geht er schon in Richtung Wohnungstür.
Ich möchte so gerne etwas sagen, aber mir fällt nicht ein was.
Wie konnte das nur passieren?
Eigentlich möchte ich gerne einen kurzen Blick in den Spiegel werfen, um zu sehen, ob mein Lippenstift verschmiert ist, aber das halte ich für unangebracht.
Ich schnappe mir einfach nur meinen Mantel, meine Handtasche, den Wohnungsschlüssel und folge Tom, der bereits im Treppenhaus vorausgegangen ist.
Wie sollen wir nur die nächsten Stunden überstehen?
»Weißt du, wo wir hinmüssen?« Meine ersten Worte nach denen, die für das hier verantwortlich sind, klingen kratzig und rau. Natürlich weiß er, wo wir hinmüssen. Ich habe nur etwas gesagt, um etwas zu sagen.
»Ja klar. Ich hab's im Navi«, antwortet er knapp und kühl, öffnet aber zeitgleich die Beifahrertür seines Wagens und hält sie für mich auf.
Er tut mir leid.
Er ist ein guter Mann.
Aber mein Panzer hat ihn noch nicht *freigegeben.*

Er fährt los und ich frage mich, wie ich die geschätzten zwanzig Kilometer Fahrt neben ihm überstehen soll. Nach endlosen Minuten des Schweigens, die immer unerträglicher werden, höre ich mich flüstern: »Tom, es tut mir leid«.
»Ist schon okay. Wir mussten ja wirklich los.«

Er zeigt mir keine Enttäuschung, kein Bedauern, und keine Verletzung und dennoch spüre ich all das hinter jedem einzelnen Wort, das er sagt.
Ich will zurück in meine Wohnung und mich verkriechen, so wie ich es die letzten Jahre schon getan habe, und denke wirklich darüber nach, ihn zu bitten, mich zurückzubringen.
Ich bin eine Meisterin darin, mich mit solchen Rückziehern aus einer problematischen Situation zu verpissen. Früher war ich das, in den vielen Jahren mit dem Mann, der auf den Vater meiner Kinder folgte. Aber ich war es nur, weil ich mir in den sich häufenden kritischen Situationen mit ihm nicht mehr anders zu helfen wusste, als einfach zu schweigen oder zu gehen.
Eigentlich bin ich so nicht.
Und das hier ist etwas ganz anderes!
... du wirst bleiben, Freundin, und uns helfen, diesen Panzer für Tom zu öffnen. Du wirst dich nicht verpissen. Hörst du!
Das ist eine klare Ansage. Das ganze Team ist versammelt, *mein* ganzes Team!
»Hast du alles für Weihnachten vorbereitet?«, fragt er mich, um die Stille zu vertreiben.
»Ja, ich brauche nicht mehr so viele Geschenke. Die Kinder sind groß und in meiner Familie schenken wir uns nichts mehr. Und du?«
Scheinbar gelingt es uns, ein Gespräch zu führen, wenn auch ein lächerlich oberflächliches.
»Bei mir ist es auch so.«
»Seht ihr euch Weihnachten? Du und dein Sohn? Leben deine Eltern noch?«
Das sind Fragen, die ich wirklich stellen möchte, weil mich die Antworten wirklich interessieren. Weil sie mir helfen, Tom besser kennen zu lernen, aber jetzt fühlen sie sich nur wie Platzhalter an auf einer Fahrt, die sonst von Stille eingenommen und aufgefressen würde.

»Wir treffen uns bei meinem Vater am ersten Weihnachtsfeiertag, mit meiner Schwester und ihrer Familie.«

Dann sind wir da und Tom sucht einen Parkplatz. Die ganze Straße ist schon zugeparkt, deshalb stellt Tom das Auto etwas entfernt irgendwo zwischen parkenden Autos ab. Schweigend gehen wir nebeneinander zum Eingang des Restaurants, dabei würde ich mich viel lieber an seinem Arm unterhaken und einen kleinen Scherz über unser Auftreten machen und ihn fragen, ob wir uns nicht abstimmen wollen, als *was* wir heute unterwegs sind. Ich wette, er hätte dazu auch einen Scherz auf Lager und wir würden eine herrlich lustige Geschichte über unseren gemeinsamen Auftritt an diesem Vormittag spinnen.
Aber wir schweigen.
Das Schweigen ist so schlimm.
Schweigen in einer Beziehung ist so schlimm.
Wir haben keine Beziehung und trotzdem ist es schlimm.
..., weil ich Tom mag

Ich lerne den Gastgeber und seine Familie kennen. Tom sagt nichts über unseren Status, sondern stellt mich mit den Worten vor: »Das ist Marie.«
Der ältere Herr ist mir sympathisch. Wir begrüßen weitere Gäste und unterhalten uns mit vielen Gästen, mit denen wir zusammenstehen oder sitzen.
Wir reden und lachen mit ihnen. Aber Tom und ich reden und lachen nicht miteinander.
Es ist skurril, was wir tun, dabei würde ich ihn lieber anlächeln und ihn berühren. Vielleicht seinen Arm.
Aber das mache ich nicht.
»Meinst du, wir müssen bis nach dem Kaffee warten, bis wir gehen können?«, fragt er irgendwann.
Er schaut mich dabei an, aber er scheint durch mich hindurchzusehen.
»Ich glaube, es wäre höflicher, so lange zu bleiben.«

Wir unterhalten uns einfach weiter mit unseren Tischnachbarn und manchmal verschwindet einer von uns für eine kleine Weile.
Dann gehen wir. Tom hat kurz nach dem Kaffeetrinken gefragt, ob wir fahren wollen und ich habe zugestimmt.
Auf der Rückfahrt haben wir genug Gesprächsstoff, um die Strecke hinter uns zu bringen und dann hält er vor meiner Wohnung.
Ich fühle mich so unbeholfen, schlecht, gemein.
Was soll ich jetzt sagen?
Ich müsste so viel sagen.

Das Lösen des Sicherheitsgurtes, gleicht der Lautstärke, die einer Explosion gleichkommt und lässt mich zusammenfahren.
Ich lege meine Hand auf seinen Arm, spüre den Stoff seines Sakkos und ganz tief darunter die Wärme seiner Haut.
»Es tut mir leid, Tom! Danke, dass du mich mitgenommen hast.«
Wir sehen uns an und suchen in unseren Augen immer noch nach dem *Warum*.
»Das habe ich gerne gemacht. Danke, für deine Begleitung. Melde dich, wenn du magst.«
Seine Worte klingen wie vorher auswendig gelernt, aber sie schreien nach so viel Anderem.
»Das mache ich«, sagt mein Mund.
Meine Hand verlässt seinen Arm, greift nach meiner Handtasche und die andere Hand fasst nach dem Griff, der die Tür öffnet. Meine Beine steigen aus und treten auf den Bürgersteig auf und sie nehmen den Rest meines Körpers, meine Seele, meinen Geist und mein Herz mit.

Ich glaube, die Beifahrertür ist noch keine halbe Sekunde zugefallen, da rast das Auto schon davon.

Zwölf

Montagmorgen.
Ich habe den Rest des Sonntags, einschließlich der Nacht, in meinen alten Jogginghosen auf dem Sofa verbracht. Diese Jogginghosen, die Bescheid wissen.
Und was habe ich getan in dieser Zeit?
Nichts anderes als gedacht.
Wir Menschen denken, wir sind klein. Ja, vielleicht, aber wir haben ein Universum in unserem Kopf.
Ich habe die unendlichen Weiten dieses Universums durchdacht. Vielleicht sogar auch nur einen kleinen Teil davon.
Ich habe vieles gefunden. Traurigkeit. Wahrheit.
Und Wut.

... melde dich, wenn du magst ... Das waren Toms letzte Worte.
Mit diesem Satz gab er mir eine Aufgabe, die ich zu lösen habe. Er weiß genau, welche Aufgabe das ist, ohne zu wissen, was wirklich dahintersteckt. Er weiß, es muss etwas aus meiner Vergangenheit sein.
Seine fünf Worte sind die Essenz dieser Aufgabe.
... melde dich, wenn du magst ..., *wenn du magst ...* bedeutet, es ist freiwillig.
Wenn man etwas mag, dann hat das einen positiven Hintergrund. *... melde dich ...* ist eine Aufforderung und zugleich die Erlaubnis, ich darf es.
Fünf so kleine Worte, hinter denen so viel steht. Ein paar Worte, die ihre Bedeutung und Gewichtigkeit erst in dem Zusammenhang bekommen, in dem sie gesagt sind.
Er legt sich und mich in meine Verantwortung. Und er hat recht damit, weil er nichts falsch gemacht hat. Dieser Kuss war nichts Verwerfliches. Wir sind erwachsen. Wir können einfach jemanden küssen, wenn der andere es auch will. Er hat nichts falsch gemacht.

Er hat sich nach der ersten zarten Berührung meiner Lippen für einen Moment zurückgezogen und mir damit die Chance gegeben, Einspruch zu erheben.
Er hat nichts falsch gemacht.
Und er weiß es.
Diese Aufgabe ist so groß, die Weite des Universums in meinem Kopf reicht dafür nicht aus.

Am Montag löse ich die Aufgabe nicht.
Ich kann es nicht. Viel zu wenig Zeit.
Ich löse sie auch nicht am Dienstag.
Ich melde mich nicht.
Ich gehe ins Büro, aber nicht zu Martin.
Ich muss die Aufgabe lösen.
Tom meldet sich auch nicht.
Mein Telefon ist stumm, wie ein Fisch.
Ich löse die Aufgabe auch am Mittwoch nicht.
Meine alten Jogginghosen sagen, dass ich sie bald lösen und mich melden soll, sonst brauche ich mich gar nicht mehr zu melden.
Am Donnerstag bin ich mir sicher, dass ich mich melden möchte, aber ich weiß beim besten Willen nicht, wie ich das anstellen soll.
Ich brauche Mut und Wahrheit, Vertrauen und Zuversicht.
Das ist schwer.
Sich nicht zu melden, wäre einfacher.
Ich könnte weiterhin zurückgezogen leben, wie die letzten zwei Jahre.
Dann müsste ich diese Aufgabe nicht lösen. Was ist, wenn ich wieder nur ein Verbrauchsartikel sein werde? Damit würde ich nicht klarkommen, lieber möchte ich mich erst gar nicht darauf einlassen, als zuzulassen, dass es noch mal passiert.
Am Freitag weiß ich, ich möchte mutig sein und nicht so weitermachen, wie die letzten zwei Jahre.
Mein Handy ist immer noch stumm wie ein Fisch.

Am Samstag überlege ich mir, wann ich mich melde, und frage mich, was ich sagen könnte.
Und ich bin wütend.
Samstag bin ich eigentlich nur noch wütend.
Richtig wütend. Auf Philip.
Weil ich seinetwegen überhaupt diese scheiß Aufgabe lösen muss.
Ich bin auch wütend auf mich. Weil mir klar wird, dass ich immer noch so jämmerlich am Arsch bin.
Dann ist Sonntag.
Eine Woche ist vergangen und ich war feige und habe mich nicht gemeldet.
Ich dachte, irgendjemand entscheidet vielleicht.
Irgendetwas ergibt sich vielleicht. Irgendwie fügt es sich schon. Die Tage sind vergangen, aber es passierte nichts.
Weil *ich* nichts tat.
Wenn du eine Aufgabe zu lösen hast, dann musst *du* sie lösen. Es macht kein Anderer für dich. (sagt meine alte Jogginghose)
Am Sonntag Mittag rufe ich endlich Tom an.
Das Herz schlägt mir bis zum Hals und immer heftiger, je länger ich das Freizeichen höre.
Dann höre ich seine Stimme.
»Hallo Marie. Schön, dass du anrufst«, sagt er freundlich.
Er macht es mir wirklich leicht. Er könnte mir auch Vorhaltungen machen oder einen blöden Spruch sagen. Aber, das macht er nicht.
Er hat nichts falsch gemacht.
Ich bin das Problem.

»Hallo Tom. Danke, du gehst ja ran und sprichst mit mir«, beginne ich vorsichtig.
»Na klar«, sagt er. »Ich habe gehofft, du würdest anrufen. Wann auch immer. Ich dachte mir, du brauchst vielleicht ein bisschen Zeit und hoffe, du kannst mir anvertrauen, was am Sonntag passiert ist.«

Er weiß, meine Reaktion muss irgendeinen Auslöser haben. Etwas aus meiner Vergangenheit. Tom ist schlau und empathisch und außerdem hatte er doch eigentlich meine stumme Zustimmung für diesen Kuss. Ja, die habe ich gegeben, weil ich ihn auch wollte. Das macht es so unverständlich für ihn.

»Es tut mir so leid. Ich habe dir die ganze Geburtstagseinladung versaut.«

»Ach Marie, scheiß auf die Geburtstagseinladung.«

Ich hatte mir etwas vorgenommen und nehme meinen Mut zusammen, bevor ich es sage.

»Hast du vielleicht jetzt oder heute Abend oder an einem anderen Tag etwas Zeit für mich? Ich möchte dir gerne etwas erzählen.«

Ein paar Sekunden Stille.

»Wie wäre es, wenn wir einen Spaziergang machen?«, schlägt er vor.

Obwohl ich Tom noch nicht lange kenne, überrascht er mich immer öfter mit seinen Reaktionen. Das ist jetzt wieder so.

Wenn ich mich nicht vollkommen täusche, ist er wirklich integer. (Das glauben im Übrigen auch der Tomaten-Achter und meine alte Jogginghose. Also sind wir schon drei)

»Sehr gerne«, antworte ich erleichtert.

»Wie wäre es um drei? Vielleicht möchtest du mich abholen und wir fahren irgendwohin, wo man gut spazieren gehen kann. Dabei kannst du mir was von der Gegend zeigen.«

Wenn ich jetzt zusage, muss ich reden. Nicht über Blumen und Sonnenschein, sondern über das, was am Sonntag passiert ist. Einen Moment komme ich in Versuchung, zu kneifen. Aber das wäre jämmerlich und feige.

»Ich werde da sein. Um drei. Sag nochmal deine Hausnummer bitte.«

Eine Woche habe ich gebraucht, um mir sicher zu sein, dass ich nicht feige sein möchte. Also werde ich jetzt nicht feige sein.
Er nennt mir den Straßennamen und die Hausnummer und danach beenden wir das Telefonat.
Wahrscheinlich, weil nichts anderes beredet werden sollte, bis das Wesentliche beredet worden ist. Alles andere wäre unwichtig und oberflächlich.

***

Tom steht schon auf dem Bürgersteig und wartet, als ich in die Straße einbiege.
»Hey, du«, begrüßt er mich, als er einsteigt. »Wie geht es dir?«
»Hey. Geht so. Blöde Woche. Ich bin nervös«, gestehe ich ehrlich. Ich kann ehrlich sein. Ich finde es auch schön, ehrlich zu sein, man sollte es immer sein.
»Nervöser als bei unserer ersten Mittagspausen-Verabredung?«, fragt er und sieht mich lachend dabei an. Ich weiß, er stellt diese Frage nur, weil er mich aufheitern möchte. Er erwartet gar keine Antwort von mir, sondern fragt sofort weiter, »Wohin fahren wir?« Und auch diese Frage stellt er nur, damit ich etwas sagen muss und dadurch meine Aufmerksamkeit auf etwas anderes lege als auf meine Nervosität.
»Ein bisschen außerhalb kann man schön ein paar Meter laufen. Sollen wir dahin?«
»Sollen wir«, antwortet er.
Auf der Fahrt fragt er mich ab und zu nach Gebäuden, an denen wir vorbeikommen. Eine Schule, Kindergarten, die Stadtverwaltung, der Friedhof, ein Einkaufszentrum.
Dann parke ich den Wagen in einem Feldweg und wir steigen aus. Es ist kalt, aber es ist weder windig noch regnet es. Der Feldweg führt ein paar hundert Meter weiter

in einen Wald. Ich kenne diesen Weg, ihn zu gehen, dauert circa eine Stunde, bevor man das Auto dann aus der anderen Richtung wieder erreicht.
Jetzt liegt es an mir, oder? Ich weiß gar nicht, wie ich anfangen soll.
Er greift nach meiner Hand und führt sie durch die Lücke in seiner Armbeuge, die entsteht, weil er seine Hand in die Jackentasche gesteckt hat.
»Habe ich etwas falsch gemacht?«, fragt er dabei ganz beiläufig, als wäre es die Frage, ob ich Mayo oder Ketchup auf meine Pommes möchte.
Ich muss kurz an den Tomaten-Achter denken und das, was sie mir über Tom sagen wollten. Die schlausten Strauchtomaten, die ich je kennengelernt habe.
»Du hast gar nichts falsch gemacht«, beginne ich ganz leise. Er sagt nichts. Schaut mich auch nicht an. Er geht einfach weiter. Mit mir, an seinem Arm.
Er drängt mich nicht. Er wartet einfach, bis ich weiterrede.
»Ich hatte plötzlich Angst, Tom. Obwohl ich dich küssen wollte. Ich wollte dich so gerne küssen. Schon in diesem Restaurant, während du dein Steak aßest, hatte ich den Wunsch dich zu küssen und am Sonntag wollte ich nichts lieber als dich küssen. Aber dann hatte ich plötzlich Angst. Ich weiß auch, woran es lag. Es ist wegen eines Mannes, dem ich vor ein paar Jahren ganz zufällig über den Weg lief. Ich hatte mich gerade erst getrennt und war überhaupt nicht auf der Suche nach einem Mann. Da lernte ich ihn kennen ...«
Ich erzähle immer weiter. Die ganze Geschichte.
Wie es mit Philip begann und weiterging. Dass ich Gefühle für ihn entwickelte und er am Anfang so fürsorglich und nett war, sich das aber änderte, je länger es andauerte und dann respektlos wurde, ohne dass ich es begriff. Wie die ersten Zweifel zwar schnell kamen, aber ich Gründe für sein Verhalten suchte, die es immer wieder guthießen.
Ich erzähle alles.

Tom schweigt.

Wir haben längst den Wald erreicht. Ein paar Leute kommen uns entgegen. Manche mit Hund oder Kindern. Meine Erzählung wird durch Kinderlachen für ein paar Sekunden unterbrochen, bis sie an uns vorüber sind, dadurch habe ich einen Moment Zeit zum Luftholen.

In dem Moment, in dem ich ihm erzähle, dass ich nicht verstand, was mit Philip los war, die Schuld immer bei mir suchte und ich mich körperlich so schlecht fühlte, dass ich einen Arzt aufsuchen musste, legt er seine Hand auf meine Hand, die immer noch in seiner Armbeuge liegt. Seine Haut ist warm, wie ein Taschenwärmekissen.

Diese Wärme fließt durch meine Adern den Arm hinauf bis in meine Mitte.

»Ich habe lange nicht verstanden, dass er mich nur benutzt hat und als ich es verstanden hatte, wollte ich es nicht wahrhaben. Mich hat noch nie jemand auf eine solche Weise behandelt, mich so verletzt. Und ich schäme mich so sehr, weil ich es zugelassen habe.«

Meine Kehle schnürt sich plötzlich zu, als hätte sie jemand mit Stacheldraht umwickelt und verhindert mein Weitersprechen. In meinen Augen sammelt sich Flüssigkeit, die droht, in dicken Tränen überzulaufen. Diese Geschichte habe ich so noch nie erzählt. An dem Tag, an dem ich Philip kennenlernte, hatte er mich auserwählt für seine Manipulation, nur dem Zweck dienend, sein kleines, schwaches Ego zu stärken, indem er Macht über mich ausübte.

Ich habe es ihm gestattet. Weil ich so schrecklich unwissend war. Davon weiß bisher kein Mensch etwas.

Tom merkt, wie sehr ich mit meinen Tränen kämpfe und deshalb unfähig bin, weiterzusprechen. Er drückt meine Hand ein bisschen, und damit kommt die Wärme in meiner Seele an.

Ich kann nur noch schweigen und versuche meine Tränen wegzublinzeln. Wir schweigen beide. Jetzt habe ich Tom alles erzählt.

Jetzt weiß er, warum ich Angst hatte.
Weil ich nicht wieder mein Herz verlieren will.
Weil ich nicht wieder so behandelt werden will.
Weil ich nicht wieder verletzt werden will.
Ich habe ihm alles erzählt, bis auf ein paar winzige Kleinigkeiten.
Ich habe ihm nicht erzählt, *wie sehr* ich verletzt und verlassen war, *wie sehr* dieser Mann mich respektlos behandelt hatte und *wie tief* ich in das große, schwarze Loch gefallen war.
Wie viele Monate ich zu nichts anderem fähig war, außer zu atmen und zu arbeiten.
Das erzähle ich ihm nicht. Wie kaputt ich seither bin.
Das erzähle ich ihm nicht.
Dass ich mein Bauchgefühl und meinen gesunden Menschenverstand verloren und sie immer noch nicht wiedergefunden habe. Das erzähle ich ihm nicht.
Dass ich mir deswegen nicht mehr vertraue und glaube, in allem etwas Negatives suchen zu müssen. Das erzähle ich ihm nicht.
Dass ich am Boden war. Dass ich richtig am Arsch war.
Das erzähle ich ihm nicht.
Das habe ich noch nie jemandem erzählt und ich möchte auch, dass es so bleibt.
Ich möchte nicht, dass irgendjemand weiß, wie sehr ich mich dafür schäme, dass ich mich von einem Menschen manipulieren und benutzen ließ, nur damit er seinem kranken Ego gerecht werden konnte. Nur, damit er das bekam, was er brauchte: Scheiß Anerkennung!
Und am allermeisten schäme ich mich dafür, dass ich es irgendwie merkte und nichts unternahm.
Ich möchte nicht, dass irgendein Mensch davon erfährt.
Niemals!
Das ist nur meine Sache.

»Darf ich etwas fragen?« Seine Stimme durchdringt die massive Stille, die sich breitgemacht hat.

»Natürlich.«
Ich bin so froh, weil er etwas fragt. Philip hat nie etwas gefragt, weil er sich für nichts von mir wirklich interessierte.
»Ich weiß nichts über solche, vielleicht krankhaft veränderte Persönlichkeitseigenschaften, dazu könnte ich tausend Fragen stellen. Weitere tausend fallen mir bestimmt noch ein, bevor ein neuer Tag anbricht und weitere, wenn ich länger darüber nachdenke, aber kannst du mir kurz und knapp, ohne dich jetzt noch mehr zu belasten, erklären, was in diesen Menschen vorgeht? Nur das aller Wesentliche kurzgefasst, damit ich eine Vorstellung habe, wovon wir reden.«
Ich könnte ihm Stunden lang erzählen, was ich erlebt und herausgefunden habe, aber dafür bin ich jetzt nicht in der richtigen Verfassung.
»Du musst dir vorstellen, diese Menschen wollen nicht dich als Person, sondern sie wollen dich als Funktion.«
Er sieht mich an, und ich glaube er merkt, wie schwer es mir gefallen ist, das zu sagen.

Dann nimmt er seine Hand aus der Tasche, legt sie um meine Schulter und zieht mich ein wenig zu sich. Er merkt, wie mein Körper zittert.
Wir haben das Auto erreicht. Ich kann nicht mehr.
Ich bin so erschöpft, als hätte ich einen ganzen Tag lang schwere Steine geschleppt.
Nie hätte ich gedacht, dass es mich so viel Kraft kostet, einfach eine Geschichte zu erzählen.
Meine Geschichte.
Das, was Kraft kostet, ist die Wahrheit. Sich selbst die Wahrheit einzugestehen.
Jemand anderem diese Wahrheit zu erzählen.
Das kostet unendlich viel Kraft.
»Es tut mir leid, Tom. Du hast nichts falsch gemacht.«
Er löst seine Umarmung und wir steigen in mein Auto.
»Das habe ich verstanden«, sagt er. »Danke, dass du mir vertraust und geredet hast.«

»Du hast *nichts* falsch gemacht!«
Dieser Satz soll die Quintessenz für die Zukunft sein, wenn wir es schaffen, die Vergangenheit, Vergangenheit sein zu lassen.

Wir fahren ein Stück und niemand von uns sagt etwas. Ich fahre zu Toms Wohnung. Bringe ihn dahin zurück, wo ich ihn abgeholt habe.
»Wie wäre es mit einem Kaffee? Ich kann Kaffee …«, fragt er, als das Auto steht. »Bitte komm mit rein. Ich möchte dich jetzt nicht fahren lassen.«
Ich bin hin- und hergerissen und fühle mich nicht mal imstande, diese Entscheidung zu treffen. Entscheidungen treffen ist scheinbar zu einer schwierigen Aufgabe für mich geworden.
Er klickt den Gurt meines Sitzes los und danach seinen.
»Los, ich möchte dir auch meine Wohnung zeigen. Komm schon…« und damit hat er mir die Entscheidung abgenommen.

Seine Wohnung ist etwas größer als meine und sehr schön geschnitten.
Er hat sie sehr hell und aufgeräumt eingerichtet. Sehr modern und minimalistisch. Es gefällt mir irgendwie.
Aber ich bin mir nicht ganz sicher, ob sie so ist, weil er noch nicht fertig ist, oder weil er sie genau so haben wollte.
»Bist du schon fertig eingerichtet?« Ich glaube, ich frage das auch, damit unser Gespräch in eine andere Richtung gelenkt wird und sich die Schwere, die seit dem Spaziergang über uns liegt, auflösen kann.
»Eigentlich bin ich fertig. Dachte ich …«, sagt er vorsichtig. »Fehlt etwas?«
»Nein, es fehlt nichts. Ich finde, man kann durch die Einrichtung etwas über den Einrichter erschließen. Ich finde sie sehr modern.«
»Danke. Und jetzt mache ich Kaffee«, antwortet er knapp.
Er hantiert an seinem Kaffeeautomaten.

Während die Maschine irgendeine Reinigung vornimmt, dreht er sich zu mir und fragt, »Darf ich dich mal in den Arm nehmen?«
Ich antworte nicht. Meine Zustimmung erkennt er durch die kleinen Schritte, die ich auf ihn zukomme. Er schlingt vorsichtig die Arme um mich und zieht mich ganz langsam an sich. Mein Kopf liegt an seiner Brust.
Er ist so viel größer, kann sein Kinn auf meinen Kopf legen. Meine Arme umschließen ihn, die Hände treffen sich hinter seinem Rücken. Sie fassen einander und ziehen den umschlungenen Körper so fest zusammen, wie diese Vakuummaschinen, die aus einem Beutel die Luft heraussaugen und dann nur noch das in ihnen Befindende, zurücklassen.
Meine Arme schmerzen, weil ich ihn so fest drücke, aber es tut unglaublich gut.

Keiner von uns sagt etwas, auch nicht, als der Kaffeeautomat längst mit seinem Reinigungsprogramm fertig ist. Sein Brustkorb vibriert, auf eine angenehme, vertrauensvolle Weise an meiner Wange, als er spricht. »Ich weiß gar nicht, was ich sagen soll, Marie. Es tut mir sehr leid, was dir passiert ist. Leider habe ich nicht die geringste Ahnung über dieses Thema und über Menschen, die scheinbar in dieser Hinsicht irgendeine Persönlichkeitsstörung haben, aber ich kann deine Angst verstehen. Wenn wir unseren Kontakt nicht abbrechen wollen, werde ich dir bestimmt noch viele Fragen dazu stellen, aber nicht alle auf einmal. Ich kann dir nur versprechen, ich bin so nicht. Ich habe bestimmt andere Macken, aber ich bin eine ehrliche Haut. Darauf kannst du dich verlassen.«
Ich muss schlucken. Seine Worte berühren mich ganz tief, da, wo die Tränen nur darauf lauern, hervorzubrechen. Innerhalb einer Sekunde füllen sich meine Augen wieder mit Wasser und sie laufen ohne Kontrolle über und über. Ich kann kein Wort sagen, aber das stumme Schluchzen, sagt alles.

Er verstärkt seine Umarmung, obwohl das schon fast nicht mehr geht. Eine Hand legt er jetzt an meinen Kopf und drückt ihn fest an seine Brust. Zwei nasse Stellen entstehen von meinen Tränen auf seinem Pullover.
Ich spüre, wie er einen Kuss auf meinen Scheitel drückt und seine Lippen darauf liegen lässt.
Sein warmer Atem hüllt mich ein.
Ein paar Sekunden stehen wir noch so und ich genieße, was es mit mir macht. Philip hat mich nicht einmal so gehalten. Dann schaffe ich es, mich zu lösen und wische mir über die Augen.
»Danke.« Mehr bringe ich nicht raus, aber ich ersetze vielleicht noch fehlende Worte, durch meine Hand, mit der ich wie nebenbei, über seinen Arm streiche.
»Sehe ich jetzt total verschmiert aus im Gesicht?«, frage ich mit einem Lächeln. »Vielleicht ein bisschen«, antwortet er und ich wette, er untertreibt maßlos.
Wir trennen uns. Er macht Kaffee und ich gehe in den Flur, um vor dem Spiegel nach meiner Wimperntusche zu schauen.
Dann trinken wir Kaffee und essen Plätzchen und wir reden nicht mehr ein Wort über letzten Sonntag, Küsse, Angst und Menschen, die andere Menschen brechen, auf ihrer Suche nach Anerkennung für ihr kleines, schwaches, erbärmliches Ego.

Als er mich später zur Tür begleitet, nehmen wir uns zum Abschied noch mal in den Arm. Ich habe mich beruhigt, aber ich weiß, es liegt noch eine Menge Arbeit vor mir, wenn ich wieder jemanden nah an mich heranlassen möchte. Tom könnte so Jemand sein.
Dabei war ich doch gerade erst stolz darauf, undurchdringlich geworden zu sein, aber er schafft es irgendwie zu mir durchzukommen. Niemand ist bisher so tief zu mir vorgestoßen, seit …
»Wir schreiben uns, okay?«, sagt er zum Abschied.

»Das machen wir. Danke Tom. Das war ein Anfang für mich heute Nachmittag«, gestehe ich.
»Du glaubst gar nicht, was für ein Anfang!«, sagt er und lächelt mich an.

Dann mache ich mich auf, durch das Treppenhaus in Richtung Haustür, doch Tom kommt plötzlich hinter mir her. Er greift nach meiner Hand und hält sie fest. Unsere Blicke treffen sich. Er starrt mich einfach nur an und ich weiß überhaupt nicht, warum er mich aufgehalten hat, aber mir kommt es vor, als würde ich in seinen Augen meine gehorteten Ängste sehen, die mich jetzt anstarren und in ihren Bann ziehen. Ich kann nichts sagen und auch er schaut mich einfach nur an, aber trotzdem passiert so viel. Oder bilde ich mir das gerade nur ein?
Doch bevor ich weiter darüber nachdenken kann, sagt er plötzlich, »Marie, man muss sich für nichts schämen, außer für einen schlechten Charakter.«

Dann dreht er sich um und geht.

Dreizehn

Bis Dienstag schreibe ich Tom keine Nachricht und rufe ihn auch nicht an.
Ich muss erst einmal mit mir selbst klarkommen. Damit, dass ich darüber gesprochen habe und dass ich wieder ein Risiko eingegangen bin, als ich ihm ehrlich von meinem schwachen Punkt erzählt habe. Ich habe immer noch Angst, dass er mir nicht antwortet und jetzt sogar noch ein bisschen mehr, wo er weiß, was mit mir los ist. Vielleicht will er meine Gesellschaft gar nicht mehr. Wer will schon mit einer Frau zusammen sein, die wegen eines harmlosen Kusses ein Problem hat? In unserem Alter will man sich keine neuen Probleme mehr aufhalsen.
Die Tatsache, dass Tom sich bisher auch nicht gemeldet hat, macht die Sache nicht besser.
Ein weiteres unentdecktes Universum in meinem Kopf ist hinzugekommen.
Nächste Woche ist Weihnachten und ich wünschte, es wäre schon Anfang Januar und die Feiertage und der Jahreswechsel wären vorbei.
Die ersten Kolleginnen und Kollegen verabschieden sich schon in die Weihnachtsferien und es wird ruhiger im Büro.
Morgen fahre ich noch einmal zu Martin. Ich glaube, es wird das letzte Mal in diesem Jahr sein, dann schließt er den Betrieb für ein paar Wochen und braucht mich erst im Januar wieder.
Und ich muss mich bald um ein paar Geschenke kümmern.

Heute ist es so kalt, es friert sogar tagsüber, obwohl die Sonne strahlend vom wolkenlosen blauen Winterhimmel scheint.
Julian steht neben meinem Schreibtisch und erzählt von den Weihnachtswünschen seiner Kinder und welche davon in Erfüllung gehen werden.

Das Telefon klingelt und ich nehme beiläufig den Hörer ab.
»Hallo Marie, hier ist Tom. Ich wollte mal hören, wie es dir geht.«
Das kommt unerwartet und ich bin völlig unvorbereitet.
... aber muss man vorbereitet sein, wenn man mit einer „ehrlichen Haut“ telefoniert?

»Hey, Tom. Danke ... Ich arbeite ...«
»Ja, ich auch, du Kröte«, kichert er.
»Vorsicht«, antworte ich gespielt scharf.
»Ich habe mich gefragt, ob du in deiner Mittagspause Lust hast, mit mir eine kleine Krötenwanderung zu machen.«
Wieder überrascht er mich.
»Das Wetter ist so schön und ich muss mal raus. Hatte einen beschissenen Vormittag in der Firma. Da hilft nur eine Mittagspause in der Natur, um den Kopf wieder frei zu kriegen.«
Gegen seinen Vorschlag ist nichts einzuwenden, finde ich.
»Könnte ich machen.«
»Um eins? Ich hole dich ab und bringe uns einen Kaffee und etwas zu essen mit, okay?«, fragt er.
Was sollte ich gegen diesen perfekten Plan schon einwenden? »Das klingt fantastisch. Ich bin um dreizehn Uhr vor der Tür.«
Noch eine halbe Stunde, dann holt er mich ab. Ich muss ehrlich zugeben, dass ich mich sogar ein bisschen freue, ihn wiederzusehen.

Er wartet, bis ich neben ihm sitze und mich angeschnallt habe, dann drückt er mir so ein Papptablett mit Vertiefungen für To-Go-Becher und eine Papiertüte vom Bäcker in die Hand.
»Hey. Schön, dich zu sehen. Kannst du das mal halten?«, begrüßt er mich.
»Klar, mach ich. Auch schön, dich zu sehen. Tolle Idee. Schönes Winterwetter heute.«

Er fährt wieder zu diesem Feldweg, an dem wir schon am Sonntag waren, merkt aber an, dass wir nicht den ganzen Weg gehen können, weil er in einer Stunde wieder im Büro sein muss. »Kein Problem, wir kehren einfach irgendwann um. Was war denn los, warum bist du so gestresst?«, frage ich, als wir aussteigen.

»Oh, schlimm, wir haben jetzt wochenlang daran gearbeitet, die Wünsche unseres Kunden umzusetzen und jetzt haben wir es fast geschafft, da sagt er heute in einer Telefonkonferenz, er möchte etwas anderes. Die ganze Arbeit von vorne.«

»Scheiße!«, leider fällt mir nichts Aufmunternderes dazu ein.

»Aber lass uns jetzt nicht darüber reden. Ich muss das mal für ein paar Minuten aus dem Kopf bekommen.«

Heute kommt uns niemand entgegen. Er hat sehr leckere Sachen mitgebracht. Laugengebäck, Croissants und Buttercroissants.

»Gut gewählt«, lobe ich ihn.

»Das freut mich, lass es dir schmecken.«

Die kalte Luft tut gut und erfrischt mich.

»Ich war noch nie in der Mittagspause im Wald spazieren«, fällt mir ein.

»Das ist doch toll, dann machen wir mal was Neues.«

... das ist wirklich toll. Ich möchte noch viel mehr von diesen neuen Sachen machen. Bei denen mich überhaupt nichts an Philip erinnert...

Wir essen, wir trinken Kaffee, wir gehen zusammen, wir genießen die Natur, und manchmal sind wir still, weil wir essen. Aber das ist nicht schlimm. Es tut gut.

Plötzlich bleibt Tom stehen und schaut mich an. »Marie, ich möchte dir auch etwas erzählen. In meinem Leben sind auch Dinge passiert, auf die ich nicht vorbereitet war. Diese Frau, mit der ich zuletzt zusammen war, Susanne, meine ehemalige Kollegin, sie hatte ein Alkoholproblem.

Ich habe es auch erst nach einiger Zeit herausgefunden. Ich mochte sie, aber mit ihrem Alkoholkonsum und ihrem Zustand kam ich nicht klar. Wir mussten unseren Alltag nach ihrem Alkoholpegel richten und sie hat mich ständig angelogen und wollte keine Hilfe annehmen. Dann habe ich es schließlich beendet, weil es mich fertig gemacht hat.«
Ich bin so überrascht, weil er mir sowas, ohne Vorwarnung erzählt und ich vergesse, weiter zu essen.
»Tom«, beginne ich, weil ich etwas sagen will, aber er unterbricht mich.
»Jeder von uns hat ein Vorleben und je älter wir werden, desto länger wird es. Versteh mich nicht falsch, ich will auf keinen Fall deine Geschichte verharmlosen. Persönliche Schicksale lassen sich nicht miteinander vergleichen und wir alle haben dabei unsere eigenen Grenzen. Du hast dir einen dicken Schutzpanzer errichtet, damit du nicht wieder verletzt werden kannst, damit du alles unter Kontrolle hast. Aber die Alternative zur Kontrolle ist Vertrauen. Ich möchte dich ermutigen, wieder jemandem zu vertrauen. Neu zu vertrauen damit du irgendwann das Vergangene hinter dir lassen kannst. Nicht das Böse ist das Normale, sondern das Gute.«

... nicht das Böse ist das Normale ...

Ich wiederhole seinen Satz in Gedanken und sofort schießen mir wieder Tränen in die Augen. Es ist alles so dicht unter meiner Haut, ein Satz genügt, um meine Fassade zum Einsturz zu bringen. Vielleicht liegt es aber auch nur daran, dass ich mich, seit ich Tom vor Wochen im Eiscafé wieder getroffen habe, öffnen und mich meinen Ängsten stellen muss, wenn ich wieder am Leben teilnehmen möchte und mich nicht weiter, wie ein geprügelter Hund in meiner Wohnung verkriechen will.

»So, umdrehen ...« Seine knappe Anweisung klingt fast lustig, weil er sie in so einem Kommandoton ausspricht und gleichzeitig die leere Bäckertüte mit einem lauten Knall zusammenknüllt.
Er hat einfach die Gabe, die *Kurve* zu kriegen.
Er nimmt mir den leeren Becher ab, steckt ihn in seinen und lässt beide in seine große Jackentasche gleiten.
Dann sucht er wieder meine Hand und schiebt sie in seine Armbeuge, so wie am Sonntag.
Ich denke, ich muss noch etwas sagen, aber immer, wenn ich anfangen will, sagt er etwas anderes. Etwas ganz Banales. Etwas Schönes. Über die Kälte, über den Wald, über Weihnachten.
Im Auto erzählt er mir, wie er die Feiertage verbringen wird und dass er sich freut, seinen Sohn zu sehen.
Als er vor dem Eingang meiner Firma hält, nimmt er noch einmal meine Hand. »Marie, vielleicht werden wir noch oft über deine und meine Verletzungen und Ängste sprechen, aber ich finde, wir sollten das nicht so massiv tun, die Vergangenheit sollte nicht präsenter sein als die Gegenwart oder die Zukunft. Wir können es nicht ungeschehen machen, aber wir können es aufarbeiten und immer wieder darüber reden, wenn es darum geht, einen Schritt in die Zukunft zu gehen. Du kannst mir vertrauen, wenn du willst. Denk einfach in Ruhe darüber nach. Okay? Ich mag dich!«
Was ist denn heute los? Wieder verschleiert sich mein Blick bei seinen Worten. Ich habe das Gefühl, es ist alles so schlimm, wie seit fast zwei Jahren nicht mehr. Aber das liegt wahrscheinlich nur daran, dass ich seit fast zwei Jahren meinen gebauten Panzer habe, der mich die ganze Zeit beschützt hat.
Um wieder jemandem vertrauen zu können, müsste ich genau diesen Panzer durchbrechen, und ich weiß nicht, ob ich das kann.
»Ich mag dich auch, Tom.«
Wenigstens das kann ich sagen.

Ja, weil es die Wahrheit ist. »Danke für den Kaffee, das Buttercroissant, die Mittagspause und den Spaziergang. Danke für deine Ehrlichkeit, dein Vertrauen und deine Worte«.
Ich schaffe es wirklich, diesen langen Satz zu sagen und ihn dabei anzuschauen, ohne dass sich eine einzige Träne in einer Ecke meiner Augen sammelt, um überzulaufen.
Ich glaube, weil ich wirklich dankbar bin.
»Bis bald, Marie.«

Auf dem Weg in mein Büro wird mir bewusst, wie groß die Aufgabe ist, die vor mir liegt.
Ich weiß nicht im Geringsten, wo ich damit anfangen soll.

***

Tom schreibt mir jeden Tag.
Kleine Nachrichten und gute Wünsche für den Tag. Nichts Schweres oder Bedeutendes. Er ist klug. Vertrauen fassen, merken, dass man den anderen mag und es zugeben, das ist seine Strategie.
Als ob ich das nicht merken würde …
Aber ja, das ist ein guter Plan.
Er hat schon Erfolg, denn ich gestehe mir ein, dass ich mich auf seine Nachrichten freue und dass ich ihn bald mal wiedersehen möchte, aber ehrlich gesagt, traue ich mich nicht, ihn zu mögen.
Am Freitag ist der letzte Arbeitstag vor Weihnachten. Ein paar Kollegen bleiben nach Feierabend noch auf ein Bier und eine Stunde und dann wünschen wir uns alle schöne Feiertage.
Ich werde das Wochenende nutzen, um noch einige Einkäufe zu erledigen und das Essen für Heiligabend

vorzubereiten. Ich habe die Mädchen für achtzehn Uhr eingeladen. Außerdem will ich noch ein paar Weihnachtskarten schreiben, die spätestens am Samstag in die Post müssen, damit sie am Heiligabend bei den Empfängern ankommen.
Die Sonne scheint seit Tagen so schön, dass ich auch noch die Fenster putzen muss. Schließlich werde ich noch Geschenke einpacken, liebe Worte für die Weihnachtskarten meiner Töchter suchen und die unendlichen Weiten des Universums in meinem Kopf weiter erforschen.
Aber über allem, was ich tue und denke, steht die Aufgabe, die ich zu lösen habe.
Mir einzugestehen, dass ich Tom mag und Zeit mit ihm verbringen möchte, ist ein erster Schritt, aber nicht relevant. Relevant ist, ob ich ihn aus Überzeugung küssen kann und ob er mit seiner Hand unter dem Saum meines Kleides ein kleines Stück meinen Oberschenkel hinauffahren darf.
DAS ist relevant!
Wie soll ich das machen? Dafür brauche ich mein ganzes Team. Mein altes Bauchgefühl, meinen vertrauten gesunden Menschenverstand ...
... Vielleicht kommen sie an Weihnachten nach Hause, wie man es als Familie macht

Tom fährt zu seiner Familie und trifft dort seinen Sohn. Ich weiß noch nicht viel über ihn und würde ihn gerne kennenlernen, aber auch das wird nicht passieren, wenn ich nicht zuerst die Aufgabe löse.
Diese Aufgabe ist so groß und massiv und mein Schutzpanzer so fest und undurchdringlich. Was habe ich da nur erschaffen?
Während ich die Rouladen zubereite und sie mit diesen spitzen kleinen Spießen durchbohre, um das Ende zu fixieren, wird mir klar, dass ich die Aufgabe nur in kleinen Stücken lösen kann.

Heute ist ein guter Tag, um anzufangen. Heute werde ich mich trauen und Tom zum ersten Mal eine Nachricht schreiben. Heute ist Heiligabend. Welcher Tag könnte besser sein?
... Philip war nicht einfühlsam und herzlich, nicht einmal an Weihnachten. Er schickte immer solche Bilder mit Weihnachtswünschen. Kein einziges persönliches Wort.

Ich hasse Glückwünsche, die nur aus einem Bild aus dem Internet bestehen. Wenn man sich nicht die Mühe machen will, ein paar persönliche Worte für jemanden zu schreiben, dann sollte man es lassen.
Oder sind wir alle so geworden? So unpersönlich und bequem?
Alexa spielt auf meinen Wunsch Weihnachtsmusik und die Rouladen brutzeln schön nebeneinander in meinem Bratentopf.
Jetzt ist es an der Zeit, Tom zu schreiben. Schließlich habe ich es mir vorgenommen.

Lieber Tom. Von Herzen Schöne Weihnachten! Genieße die Zeit mit der Familie und macht Euch den schönsten Heiligen Abend aller Zeiten!

Ohne auch nur eine Sekunde darüber nachzudenken, schicke ich die Nachricht ab, vielleicht, weil ich Angst habe, sonst wieder zu kneifen. Das Handy liegt vor mir auf dem Tisch, ich starre darauf und beobachte, wie sich die Minuten auf dem Display ändern. Ich sollte etwas anderes tun, mich ablenken, nicht auf das Handy starren, aber ich kann nicht anders.
Mit jeder Minute, die vergeht, werde ich nervöser und angespannter. Allein das macht mir klar, welchen Einfluss Philip hat, denn über zwei Jahre lang hat er aus Respektlosigkeit auf meine Nachrichten entweder erst Stunden, manchmal Tage später oder gar nicht geantwortet.

Plötzlich leuchtet das Display auf und dieses Ping, das den Eingang einer Nachricht anzeigt, lässt mich zusammenzucken, obwohl ich seit sieben Minuten nichts anderes tue, als auf mein iPhone zu starren.
Es ist eine Nachricht von Tom.
Gott sei Dank! Er antwortet mir. Sofort. Nach sieben Minuten.
Ich atme ein paar Mal tief durch und spüre, wie erleichtert ich bin. Aber da ist noch etwas viel Wertvolleres. Die Tatsache, dass ich mich nicht vor dem Inhalt seiner Nachricht fürchte, sondern weiß, dass er etwas Empathisches und Liebenswertes geschrieben haben wird und nicht einen halben herzlosen Satz, der ein Sinnbild für Respektlosigkeit ist.
Tom: *Hallo Marie. Ich freu mich, von Dir zu hören. Danke für die lieben Worte. Gerade bin ich auf dem Weg zum Bahnhof, um Felix abzuholen.*
Hab du auch wunderschöne Weihnachten.

Während ich seine Worte ein zweites Mal lese, sehe ich plötzlich seinen Namen auf dem Display. Tom ruft an.
»Hey, ich dachte, ich rufe mal an. Ich warte gerade auf den Zug. Wie geht es dir?«
»Hallo Tom, schön Dich zu hören. Ich koche und räume auf und schreibe Weihnachtskarten und...«
»An wen? Die kommen doch nicht mehr an?«, unterbricht er mich.
»Für meine Töchter. Zu Weihnachten schreibe ich ihnen immer besondere Worte, die mir am Herzen liegen.«
»Wow, eine tolle Tradition, finde ich. Davon musst du mir noch mehr erzählen, später. Ich glaube, das würde ich auch gerne mal für meinen Sohn anfangen...«

... was sagten die Tomaten im Achter nochmal über Tom, ... aller Ehren wert? ... ja, ich glaube, Tomaten sind gute Menschenkenner. Kein Wunder, sie sehen jeden Tag die

unterschiedlichsten Charaktere vor sich, während die Leute in die Auslagen mit Obst und Gemüse glotzen

»Wie sieht euer Tag heute aus?«, frage ich neugierig. Er sagt, am Nachmittag kommt seine Schwester mit Familie, am Abend essen sie alle zusammen und dann gibt es Geschenke. Tom bleibt mindestens bis zum Abend des zweiten Weihnachtstages, vielleicht auch noch einen Tag länger und er erzählt, dass er seinen Sohn noch zu sich einladen möchte.
»Was kochst du?«, fragt er.
»Rouladen.«
»Ich glaube, ich kann es riechen ... mir läuft das Wasser im Mund zusammen. Die habe ich schon ewig nicht mehr gegessen. Du, ich gehe jetzt zum Bahnsteig, der Zug kommt gleich.«
Wir wünschen uns frohe Weihnachten, auf eine schöne, besondere, vorsichtige Art, die aller Ehren wert ist, und dabei glaube ich, mich daran erinnern zu können, was Weihnachten wirklich bedeutet.

Den restlichen Heiligabend verbringe ich mit Laura und Annabell. Wir essen gut und trinken viel Alkohol, was zu einem wirklich lustigen Abend führt. Obwohl wir nur zu dritt sind, liegt am frühen Abend ein großer Haufen Geschenke unter meinem Weihnachtsbaum und später an der gleichen Stelle ein ebenso großer Haufen Altpapier. Zwischen diesen beiden Haufen liegt alles Wunderbare eines Abends, den man so nur mit Menschen verbringen kann, die dem strengen Urteil und der Weisheit eines Tomaten-Achters standhalten würden.
Es ist schon nach Mitternacht, als die Mädchen gehen und ich etwas später mit einem ordentlichen Schwips im Bett liege. Ich glaube, dieser Heilige Abend war viel weniger traurig als die der letzten Jahre und ich wette, der Tomaten-Achter wüsste warum, wenn ich ihn fragen würde.

Es dauert nicht lange, bis ich einschlafe, und ich stelle mir vor, ich rieche diesen besonderen Duft von Holz und Moos, der mir irgendwie bekannt vorkommt und doch fast ein wenig unheimlich ist. Andererseits ist er auch wunderschön und inspiriert mich zu Fantasien, die ich schon lange nicht mehr hatte.
Aber das liegt wahrscheinlich am Alkohol.

***

Am ersten Weihnachtsfeiertag fahre ich in das kleine Nest, in dem ich geboren und aufgewachsen bin. Meine Geschwister sind auch da, mit ihren Familien. Viele kleine und große Kinder. Sogar meine Tante Maria ist da, die mit ihren zweiundneunzig Jahren immer noch die Gullydeckel in ihrer Straße hochhebt, um darunter sauber zu machen. Die ganze Familie versucht seit Jahren, sie davon zu überzeugen, dass das gefährlich ist und dass sie es dem Bauhof der Gemeinde überlassen soll, der dafür bezahlt wird und die entsprechenden Geräte hat, aber sie macht einfach weiter. Unsere Mutter hat gekocht und ich glaube, es erfüllt sie auch mit über achtzig Jahren noch mit besonderer Genugtuung, wenn die ganze Familie harmonisch beisammensitzt und sie sich dabei nur mit einer Frage beschäftigt, nämlich ob die Kartoffeln reichen, der Braten schön zart geschmort ist und es allen schmeckt. Nach Kaffee und Kuchen mache ich mich auf den Heimweg. Ich finde, man sollte es mit dem ganzen Familientreffen auch nicht übertreiben.
Tom hat mir eine kurze Nachricht geschrieben. Er wünscht mir einen schönen ersten Urlaubstag. Ich schreibe zurück, wenn ich es mir später gemütlich gemacht habe.

Zu Hause bin ich tatsächlich versucht, die wenige Weihnachtsdekoration, die ich aufgestellt habe, wieder in die Kisten zu packen, in denen sie elfeinhalb Zwölftel des Jahres verbringen. Aber dazu kommt es dann doch nicht, weil mich *Die Schicksalsjahre einer Kaiserin* davon abhalten, die ich mir auch zum ungefähr siebenunddreißigsten Mal ansehen muss, weil sie irgendwie zu Weihnachten dazugehören.
Ich schreibe Tom eine Nachricht und erzähle ein bisschen von meinem Tag. Er antwortet und schreibt ein bisschen von seinem. Er antwortet mir. Sofort. Nach ein paar Minuten. Als wüsste er, wie wichtig mir das ist.
Ich glaube, ich mag Tom.
Dabei fällt mir ein, dass ich noch eine Aufgabe zu lösen habe und dass ich damit anfangen möchte, bevor ich ihn das nächste Mal sehe.
Denn ich muss zugeben, dass ich mich in den letzten Tagen oft an den Geruch von Holz und Moos erinnere und dass ich unbedingt eine dritte Komponente hinzufügen möchte, Tom. Seinen eigenen Geruch. Es gibt Studien, die herausgefunden haben, wie wichtig es ist, sich riechen zu können. Dann stimmt die Chemie...
Holz und Moos und Tom.
Das könnte eine unwiderstehliche Mischung werden...

Am zweiten Weihnachtsfeiertag besuche ich jemanden, der am Familientisch fehlte.

Und, ich muss die Aufgabe lösen.

Vierzehn

Es ist wirklich bitterkalt heute, an diesem zweiten Weihnachtsfeiertag. Ich habe mich in einen dicken Schal gehüllt und sogar Handschuhe angezogen.
Es ist kurz nach zwölf mittags. Diese Uhrzeit habe ich bewusst gewählt, weil ich glaube, dass dann alle Leute mit dem Weihnachtsmittagessen beschäftigt sind.
Ich bin mag es nicht so, mit vielen Leuten hier zu sein.
Es ist windstill und in dem Baum in meiner Nähe, sitzt eine Wildtaube. Sie gurrt ab und zu, aber von nirgendwo kommt eine Antwort.
Eigentlich ist es viel zu kalt, um starr auf einer Bank zu sitzen, aber ich wollte diesen Besuch nicht im Stehen verbringen, das vermittelt schon von vorneherein den Eindruck von Eile und die habe ich nicht.
Und außerdem will ich mich nicht über denjenigen stellen, den ich besuche.
Ein Glück, dass diese Bank hier steht. Unter diesem Baum. Etwa zwei Meter vom Grab meines Vaters entfernt. Immer noch so nah, dass ich das Gefühl habe, wir sitzen gemütlich beisammen und diskutieren über Fußball. Das haben wir verdammt oft getan.
Auf dem Denkmal stehen sein Name und sein Todestag.
Er ist ungefähr ein Jahr, nachdem ich in dieses schwarze Loch gefallen war, verstorben. Ich versuchte damals gerade, aus diesem schwarzen Nichts wieder herauszukommen, was sich als schwieriger erwies, als ich gedacht hatte.
Dann habe ich von einem Tag auf den anderen, ohne Vorwarnung, zehn Tage an seinem Bett in einem Intensivkrankenzimmer verbracht.
Das einzige Geräusch war das monotone Geräusch einer Beatmungsmaschine.
Zehn Tage lang.

Er konnte kein Wort mehr mit uns sprechen und doch hat er eine Millionen Dinge gesagt.
In zehn Tagen.
An jedem einzelnen, dieser zehn Tage.
Man kann auch etwas sagen, ohne etwas zu sagen. Mein Vater konnte das immer schon.
Dafür habe ich geredet. Geredet und geredet. Weil ich dachte, wenn er etwas hören kann, dann soll er meine Stimme hören, meine Worte, meine Geschichten und nicht die Stille. Auf keinen Fall sollte er Stille hören, das wollte ich nicht.
Ich stellte mir vor, wie es wäre, so zu liegen und es wäre immer still. Er selbst konnte nicht anders als still zu sein, aber der Besuch … Sollte der still sein? Diese Frage stellte ich mir jedes Mal, wenn ich auf dem Weg zum Krankenhaus war.
Ich habe sie mir jedes Mal auf die gleiche Weise beantwortet.
Deshalb habe ich geredet.
Die anderen haben es anders gemacht.
Jeder muss es so machen, wie er es für richtig hält. Es ist alles gut, solange man niemanden mit
der Beatmungsmaschine alleine in einem
Intensivkrankenzimmer lässt.
Man soll nicht meinen, wie lang die Stunden werden, wenn man zehn Tage so verbringt. Dabei waren wir nur in der Zeit dort, in der es das Krankenhaus erlaubte. Die Stunden werden so lang, dass, auch wenn man es nicht will, sich irgendwann die Stille breitmacht.
Und dann merkt man erst wie viele verschiedene Arten von Stille es gibt.
Seit ich alleine lebe, weiß ich, dass es leise und laute Stille gibt. Mal ist sie schön und manchmal ist sie gar nicht schön. Sowohl die eine als auch die andere.
In diesem Krankenzimmer habe ich noch einige andere Varianten von Stille kennengelernt.

In den ersten Tagen habe ich alles getan, um die Stille zu unterdrücken, aber je mehr Tage vergehen, desto weniger gelingt es.
Die erste Variante von Stille habe ich genutzt, um mich an den Anblick zu gewöhnen, der sich an keinem neuen Tag veränderte.
Die nächste Variante der Stille ließ mich in Erinnerungen versinken. An Ereignisse und Situationen aus meinem, mit seinem Leben.
Dann kam eine Stille der Wünsche. Für ihn, für mich und für uns alle.
Die nächste war eine ganz besondere Stille. Ich glaube, es war der achte oder neunte Tag. Ich bemerkte sie schon am Nachmittag. Annabell war dabei und noch andere aus der Familie.
Irgendwie hatte ich das Gefühl, diese neue Stille möchte mir etwas sagen, aber ich konnte es nicht hören. Vielleicht, weil wir so viele waren.
So beschloss ich, am späten Abend noch einmal allein zurückzukommen, um diese Stille zuzulassen.
Da saß ich.
An seiner Seite.
Nur ein indirektes Licht brannte, das alles in diesem Zimmer weniger beängstigend machte.
Plötzlich redete er.
Obwohl es still war.
Nur das Geräusch der Maschine war zu hören, wie immer.
Aber ich glaubte zu hören, wie er zu mir sprach.

Ich solle auf mich aufpassen.
Ich soll mich aus diesem schwarzen Loch befreien, in dem ich mich befand und diesen Menschen, der dafür verantwortlich war, aus meinen Gedanken verbannen.
Ich solle mich nicht mehr verletzten lassen.
Ich soll nicht mehr so gutgläubig durchs Leben gehen und glauben, ich sei „*mit allen Wassern gewaschen*“.

Ich solle nach vorne schauen, und so taff und engagiert bleiben, wie ich durch seinen Einfluss geworden war.
Ich solle mich nicht so behandeln lassen und an die Kinder denken, für die ich ein Vorbild wäre.
Ich soll an mein Herz denken und darauf achtgeben und nie wieder zulassen, dass mir jemand so nahekommt, mich so demütige, mir so weh tue.
Bald würde ich allein für mich verantwortlich sein, denn er würde nicht mehr da sein.

Ich glaube, am darauffolgenden Morgen, begann ich meinen Panzer aufzubauen.
Diesen Panzer, der bis heute mein Herz und meine Seele beschützt.
Als ich das erste Mal an seinem Grab stand, versprach ich ihm, an seine Worte zu denken. Das habe ich bei jedem weiteren Besuch getan. Und gleichzeitig habe ich den Panzer immer weiter verstärkt.

Die Sonne schafft es gerade, sich durch einen kleinen Spalt in den Wolken, die seit dem Morgen grau und groß den ganzen Himmel bedecken, zu stehlen und lässt den kahlen, knorrigen Baum, in seinem Winterkleid für einen Moment magisch erscheinen. Dann ist sie wieder weg. Für einen ganz kleinen Augenblick hat sie mein Gesicht berührt und ich kam in Versuchung, die Augen zu schließen, so wie man es im Sommer oft tut, wenn man draußen in der Sonne sitzt.
Alles ist genauso, wie vor ein paar Minuten und doch habe ich das Gefühl, es ist plötzlich etwas anders.

Ich sehe mich wieder in diesem Intensivkrankenzimmer sitzen. Doch plötzlich denke ich, mein Vater wollte mir damals vielleicht etwas ganz anderes sagen.
Kann es wirklich sein, dass ich ihn falsch verstanden hatte?
Seit eben die Sonne mein Gesicht berührt hat, glaube ich in der Stille von heute, wieder seine Stimme zu hören.

Jetzt sagt er,
vertraue dir.
Verlasse dich auf dich.
Verzeihe dir.
Lass dich auf Neues ein und vertraue darauf, es wird gut.
Lass wieder zu, dass jemand dir näherkommen darf.
Geh nicht allein durchs Leben und verhärte dich, nur weil dich die Kleinigkeit des Kennenlernens eines falschen Menschen, aus der Bahn geworfen hat.
Versuche es wieder.
Aus Fehlern lernt man.
Versuche es wieder …
Mein Blick klebt an diesem Stein aus weißem, glattem Marmor und auf der Jahreszahl unter seinem Namen. Es ist schon das dritte Weihnachten ohne ihn. Wie die Zeit vergeht …
DAS ist wichtig!
Seine Zeit mit Menschen zu verbringen, die einem am Herzen liegen und die es gut mit einem meinen.
Das Leben hat mir gezeigt, wie schnell die Zeit vergehen kann und dann ist nur noch Stille. An jedem neuen Tag geht es vielen anderen Menschen so oder ähnlich.
Wie schnell es gehen kann, dass man kein einziges Wort mehr sagen kann. Keine Chance auf ein einziges, weiteres, kleines Wort.
DAS ist wichtig.
Dafür sollte man seine Zeit verwenden.
Nicht in Gedanken an einen Menschen, dem man nicht das Geringste bedeutet hat.

Da fällt mir ein, dass ich noch ein Geschenk dabeihabe. Schließlich ist Weihnachten.
Als ich die weiße Kerze anzünde und diesen kleinen Metalldeckel wieder auf die Hülle klemme, sehe ich das Bild auf der Vorderseite. Die Weite eines Kornfeldes, mit Ähren, die im Wind wehen und ein Sonnenstrahl, der durch die Wolken bricht.

... manchmal glaube ich, ich bin wirklich bescheuert!
Sie bekommt den besten Platz, den ich finden kann und neben sie setze ich den kleinen Engel, den ich mitgebracht habe.
Ein paar Schritte bin ich schon gegangen, aber ich muss mich noch einmal umdrehen.

... Frohe Weihnachten, Paps und danke, dass du meine Sicht auf die Dinge verändert hast, vor denen ich schon kapituliert hatte, ...
bis bald ...

Kann sein, ich habe jetzt begonnen, die Aufgabe zu lösen.

Fünfzehn

Die nächsten zwei Tage vergehen und ich habe das Gefühl, wie in einem Traum zu leben.
Manchmal weiß ich nicht mehr, ob die lange Zeit, in der ich mich verschlossen und zurückgezogen habe, oder die Ereignisse mit Tom und der Besuch auf dem Friedhof Traum oder Wirklichkeit sind.
Was ich aber weiß, ist, dass sich seit diesem Besuch etwas in mir verändert hat. Mir ist klar geworden, dass ich den Schlüssel zu meiner Zukunft selbst in der Hand halte. Wenn ich meinen Panzer beibehalte und niemanden an mich heranlasse, werde ich auch weiterhin keine Nähe zulassen und Menschen vor den Kopf stoßen. Vielleicht sollte ich wirklich wieder anfangen, mir und meinen Sinnen zu vertrauen. Und Tom zu vertrauen.
Er ist der Erste, der in Frage kommt. Der Erste, der es wert ist. Was passiert, wenn ich meinen Schutzpanzer nicht ablege, wurde mir deutlich vor Augen geführt, als Tom mich küsste und seine Hand sich auf die Reise machte. Und dabei war das mickrig und harmlos. Eine harmlose, kleine Reise meinen Oberschenkel hinauf. Ich hatte sogar noch meine Strumpfhose an und wir waren auf dem Weg zu einer Feier. Wir hatten überhaupt nicht vor, dass mehr passieren sollte als dieser harmlose Kuss, der uns beide überraschte, und diese Hand, die aus Versehen auf meinem Bein landete. Eigentlich also kein Grund zur Panik. Trotzdem habe ich mich verhalten, als hätte mich Hannibal Lecter geküsst und die Hand auf meinem Oberschenkel gehörte Jack the Ripper.
Wenn ich also auch nur den leisesten Wunsch verspüre, Tom ein wenig näher zu kommen, sollte ich mich damit beschäftigen, diesen attraktiven Mann mit dem sexy Dreitagebart in meiner Nähe haben zu können.

Darüber sollte ich wirklich nachdenken... Und wie kommt es, dass ich schon wieder diesen Geruch von Moos und Holz in der Nase habe?

Zwei Tage nach Weihnachten verschwinden meine wenigen Weihnachtsdekorationen endlich wieder ordentlich in ihren Kisten. Ich möchte bei mir keine Weihnachtsdekoration sein. Sie haben keine zwei Wochen ihren Dienst getan, weil ich sie viel zu spät ausgepackt und viel zu früh wieder eingepackt habe. Vielleicht mache ich es nächstes Weihnachten anders. Wenn jetzt auch noch Silvester vorbei wäre, würde ich mich sehr freuen.
Heute bin ich wieder im Büro. Es gab so viele Kollegen, die Urlaub wollten, da habe ich freiwillig auf weitere freie Tage verzichtet. Es ist zwar nicht viel los, aber so kann man wenigstens die Dinge abarbeiten, die schon lange liegen geblieben sind.
Am Nachmittag habe ich plötzlich große Lust, Tom eine Nachricht zu schreiben. Ich muss auch nicht lange überlegen, sondern fange einfach an zu schreiben. Schließlich weiß ich jetzt, dass er antworten wird. Seit ich an Heiligabend den Mut gefunden habe, ihm zum ersten Mal zu schreiben, ist der Bann irgendwie gebrochen.
Eigentlich ist es ja auch ganz normal, dass man sofort eine Antwort bekommt, wenn man nicht gerade beim Zahnarzt oder mit Sex beschäftigt ist.
Aber sonst hat ja heute jeder sein Handy am Arsch kleben.
Das ist echt krass, was ich mir für Gedanken mache, nur weil so ein Idiot mich jahrelang auf selbstverständliche Antworten hat warten lassen, weil er dachte, er hätte dadurch Macht über mich und wäre der Größte.
... Hey, große Anerkennung dafür, Mr. Coldheart
Applaus, Applaus, Applaus
Fick Dich!

Natürlich hätte es mich wahrscheinlich bei hunderttausend anderen Idioten nicht die Bohne interessiert, keine

Antwort zu bekommen, nur bei diesem Idioten nicht. Weil ich ihn leider in mein Herz geschlossen hatte. Selbst Schuld.
Damit hatte er wohl sein Ziel erreicht.
Manchmal frage ich mich, wie man unbeschadet durchs Leben kommen kann, ohne an ein Arschloch oder ein Monster zu geraten oder sie wenigstens zu erkennen.
Ich: *Hey Tom, wie geht's? Hast du noch Vater-Sohn-Zeit? Ich bin heute wieder im Büro. Liebe Grüße.*
Diesmal dauert es ganze sechs Minütchen, bis mein Handy klingelt.
Tom: *Hallo Marie. Ich bin wieder allein. Felix ist gerade abgereist. Jetzt werde ich mal kurz die Bude in Ordnung bringen. Soll ich später mal anrufen?*
Ich: *Sehr gerne.*

Eine ganz normale Kleinigkeit. Für mich ist das so unfassbar unnormal. Wegen einem Arschloch. Ich freue mich auf ein Telefonat wie ... ich weiß nicht, wie...

***

»Erzähl mir von deinem Weihnachten und von deiner Zeit mit Felix«, bitte ich Tom gleich nach der Begrüßung am Telefon. Ich habe es mir schon gemütlich gemacht und liege unter einer Decke auf dem Sofa.
Er holt tief Luft und beginnt zu erzählen. »Es war schön, aber jetzt ist es auch schön, wieder allein in den eigenen vier Wänden zu sein«, beendet er seine Weihnachtsgeschichte. »Wie war es bei dir?«
Irgendwie bin ich plötzlich traurig, weil ich kein Geschenk für Tom habe. Ich schenke so gerne und er hätte es verdient, ein Geschenk zu bekommen. Außerdem wette ich, wenn ich den Tomaten-Achter fragen würde, würde er auch sagen, dass er es verdient hat.

Ich glaube, ich hätte sogar eine kleine Idee.
»Also, willst du die kurze oder die lange Version, sortiert nach Weihnachtsfeiertagen?«, frage ich und hoffe, er möchte nur die kurze Version.
Ich habe Glück, die reicht ihm. Nicht, dass ich ihm nicht alle Ereignisse der Tage in allen Einzelheiten erzählen könnte, aber es gab je eigentlich nichts Besonderes, außer dem Besuch bei meinem Vater, und davon werde ich ihm vielleicht irgendwann einmal erzählen.
»Was machst du an Silvester?«, fragt er, nachdem ich seine Frage mit zwei knappen Sätzen beantwortet habe und füge dann noch hinzu: »Gut, dass es vorbei ist. Nichts. Ich mache nichts. Ich mag Silvester nicht so.«
»Aha.«
»Was heißt aha?«, will ich wissen.
»Aha heißt aha. Darf man fragen, warum nicht?«, bohrt er nach.
Ich weiß es selbst nicht so genau und habe sicher noch die negativen Erinnerungen der letzten Jahre im Kopf, aber nein, ich habe Silvester noch nie wirklich gemocht.
»Keine Ahnung, weil man es an diesem Tag so richtig krachen lassen soll, nur weil es der letzte Tag des Jahres ist und man trotzdem weiß, dass es am nächsten Tag genauso weitergeht«. Diese Erklärung sollte ausreichen, um allen weiteren Silvesterdiskussionen schon im Vorfeld den Sprengstoff aus den Knallern zu nehmen.
»Ach so«, mehr sagt er nicht, aber ich bin jetzt ein bisschen neugierig, warum er überhaupt nach Silvester gefragt hat. »Warum fragst du?«
»Na ja, ich bin auch nicht so der Silvesterfan, aber ich dachte, wir könnten den Abend vielleicht zusammen verbringen, wenn du Lust hast. Bei dir oder bei mir oder, wir könnten noch versuchen, irgendwo einen Tisch zu reservieren. Aber ich möchte mich nicht aufdrängen oder dich weiter belästigen, wenn dir der Tag nicht gefällt.«

... Was soll ich jetzt machen? Die letzten Silvesterabende habe ich mich allein verkrochen und gewartet, bis es vorbei ist. Kann ich wirklich einen Abend mit Tom verbringen, ohne dass mein Panzer wieder Alarm schlägt? Am besten bleibe ich einfach zu Hause...

Mein Zögern, weil ich so in Gedanken versunken bin, hält er wohl für Unbehagen und entschuldigt sich sofort. »Ach, vergiss es. Ist nicht so wichtig.«
Da ist es wieder, ein Missverständnis, nur weil man nicht richtig miteinander spricht.
Ich glaube, ich würde gerne den Silvesterabend mit ihm verbringen, ich habe nur Angst, dass es wieder eine Situation gibt, die ich irgendwie nicht *gebacken kriege...*
Vielleicht sollte ich anfangen, nicht mehr so ein Feigling zu sein. »Ich denk drüber nach. Wäre das okay?«
»Klar«, er tut mir fast leid, weil er so resigniert klingt. »Denk einfach drüber nach.«
Ich habe das Gefühl, dass wir uns in unserem Gespräch festgefahren haben. Festgefahren, weil ich wieder zögere und Missverständnisse provoziere, obwohl ich mir vielleicht wirklich vorstellen könnte, einen Abend mit Tom zu verbringen. Schließlich habe ich es an diesem Abend im Restaurant auch gut geschafft.
»Wollen wir morgen in der Mittagspause wieder zusammen spazieren gehen?«, schlage ich vor.
»Das geht nicht. Ich habe Urlaub«, antwortet er.
»Du Glückspilz! Wie lange?«
»Noch die erste Januarwoche.«
Er erzählt, dass er an dem neuen Arbeitsplatz, an den er gewechselt sei, noch keinen Urlaub genommen habe und deshalb jetzt die Urlaubstage vom alten Jahr nehmen müsse. Er würde die Zeit nutzen, um ins Studio zu gehen, wieder mal ein Buch zu lesen und die letzten Kisten auszuräumen.

»Was liest du denn?«, möchte ich spontan wissen.
Ich finde ja Männer, die Bücher lesen, gehören generell in eine besondere Spalte der Männer-Spezialtabelle.
... die Männer-Spezialtabelle! Wie lange habe ich an die nicht mehr gedacht...

Es war in einem Urlaub mit Sabine und Petra, da haben wir gemeinsam diese Tabelle erfunden.
Sie hatte fünf Spalten.

Dummköpfe - Flitzpiepen - Asi's - Idioten - Arschlöcher

Ich erinnere mich, dass wir einen ganzen Abend in einer Strandbar mit dieser Liste, Alkohol und Erinnerungen an Männer aus unserem Leben verbracht haben und tatsächlich einen Ex gefunden haben, der eine Schnittmenge aus allen Spalten hatte. ... ganz übel!
Unsere Ehemänner und Väter unserer Kinder waren natürlich aus guten Gründen und mit vorheriger Ankündigung ausgeschlossen.

Ich muss ein spontanes Lachen unterdrücken, wenn ich an diese Tabelle denke, sonst würde Tom sich auf den Arm genommen fühlen, und das will ich nicht.
Übrigens müssen nicht alle Männer in eine solche Liste einsortiert werden, darüber waren wir uns einig.
Und wir waren auch der Meinung, dass man so etwas natürlich auch auf die Frauenwelt spiegeln kann. Ein Königreich für unsere Gedanken, mit denen wir alle unsere Gegenüber in Listen und Spalten sortieren können und niemandem Rechenschaft darüber ablegen müssen. In unseren Köpfen ist wirklich ein Universum...
Tom gehört jedenfalls nicht auf diese Liste. Als hätte ich damals vor dem Schokoladenregal schon so eine Ahnung gehabt...
Meine Aufmerksamkeit richtet sich wieder auf ihn und meine Frage, was er liest.

»Also, ich lese am liebsten Bücher über Rotationsturbulenztheorien«, höre ich ihn sagen und weiß nicht, ob ich das richtig verstanden habe, weil ich in Gedanken immer noch bei dieser Männertabelle bin. »Waaaaaaas?«, frage ich deshalb irritiert nach und überlege schon, ob ich für ihn eine neue Extra-Spalte in der Spezies-Tabelle aufmachen muss. »Oh Gott, was ist das? Erzählst du mir davon?«
Ich bin wirklich ein bisschen geschockt und doch spüre ich ein gewisses Interesse, weil ich mich eigentlich, bis auf wenige Dinge, für fast alles interessiere. Er macht eine kleine Pause und dann höre ich ihn sagen: »Ich glaube, ich kann mir die Mühe sparen, du würdest es sowieso nicht verstehen.«
Pause. Niemand sagt etwas. Ich nicht, denn ich bin total geschockt und frage mich ernsthaft, ob ich Tom so falsch eingeschätzt habe. Hält er mich wirklich für so dumm und stellt sich selbst damit auf eine ganz andere Ebene über mich? Im Bruchteil einer Sekunde überlege ich, wie ich reagieren soll, und mein Schutzpanzer ist schon dabei, die Schotten dicht zu machen, als er plötzlich sagt: »Verarscht, Marie! Natürlich lese ich so etwas nicht, sondern alles Mögliche. Biographien, gute Krimis und manchmal Bücher über Philosophie.«
Ich bin so erleichtert und auch ein bisschen verärgert, weil er es geschafft hat, mich auf den Arm zu nehmen. »Blödmann! Lass das, verarsch mich nicht«, rufe ich ihm zu.»
»Kannst du dich noch an deine Lektion über Humor erinnern?«, fragt er nur gelassen und ich weiß genau, was er meint.
»Und kannst *du* mit einer Bohrmaschine oder einer Kappsäge umgehen?«, fällt mir aus heiterem Himmel ein.
»Yep.« Kurze Antwort.
»Kannst du auch einen Reifen wechseln und könntest du mich, als meinen Berater begleiten, wenn ich mir ein neues Auto kaufen will? «

»Yeeeep.«
»Und wenn ich mal über den Weltfrieden diskutieren möchte, würdest du mit mir diskutieren?«
»Auch Yep«, sagt er ganz überzeugend und gelassen.
»Schön« murmele ich vor mich hin.
Dann dreht er den Spieß um. »Darf ich jetzt auch mal etwas fragen?«
»Yep«, erlaube ich.
»Würdest du mal mit mir zum Fußball ins Stadion gehen?«
»Klaro.«
»Kannst du mit der Nähmaschine umgehen und einen Käsekuchen backen?«
»Klaro, klaro. – Warum ausgerechnet Käsekuchen?«, möchte ich wissen.
»Das ist mein Lieblingskuchen«, gesteht er.
»Und wenn ich aus verschiedenen Gründen und aus Überzeugung das Fleisch, das ich zubereiten möchte, in einer guten Fleischerei kaufen möchte und deshalb wegen des höheren Preises meinen Fleischkosum lieber reduzieren würde, würdest du mir zustimmen?«

... wow, voll die krasse Frage! Punkt für ihn

»Aber so was von Klaro, das sehe ich exakt genauso.«
Er seufzt gespielt laut. »Das wird ein langweiliger Abend, wenn wir noch einen haben.«

»Die Fragen waren so was von harmlos. Warte erstmal, bis ich ans Eingemachte gehe…« Meine Drohung hört sich richtig echt an.
»Oje, jetzt bekomme ich Angst.«
»Solltest du auch!«
Er macht eine kleine Pause und ich merke, die Witzelei ist vorbei. »Komm doch an Silvester zu mir, Marie. Ein lockerer Abend, mehr nicht. Wir kochen was Schönes und reden Blödsinn, hm?»

... vertraue dir ... versuche es wieder

Die Worte vom Friedhof kommen mir wieder in den Sinn. Wenn ich es nicht versuche, wird sich nie etwas ändern, und mein Panzer bleibt hart wie Stahl. Noch nie war ich an diesem Punkt, seit ich ihn gebaut habe. Niemals.
Denn seit Philip habe ich niemandem mehr erlaubt, auch nur annähernd so nah an mich heranzukommen, wie ich es Tom erlaube.
»Einverstanden« höre ich meinen Mund verlassen.
Habe ich das wirklich gesagt? Wieder glaube ich den Geruch von Holz zu riechen und denke an Tom, wie er mir in seinem schwarzen Hemd in diesem Restaurant gegenübergesessen hat.
»Sehr schön. Wir machen uns einen einfach einen gemütlichen Abend.«
Okay, ich habe zugesagt. Jetzt gilt's.
»Das machen wir. Lass uns übermorgen telefonieren und genauer planen. Okay?«, schlage ich vorsichtig vor, denn ich möchte jetzt nicht über das sprechen, was ich gerade zugesagt habe.
Wir verabschieden uns, obwohl ich noch stundenlang mit ihm telefonieren könnte.

An Schlaf ist nicht zu denken, als ich später im Bett liege. Ich bin hellwach. Meine Gedanken sind wieder wie Konfettischnipsel und der Ventilator ist auch wieder an und wirbelt sie fürchterlich durcheinander.
Es ist sogar noch schlimmer, denn zusätzlich zu der Verwirbelung rieche ich Holz und Moos.
So schlimm war es noch nie.
Ich habe noch nie, außer bei einem Waldspaziergang, Holz und Moos gerochen, einfach nur so.
Ich weiß wirklich nicht, ob mir das zu denken geben soll.

... wie oft habe ich eigentlich in letzter Zeit gedacht, ich wäre bescheuert? Muss wohl was dran sein.

Sechzehn

Es ist Silvester und ich bin wohl wirklich dabei, die Aufgabe zu lösen.

Wir haben beschlossen, Raclette zu machen. Tom will alles einkaufen. Ich muss mich um nichts kümmern. Ich soll nur das Raclette mitbringen, weil er keines hat. Er hat mich gefragt, was ich mag und was nicht, damit er das Richtige kaufen kann.

Aus einem grünen Kartonstreifen habe ich einen Gutschein für einen Spaziergang und eine Einladung zum Frühstück gebastelt. Er kann sich die Reihenfolge aussuchen. Dann habe ich ein paar goldene Sternchen darauf geklebt, die Karte in eine Geschenkschachtel mit Weihnachtsmotiv gesteckt und eine kleine Schleife darumgebunden. Darin habe ich einen Zweig Tannengrün gesteckt und einen Aufkleber mit *Tom* draufgeklebt.
Sein Weihnachtsgeschenk.

Mit zwei Kartons verlasse ich am frühen Abend das Haus. In dem einen ist das Raclette, in dem anderen das Geschenk und ich bin so aufgeregt wie...
Mir fällt nichts ein wie...
Tom hat den Tisch so schön gedeckt. Mit Servietten und verschiedenen Gläsern für Wein und Wasser. Der ganze Tisch ist voll mit leckeren Sachen, nur in der Mitte ist ein großer freier Platz für das Raclette.
Heute trägt er Jeans und ein weißes Oberhemd. Es ist irgendwie besonders. Es hat auf beiden Seiten der Knopfleiste einen Abnäher, der von der Mitte der Brust bis zum unteren Saum des Hemdes reicht. Dadurch schmiegt es sich perfekt an seinen Körper und er sieht darin wahnsinnig sexy aus. Ich kann meinen Blick kaum

abwenden und frage mich die ganze Zeit, wie es wohl unter dem Stoff und den Abnähern aussieht.
Nach einer Weile folgt er meinem Blick und schaut an sich herunter. »Hab' ich da was? «, fragt er unsicher.
Außer »Nein, nein« fällt mir nichts ein, was ich ihm sagen könnte, denn ich fühle mich total ertappt und werde bestimmt rot wie eine Tomate.

Wir gehen zum Sofa und er drückt mir ein Glas Wein in die Hand. »Auf einen schönen Abend.« Unsere Gläser klirren leise aneinander und der Klang, den sie erzeugen, ist so klar wie ein Tropfen Morgentau, der in der Sonne glitzert, von einem Blatt fällt und auf dem Waldboden auftrifft.
»Hast du Hunger?«, fragt er, und ich gestehe, dass ich den ganzen Tag noch nichts gegessen habe. Dann verändert sich sein Blick, er starrt mich eindringlich an, aber nicht bedrohlich oder beängstigend, sondern eher konzentriert, als wäre er in diesem Moment zu hundert Prozent bei mir. Plötzlich flüstert er: »Schön, dass du gekommen bist.«
Das ist völlig aus dem Zusammenhang gerissen und passt überhaupt nicht, weil er mich doch gerade erst gefragt hat, ob ich Hunger habe. Aber mehr muss er nicht sagen. Wir wissen beide, dass dieser Satz viel mehr sagt als die Worte, aus denen er besteht. »Das finde ich auch. Danke, dass du so viel Geduld mit mir hast.«
Wir schauen uns an, ohne etwas zu sagen. Unsere Augen finden sich wie Magnete, die sich anziehen. Nur für ein paar Sekunden, dann ist der Moment vorbei und er sagt: »Komm, lass uns das Raclette anschmeißen, ich habe auch einen Bärenhunger.«

Er holt noch ein paar frische Sachen aus dem Kühlschrank und bringt einen Teller mit vorbereitetem Fleisch mit.
Dann setzt er sich zu mir an den Tisch. Es ist das erste Mal, dass wir uns an einem Tisch gegenübersitzen.

Mein Blick fällt wieder auf die Abnäher seines weißen Oberhemdes.
Wenigstens besteht keine Chance, Holz und Moos zu riechen, denn beim Raclette gibt es nichts Intensiveres als den Geruch von Essen.

»Kannst du mir bitte ein bisschen Fleisch braten? Ich möchte nicht so viel davon, weil ich eigentlich kaum Fleisch esse«, frage ich, als er beginnt, die ersten Stücke auf die heiße Platte zu legen. »Ach ja, Vegetarier«, fällt ihm ein.
»Ich nenne mich nicht so, weil ich manchmal auch was esse. Aber dann wieder monatelang nicht.«
Wir essen und reden. Er von sich, ich von mir. Was uns bewegt, was uns ärgert, was wir lieben. Womit wir zufrieden sind und was wir unbedingt ändern wollen. Wir reden über Ernstes und dann lachen wir wieder so hemmungslos, dass wir gar nicht mehr aufhören können. Irgendwann räumen wir den Tisch ab und reißen die Fenster auf, damit der Geruch von Raclette verschwindet.
Er öffnet eine neue Flasche Wein und wir setzen uns wieder auf die Couch.
»Ich habe ein Geschenk für dich«. Plötzlich weiß ich gar nicht mehr, ob ein Geschenk für ihn angemessen ist. Was habe ich mir nur dabei gedacht? Ich hole die Schachtel aus meiner Handtasche und wünschte doch, ich könnte sie wieder verschwinden lassen, aber dafür ist es zu spät.

»Oh, wie schön, ich habe auch ein Geschenk für dich«, sagt er, steht auf und holt einen Umschlag. Ich bin überrascht, weil er mich auch beschenkt und damit scheint er dann das gleiche Bedürfnis zu haben wie ich.
»Du zuerst«, bitte ich.
Er hebt den Deckel, nimmt den verzierten grünen Kartonstreifen heraus und liest. Dann schaut er auf. »Danke, das ist eine schöne Idee. Ich freue mich.«

Ich habe das Bedürfnis, mich zu rechtfertigen, obwohl ich eigentlich finde, man sollte sich für ein Geschenk nicht rechtfertigen.
»Ich möchte dir noch etwas mehr von mir erzählen, und ich dachte, beim Spazierengehen habe ich schon mal bewiesen, dass ich es kann.«
Er weiß, was ich meine.
»Das stimmt. Beim Spazierengehen kann man gut reden. Vielen Dank. Auch für die Einladung zum Frühstücken.«
»Das ist doch nur eine Kleinigkeit«, versuche ich es herunterzuspielen.
Während ich das sage, merke ich, wie sehr ich gelogen habe. Es ist keine Kleinigkeit!
Ich glaube, dieses Geschenk ist eines der größten meines Lebens, eines der schwersten meines Handelns und das riskanteste meines Herzens.
»Jetzt bist du dran.« Er reicht mir den Umschlag und sieht, wie ich zögere, weil ich mich gerade frage, was für ein Geschenk in einen Umschlag passt.
»Es ist nicht so schön verpackt wie deins, ich weiß.«
Meine Hand greift danach. »Hey, darauf kommt es nicht an.«
Dann öffne ich die Lasche auf der Rückseite und sehe eine Klappkarte. Vorsichtig ziehe ich sie heraus. Sie ist strahlend weiß, und in goldenen Buchstaben steht im unteren Drittel ganz schlicht drauf:
Heartily merry christmas

... von Herzen Frohe Weihnacht

Wie schafft er es nur, mich mit diesen kleinen Dingen so zu berühren? Ich spüre, wie sich innerhalb einer Sekunde Wasser in meinen Augen sammelt. Und das, obwohl ich den Inhalt der Karte noch gar nicht kenne. In meinem ganzen Leben habe ich noch nie eine so schöne Karte gesehen. Ich habe noch nie zuvor diesen Spruch gelesen.

„Heartily merry christmas"

Er ist, wie die Karte, so einfach und rein und doch so überwältigend und schön.
Wie er geschrieben ist, wo er steht, die Farbe des Goldes, einfach perfekt.
Ich glaube, wenn ich Tom jetzt anschaue, werde ich meine Tränen nicht zurückhalten können, deshalb bleibt mein Blick an der glänzend weißen Karte mit der schönen goldenen Schrift hängen. Und dann weiß ich plötzlich, was mich so berührt, was mich so emotional macht, was mich zum Weinen bringt. Ich begreife, dass er mit allem, was er tut, mich meint. Mich. Marie. Er tut es für mich.
Nicht für sich, nicht für sein Ego, nicht um gelobt zu werden, nicht für irgendeine scheiß Anerkennung.
Für mich.
Das ist so groß für mich und es katapultiert Philip an den äußersten, schwarzen, hinterletzten Rand des Universums in meinem Kopf. Zumindest in diesem Moment.
Langsam öffne ich die Karte. Etwas steht darin. Nur ein einziger Satz. Zum ersten Mal sehe ich seine Handschrift. Sie ist für eine Männerhandschrift ungewöhnlich geradlinig und markant.

Da Du es genau so magst, wie ich,
lade ich Dich zu einem Tag in Hamburg ein

Schnell versuche ich, meine Tränen wegzublinzeln, dann schaue ich auf. Mein Blick trifft direkt in seine Augen. Er sitzt vor mir und wartet auf meine Reaktion. Wahrscheinlich fragt er sich, ob ich ihn noch einen kleinen Schritt näher an mich heranlasse. Ich sehe ihm an, dass er es hofft.
»Danke Tom. Das ist ein wunderbares Geschenk. Ich liebe Hamburg und war so viele Jahre nicht da. Ich würde mich sehr freuen, einen Tag mit dir dort zu verbringen.«

Er sieht die Reste von Wasser in meinen Augen, weil die Zeit nicht gereicht hat, alles wegzublinzeln, und versucht, meine Emotionen mit Leichtigkeit zu dämpfen.
»Gut, dann planen wir das gleich.«
Ich lege die Karte auf den Tisch und nehme ihn in den Arm. Wir drücken uns kurz aneinander und sein Bart reibt die Haut an meiner Wange. Die Wärme ist schön.
Jetzt rieche ich auch zum ersten Mal an diesem Abend Holz und Moos. Und noch etwas anderes.
Es ist eine Mischung aus Holz und Moos und Tom. Viel intensiver, als ich es mir vorgestellt habe.
Irgendwie riecht diese Mischung nach Vertrauen.

»Scheiße, ist dir auch so kalt? Die Fenster sind noch offen.« Er springt auf, schließt die Fenster und bittet Alexa, eine Playlist abzuspielen. Dann kommt er zum Sofa zurück und fragt: »Weißt du, wo man schöne Bilder kaufen kann, ich könnte noch ein oder zwei gebrauchen?«
»Bilder bekommt man heutzutage doch an jeder Ecke, aber ungefähr dreißig Kilometer von hier gibt es eine Kunsthandlung, da kaufe ich meine Bilder. Das ist so, wie mit dem Fleischerfachgeschäft, verstehst du?«
»Ja, verstehe.«
Wir unterhalten uns über seinen und meinen Kunstgeschmack und über alles Mögliche. Dann zeigt er mir sein Bad, denn ich muss mal, und als ich wieder herauskomme, reicht er mir meine Jacke und öffnet eine Flasche Champagner. Es ist schon kurz vor zwölf. Ich weiß überhaupt nicht, wo die Zeit geblieben ist.
Wir ziehen unsere Jacken an und gehen auf den Balkon. Tom trägt den Champagner und zwei Gläser.
Die ersten Raketen erhellen schon den Himmel, obwohl es noch nicht Mitternacht ist. Es ist so ein vertrauter Moment.
»Fühlst du dich wohl hier?«, frage ich ihn.
»Ja, und es wird jetzt jeden Tag besser«, haucht er.
»Das ist gut«, antworte ich leise.

Er gießt den Sekt in die Gläser, stellt die Flasche auf den Boden und reicht mir ein Glas. In diesem Moment beginnen die Glocken zu läuten. Alle Glocken der Stadt. Wir haben mehrere Kirchen und jede Glocke klingt anders. Gemeinsam läuten sie nur einmal im Jahr. Jetzt.
Der Himmel wird von Raketen erhellt und Tom prostet mir zu. »Frohes neues Jahr, Marie!«
»Frohes neues Jahr, Tom!«
Wir umarmen uns kurz und stoßen auf das neue Jahr an.
Er füllt unsere Gläser noch einmal nach, wir schauen lange in den Himmel und beobachten das Treiben in der Nachbarschaft. Irgendwann fragt er, ob wir reinkommen sollen. Sting singt gerade Fields of Gold.
Ich mag dieses Lied. Tom wartet, bis ich meine Jacke ausgezogen habe, dann bringt er seine und meine in den Flur, kommt zurück, nimmt mir das Glas aus der Hand und stellt es neben seines auf den Tisch.
Er nimmt mich bei der Hand und fängt an zu tanzen. Ganz, ganz langsam bewegen wir uns, und er überlässt es mir, ihm so nahe zu kommen, wie ich es will, während er leise die Melodie summt. Ich spüre den Kampf in mir, meinen Panzer aufzulösen, denn mein Herz will, dass er sich öffnet. Aber dieses Herz ist so klein und noch nicht stark genug, um all das zuzulassen, was möglich wäre. Meine rechte Hand liegt wie geborgen in seiner, die linke ruht auf seinem Bizeps. Deutlich spüre ich die sehnige Muskulatur darunter. Nie zuvor habe ich darüber nachgedacht, wie durchtrainiert er sein könnte. Seine andere Hand liegt warm auf meinem Rücken. Als die Stelle mit dem kleinen Gitarrensolo kommt, berühren sich unsere Oberschenkel, unsere Körper sind plötzlich eng aneinandergepresst, mein Kopf liegt auf seiner Brust und wir bewegen uns nur noch auf der Stelle, wie Ähren im Wind.
Dann wird es still.

»Tom, wie komme ich eigentlich nach Hause? Ich kann gar nicht mehr fahren.«

Ich spüre den Alkohol deutlich, seit wir von draußen wieder hereingekommen sind.
Wie kindisch von mir, warum habe ich nicht vorher daran gedacht?
»Wir können dir ein Taxi rufen oder du bleibst hier«, schlägt er vor.
Mutig von ihm.
Er schaut mich an und schweigt. Von ihm so angeschaut zu werden, berührt etwas in mir, von dem ich noch nicht weiß, ob ich es berührt haben will.
Wohl deshalb höre ich mich sagen: »Ja, genau, ein Taxi. Klar. Worüber mache ich mir Gedanken?«
Er lächelt leicht, denn er weiß genau, warum ich das sage. Mein Plan, mein Ausweg, meine Flucht.
»Na, dann können wir ja noch ein Glas Wein trinken.«
Im nächsten Moment sitzen wir wieder auf dem Sofa und die Weingläser sind wieder gefüllt.
Ich habe das Gefühl, etwas sagen zu müssen. »Wie geht es deinem Vater? Ist er noch fit?«
»Ja, bis auf ein paar Wehwehchen geht es ihm gut. Meine Schwester wohnt ein paar Straßen weiter und kümmert sich viel um ihn. Sie kocht für ihn und wir haben ihm eine Dame besorgt, die sich um seinen Haushalt kümmert.«
»Wie lange ist deine Mutter schon tot?«
»Seit neun Jahren. Dein Vater ist auch schon tot, oder?«, fragt er.
»Ja, seit drei Jahren.«
Ich frage ihn nicht, wie seine Mutter gestorben ist, und er fragt mich auch nicht, woran mein Vater gestorben ist. Wie sind wir überhaupt auf dieses traurige Thema gekommen? Dieser Abend ist so schön, und doch ist er manchmal, aus heiterem Himmel, so schwer, dass ich mich nach Hause sehne, in meine Wohnung. Aber das ist wahrscheinlich nur mein Panzer, all die Schwere empfinde ich bestimmt nur so, weil sie zur Öffnung dieses Dings gehört, vor dem ich mich so fürchte.

»Erzähl mir von deiner Arbeit«, bitte ich ihn, denn das ist ohne Schwere. Er erzählt, und ich höre ihm gerne zu, ich mag den Klang seiner Stimme, seine Wortwahl, seinen Ausdruck, seine Phantasie, und es fällt mir immer schwerer, die Augen offen zu halten. Wegen des Alkohols und weil es schon so spät ist, aber vor allem, weil ich mich geborgen fühle.

Ich muss wohl wirklich eingenickt sein, denn er steht plötzlich vor dem Sofa, mit Bettzeug und einem T-Shirt in der Hand, und ich weiß nicht, wann er aufgestanden und wie er dorthin gekommen ist.

»Hier, zieh das T-Shirt an und mach es dir auf dem Sofa bequem. Ich habe Kissen und Bettwäsche für dich.«

Er ist so schlau!

Ich hätte protestiert und mir sofort ein Taxi gerufen, wenn er mir angeboten hätte, in seinem Bett zu schlafen und er auf dem Sofa. Also macht er es genau andersherum.

Und er schafft es, weil ich so müde bin, weil ich mich auf dem Sofa wohlfühle, und was ist schon dabei, in seiner Wohnung auf dem Sofa zu schlafen?

... Hey Panzer, was sagst du? Es ist doch nichts dabei, auf diesem Sofa in das Neue Jahr zu schlafen, oder?

Als ich aus dem Bad komme, hat er aufgeräumt und mir ein Bett gemacht.

Nachdem ich unter die Decke gekrochen bin, setzt er sich zu mir und deckt mich zu.

»Schlaf gut. Ich lasse ein kleines Licht im Flur an, falls du nachts raus musst.«

»Danke Tom. Gute Nacht.«

Dann drückt er mir einen Kuss auf den Scheitel und verschwindet.

Ich fühle mich so warm und geborgen wie schon lange nicht mehr. Behütet irgendwie. Was für ein schönes Gefühl!

So habe ich mich schon seit Jahren nicht mehr gefühlt. Das letzte Mal, ich erinnere mich, mit einem Mann, der ein

paar Jahre jünger war, er hat mir gezeigt, dass es nicht auf das Alter ankommt, sondern auf etwas anderes, Wertvolleres.
Ich glaube, Tom ist auf dem Weg, sich ein ähnlich hohes Maß an Vertrauen aufzubauen, wie es dieser Mann damals bei mir hatte, über viele Jahre hinweg.

Philip hatte mich nie, auch nur den kleinsten Funken von behütet.
... dann muss er sich auch nicht wundern, wenn er an den äußersten, dunkelsten, hinterletzten Rand meines Universums katapultiert wird ...

***

Es dauert einige Augenblicke, bis ich mich nach dem Aufwachen wieder zurechtfinde.
Draußen knallen noch vereinzelt Böller, und ich höre die Stimmen einer Gruppe Betrunkener, die vorbeigehen. Ich erinnere mich, dass ich in Toms Wohnung bin und auf seinem Sofa schlafe. Ich kann beim besten Willen nicht sagen, wie spät es ist. Welche andere Nacht im Jahr könnte so unberechenbar sein wie diese, wenn es darum geht, einzuschätzen, wie weit sie schon fortgeschritten ist. Habe ich mich vor ein paar Stunden auch so schrecklich einsam gefühlt? Ich fühle mich schrecklich allein. In dieser fremden Wohnung, auf diesem fremden Sofa, in dieser Silvesternacht. Aber das ist es nicht allein. Ich fühle mich auch auf andere Weise einsam. Ich vermisse meine Töchter, die beide auf irgendeiner Party sind. Ich weiß

nicht einmal wo. Und heute hat sich wieder einmal die Jahreszahl geändert und der Abstand zu meinem Vater und seinem Todestag ist größer geworden. Wo sind meine besten Freundinnen, Sabine und Petra, denen ich in den letzten Jahren so wenig von dem erzählt habe, was mich bewegte, nur weil ich mich so schämte, einem Menschen wie Philip ins Netz gegangen zu sein.
Und nicht zuletzt eine Tür weiter, Tom. Der erste Mensch, der mich retten könnte. Der so viel Geduld mit mir hat. Nach all den Jahren voller Verletzungen und Respektlosigkeiten hätte ich nie mehr gedacht, dass ein Mensch so sein kann. Es liegt nur an mir, ob ich seine Nähe zulasse oder nicht.
Ich fühle mich schrecklich einsam.

Ich schlage die Decke zurück und gehe auf das Licht zu, das durch den Spalt in der Tür zum Flur fällt. Im Badezimmer benutze ich die Toilette und lasse mir ein paar Mal kaltes Wasser über Hände und Gesicht laufen.

Dann gehe ich leise wieder hinaus auf den Flur. »Marie? Ist alles in Ordnung?« Ich habe Tom geweckt, dabei habe versucht, so leise wie möglich zu sein. Seine Zimmertür ist nur angelehnt. Was soll ich sagen? Wieder lügen? Ja, es ist alles in Ordnung, wenn nichts in Ordnung ist?
Ich habe mich noch nicht für eine Antwort entschieden, da steht er plötzlich vor mir. »Marie, was ist denn los?«
Diese harmlose, verdammte Frage reicht aus, um meine Mauer einzureißen und ich weine wie ein kleines, hilfloses Kind. »Ich fühle mich so einsam, Tom.« Sofort kommt er auf mich zu. »Komm, komm, komm zu mir«, beruhigt er mich und zieht mich in seine Arme. Er wiegt mich ein wenig hin und her, wie es liebevolle Eltern tun, wenn sie ihr Kind trösten. »Komm her«, sagt er immer wieder. »Ich bin da. Du bist nicht allein.«
Ich kann nichts tun, schon gar nicht sprechen, weil ich überhaupt nicht erklären kann, warum ich in diesem

Zustand bin. Ich höre, wie er »Schschschsch« sagt und mir über den Kopf streicht, immer wieder.
Dann nimmt er mich bei der Hand. »Komm, ich passe auf dich auf. Komm mit zu mir. Wir werden weiterschlafen und ich werde auf dich aufpassen. Du bist nicht allein.«

Er macht eine Pause und wartet, ob ich zustimme, aber ich mache nichts. Zögernd zieht er mich in sein Zimmer und hebt die Bettdecke an, um mir zu signalisieren, dass ich hineinkriechen soll. Ich tue es, ohne weiter darüber nachzudenken, weil die Sehnsucht nach Geborgenheit so unendlich groß ist, und dann legt er sich vorsichtig zu mir. Er schiebt seinen Arm unter meinen Hals und zieht mich seitlich an sich, so dass ich in seiner Armbeuge liege. Dann legt er meine Hand auf seine Brust und seine auf meine. Doch im nächsten Moment hebt er plötzlich meine Hand wieder ein kleines Stückchen hoch und fragt: »Soll ich mir ein Shirt anziehen?«
Erst jetzt bemerke ich, dass ich an seiner nackten Brust liege, und er überlässt mir die Entscheidung, ob es so bleiben soll. »Nein, schon gut«, flüstere ich, denn es ist mir völlig egal, ob er nackt ist oder ein Shirt oder einen Astronautenanzug trägt. Ich möchte einfach nur nicht mehr einsam sein.
Er legt unsere Hände wieder auf seine Brust und flüstert: »Jetzt schlaf schön weiter«.
Mehr sagt er nicht. Aber sein Atem und das gleichmäßige Heben und Senken seines Brustkorbes, erzählt viel mehr. Erzählen eine Geschichte ohne Worte, von Vertrauen, Respekt und Harmonie. Damit schlafe ich wieder ein. Und mit der Wärme. Seiner Wärme.
Gehört das dazu, wenn der Panzer durchlässig wird? Ist es so, wenn man wieder Gefühle zulässt? Es macht mir Angst.
Ich weiß es nicht, aber es riecht intensiv nach Holz und Moos.

Siebzehn

Tom sitzt neben mir im Bett mit dem Rücken am Kopfteil gelehnt und schaut mich an, als ich die Augen öffne. Ich erinnere mich, wo ich bin und warum ich neben ihm liege. Die Jalousien sind ein wenig heruntergelassen, aber ich sehe trotzdem, dass es draußen schon hell ist. »Wie lange schaust du mich schon so an?«, frage ich ihn verlegen. Er grinst. »Nicht lange, eben habe ich erst ganz kurz einmal zum Fenster geschaut.«
»Blödmann.« Er hat einfach manchmal diese Art, die alles leicht macht.
»Guten Morgen im neuen Jahr. Wie wär's mit einem Kaffee?", fragt er mich, ohne auf den Blödmann Bezug zu nehmen. Anscheinend war er schon auf, als ich noch schlief, denn er trägt ein T-Shirt und hält eine Tasse Kaffee in der Hand.
»Guten Morgen auch im neuen Jahr.«
Er reicht mir die Tasse. »Willst du einen Schluck?«
Es duftet nach frisch gemahlenen Bohnen und Cappuccino. »Hmm«, entfährt es mir, dann gebe ich die Tasse zurück. »Sollen wir aufstehen?«
»Nö, ich finde nicht. Oder musst du weg?«, erkundigt er sich.
»Nein, eigentlich nicht«, gebe ich ehrlich zu und mache mir gleichzeitig Gedanken, was wir machen, wenn ich bleibe.
Ich habe das Bedürfnis, etwas zu erklären. Etwas von dem, was in der Nacht mit mir los war.
Besser jetzt als später.
»Tom, ich...«, beginne ich zu stottern, denn ich bin nicht wirklich vorbereitet und weiß eigentlich gar nicht, was ich sagen soll. Aber er scheint genau zu wissen, was jetzt kommt und unterbricht mich sofort.
»Hey, ich fühle mich auch manchmal einsam. Mach es nicht dramatischer als es war«, übernimmt er und gibt dem

Vorfall der letzten Nacht damit eine unbedeutende Relevanz, die mich beruhigt.

»Ganz ehrlich, Marie, du hattest eine Verabredung, es war Silvester, wir haben Wein getrunken, du bist bei mir geblieben, obwohl du es nicht geplant hattest… Mein Gott, da kann man schon mal aufwachen und sich verloren fühlen«.
Ich muss fast lächeln, weil es so banal klingt, wenn er es sagt. Dabei dachte ich, es sei etwas Schweres, Belastendes, unlösbar Problematisches.
»Du hast dich lange verschlossen und keine Gefühle zugelassen, und jetzt stehen sie alle vor deiner Tür. Du musst dich ihnen stellen, irgendwann. Die erste Frage, die du dir stellen solltest, ist, ob du deine Schotten überhaupt öffnen willst. Ich würde dir gerne helfen, wenn du mich lässt. Du bestimmst das Tempo. Du erzählst mir, was dich so verhärtet hat und wir reden darüber und arbeiten daran. Vielleicht jeden Tag ein bisschen und wenn wir wollen, machen wir auch mal Pause und genießen einfach das Leben. Ich habe auch viel zu erzählen. Wir haben alle etwas zu erzählen. Kein Mensch ist perfekt, wir haben alle Dinge, die wir verarbeiten müssen. Jeder von uns. Wir müssen nur reden, weil reden hilft. Irgendwann müssen wir einfach anfangen. Das heute Nacht war ein weiterer Schritt und es war gut. Du hast Schwäche zugelassen und meine Nähe. Ein weiterer Schritt, Marie«.
Er schlägt die Decke zurück und steht auf. »Ich hole uns Kaffee«, sagt er beiläufig und verschwindet im Flur. Aber er redet weiter, etwas lauter, damit ich ihn noch verstehen kann. »Ich mag dich. Ich will nicht aufgeben. Komm, lass uns das angehen.«
Er kommt zurück, bleibt in der offenen Zimmertür stehen und trinkt genüsslich einen Schluck Kaffee. Dabei schaut er mich an. Wie mutig er das gesagt hat...
…ich mag dich, komm lass uns das angehen …

Dabei könnte ich ihn jetzt mit einem einzigen Wort, einem einzigen Satz verletzen.
So mutig bin ich nicht mehr, seit ich Philip gesagt habe, dass ich ihn mag, und danach hatte er mich zigmal auf unterschiedlichste Weise verletzt.
Ich bewundere Tom, wie er das sagen kann, so mutig und ehrlich...
Ich könnte mich fast aufregen, weil er mit einer unglaublichen Lässigkeit und Coolness dasteht, in Boxershorts und T-Shirt, und so tut, als würde er mir gerade erzählen, dass er beim Einkaufen jemanden beobachtet hat, der mit einer Paprika gesprochen hat, und dass er sich ernsthaft überlegt hatte, ob er Hilfe anbieten oder einen Krankenwagen rufen soll. Aber genau diese Art ist perfekt, weil sie mich nicht kompromittiert, weil sie mich nicht klein und schwach erscheinen lässt, sondern mich ermutigt, wieder einen Schritt weiterzugehen, weiter zu reden, weiter zu erzählen.
»Krieg ich keinen Kaffee?«, frage ich provokativ, um genau auf dieser Ebene zu bleiben, weil es mir so guttut.
»Du kannst noch einen Schluck von mir haben und dann raus aus den Federn. Ich habe Frühstückshunger.«

Mit gespielter Großzügigkeit stellt er die Tasse auf den Nachttisch und will gehen, aber ich habe Lust, es ihm für genau diese überhebliche Großzügigkeit heimzuzahlen, also greife ich nach dem Kissen und werfe es ihm entgegen. »Bist du hier der Bestimmer über Kaffee und Frühstück?« Das Kissen trifft ihn genau am Hinterkopf. Er fängt es auf, dreht sich blitzschnell um und stürmt auf mich zu, packt die Decke, unter der ich liege, drückt sie links und rechts neben meinen Schultern fest auf die Matratze und klemmt mich darunter ein. Ein paar kleine Schreie entgehen mir, aber sie gehören eher zum Szenario, als dass sie ernst gemeint wären.

Wir schauen uns in die Augen. »Du könntest auch der Bestimmer über Kaffee und Frühstück sein, aber du weißt ja nicht mal, in welchem Schrank der Toaster und der Eierkocher stehen.«
Ich kann mir ein Lachen kaum verkneifen, reiße mich aber zusammen, bleibe ernst und drücke ihm ohne Vorwarnung einen kleinen Kuss auf den linken Mundwinkel, der genau über mir liegt. »Dann zeig's mir gefälligst!«
Er steht auf und zieht mir die Decke weg. Wir lachen beide, und ich frage mich, ob es nun mutig war, ihm diesen kleinen Kuss zu geben, oder feige, denn Kuss kann man das fast überhaupt nicht nennen, es wäre viel mehr drin gewesen. Schließlich habe ich ihn kaum berührt. Aber es war ein Anfang. Und ich musste nicht einmal darüber nachdenken, es kam einfach von selbst.
Kein normaler Mensch hat solche Gedanken und daran merke ich, wie sehr ich mich verändert habe, seit mir diese Kleinigkeit mit Philip passiert ist.

»Willst du duschen? Oder eine Zahnbürste haben?«, fragt er wie selbstverständlich.
Ich sollte ihm antworten, aber mir liegen ganz andere Worte auf der Zunge.
»Tom, ich habe einige Jahre damit verbracht, so zu werden, wie ich jetzt bin, es wird nicht so einfach sein, mich wieder in jemand anderen zu verwandeln.«
Er sucht meine Hand und nimmt sie fest in seine. »Aber du kannst es versuchen.«
Wenn er wüsste, wie paradox dieser Satz ist, denn seit über zwei Jahren versuche ich genau das Gegenteil. Aber woher soll er das wissen?
»Ich versuche seit über zwei Jahren, unsichtbar zu sein.«
An der Art, wie ich ihn dabei anschaue, merkt er, wie ernst ich es meine.
»Ich war wirklich unsichtbar. Ich ging nur zur Arbeit und einmal in der Woche zum Einkaufen.«

Seine Augen fixieren mich und er beobachtet jede meiner Bewegungen. Vielleicht, weil er Angst hat, dass ich wieder anfange zu weinen, aber ich muss nicht weinen.
Nicht jetzt.
»Gibst du mir ein frisches Shirt von dir? Und eine Zahnbürste, wenn du hast, bitte.«
Er zieht mich ins Bad und drückt mir eine frische, dunkelblaue Zahnbürste in die Hand, die er aus dem Spiegelschrank geholt hat. Dann stellt er die Dusche an und verschwindet kurz, um mit frischen Handtüchern und einem T-Shirt zurückzukommen.
»Hier, bitte. Fühl dich wie zu Hause, und wenn etwas fehlt, ruf mich. Ich kümmere mich um das Frühstück.«
Ich kann mich gerade noch bedanken, da ist er auch schon weg und hat die Tür hinter sich zugezogen.
Ich überlege kurz, das Schloss zu verriegeln, entscheide mich dann aber dagegen. Er kommt nicht rein, wenn ich ihn nicht rufe.
Obwohl ich das warme Wasser genieße, muss ich zugeben, dass ich meine Duschutensilien vermisse. Alles, was ich finde, ist ein Männerduschgel und ein dazu passendes Shampoo. Das allerdings von einer hochwertigen französischen Kosmetikmarke. Auf der Ablage unter dem Spiegel stehen noch ein Aftershave und ein Deodorant der gleichen Marke. Ich muss mich also damit abfinden, denn mehr habe ich nicht. Und jetzt rieche ich von oben bis unten nach Holz und Moos.

Aber das ist noch nicht alles. Erst wenn man etwas nicht hat, vermisst man es. Ich vermisse schrecklich eine Bürste, die meine rote Mähne bändigt, die beste Haarspülung der Welt, einen Föhn, ein bisschen tiefschwarzen Mascara, und ohne eine Feuchtigkeitscreme für mein Gesicht bin ich eigentlich verloren. Wenigstens bekommen meine Zähne die gewohnte Pflege mit einer außergewöhnlich gut schmeckenden Zahnpasta. Die Sorte werde ich mir

merken. Etwas mulmig ist mir schon, wieder in den Slip zu steigen, den ich gestern auch schon getragen habe.
Das habe ich schon verdammt lange nicht mehr gemacht, und ich erinnere mich kurz an die eine oder andere Situation in meiner Jugend, die dazu geführt hatte, dass ich die getragene Unterhose am nächsten Morgen wieder angezogen habe. Allerdings nicht zu oft, beruhige ich mich.
Ach ja, und eine Körperlotion nach dem Duschen benutze ich eigentlich auch sehr gerne... Aber Schwamm drüber.
In Toms T-Shirt trete ich in den Flur.
»Hast du eine Gesichtscreme?«, frage ich in den blauen Dunst.
Statt einer Antwort höre ich den Schlüssel in der Wohnungstür und im selben Moment wird sie geöffnet und Tom kommt mit Jacke und Brötchentüte herein.
»Da kann ich ja viele Fragen stellen und auf Antworten warten. Du warst ja gar nicht da.«
Er sieht mich an, wie ich mit nassen Haaren und nur mit seinem T-Shirt bekleidet im Flur stehe. »Sieht schön aus«, sagt er nur trocken und zieht dabei seine Jacke aus.
»Warst du Brötchen holen? Welcher Bäcker hat heute auf? Es ist doch Neujahr!«
Ich wundere mich, denn ich wäre nie auf die Idee gekommen, heute einen Bäcker zu suchen.
Lässig geht er an mir vorbei.
»Einer hat immer auf. Die Gier. Die Gier kennt keine Grenzen. Was hast du mich denn gefragt, als ich nicht da war?«
»Ob du eine Tagesgesichtscreme hast, die ich benutzen kann?«
Er schüttet den Inhalt der Tüte in einen Korb, der auf dem gedeckten Tisch steht. »Also, ich habe eine Nachtgesichtscreme, eine Feierabendgesichtscreme, eine Urlaubsgesichtscreme und ich glaube, ich habe auch eine Sportgesichtscreme, aber ...«
... der nimmt mich doch auf den Arm.

»Tom, hast du eine?«, unterbreche ich ihn und sehe ihn scharf und ernst an.
»Ich habe eine Feuchtigkeitscreme. Für Männer.«
»Warum nicht gleich so?«, spiele ich den Oberlehrer.
»Weil du mich nach einer TAGESgesichtscreme gefragt hast, und die habe ich nicht.«
Er grinst.
»Kann es sein, dass du ein Klugscheißer bist?«
Er geht an mir vorbei, um sie zu holen.
»Aber nur ein ganz kleiner!«

Das ist ein außergewöhnliches Neujahrsfrühstück. Es ist ein Wunder, was alles auf dem Tisch steht, dafür, dass dieses Frühstück gestern Abend noch gar nicht geplant war. Er hat einmal gesagt, er lege Wert auf gutes Essen und vernünftige Mahlzeiten, und das scheint wirklich zu stimmen. Ich weiß nicht, wie er das macht, wir sitzen zusammen wie alte Freunde und reden über uns. Aber nicht über das Traurige und Schwere, sondern über das Gute und Lustige. Nicht über die Niederlagen unseres Lebens, sondern über Wünsche, Sehnsüchte und Werte.
Wir sprechen kein Wort mehr über die vergangene Nacht. Weder darüber, dass ich geweint habe, noch darüber, dass wir zusammen in einem Bett geschlafen haben.
Ich weiß beim besten Willen nicht, wie er das macht, aber ich bin mir sicher, dass *er* es macht, weil *ich* die ganze Zeit das Gefühl habe, ich muss mich erklären, ich muss Dinge aufklären, ich muss mich rechtfertigen. Aber er verlangt nichts davon. Er macht alles einfach und unkompliziert und darüber bin ich wirklich froh.
An diesem ersten Tag des neuen Jahres bin ich wirklich dankbar, einen Menschen an meiner Seite zu haben, der mir zeigt, dass man an jedem neuen Tag etwas Neues beginnen kann. Man muss es nur tun. Tom zeigt mir, wie das geht.
Gestern Abend, in der Nacht und jetzt.

Immer wieder steht er auf und holt Dinge aus dem Kühlschrank oder Kaffee. Ich schaue ihm dabei zu und die Gedanken und Bilder werden immer klarer.

... versuche es wieder...

Wenn ich an meinem Panzer festhalte und ihn weiter verstärke, werde ich nie eine Chance haben, es noch einmal zu versuchen. Und wie viele Menschen werde ich treffen, die mir überhaupt diese Chance geben?

Tom gibt sie mir. Was für ein Glück.

Er wartet vor dem Kaffeeautomaten, bis unsere Tassen voll sind, und dreht mir den Rücken zu. Ich beobachte ihn, wie er dasteht, in Jeans und Pullover, barfuß, scheinbar sicher in sich ruhend. Und doch weiß ich, obwohl wir uns noch nicht so lange kennen, dass auch er schon Tiefen erlebt hat.

Seine Haare sind wild durcheinander, aber gerade das macht ihn irgendwie attraktiv, ebenso wie die grauen Strähnen, die sich über den Ohren und an den Seiten durch das braune Haar ziehen. Auf der rechten Wange hat er eine kleine Narbe, die nach etwa einem Zentimeter in seinem Bart verschwindet. Während ich ihn ansehe, fällt mir das Muttermal an seinem Hals auf. Das habe ich vorher nie gesehen. Er strahlt eine Ruhe aus, die etwas mit mir macht. Ich weiß nicht, was es ist, aber ich weiß, dass es mir guttut. Ich glaube, er macht den Eindruck, dass man ihm vertrauen kann. Aber ich traue mich fast nicht, solche Gedanken zu haben. Was, wenn ich mich wieder irre? Wenn ich wieder jemandem mein Herz anvertraue und nicht weiß... Nicht weiß, wir er es behandeln wird.

Eine halbe Minute lang hören wir nur das Rauschen des Kaffeevollautomaten, dann stelle ich plötzlich eine Frage, die mir bis eben noch gar nicht in den Sinn gekommen war.

»Tom, wann hast du damals gemerkt, dass deine Partnerin ein Alkoholproblem hat?«

Zuerst sagt er nichts und kümmert sich weiter um den Kaffee. Dann kommt er zurück und stellt unsere Tassen auf die Untertassen.
»Ich glaube, ich habe es relativ schnell geahnt. Ich hatte das Gefühl, da stimmt was nicht. Etwas später habe ich dann die ersten kleinen Beweise gefunden. Zum Beispiel leere Flaschen in Schränken, wo keine Flaschen hingehören und andere Auffälligkeiten.«

Er sitzt mir wieder am Tisch gegenüber und schaut mich an. Die Stimmung hat sich verändert. Gerade eben, als er aufgestanden ist, um uns Kaffee zu machen, war sie noch ganz anders.
»Gab es nicht auch Momente, in denen du dachtest, du tust ihr Unrecht oder es sei nur eine vorübergehende Phase? Hast du nicht nach Gründen gesucht, ihr Verhalten zu rechtfertigen?«
Er überlegt einen Moment, trinkt einen Schluck und sagt, während er die Tasse absetzt: »Nicht wirklich. Mein Gefühl sagte mir etwas anderes.«
Mein Gefühl sagte mir damals auch etwas anderes über Philips Verhalten, aber ich war nicht stark genug, um darauf zu hören. Vielleicht sollte ich darüber mal nachdenken. Darüber, warum ich meinem Gefühl nicht gefolgt bin und nicht darauf vertraut habe, anstatt diesen Schutzpanzer aufzubauen und ihn immer härter zu machen. Aus dieser Sicht habe ich das bisher noch gar nicht gesehen.

Tom schaut mich einige Sekunden schweigend an, dann sagt er, »Wir haben doch beide schon ein paar Jahre auf dem Buckel und dabei gelernt, unseren Gefühlen zu vertrauen, wenn sie uns etwas sagen wollen. Und wir haben eine gewisse Lebenserfahrung. Das sind doch die wichtigen Zutaten, mit denen wir unser Leben bestreiten.

Diese Zutaten, die uns ausmachen. Diese, daraus entstandene Mischung, aus der wir Menschen, jeder einzelne von uns, individuell zusammengesetzt ist.
Die Zutaten, die uns ausmachen. Unsere Seele. Unser Charisma. Unser Esprit. Unser Herz.
Ab und zu begegnen wir dann Menschen, die uns eine neue Zutat anbieten und dann müssen wir entscheiden, ob es die richtige für uns ist und ob wir sie als eine weitere Zutat in unser Leben aufnehmen wollen. Die Entscheidung liegt immer bei uns selbst. Nie bei dem, der sie uns anbietet.
Diese Zutaten können so unterschiedlich sein. Eine andere Art von Humor zum Beispiel, ein anderes Selbstverständnis, anderes Umweltbewusstsein, andere Loyalität, andere Werte, andere Bedürfnisse, ein anderer Glaube, eine andere Liebe. Oder eine andere Moral. Je mehr Menschen wir treffen, desto mehr Zutaten werden uns angeboten, aber nur wir allein entscheiden, welche wir in unserem Leben verwenden wollen«.
Seine Stimme ist so ruhig. Ich könnte ihm ewig zuhören. Er bringt mich dazu, die Dinge mit anderen Augen zu sehen.
»Sind das die kleinen Dinge des Lebens, die uns jeden Tag begegnen?«, frage ich ihn.
»Ja, das sind sie, Marie. Wir müssen uns ihnen stellen, jeden Tag. Aber wir dürfen nicht die Kontrolle verlieren und sollten immer abwägen, welche Zutat für uns richtig ist und welche nicht. Und dann müssen wir uns vielleicht auch von Menschen verabschieden, die uns die falschen Zutaten anbieten. Giftige, zermürbende, schädliche, eben toxische Zutaten.
Wir müssen es selbst in die Hand nehmen. Jeden Tag aufs Neue. Wir haben immer eine Wahl.
Wir können nicht in die Köpfe der Menschen schauen, denen wir begegnen. Wir kennen ihre Absichten nicht, und ich bin überzeugt, dass wir nicht die geringste Ahnung von den tiefen Abgründen der Menschen haben, mit denen wir

tagtäglich unsere Zeit verbringen und die uns alles andere vermitteln wollen, nur nicht den ehrlichen, klaren Blick in ihre Seele. Das müssen wir selbst tun.«
Meine Güte, womit habe ich die letzten Jahre verbracht? Darüber habe ich nie nachgedacht. Ich habe an meinem Panzer gebaut, weil ich nicht mehr verletzt werden wollte, anstatt meinen Willen zu stärken und mich mit meinem Bauchgefühl und meinem Verstand wieder aufzurichten. Ich habe mich wie ein Wurm verhalten, da braucht man sich nicht zu wundern, wenn man mit Füßen getreten wird.
Ich merkte, wie Toms Worte über Zutaten etwas in mir in Bewegung bringen. Dabei dachte ich, ich sei das Mädchen aus undurchdringlichem Stahl, dem die Welt nichts mehr anhaben kann.
Es fühlt sich ähnlich an wie in der letzten Nacht.
Ich bin mir noch nicht sicher, ob das gut ist, was er gesagt hat, oder ob er meinem Panzer wieder einen weiteren Riss zugefügt hat, durch den etwas zu mir eindringen kann, auf das ich nicht vorbereitet bin.
Ich muss gehen.

Ich brauche Zeit zum Nachdenken. Schließlich bin *ich* es, die sich letzte Nacht einsam gefühlt hat. *Ich* bin diejenige, die Tom vor ein paar Wochen weggestoßen hat, obwohl wir uns nur geküsst haben. *Ich* bin es, die ein Problem hat. *Ich* scheine diejenige zu sein, die ein paar Zutaten von anderen Leuten angenommen hat, die nicht in mein Leben gehören, und sie haben etwas angerichtet, das ich noch nicht wieder losgeworden bin.
Anstatt die Zutaten, die mir nicht behagten und mir nicht geheuer vorkamen aus Überzeugung abzulehnen, als sie mir angeboten wurden, habe ich andere Menschen über mich und das Rezept meines Ichs bestimmen lassen. Ich habe mich von ihnen und ihren Zutaten behandeln lassen, obwohl ich merkte, dass sie nicht gut für mich waren.
Das sollte man nicht tun.

Das würde ich auch jedem anderen sagen. Ich frage mich, warum ich es dann getan habe.

Tom schraubt gerade die Deckel der Marmeladengläser zu, als ich aus meinen Gedanken zurückkehre.
Er starrt mich an, um herauszufinden, was in mir vorgeht. Ob er mit seinen Worten etwas angerichtet hat, was er nicht wollte. Er merkt, dass ich auf der Flucht bin und mich schon entschieden habe zu gehen.
Vielleicht lässt er deshalb die Marmelade stehen und wendet sich mir zu. Er stützt sich mit beiden Händen auf den Tisch und schaut mich an. »Wir sollten nicht aus der Vergangenheit leben, sondern für die Zukunft, Marie.«
Der Satz ist so eindringlich wie sein Blick. Er macht mir Angst. Dieser Blick macht mich hilflos und verletzlich. Er hat die Kraft, mich in eine Marie zu verwandeln, die ich nicht wieder erkennen würde.
Aber er hat Recht, wir können die Vergangenheit nicht ändern.
... Versuche es wieder ...
»Aber die schlechten Zutaten... wird man nicht wieder los.« Diese Worte kommen mir unbedacht über die Lippen und ich sage sie mehr zu mir selbst als zu Tom. »Wenn ein Teig einmal versalzen ist, bleibt er versalzen.«
Plötzlich bin ich so traurig und verletzt und diesmal stehen mir wieder Tränen in den Augen. Ich glaube, es sind verdammt viele. Ich muss gehen.
Er legt seine Hände auf meine und ich sehe, dass auch er traurig ist.
»Aber wir können den Teig mit guten Zutaten verlängern, damit er wieder genießbar wird. Auch wenn es etwas dauert, es geht.« Dabei lässt er mich nicht aus den Augen.
Und ich lasse ihn auch nicht aus den Augen, als ich ihm antworte. »Aber dafür muss man ein verdammt guter Koch sein!«
Auch darauf hat er wieder eine Antwort. »Oder ein gutes Rezeptbuch haben ...« Dabei lächelt er mich an.

Ich weiß noch genau, wie es sich anfühlt, wenn sich Traurigkeit und Resignation wie eine schwere, alte, muffige Decke über mich legen.
Ich sehe eine solche Decke der Traurigkeit auf mich zukommen, weil ich plötzlich den langen Weg vor mir sehe, den ich gehen muss, wenn ich meinen Panzer ablegen will. Aber ich sehe auch diesen Mann, der mich schon seit geraumer Zeit dazu bewegen will, diesen Weg zu gehen. Er könnte ein Geschenk sein, das ich annehmen sollte.
Deshalb will ich jetzt nicht, dass sich diese schäbige Decke über uns legt.
»Weißt du, dass du ein echt krasser Klugscheißer bist?«
Ich meine es ernst, aber er lächelt immer noch.
»Das hast du schon gesagt.«
»Ich werde es bestimmt noch öfter sagen.«
»Das wäre schön!«

Das reicht für heute. Ich stehe auf. Es ist schließlich Neujahr. Da kann man nicht schon am ersten Tag eines neuen Jahres den Rest einer ganzen Vergangenheit verschwinden lassen.
... aber aufbrechen, das geht auch an Neujahr...

Wir stehen vor der Haustür.
Außer meiner Jacke und meiner Handtasche habe ich nichts bei mir, denn ich hatte ja nicht vor, hier zu übernachten.
»Danke für alles.«
»Was genau?«, fragt er schelmisch.
»Kannst du nicht einmal ernst bleiben?«
»Doch. Aber nicht, wenn es schon genug Ernstes gibt und etwas Leichtes angebrachter wäre.«
»Hmhmm.«

»Was machst du heute noch?«, fragt er, gerade, als ich die erste Stufe im Treppenhaus genommen habe.

»Ich glaube nichts. Neujahrsgrüße schreiben. Die Kinder anrufen und wahrscheinlich die unendlichen Weiten des Universums in meinem Kopf erforschen. Und du?«
»Das Gleiche.«
Ich gehe weiter, noch eine Stufe, noch eine.
»Wenn du noch über Zutaten und Rezepte reden willst oder Lust auf einen Nachmittagsspaziergang hast, ruf mich an. Ich wäre dabei«, ruft er mir nach.
»Schöne Idee. Könnte passieren.« Das Lächeln, das ich ihm schenke, ist ehrlich und dann gehe ich weiter, die Treppe hinunter.

Ganz in Gedanken bin ich auf dem Weg zu meiner Wohnung. Es ist kurz nach Mittag und kaum eine Menschenseele auf der Straße.
Was für ein ungewöhnlicher Jahreswechsel.
Die ganze Zeit denke ich an die Zutaten, von denen Tom gesprochen hat, aus denen die Persönlichkeit eines jeden Menschen besteht.
Ja, natürlich, wie in jedem Rezept können Zutaten ausgetauscht, hinzugefügt und weggelassen werden. Ein Gericht ist nut so gut, wie seine Zutaten. Es gibt einige Grundzutaten, ohne die das Rezept nicht funktioniert, und es gibt andere, die man auf keinen Fall hinzufügen darf, weil sie sonst das ganze Rezept verderben. Ja, natürlich ...
Jeder einzelne von uns ist nur so gut, wie seine Zutaten.

Ich parke das Auto vor meiner Garage, stelle den Motor ab und werfe, während ich mich abschnalle, einen Blick auf mein Handy. Auf dem Display erscheinen zahlreiche Mitteilungen, Nachrichten und E-Mails. Anrufe von meiner Mutter und den Kindern. Um die werde ich mich gleich kümmern, aber vorher muss ich noch etwas wissen, also wähle ich Toms Nummer.
»Wollen wir schon los?«, fragt er ohne Vorwarnung und nimmt damit das Gespräch an.

»Nein, erst später. Ich wollte dich etwas fragen«, antworte ich.
»Ja, was denn?«
»Tom, hast du schon mal eine falsche Zutat in deinem Rezept gehabt? Und wenn ja, bist du sie wieder losgeworden?«
Ich kann mit dieser Frage nicht bis zum Nachmittag warten, bis wir uns vielleicht zu einem Spaziergang treffen, denn meine Gedanken werden bis dahin so anders sein, je nachdem, wie seine Antwort jetzt ausfällt. Ich will einfach keine Gedanken mehr denken, die nicht mehr gedacht werden müssen.
»Natürlich. Ich hatte auch schon wirklich verdorbene Zutaten, die ungenießbar waren. Aber ich bin sie losgeworden. Weißt du, wir sollten immer daran arbeiten, die guten Zutaten zu verwenden, denn aus der Kombination dieser guten Zutaten entsteht unsere innere Kraft, die wir zum Leben brauchen. Mit dieser Kraft leben wir, handeln wir, entscheiden wir und lieben wir.
Dann brauchen wir keinen Panzer, der uns schützt. Unsere innere Stärke wird nach außen sichtbar und schützt uns vor den Menschen, die uns schlechte Zutaten anbieten, die aus ihrer eigenen fehlenden Stärke resultieren.«

Nach diesem Satz schweigt er und ich weiß auch nicht, was ich sagen soll, außer: »Ich lege jetzt auf.«

»Mach das. Bis später ...«

Er ist ein schlagfertiger Klugscheißer.
Aber ich mag ihn.

Achtzehn

Zuerst wechsele ich den Slip und bei der Gelegenheit schlüpfe ich in meine alte Freundin, die vertraute Jogginghose. Dann drehe ich die Heizung auf, denn in meiner Wohnung ist es saukalt, und bis sie ihre Arbeit zu meiner Zufriedenheit getan hat, wickle ich mich in eine Wolldecke ein. Neujahrsgrüße zu beantworten, gehört nicht zu meinen Lieblingsbeschäftigungen, wahrscheinlich weil ich Silvester und Neujahr nicht mag. Wenn man etwas nicht mag, kann man dafür auch keine guten Wünsche abgeben.
Auf alle Nachrichten, die nur aus einem hochgeladenen Bild bestehen und deren Absender sich nicht einmal zu persönlichen Worten veranlasst sah, antworte ich gar nicht erst. Denn das mag ich noch weniger als Silvester und Neujahr.

Meine Mutter wird mich gleich fragen, ob ich am Nachmittag vorbeikomme, und ich versuche schnell eine Antwort zu finden, während ich darauf warte, ihre Stimme zu hören.
»Ja? Marie?«, sagt sie. So meldet sie sich immer, wenn ich anrufe.
»Frohes neues Jahr, Mama.«
»Ja, das wünsche ich dir auch«, antwortet sie. Mein Bruder hat sich am Silvesterabend um sie gekümmert und ich frage sie, ob es ein schöner Abend war und ob sie bis Mitternacht durchgehalten hat.
»Gerade so. Um zwölf haben wir ein Glas Sekt getrunken und um halb eins lag ich schon im Bett. Kommst du heute?«
Ich habe noch keine Antwort gefunden.
»Soll ich?«
»Ich bin bei Tante Elisabeth eingeladen. Aber du kannst mitkommen, wenn du willst.«

Obwohl Tante Elisabeth ihre Schwester ist und sie eigentlich nur Elisabeth sagen könnte, spricht sie von *Tante Elisabeth*, dabei hat mir *meine Tante Elisabeth* schon vor Jahren angeboten, sie nur Elisabeth zu nennen.
»Nee, dann komme ich am Wochenende. Fahr du mal in Ruhe zum Kaffeetrinken.«
Wir verabschieden uns und ich wähle Lauras Nummer, aber ich erreiche sie nicht. Ich werde es später noch einmal versuchen.
Dafür meldet sich Annabell nach zwei Sekunden.
»Mama, wo warst du gestern? Du hast dich gar nicht gemeldet?«
Das ist der erste Satz, mit dem sie mich begrüßt.
Lange kann ich das nicht mehr verheimlichen, wenn ich vorhabe mich mit Tom weiter zu treffen. Meine Kinder wissen zu gut, dass ich die letzten Jahre das Haus nicht verlassen habe und immer erreichbar war. Ich werde ihnen nicht lange etwas vormachen können.
... aber nicht heute! Heute muss noch mal eine Notlüge her ...

»Ich habe geschlafen. Du weißt doch, ich mag Silvester nicht«, antworte ich schnell und frage dann sofort, wie die Party war, auf der sie eingeladen war.
Sie erzählt mir von dem Abend und wir unterhalten uns noch ein paar Minuten, bevor wir uns für die kommende Woche verabreden und verabschieden.
Jetzt habe ich ungefähr zwei bis drei Stunden Zeit, in denen ich mit meiner Jogginghose und dem Universum in meinem Kopf allein auf dem Sofa bin. Zur Sicherheit schalte ich lieber den Fernseher an, um mich von irgendeinem Film ablenken zu lassen, weil ich ein bisschen Angst habe, mich in den Weiten dieses Universums zu verlieren.
Laura schreibt, dass sie am Abend zu einem kurzen Neujahrsbesuch vorbeikommt.
Tom schreibt, dass er mich um halb vier zu einem

Spaziergang abholt. Wenn ich nicht will, soll ich es schreiben.
Ich will, schreibe ich zurück.
Es ist so ungewohnt, plötzlich wieder Termine zu haben und das Haus, außer zur Arbeit oder zum Einkaufen oder um zu Martin zu gehen, zu verlassen.

Er kommt pünktlich, wie verabredet, und ich stehe schon vor dem Haus und warte auf ihn. Wir gehen an diesem Silvesternachmittag zwei Stunden spazieren und unterhalten uns über Lieblingsessen, die schönsten Urlaube, die Arbeit und die Kinder. Dann bringt er mich nach Hause, weil Laura später kommen wollte.
Drei Tage später fragt er mich, ob ich damals *Top Gun* gesehen hätte und ob ich Lust hätte, mit ihm ins Kino zu gehen.
Also gehen wir zwei Tage später ins Kino. Er bezahlt die Karten, ich zahle das Popcorn und die Getränke, aber nur, weil ich ausdrücklich darauf bestehe und damit drohe, den ganzen Film über die Augen zu schließen und kein Wort mit ihm zu reden, wenn ich nicht auch etwas bezahlen darf. Er sagt, das wolle er mir auf keinen Fall antun, dass ich den ganzen Film den sexy Maverick nicht sehen könne, dann solle ich lieber auch etwas bezahlen.
Am nächsten Sonntag löst Tom sein Weihnachtsgeschenk ein. Wir gehen zu einem späten Frühstück in ein neues, modernes Café mitten im Stadtpark des Nachbarortes. Ein Tipp eines Arbeitskollegen, und danach machen wir wieder einen richtig langen Spaziergang.
Bei keinem dieser Treffen sprechen wir über die Aufgabe, die ich zu lösen habe, oder über Zutaten oder Rezepte.
Wir reden über alles Mögliche.
Nur nicht über uns.
Kein einziges Wort.

Aber das ist gar nicht schlimm, weil ich weiß, warum das so ist.
Tom gibt mir die Zeit, die ich brauche, um das zu tun, was wichtig ist, damit wir den nächsten Spaziergang machen können, den nächsten Kinobesuch und was auch immer als nächstes kommt. Ich muss diesen Grundstein für all das legen, und dieser Grundstein ist Vertrauen.
Er weiß es, bevor ich es weiß, weil ich das alles alleine machen muss, und er will mich nicht unter Druck setzen. Zumindest glaube ich das, denn auch darüber haben wir bisher nicht gesprochen. Deshalb hat er wohl auch nie versucht, mich zu küssen, und er nimmt auch nie meine Hand, wenn wir spazieren gehen.
Wir schreiben uns jeden Tag und telefonieren fast täglich. Wenn ich ganz ehrlich bin, freue ich mich auf seine Anrufe und wenn wir mal länger als zwei Tage nicht miteinander reden, vermisse ich es sogar.
Trotzdem gibt es immer wieder Situationen, in denen ich mich anders verhalte, als ich es mir eigentlich wünsche, und daran merke ich, wie sehr ich noch beeinflusst und verpeilt bin. Anders kann ich es mir nicht erklären, dass ich schon mehrmals zum Handy gegriffen habe, um ihn anzurufen, es mir aber nach ein paar Sekunden anders überlegt und den Hörer wieder weggelegt habe. Das ist nicht gut. Oder dass ich es einfach nicht über die Lippen bringe, ihm zu sagen, wenn ich ihn vermisse, obwohl ich es manchmal sogar schon ein bisschen spüre.
Genau das sind diese verseuchten Altlasten, die irgendwo in mir vergraben sind, wie die gefährlichen Abfälle aus Atomkraftwerken, die man tief in der Erde vergräbt, hinter dicken Mauern, in der Hoffnung, dass sie dort keinen Schaden anrichten. Aber wirklich sicher kann man sich nicht fühlen.
Ich habe Philip, als wir uns kennenlernten, völlig unvoreingenommen und ehrlich solche Dinge über meine Gefühle für ihn gesagt, aber er hat nie angemessen darauf reagiert.

Ich habe ehrlicherweise keinen blassen Schimmer, ob er sich darüber jemals gefreut hat oder ob es ihn irgendwie berührt hat. Wenn man keine Liebe zurückbekommt, hört man scheinbar irgendwann auf, Liebe zu geben. Schließlich möchte man sich ja nicht ständig freiwillig verletzen lassen.
»Wann sollen wir denn mal dein Weihnachtsgeschenk einlösen?«, fragt Tom aus heiterem Himmel, als er mich eines Tages in der Mittagspause anruft.
Ich bin gerade auf dem Weg zu einem Drogeriemarkt, um ein paar Kulturartikel zu kaufen. »Keine Ahnung? Wann haben wir denn mal einen ganzen Tag Zeit?«, frage ich zurück.
»Samstag. Sonntag. Wir könnten uns auch einen Tag frei nehmen. Das müssen wir nur besprechen. Oder willst du gar nicht mit mir einen Tag in Hamburg verbringen?«

... Jetzt sollte ich mal die Arschbacken zusammenkneifen und mich trauen, ehrlich zu sein!

»Tom, ich würde sehr gerne einen Tag mit dir in Hamburg verbringen.«
Schade, dass er meinen Gesichtsausdruck nicht sehen kann, denn dann wüsste er, dass ich es wirklich so meine.
»Ich würde mich auch sehr freuen, einen ganzen Tag mit dir zu verbringen. Immerhin haben wir schon einmal eine ganze Nacht zusammen verbracht.«

Ich bin so froh, dass dieser Satz wie aus der Pistole geschossen von ihm kommt und ich dadurch keine Sekunde Zeit habe, darüber nachzudenken, welches Risiko ich einging, als ich das gerade ehrlich gesagt habe, denn dann hätte ich wieder diese Angst vor Enttäuschung gehabt, die sich bei Philip ja so gut wie immer bestätigt hatte. Genau aus diesem Grund habe ich irgendwann aufgehört, nette Dinge zu sagen.

... wahrscheinlich wird man selbst mit der Zeit toxisch, wenn man mit einem toxischen Menschen zu tun hat, weil man sich nicht anders gegen diese Respektlosigkeit wehren kann, außer diesen Menschen selbst respektlos zu behandeln oder man geht daran zugrunde

Glück gehabt, würde ich sagen, denn ich habe keinen Partner, also kann er auch nicht toxisch sein und Philip spielt in meinem Leben auch schon lange keine Rolle mehr.
Ein harmloser Satz, den ich jedem glaubhaft machen könnte, manchmal glaube ich ihn sogar selbst. Und doch sieht es auf der anderen Seite der Knochen und der Haut, hinter der sich mein Herz und meine Seele befinden, ganz anders aus.

»Willst du nach Hamburg zum Einkaufen, dann müssten wir unter der Woche fahren?«, fragt er.
»Nein, ich glaube nicht. Es gibt viel schönere Dinge, die ich machen möchte, wenn ich in Hamburg bin«, gestehe ich.
»Erzählst du sie mir, damit ich sie einplanen kann? Schließlich ist es dein Weihnachtsgeschenk.«
Ich weiß nicht, wie lange mir schon niemand mehr so schöne Worte gesagt hat, obwohl sie so einfach sind. Obwohl sie nichts versprechen, nichts beschwören, nichts behaupten und nichts kosten. Sie sind so schön für mich, weil er meinen Wunsch erfüllen will, ohne zu wissen, ob es auch sein Wunsch ist.
Mir wird ganz warm ums Herz und ich spüre so ein Gefühl, das ich nicht beschreiben kann. Ich habe es in den letzten Wochen immer mal wieder gespürt. Immer nur für den Bruchteil einer Sekunde. Ich weiß nicht, was es ist, aber es fühlt sich gut an.
»Willst du es jetzt hören?«, frage ich verlegen.
»Sehr gerne, wenn du es weißt.«

Ich muss nicht lange überlegen, was an Hamburg so toll ist, dass ich es gerne sehen möchte.
»Ich möchte auf der Plaza der Elbphilharmonie stehen und über den Hafen schauen. Ich möchte im Schellfischposten ein Bier trinken und durch die Hafencity schlendern. Den großen Tankern beim Löschen ihrer Ladung zuschauen, irgendwo gemütlich etwas Leckeres essen. Vielleicht noch ein kleiner Bummel durch das Schanzenviertel?
Meine Aufzählung könnte noch weiter gehen, aber ich glaube, es reicht. Es scheint, als wäre ich bei all diesen Gedanken sentimental geworden und plötzlich höre ich mich Worte sagen, die ich nie sagen würde, wenn ich vorher darüber nachgedacht hätte.
»Am meisten freue ich mich, das alles mit dir zu machen.«

... oh mein Gott, was habe ich gesagt! Wie konnte ich nur so etwas sagen und mich so verletzlich machen? Was, wenn er nicht antwortet oder einen blöden Witz macht? So einen herzlosen, abgedroschenen Kackwitz, wie Philip ihn immer machte, wenn ich anfangs von einem harmlosen, ehrlichen Gefühl sprach ... wie konnte ich nur so unwissend sein, wie ich es damals war.

Ein paar Sekunden ist es still in der Leitung, und meine Ängste kriechen zusammen mit dem unangenehmen Klopfen meines Herzens durch alle Adern meines Körpers, dann sagt er ganz leise: »Marie, das ist das Schönste, was du sagen konntest. Danke.«
Ich kann nicht antworten, weil ich damit beschäftigt bin, Toms gute Worte gegen das schlechte Gefühl in meinen Adern abzuwägen.
»Hey, merkst du was? Du machst schon wieder einen Schritt vorwärts. Das ist doch wunderbar«, legt er nach, wahrscheinlich weil ich keinen Ton von mir gebe.
Und damit dringt er durch einen der neuen Risse, die mein Panzer in letzter Zeit bekommen hat, bis zu meinem Herzen vor. Leider hat das zur Folge, dass mir in

Sekundenschnelle dicke Krokodilstränen über die Ränder der Augen quellen und in Weltrekordzeit über mein Gesicht laufen, um sich auf meinem T-Shirt in dicke, nasse Flecken zu verwandeln.
Das macht es mir unmöglich, auch nur einen weiteren Satz zu sprechen. Mit zitternder Stimme bringe ich gerade noch heraus: »Danke, Tom. Du bist lieb. Ich rufe dich heute Abend nochmal an. Ich muss jetzt los.«
Als er »Sehr gerne. Bis später«, sagt, ist mein Kopf schon über das Lenkrad meines Autos gebeugt und die Tränen tropfen auf meine Oberschenkel.

Wie oft habe ich eigentlich schon diese ganzen Batman-Filme gesehen? Ich dachte, ich kenne mich mit Panzern aus, schließlich habe ich mich von Batman inspirieren lassen und meinen virtuellen Panzer nach seinem Vorbild erschaffen. Allerdings mit dem Unterschied, dass die Risse in seinem Panzer ihn physisch treffen, während sie mich emotional treffen. Ich hätte nicht gedacht, dass ich mich mit solchen Einschlägen auseinandersetzen muss, als ich mich für diese Aufgabe entschied. Vielleicht hätte ich mich anders entschieden, aber wenn man sich einmal auf den Weg gemacht hat, sollte man nicht mehr umkehren.
Tom ruft mich abends an, bevor ich ihn anrufen kann.
»Hey, Tom«, nehme ich den Anruf entgegen. Mich zu fragen, ob ich ein schlechtes Gewissen haben muss, weil er mich jetzt anruft und nicht ich ihn, obwohl ich es ihm mittags versprochen habe, wäre Quatsch, weil er das nie so sehen würde, aber dass ich mich mit solchen Gedanken beschäftige, zeigt mir wieder einmal, dass man die Fehler immer bei sich selbst sucht, wenn man einmal mit jemandem zu tun hatte, der genau das als Ziel hatte.

... das allein ist ein Grund, warum ich wünschte, ich wäre Philip nie begegnet

»Wie wär'e es mit nächstem Samstag? «, fragt er, ohne mich zu begrüßen.
Ich weiß natürlich, was er meint.
»Nächsten Samstag, nächsten Samstag... Moment, da war doch was...« Mist, mir fällt im Moment nicht ein, was ich mit nächstem Samstag und Hamburg in Verbindung bringe.
»Hast du schon was vor?«, fragt er etwas traurig.
»Nein, nichts.« An mir liegt es nicht. Ich versuche mich krampfhaft zu erinnern. Doch dann fällt es mir plötzlich wieder ein. »Tom, am nächsten Wochenende spielt der HSV gegen Pauli. Das weiß ich, weil ich gestern einen Beitrag darüber im Fernsehen gesehen habe. Wollen wir dann nach Hamburg fahren?«
»Nee, wollen wir nicht.« Ich merke, dass er etwas enttäuscht ist und schlage spontan etwas anderes vor.
»Wie wäre es mit diesem Samstag?«
Das ist zwar schon in drei Tagen, aber egal. Ich kann.
Vielleicht kann er auch. Wir müssen ja nichts weiter vorbereiten.
»Warum nicht?«, höre ich ihn sagen. »Ich könnte.«
»Oder ist das zu spontan?«, frage ich zurück.
»Nein, ist es nicht. Was brauchen wir denn noch, außer Lust und einen Tank voll Benzin? Und das haben wir doch, oder?«
Natürlich hat er Recht. »Na klar haben wir das.«
»Wir sprechen am Freitag noch mal darüber, okay? Ich muss leider noch ein paar Sachen für ein Meeting morgen durcharbeiten. Ist das in Ordnung?«, fragt er und natürlich ist das in Ordnung.
Ich verabschiede mich. »Schlaf gut, bis morgen mal.«
»Schlaf du auch gut, Marie.«
Ich lege das Handy auf den Tisch. Tom wird die Verbindung beenden, dann muss ich es nicht auch noch tun, da höre ich ihn noch einmal meinen Namen rufen. »Marie ...?«
Schnell hebe ich das iPhone wieder an mein Ohr.

»Ja ...?«
»Marie, geht es dir gut? Ich wollte dich heute Mittag nicht traurig machen.«
... was fragt er mich für großartige Fragen?

Ich bin gerührt und spüre deutlich den grandiosen und wichtigen Unterschied zwischen Menschen mit Empathie und denen, die nicht die Fähigkeit haben, sie zu besitzen.
»Mir geht es gut, Tom. Danke für die Frage. Ich weiß, du wolltest mich nicht traurig machen. Ich fühle nur so viel, seit sich dieser Panzer um mich herum aufzulösen beginnt.«
Ich brauche es nicht zu erklären, er weiß es sowieso.
»Das ist sehr gut. Echt gut. Schlaf gut!«
Und dann tue ich etwas, das mich noch mehrmals an diesem Abend die unterschiedlichsten Empfindungen spüren lässt, die mich zutiefst beeindrucken, die mich frei fühlen lassen, die mich Freude empfinden lassen, die mich mit Wärme im Herzen berühren.
Ich sage nur diesen einen lächerlichen Satz. »Tom, ich freue mich auf dich und auf den Tag mit dir.«
Es sprudelt einfach aus mir heraus.

Und breche kurz darauf wieder in Tränen aus, als die Verbindung unterbrochen ist und mir klar wird, was ich gerade ehrlich zu sagen gewagt habe.

***

Wir sind schon über eine Stunde unterwegs. Ich habe Kaffee und Laugengebäck für uns eingepackt, weil ich dachte, dass wir dann an einer Raststätte kein Vermögen dafür ausgeben müssen.
Tom ist, soweit ich das beurteilen kann, ein guter Fahrer. Er fährt sicher und umsichtig, er hat aber auch schon ein paar Mal, wenn es der Verkehr zuließ, mit seinem Audi richtig Gummi gegeben. Das Auto scheint einiges unter der Haube zu haben, denn es hat mich in den Sitz gedrückt, als er das Gaspedal durchgedrückt hat.
Als wir losgefahren sind, sagte er*, wenn ich auf einen Rastplatz fahren soll, oder wenn du etwas brauchst, lass es mich wissen.*
Wir unterhalten uns über ganz banale Dinge, wie vorbeifahrende Autos, Orte und Landschaften, an denen wir vorbeikommen, oder Themen, die gerade im Radio laufen.
Es ist irgendwie komisch, und in den Momenten, in denen wir nicht reden, muss ich immer wieder daran denken, weil es sich so natürlich anfühlt, neben ihm im Auto zu sitzen.
Ich erinnere mich, dass ich manchmal, wenn ich mit Leuten zusammen bin, die nicht zu meinem engsten Kreis gehören, und es spielt dabei keine Rolle, ob es Frauen oder Männer sind, Gedanken habe wie
... wir haben schon viel zu lange geschwiegen. Sollte ich mal wieder etwas sagen oder fragen? Was könnte ich sagen oder fragen, damit wir im Gespräch bleiben…

Bei ihm ist das überhaupt nicht so. Es ist überhaupt nicht anstrengend, bei ihm zu sein, und ich überlege auch nicht die ganze Zeit, ob ich irgendetwas anderes machen sollte, außer einfach nur neben ihm in diesem Auto zu sitzen.
Je länger wir unterwegs sind, desto sicherer werde ich, das ist ein richtig großartiges Gefühl.
So rein und sorglos und entspannt. Es fühlt sich einfach gut an.

Tom folgt der Beschilderung und parkt in einem Parkhaus in der Nähe der Hafencity. Ich glaube, es ist ein riesiges Parkhaus.
Ich würde niemals auf die Idee kommen, da reinzufahren. Ich hasse riesige Parkhäuser in fremden Großstädten. Vor allem, wenn sie steil in die Unterwelt führen. Dafür bin ich wohl zu sehr Landei.

Wir haben uns einen Tag mit herrlichem Winterwetter ausgesucht. Es sind zwar nur fünf Grad, aber die Sonne scheint von einem hellblauen, wolkenlosen Winterhimmel. Besser kann man es im Februar nicht erwarten.
Als er die Tür zum Treppenhaus aufstößt und sie mir aufhält, weiß ich, was ich an Hamburg liebe. Dieser Geruch ist einzigartig. Ich packe Tom am Arm, bevor er die Tür hinter mir loslässt, weil ich diesen Moment mit ihm teilen möchte.
»Riechst du das?«, frage ich und schließe die Augen. Ich lege meine Hand auf seinen Arm und bitte ihn, einen Moment still zu halten.
»Ja, natürlich rieche ich das! Toll, oder? Hamburg eben!«
»Genau! Schön, mal wieder hier zu sein.«
Jetzt lässt er die Tür los und streicht mir kurz über die Schulter. Quasi so in einer Bewegung, in der seine Hand die Tür verlässt, bis sie neben seinem Körper angekommen ist.
»Hast du einen Wunsch, wohin wir zuerst gehen sollen?«, will er wissen.
Aber ich habe keinen. Mir ist es egal, ob wir zuerst über die Landungsbrücken oder durch die Hafencity schlendern oder etwas anderes machen. Ich weiß, dass Tom sich vorbereitet hat, denn dieser Tag und dieser Ausflug sind ein Geschenk für mich, und da werde ich den Teufel tun und ihm jetzt vorschreiben, wohin wir zuerst gehen.

Wir gehen über eine dieser kleinen Brücken, die die alten Häuser der Speicherstadt miteinander verbinden. Auf einem Straßenschild steht *Kehrwieder 8-12*.

Ich bin jetzt schon überwältigt, obwohl wir noch gar nicht richtig angefangen haben.

Keine Ahnung, ob es Hamburg ist, das schöne Wetter oder der nostalgische Ort, an dem wir stehen, vielleicht ist es auch eine Mischung aus allem, aber in diesem Moment spüre ich wieder dieses warme Gefühl in meiner Brust. Es ist so unglaublich schön. In den letzten Tagen habe ich es immer wieder mal gespürt, in den unterschiedlichsten Situationen, immer nur für den Bruchteil einer Sekunde. Sogar Anfang der Woche, als ich an einem Blumenladen in der Fußgängerzone vorbeiging und draußen ein richtiges Meer von Frühlingssträußen stand, die mich wahnsinnig angezogen haben. Sie waren so schön. Ich schaute sie an und hatte mit einem Lächeln im Gesicht dieses warme Gefühl im Herzen.

Es ist ja nichts Neues, dass die Tomaten mit mir reden, ich habe mich daran gewöhnt und bin seitdem ein richtiger Fan von Tomatenachtern, weil ich weiß, dass sie so unglaublich schlau sind und nur so harmlos tun, wenn sie in ihrer Pappschachtel in den Auslagen der Gemüsetheken liegen, aber dann ruft mich plötzlich dieses ganze Meer von Blumensträußen an,
... Schönes Gefühl, nicht wahr, Marie?
Das hat mich so umgehauen, langsam bin ich mir wirklich sicher, dass ich bescheuert. bin.

Tom und ich stehen am Geländer der kleinen Brücke, die über einen dieser Kanäle führt, die in den Hafen münden, und genießen die Aussicht. Ich spüre seine Wärme neben mir. Sein Oberarm berührt meine Schulter, so nah sind wir uns. Dieses warme Gefühl in mir muss der Auslöser sein, anders kann ich es mir nicht erklären, dass ich plötzlich, ohne darüber nachzudenken, meinen Arm unter seine Armbeuge stecke und meine Hand zu seiner, in die Tasche seiner Jacke schiebe. Seine Haut ist warm und weich, seine Finger greifen sofort nach den meinen und

verschlingen sich mit ihnen, wie ein wirres Durcheinander aus einzelnen Fäden, die aber fest zusammenhalten. Er drückt meine Hand, dieses ganze verschlungene Knäuel.
Wir blicken immer noch durch die Schlucht der alten Speicherstadthäuser den Kanal entlang, aber ich glaube, der Himmel ist ein bisschen blauer und die Sonne ein bisschen wärmer geworden.
Auch wenig später auf der Rolltreppe, die in das Innere der Philharmonie führt, halten wir uns weiter an den Händen.
»Würdest du gerne mal zu einem Konzert hierherkommen?«, fragt er mich ganz beiläufig.
»Ja, sehr gerne. Es muss faszinierend sein. Und du?«, will ich wissen.
»Ich bin nicht so musikalisch, aber in diesen Konzertsaal würde wohl jeder gerne mal reingehen. Vielleicht ein Grund wiederzukommen.«
Er lächelt mich an, als er das sagt.
»Ja, könnte einer sein«, lächle ich zurück.

Das Innere dieses Gebäudes am Ende der Rolltreppe wirkt wie Magie, dabei ist es nicht einmal sein Herz. Wie das erst sein wird?
Wir können uns nicht entscheiden, wohin wir unseren Blick richten sollen, so viel stürzt auf uns ein. Und doch ist alles so minimalistisch, aber gerade das ist wohl die Magie. Ich lasse Toms Hand los und drehe mich im Kreis. Wann hatte ich eigentlich das letzte Mal das Gefühl, einen perfekten Moment zu haben?
»Wollen wir nach draußen gehen?«, fragt Tom nach einer Weile. Natürlich will ich, aber mein Blick hat gerade ein Toilettenschild entdeckt.
»Komme sofort nach.« Ich deute auf die Toilettentür.
»Ich gehe schon mal raus, ist das okay?«, fragt er.
Es ist die Tür zur Plaza.
»Und ich komme gleich nach«, versichere ich.

Als ich kurz darauf durch diese Tür gehe, sehe ich ihn am Geländer stehen. Er hat seine Jacke ausgezogen und über die rechte Schulter gelegt. Mit den Armen stützt er sich an der Mauer ab und schaut hinunter auf den Hafen. Ruhig und besonnen, sexy, tiefgründig und auf eine besondere Art verschlossen, aber anscheinend sind das genau die Eigenschaften, die ich an einem Mann mag. Die Sonne scheint ihm direkt ins Gesicht und wirft einen Schatten auf den Steinboden hinter ihm. Die Ärmel seines Pullovers hat er in die Armbeugen hochgeschoben. Ich verspüre das Bedürfnis, ihn einen Moment anzusehen, ja, ihn irgendwie zu beobachten, und bleibe unwillkürlich stehen, als sich die Automatiktür hinter mir schließt. Meine Augen folgen dem Verlauf der markanten Adern auf seinem Unterarm.
... habe ich jemals darüber nachgedacht, wie attraktiv ich ihn finde?

Komisch, das ist mir bisher noch nie aufgefallen. Oder habe ich seit kurzem einen neuen Riss in meinem Panzer, der mich solche Empfindungen erst wahrnehmen lässt?
Während mein Blick auf seinen Schultern und seinem Rücken ruht, kommen mir die Bilder seines nackten Oberkörpers aus der Silvesternacht in den Sinn. Ich bin an seiner Brust eingeschlafen und habe ihm nicht die geringste Aufmerksamkeit geschenkt, aber die Erinnerung daran weckt jetzt Sehnsüchte in mir, von denen ich nicht geglaubt hätte, dass ich sie noch in mir trage.
Meine Füße setzen sich in Bewegung, weil ich das große Bedürfnis habe, ihn zu berühren. Mein Arm umschlingt seine Mitte, als ich mich vorsichtig neben ihn an die Brüstung stelle und mich an ihn schmiege.
»Danke, Tom, für das hier«, flüstere ich kaum hörbar.
Er legt einen Arm um mich und schiebt mich vor sich hin, während er mich auch mit dem anderen Arm umfasst und seine Brust an meinen Rücken drückt. Dabei hält er mich ganz fest und ich fahre mit meinen Händen seine Arme hoch. Seinen warmen Atem spüre ich auf der Haut meines

Kopfes, als er mir einen langen Kuss darauf drückt. Dann flüstert er kaum hörbar in mein Haar: »Danke für das hier, Marie!«
Natürlich meinen wir beide diesen Moment und dass wir an diesem Ort sein dürfen, aber jeder von uns meint auch noch etwas anderes.
Ich fühle Dankbarkeit, weil er an mich glaubt und mir seine Geduld schenkt. Er redet. Er verschweigt nichts, er verheimlicht nichts.
Ich glaube zu wissen, was er meint, nämlich meine Überwindung und meine Bereitschaft zuzulassen, dass mein lange aufgebauter Panzer Risse bekommen darf. Risse, die ich Tom erlaube, ihm zuzufügen.
Das ist einer der ehrlichsten und vertrautesten Momente, die ich seit vielen Jahren habe.
Wenn man das erlebt, wird einem erst richtig bewusst, wie heuchlerisch all die Momente in der Vergangenheit waren, die man mit jemandem erlebt hat, von dem man dachte, sie seien wertvoll, die aber nicht das *Schwarze unterm Fingernagel* wert waren, weil derjenige, der sie einem gegeben hat, nur eine Fassade war, hinter der er alles andere hatte, nur nicht die guten Absichten, ehrliche und vertraute Momente mit einem zu verbringen.
Wie konnte ich nur an so jemanden geraten?
Das darf mir nie wieder passieren!

Ich drehe mich in Toms Armen um und schaue ihn an. Das Bedürfnis, ihn zu küssen, war noch nie so stark wie in diesem Moment. Meine Augen kleben an seinem Mund und ich kann nicht glauben, wie blind ich war, ihn nicht schon längst unglaublich anziehend und attraktiv zu finden. Aber in der nächsten Sekunde weiß ich, dass diese Anziehungskraft aus seinem Inneren kommt. Aus seiner Seele, aus seinem Herzen. Es sind die Zutaten. Seine Zutaten. Das Rezept „Tom“. Um das zu erkennen, braucht es mehr als einen ersten, oberflächlichen Blick. Das braucht Zeit. Ich glaube Tom könnte ein Mensch sein, der mein Leben bereichert. Menschen, die das Leben anderer bereichern, sollte man hüten wie einen kostbaren Schatz.

Diesen Mund möchte ich küssen.
Jetzt.
Sofort.
Ich kann es kaum erwarten.
Ich lege meine Hand in seinen Nacken, ziehe seinen Kopf ein wenig zu mir, stelle mich auf die Zehenspitzen, um ihm näher zu kommen, und dann lege ich meine Lippen auf seine.
Eine Weile lang passiert nichts weiter.
Es ist gar kein Kuss.
Unsere Lippen liegen nur aufeinander. Ganz eben, als würden sie sich fast nicht berühren.
Für einen kurzen Moment reicht uns das, aber dann wollen wir mehr. Tom greift unter meinen Haaransatz und hält meinen Kopf. Unsere Körper sind so eng aneinandergepresst, dass es wehtut, aber ich will es so. Es könnte noch viel mehr wehtun, denn es sind Schmerzen, die durch Ehrlichkeit, Vertrauen und Respekt entstehen. Sie sind so verdammt anders als die, die durch Macht, Manipulation und durch Lügen erschlichene Anerkennung entstehen.
Tom öffnet seine Lippen, und meine tun es automatisch, als hätten sie schon lange darauf gewartet.

***

Es ist schon dunkel, als wir das Parkhaus verlassen und uns auf den Heimweg machen.

Nachdem wir uns noch lange auf der Plaza in der Sonne geküsst haben, sind wir zu den Landungsbrücken und zum Michel geschlendert. Immer wieder blieben wir irgendwo stehen, setzten uns auf Bänke und Mauern und genossen den Tag. Dann, am späten Nachmittag, hatte Tom für uns einen Tisch in einem hervorragenden Restaurant eines Fernsehkochs reserviert. Das Essen war der Hammer und wir konnten uns ewig nicht überwinden zu gehen, aber am Ende musste es natürlich sein.

Während der Autofahrt später nach Hause legt Tom immer mal wieder kurz seine Hand auf meinen Oberschenkel und streichelt sanft darüber. Wir finden tausend Gründe zu lachen und die Stimmung ist so unbeschwert wie noch nie, seit wir uns kennen.

Kurz vor Mitternacht parkt er das Auto vor meiner Wohnung und diesmal stellt er den Motor ab.

Neunzehn

»Das war das schönste Geschenk, das ich seit langem bekommen habe. Danke, Tom!«
Ich will nicht aussteigen und suche nach einem Grund, bei ihm sitzen zu bleiben. Wir könnten uns einfach noch eine Weile unterhalten oder vielleicht sogar nebeneinander auf unseren Sitzen schlafen. Mir ist es völlig egal, was wir machen, ich will einfach nur bei ihm bleiben.
Ich glaube, ihm geht es auch so, sonst hätte er das Auto doch nicht ausgemacht.
»Es war mir ein Vergnügen und außerdem war es auch für mich schön.« Er nimmt meine Hand, hält sie fest und streicht vorsichtig mit dem Daumen darüber.
Wenn er wüsste, was er damit anrichtet.
Es ist, als würde die Haut, die er berührt, an dieser Stelle in Flammen aufgehen, und das knisternde Feuer breitet sich in Windeseile aus. Zuerst auf der ganzen Haut, dann überall in meinem Körper.
Ich sehe ihn an und beuge mich zu ihm herüber, weil ich nichts anderes tun will, als ihn zu küssen.
»Willst du noch auf ein Glas Wein reinkommen?« Die Worte kommen aus meinem Mund, ohne dass sich unsere Lippen trennen, sie gehen einfach von meinem Mund in seinen über, ohne dass auch nur ein Hauch davon irgendwo entweichen kann.
Nach einer Weile schickt er mir ein paar Worte auf demselben Weg zurück.
»Wenn du sicher bist, dass du es willst.«
Klar, er muss mich das fragen, schließlich will er nicht, dass so etwas wie im Dezember noch einmal passiert. Wie muss sich das für ihn angefühlt haben. Das war echt scheiße!

Ein Wunder, dass er danach nicht gleich das Weite gesucht hat. Allein dafür hätte er schon einen Orden verdient, denn heutzutage macht sich kaum noch jemand die Mühe, etwas für andere zu tun oder ihn zu verstehen. Aber mir fallen da noch eine Menge andere Gründe ein, warum er ein toller Typ ist und ich ihn mag.

Aber im Moment wünsche ich mir nur, dass diese blöde Mittelkonsole nicht zwischen uns wäre und ich mich näher an ihn schmiegen und ihn berühren könnte.
Ist man eigentlich irgendwann zu alt für Sex im Auto?
Keine Ahnung, denn um die Beantwortung diese Frage kommt man herum, wenn man in einem Auto vor einem Haus steht, zu dem man einen Schlüssel in der Tasche hat. Also würde man doch schon aus diesem Grund auf Sex im Auto verzichten, ohne es am Alter festzumachen. Aber dafür würde ich auf keinen Fall meine Hand ins Feuer legen.
»Da bin mir ganz sicher. Komm!«
Mehr braucht es nicht. Wir schnallen uns ab und steigen aus. Vor der Motorhaube treffen wir uns wieder, um unseren Kuss fortzusetzen. Hungrig und gierig und die Sehnsucht nach seinem Oberkörper überwältigt mich vor Ungeduld. Es ist mitten in der Nacht, Anfang Februar, aber ich kann nicht anders, als das T-Shirt unter seinem Pullover aus dem Bund seiner Jeans zu ziehen, um endlich mehr von seiner Haut zu spüren.

»Komm.« Er unterbricht meine Berührung, nimmt meine Hand und zieht mich mit zur Haustür. Wir lassen uns nicht mehr los, bis wir in meiner Wohnung sind.
Nur aus Höflichkeit frage ich, ob er etwas trinken möchte.
Er küsst mich wieder und seine Antwort »Später...« verschwindet irgendwo zwischen meinen und seinen Lippen. Unsere Jacken liegen neben uns auf dem Fliesenboden. Wir haben sie achtlos von unseren Schultern fallen lassen. Ich kann es kaum erwarten, mit meinen Händen über seinen Oberkörper zu streichen. Ich liebe es. Andere Frauen lieben vielleicht etwas anderes. Ich nicht,

ich liebe es, mit meinen Händen über einen Brustkorb zu gleiten. Vor allem, wenn er Brusthaare hat.

Tom hat sie rasiert, das spüre ich, aber es ist mir scheißegal, weil er tausend andere schöne Dinge an sich hat. Und dabei kenne ich erst nur einen Bruchteil von ihm. Hektisch ziehe ich ihm den Pullover über den Kopf und das T-Shirt darunter und lasse beides zu den anderen Sachen auf den Boden fallen. Tom reißt gleichzeitig an den Ärmeln meines Blazers und überlässt ihn der Schwerkraft, ohne sich weiter darum zu kümmern. Dann beginnt er, die Knöpfe meiner Bluse zu öffnen.

Einen nach dem anderen. Einmal habe ich kurz das Gefühl, er würde sie am liebsten an beiden Vorderteilen auseinanderziehen und sie mit einem Schlag öffnen und zerstören.

Seine Ungeduld wird immer größer, weil er nicht schnell genug vorankommt, aber so ist das eben, wenn man sich stürmisch küsst und gleichzeitig an Knöpfen herumfummelt.

Als er schließlich den letzten öffnet, schiebe ich ihn langsam und vorsichtig zurück, bis er an die geschlossene Tür meines Schlafzimmers stößt. Mit den Händen streift er links und rechts den Stoff über meine Schultern, und sein Blick ruht auf meinem BH, den er gerade entblößt hat.

Wie er mich ansieht...

In dem Moment, in dem er langsam den Kopf senkt, den Stoff zur Seite schiebt und seine Lippen meine Brust berühren, bricht ein weiteres, großes Stück aus meinem Panzer heraus, und ich spüre, wie mich eine Welle aus Verlangen, Respekt, Vertrauen und Ehrlichkeit überflutet.

Meine Hand verlässt seine Brust, um die Tür zu öffnen, und ich schiebe uns weiter in mein Schlafzimmer.

Da Tom sich hier nicht auskennt, übernehme ich die Navigation und führe ihn rückwärts zu meinem Bett. Sanft drücke ich seinen Oberkörper nach unten, so dass er sich

wie von selbst auf die Bettkante setzt. Seine Hand beginnt nach dem Verschluss an meinem Rücken zu suchen, aber ich entziehe mich dem, indem ich mich vor ihn hinknie, um seine Schuhe zu öffnen und sie ihm auszuziehen.
Auf dem Weg zurück zu seinem Oberkörper machen meine Hände einen kurzen Umweg, bewegen sich langsam, in Zeitlupe, aber mit starkem Druck über den geschlossenen Reißverschluss seiner Jeans. Tom atmet laut aus, als er den Druck meiner Hand spürt. Ich atme laut aus, als ich die Härte unter meiner Hand spüre. Mein Gott, wenn wir jetzt schon so reagieren, wie wird es erst sein, wenn er in mir ist?

Dann lässt er sich mit dem Oberkörper auf die Matratze fallen und zieht mich mit sich.
Wir küssen uns eine ganze Weile. Vielleicht, weil wir keine schnelle Sache daraus machen wollen, zumindest ich nicht. Ich höre ein paar Mal in mich hinein, ob sich alles gut anfühlt, und alles in mir, auch das, was noch geschützt hinter dem aufgebrochenen Panzer liegt, sagt ja.
... versuche es wieder...
Ich glaube, Tom will auch keine schnelle Sache daraus machen, denn irgendwann flüstert er: »Wollen wir uns ein Glas Wein holen und es uns gemütlich machen?«

Ich könnte ihn küssen, dafür, dass er auch keine schnelle Sache daraus zu machen scheint. Er hat in den ganzen letzten Wochen keine schnelle Sache gemacht. Er hat mir die Zeit gegeben, die ich brauchte, um immer einen Schritt weiterzugehen. Er hat mich jeden neuen Riss in meinem Panzer spüren lassen.
»Das ist eine sehr gute Idee«, finde ich und stehle mich aus dem Bett, um Wein und Gläser aus der Küche zu holen.
Als ich zurückkomme, hat er im Schlafzimmer ein gemütliches Licht angemacht, unsere Kleider vom Boden aufgehoben und auf den kleinen Hocker neben meinem Schrank gelegt.

Ich stelle die Gläser auf den Nachttisch und gieße einen Schluck Rotwein in jedes Glas.
Dann schließe ich die Schlafzimmertür, schlüpfe unter die Bettdecke, die er mir einladend ein wenig hochhält, und wir machen es uns für den Rest der Nacht gemütlich...

***

Entweder habe ich es vergessen, oder ich habe noch nie einen so schönen Februarmorgen erlebt.
Und das liegt natürlich nicht am Februar.
Wenn mich jemand fragen würde, was denn nun das Schönste sei, ich könnte es nicht sagen.
Das eine ist schön, aber das andere ist noch viel schöner, und beides zusammen ist wunderschön.
Er ist ein unglaublicher Liebhaber.
... es gab eine Zeit, da habe ich das auch über Philip gesagt.
Vielleicht.
Aber an diesem Februarmorgen weiß ich wieder genau, was einen unglaublichen Liebhaber ausmacht.
Und das hatte Philip definitiv nicht. Punkt.
Und ganz ehrlich, das andere ist am Ende tausendmal wichtiger als das eine.
Wie konnte es nur passieren, dass ich in den letzten Jahren scheinbar vergessen hatte, wie wertvoll Sex mit einem Mann erst ist, wenn er einfühlsam, freundlich, ehrlich, gesprächig, lustig und vertrauenswürdig ist. Wenn er Fragen stellt. Dinge aus meiner Vergangenheit wissen will und wenn er nachhakt, wenn ihm eine meiner Antworten zu oberflächlich ist. Wie toll es ist, obwohl es etwas ganz Normales ist, wenn dich jemand in den Arm nimmt, deine

Haut streichelt und dir zeigt, dass es ihm wichtig ist, dass du dich wohl fühlst. Das ist es, was Sex so toll macht. Zumindest, wenn es sich nicht um einen One-Night-Stand handelt, bei dem in der Regel ohnehin kaum gesprochen wird.

»Heute musst du uns Kaffee machen. Ich weiß ja nicht, wo alles ist.« Tom liegt auf der Seite, schaut mich an und lächelt. Es ist das Spiegelbild des Neujahrsmorgens, an dem es umgekehrt war.
Er legt mir die Hand auf die Wange. »Danke für die schönen Stunden.«
»Ich danke dir auch für die schönen Stunden. Soll ich uns jetzt Kaffee holen?«
Ich drücke ihm einen Kuss in seine Handfläche, die immer noch auf meinem Gesicht liegt, und steige aus dem Bett. Im Flur finde ich die Bluse, die wir am Abend dort *verloren* haben und schlüpfe hinein. Tom lehnt sich aus dem Bett und fischt nach der leeren Weinflasche, die er mir reicht. »Hier, kein Weg umsonst. Der war übrigens sehr lecker. Davon sollten wir uns ein paar Kisten kommen lassen.«
Dabei zwinkert er mir zu. Ich nehme ihm die Flasche ab und auch die Gläser mit.
Als ich kurz darauf mit dem Kaffee zurückkomme, sitzt er am Kopfende meines Bettes gelehnt und tippt auf seinem Handy herum. Die Bettdecke reicht ihm nur bis zur Hüfte, so dass sein Oberkörper in voller Pracht zu sehen ist.
»Lass das«, ermahne ich ihn scharf, noch bevor ich das Bett erreicht habe.
Er weiß genau, was ich meine, fragt aber herausfordernd: »Was?«
»Du sollst deine Brust bedecken.«
Was rede ich denn da? Er macht es doch sowieso extra.
»Ich weiß nicht, was du dagegen hast«, antwortet er süffisant.

Außerdem hat er meine Alexa dazu gebracht, seine Lieblingsmusik abzuspielen, obwohl ich dachte, dass diese Dinger nur auf die Stimme ihres Besitzers hören.
Ich drücke ihm die Tasse mit dem heißen Kaffee in die Hand und kuschle mich auf ihn, bis ich ganz auf seinem Körper liege.
»Hey, hey, Vorsicht. Der Kaffee…«, protestiert er.
»Dann lieg auch nicht mit nacktem Oberkörper hier in meinem Bett«, erkläre ich. »Du weißt doch seit gestern Abend, was das mit mir macht.«
Er schließt die Augen und seufzt. »Ja.«
Dann lege ich mich in seine Armbeuge und wir trinken abwechselnd Kaffee, hören Musik und reden. Irgendwann fragt er wie aus heiterem Himmel: »Was machen wir jetzt?«
Ich überlege, was er meinen könnte, und antworte nach einer Weile: »Ich will noch nicht aufstehen, es ist Sonntag.«
»Das meine ich nicht«, antwortet er emotionslos und schaut nachdenklich an mir vorbei.
»Was meinst du dann?« Jetzt bin ich aber neugierig.
»Ich meine, wie geht es jetzt weiter? Sehen wir uns jetzt jeden Tag? Kochen wir zusammen? Kümmere ich mich um dein Auto und die Getränkekisten und du um meine Oberhemden? Erzählen wir es den Kindern? Buchen wir den nächsten Urlaub zusammen?«
Ich glaube, er ist noch lange nicht am Ende seiner Aufzählung, aber ich unterbreche ihn einfach ... »Hiiiiilfe! Was hast du vor?«

Natürlich haben wir schon gestern Abend darüber gesprochen und komischerweise haben wir festgestellt, dass wir gar nichts zu besprechen haben, weil irgendwie alles schon klar ist. Tom hat mir gestanden, dass für ihn schon vor dem Schokoladenregal alles klar war.
Er hatte sich damals geärgert, dass er nicht nach meiner Handynummer gefragt hatte, und sich dann einfach nur

gewünscht, wir würden uns irgendwo mal wieder treffen und ich wäre nicht vergeben.
Dass er aber auf eine Frau mit einem Panzer aus Stahl gestoßen war, die nie wieder einem Mann vertrauen wollte, stellte ihn vor eine besondere Herausforderung.
Und mich forderte dieser Mann auch heraus, denn eigentlich wollte ich nie wieder jemanden so nah an mein Herz lassen.
Shit happens …
»Ich hole uns noch einen Kaffee. Diese Planung dauert länger ...«
Er schlägt die Decke zurück und verlässt den Raum, nur mit einer Boxershorts bekleidet.
Ich schaue ihm nach, wie er durch die Zimmertür verschwindet, und mein Blick verweilt so lange da, bis er kurze Zeit später genau dort wieder auftaucht.
Als er ging, war ich mir sicher, dass es richtig war, ihn meinen Panzer zerreißen zu lassen. Als er wiederkommt, weiß ich, dass er es wert ist, ihm zu vertrauen.
Vielleicht liegt es aber auch daran, dass ich meinen Blick einfach nicht von seinem Oberkörper abwenden kann...

Wir bleiben den ganzen Sonntag im Bett und planen, wann wir es den Kindern sagen, ob wir zusammen einen Urlaub planen, ob er oder ich kochen soll, ob er lieber Hemden und Blusen bügelt oder sich um die Getränkekisten kümmert und ob wir uns überhaupt jeden Tag sehen wollen.

***

So vergehen der Frühling und der Sommer.
Seit diesem Sonntag haben wir uns fast jeden Tag gesehen, wir kochen zusammen, lernen uns immer besser kennen und diskutieren an jedem Tag über jede Menge Sachen.

Wir haben viel gelacht und manchmal auch geweint, über Ereignisse der letzten Jahre, die ich emotional noch nicht verarbeitet hatte, weil mein Panzer Gefühle wie Traurigkeit, Verletzlichkeit und Einsamkeit vor meinem Herzen und meiner Seele abgeschottet hatte. Aber diese Ereignisse waren immer irgendwo in mir. Tom hat sie aus meinem Innersten herausgeholt.
Wir erzählten den Kindern von uns, und etwas später lernten Tom meine Töchter und ich seinen Sohn kennen.
Wir gingen auf Konzerte, ins Kino und machten zweimal einen Kurzurlaub an der Nordsee.
Immer wieder habe ich ihm mal von Philip erzählt, aber nur so viel, wie ich mir selbst zutraute. Mit der Zeit hatte ich das Gefühl, dass dieses Kapitel immer mehr in den Hintergrund rückte. Es war irgendwo tief in mir, wie eine gutartige, verkapselte Geschwulst, von der man weiß, dass sie da ist, aber man lebt damit. Es verblasste.
Tom hatte mir einmal gesagt ... nicht das Böse ist das Normale ... er hatte anscheinend Recht.
Auch wenn man nicht genau sagen kann, was das Gute und was das Böse ist. Aber man merkt es, wenn man damit zutun hat. Je mehr ich daran glaube, desto mehr erhole ich mich von dieser Kleinigkeit der Begegnung mit dem falschen Menschen.

Was wir uns bis heute bewahrt haben, ist eine besondere Hommage an den ersten Moment, in dem wir uns begegnet sind.
Wir essen gerne zusammen Schokolade. Meistens bei einem guten Glas Wein, und manchmal spielen wir auch Schnick Schnack Schnuck in Situationen, in denen es nicht darum geht, einen Gewinner zu ermitteln, sondern einfach um der Erinnerung willen und der Erkenntnis, dass man mit Leichtigkeit, Humor und Empathie ein Herz erobern kann.

Einfach so...

Zwanzig

Die Novembersonne ist gerade aufgegangen und hüllt das Schlafzimmer in ein gemütliches Licht. Mein Bett ist zerwühlt und das Zimmer riecht noch nach Sex. Mit einem Kaffee in der Hand stehe ich am Fenster und schaue auf die Straße. Tom steht unter der Dusche. Er muss gleich ins Büro, weil er ein wichtiges Meeting hat. Er hat die Badezimmertür nur angelehnt, denn ich höre, wie das Wasser auf die Fliesen plätschert. Es ist dieses besondere Geräusch, das immer dann entsteht, wenn jemand mit den Händen Wasser auffängt und es sich über den Kopf oder das Gesicht schüttet. Dann verstummt das monotone, leise Plätschern des Wassers auf dem Boden für einen Moment, um kurz darauf mit einem kräftigen Schwall auf die Fliesen zu klatschen. Mir ist ein wenig kalt, denn ich bin fast nackt. Nur in Toms blaues Oberhemd geschlüpft, während ich mir Kaffee gemacht habe, stehe ich gedankenverloren da. Die Knopfleiste habe ich nicht geschlossen, denn nach Tom werde ich auch duschen. Irgendetwas zieht mich zum Fenster. Vielleicht, weil ich es mag, vor einem Fenster zu stehen und für ein paar Minuten still nach draußen zu schauen. Vielleicht, weil ich die letzte Stunde seit unserem Aufwachen noch einmal Revue passieren lassen möchte. Vielleicht stehe ich aber auch nur hier, um die Zeit bis zur Dusche zu überbrücken.
Wie aus dem Nichts und ohne Vorwarnung tauchen plötzlich Gedanken an Philip auf.
... Wie oft habe ich hier gestanden und ihm nachgesehen, wenn er das Haus verließ und in sein Auto stieg?

Seit langem denke ich wieder an ihn.
Warum gerade jetzt? Ich hatte doch erst vor wenigen Minuten wunderbaren Sex mit Tom. Er ist ein toller Mann und Liebhaber und trotzdem stehe ich hier und denke an einen anderen? Aber es ist nicht der andere Mann. An ihn denke ich nicht wirklich, sondern an das, was mit ihm

passiert ist und was es mit mir gemacht hat. Ich war auf eine Weise zerstört, die ich nicht kannte und von der ich nie geglaubt hätte, dass sie mich so treffen könnte.
Dann kam Tom. Er kennt bei weitem nicht die ganze Geschichte, nur das, was ich ihm erzählen musste, um uns eine Chance zu geben und mir und meinem Gewissen gerecht zu werden, denn ich bin ihm zu großem Dank verpflichtet. Er hat mir sein volles Vertrauen geschenkt, mich geliebt, beschützt und gerettet. Wenn er bei mir ist, ist alles perfekt. Wenn wir uns unterhalten, fallen uns so viele Worte ein, die Gespräche könnten nie enden. Wenn er mich zum Lachen bringt, dann lachen wir, bis die Lachmuskeln schmerzen, und wenn er merkt, dass ich seine Stille brauche, dann hält er mich schweigend in seinen Armen. Und wenn er mit mir schläft, könnte es nicht schöner sein, denn es ist das Aufregendste, Erotischste, total Leidenschaftlichste, und auch Verrückteste und doch das Respektvollste und Vertrauteste, was sich eine Frau wünschen kann.
Wenn er mir einen Orgasmus schenkt, bin ich hundertprozentig mit Herz, Körper und Seele bei ihm.
Ich muss nicht darüber nachdenken, was ich sagen werde, wenn mich der Höhepunkt überkommt. Ich muss nicht daran zweifeln, ob die Worte angemessen sind oder ob der Mann, der mich so weit bringen kann, der ist, zu dem ich sie sagen kann oder darf. Es ist großartig, so zu fühlen.
Aber das wirklich Großartige ist, dass Tom in diesen Momenten genauso fühlt.
Dann gibt es nur noch ihn und mich.
Sonst nichts!
Vielleicht habe ich deshalb manchmal ein schlechtes Gewissen, weil ich ihm nicht jedes Detail über Philip und mich erzählt habe, aber ich weiß tief in mir, warum ich es nicht getan habe und auch nicht tun will. Weil es nicht mehr um Philip geht. Nicht mehr um den Mann, sondern darum, was eine Kleinigkeit des Lebens mit mir gemacht hat. Was es aus mir gemacht hat. Tom weiß, was ich mir

damals von Philip erhofft hatte, wie ich mich in ihn verliebt hatte. Wie die Zeit verging und über zwei Jahre nichts passierte. Aber er weiß nicht, wie tief mich das alles getroffen hatte und wie viel ich immer noch davon mit mir herumtrage. Dass ich mich verloren hatte. Dass ich mir seither nicht mehr vertraue und mein inneres Gleichgewicht nicht mehr stimmt, das weiß er nicht. Und dass ich seitdem ein schwarzes Loch meinen Begleiter nenne das mir ständig im Nacken sitzt und nur auf die nächste Gelegenheit wartet, mich in sich hineinzuziehen, auch das weiß er nicht.
Vielleicht hätte es eine andere Frau nicht so getroffen wie mich. Vielleicht bin *ich* einfach so erbärmlich schwach, und habe ihn dadurch geradezu eingeladen, mich so respektlos und ohne Wertschätzung zu behandeln. Sagt man das nicht auch über Mobbingopfer, dass sie etwas an sich haben, das sie zu Opfern macht? Vielleicht habe ich das auch, vielleicht ist es tief in mir verwurzelt, in meiner Familie, in meiner Kindheit. Ich weiß es nicht. Die Gedanken an die Zeit mit Philip verletzen mich und zeigen mir immer wieder das Ausmaß und meine vernarbten Wunden. Hätte mir früher jemand davon erzählt, hätte ich selbstbewusst gesagt das passiert mir nicht, das merke ich. Das ist das eigentlich Schlimme. Und das weiß nur ich. Ich hätte das nicht so lange mitmachen dürfen. Ich hätte nicht warten dürfen, bis *der Strohhalm den Rücken des Kamels bricht.*
Und deshalb will ich, dass niemand erfährt, wie erbärmlich und jämmerlich schwach ich war.
Auch Tom nicht.

Er ist so respektvoll und wertschätzend, aber trotzdem männlich, rau und selbstbewusst. Er entscheidet in den richtigen Momenten und ich liebe das. In anderen fragt er mich oder überlässt mir die Entscheidung. Er macht einfach immer das Richtige. Eine ehrliche Haut. Auf ganzer Linie.

Er ist das Beste, was mir passieren konnte.
Er würde es nie verlangen, und ich habe zuvor nie daran gedacht, aber er hat für das alles meine größte tiefste, ehrlichste und innigste Anerkennung.
... Wie war das noch? ... Menschen mit bestimmten, narzisstischen Persönlichkeitsstörungen streben nur nach Anerkennung. Aber das ist doch eigentlich die falsche Anerkennung! Ist nicht die wahre Anerkennung die, um die man nicht bittet? Die, die man geschenkt bekommt. Die, die man nicht erwartet. Die, die uns Menschen schenken, von denen wir ungefragt geschätzt werden?

Durch Gedanken wie diese, die mich seit meiner Begegnung mit Philip beschäftigen, die anfangs nur aus Fragen und Unverständnis bestanden, sich aber im Laufe der Zeit zu konkreten Vermutungen und Erkenntnissen entwickelt haben, wird mir erst bewusst, wie abnormal diese Menschen fühlen und ihren Lebensinhalt suchen. Die Warnungen von Experten vor Kontakten mit ihnen, auf die ich damals gestoßen war, haben mich zutiefst verunsichert und ich weigerte mich anfangs, ihnen zu glauben.
Lange Zeit war ich mir sicher, dass ich es merken würde, wenn es so wäre.
Heute weiß ich, ich habe mich geirrt, aber ich habe keinen Beweis dafür.
Zwei Arme umschlingen mich. Ich habe Tom gar nicht kommen hören, so tief war ich in Gedanken versunken.
Er küsst meinen Hals und vergräbt sein Gesicht in meinen Haaren. Der Duft seines Duschgels umhüllt mich und zusammen mit der Wärme seines Körpers, den er eng an meinen Rücken schmiegt, fühle ich mich wohl und geborgen.
Die Gedanken von gerade werden wieder in die eigens für sie geschaffene Kiste gesteckt und im hintersten Verlies meiner Seele versteckt.
»Ich vermisse dich jetzt schon«, haucht er mir ins Ohr und seine Arme drücken mich noch ein wenig fester an sich.

»Ich werde dich auch vermissen«, antworte ich ehrlich. »Aber es ist ja nur eine Nacht, dann bin ich wieder da.«

Noch immer in seinen Armen drehe ich mich zu ihm und reiche ihm meine Tasse, damit er einen Schluck daraus nehmen kann. Sein Anblick überrascht mich, denn er trägt nichts. Mein Blick bleibt an seiner Brust hängen. Ich kann nicht anders, als meinen Kopf an sie zu lehnen und dabei entgeht mir ein genüssliches »Hmmm«. Seine Brusthaare kitzeln meine Nase. Seit wir zusammen sind, hat er sie nicht mehr rasiert. Das ist das Schönste für mich. Diese Momente an seiner Brust. Und dann wird mir klar, warum ich bei diesem Mann so empfinde. Weil er mein tiefstes Vertrauen hat und ich seins.

Das macht es aus. Nicht in irgendwelchen Armen fühlt man sich geborgen, sondern nur in denen, deren Herz und Seele man auch kennt. Sonst ist es nur eine Umarmung warmer Muskelmasse.

Beiläufig stellt Tom die Tasse auf die Fensterbank und hebt meinen Kopf an, dann küsst er mich zärtlich und ich habe schon wieder Lust auf eine weitere Runde Sex mit ihm. Aber er ist brav und hält meine Hand fest, die sich langsam von seiner Brust abwärts bewegen will.

»Schatz, ich muss los. Wir holen das nach, wenn du wieder da bist. Versprochen!«

Er hat Recht, denn ich muss auch gleich los. Um zehn Uhr werde ich von meinem Arbeitskollegen abgeholt, um mit ihm und einem weiteren Kollegen zu einer Messe nach Frankfurt zu fahren. Bis dahin muss ich noch ins Bad, den Koffer packen und die Wohnung aufräumen. Wie kann ich also annehmen, wir hätten Zeit für eine weitere Runde Sex?

»Spießer!«, rufe ich ihm frech entgegen und löse mich gespielt beleidigt aus seinen Armen. »Wenn du zurückkommst, zeig ich dir, was für ein Spießer ich bin! Darauf kannst du dich verlassen!«, droht er mir. Ich mache mich auf den Weg ins Bad, drehe mich aber an der Tür noch einmal um und antworte sündig: »Ich freue mich schon darauf.«

Die Tür öffnet sich vorsichtig einen Spalt, während ich mir, in ein Handtuch gehüllt, vor dem Spiegel die Haare kämme. Tom sieht umwerfend aus. Er trägt wieder diesen dunkelblauen Anzug und darunter das weiße Hemd mit den Abnähern. Ich mag dieses Hemd einfach an ihm. Und jetzt habe ich schon wieder Lust auf ihn, ich will das Hemd aufknöpfen und mit den Händen über seine Brust streichen.
Aber er weiß es, denn er sieht es mir an der Nasenspitze an. Blitzschnell umfasst seine Faust mein Handgelenk, bevor ich den ersten Knopf erreichen kann. »Marie! Ich muss ins Büro, sei brav. Ich wollte mich nur kurz verabschieden.«

Er breitet die Arme aus und ich lasse mich umarmen. Nehme noch einen tiefen Atemzug von ihm und seinem Aftershave. Das muss bis morgen reichen. Dann küssen wir uns und er nimmt seine kleine Reisetasche und den Schlüsselbund und geht. Wir haben uns heute Morgen schon intensiv verabschiedet, da braucht es keine großen Worte und Gesten mehr. Außerdem wissen wir, dass wir abends telefonieren werden.

Knapp zwei Stunden später nehme ich den kleinen Koffer und verlasse meine Wohnung. Der schwarze SUV wartet schon vor dem Haus auf mich. »Hallo«, begrüße ich Julian, als ich die Tür öffne. »Hallo. Na, alles klar, hast du Lust?«, fragt er, als ich auf dem Rücksitz Platz nehme. Sollen doch die Männer vorne sitzen, habe ich mir gedacht. »Klar, wegen Corona war ich seit drei Jahren auf keiner Messe mehr, da hab ich jetzt schon mal wieder Lust.«
»Stimmt. Mal sehen, was uns erwartet.« Damit startet er den Motor und fährt los. Im Nachbarort holen wir Frank ab und machen uns auf den Weg nach Frankfurt. Was die

beiden sich erzählen, kann ich auf dem Rücksitz nicht verstehen und bemühe mich auch nicht, sondern verbringe die Zeit mit schönen Erinnerungen an die Nacht und das Aufwachen mit Tom.

Vier Stunden später betreten wir die Messehallen und gehen erst wieder, als wir am Abend aufgefordert werden, sie zu verlassen.
»Jungs, das war ein anstrengender Tag. Ich bin nichts mehr gewohnt. Mir tun die Füße weh.«
Endlich sitzen wir wieder im Auto und fahren zu unserem Hotel. »Nicht nur dir«, stimmt Frank zu. »Für heute reicht es. Morgen geht's weiter.«
Julian gibt die Adresse des Hotels in den Routenplaner ein und lenkt den Wagen vom Parkplatz.
»Es waren ziemlich viele unserer Lieferanten vertreten, finde ich. Wir haben es nur bis Halle 6 geschafft, und du, Marie?« Frank dreht sich zu mir um und wartet auf meine Antwort. »Fand ich auch. Ich habe tolle Gespräche geführt. Halle 7 habe ich mir für morgen vorgenommen. Und ihr?«
»Wir auch. Und wir haben uns auf der Abendveranstaltung mit ein paar Leuten auf ein Bier verabredet.«
Julian konzentriert sich wortlos auf den Großstadtverkehr, meldet sich jetzt aber mit einem kurzen Zwischenruf zu Wort. »Ich bin am Verhungern.« Frank und ich auch, aber wir halten noch ein bisschen durch, denn wir wissen, dass es später ein richtig gutes Abendessen gibt, zu dem wir angemeldet sind.
Unser Hotel ist toll, die Zimmer luxuriös und modern. Sie liegen nebeneinander in einem verwinkelten Flur. Wunderschöne Bilder und Spiegel zieren die Wände. Wir drei stehen in einer Reihe vor unseren Zimmertüren, die Chipkarte in der Hand, die sie öffnet.
»In einer Stunde sind wir alle wieder hier, Abfahrt zur Abendveranstaltung?«, fragt einer der Männer.
»Soll ich uns ein Taxi bestellen?«

»Ruf doch an der Rezeption an, die sollen das machen«, schlage ich vor. »Bis später, Jungs«, verabschiede ich mich und verschwinde mit meinem kleinen Koffer im Zimmer.

Nur eine Stunde ist viel zu wenig für all das, was ich gerne tun würde. Ausruhen, zum Entspannen fernsehen, duschen, mit Tom telefonieren, die Haare föhnen und sicher würde mir noch viel mehr einfallen. Ich bin ein bisschen überfordert, also schalte ich erst einmal das große Deckenlicht aus und ein gemütliches, indirektes an. Dann öffne ich den Koffer und bringe meine Kulturartikel ins Bad. Obwohl der Geräuschpegel in der Messehalle den ganzen Nachmittag über sehr hoch war, empfinde ich die Stille, die sich jetzt ausbreitet, als unangenehm. Dabei hätte ich das Gegenteil erwartet. Ich schalte den Fernseher ein, ziehe mir die Schuhe aus und werfe mich aufs Bett. Dann suche ich in meiner Handtasche nach dem iPhone.
Tom hat mir zwei Nachrichten geschickt.
Eine vor drei Stunden. *Ich vermisse dich*. Kuss-Smiley.
Eine vor einer Stunde. *Ich vermisse Dich sehr*. Zwei Kusssmileys.
Seine Worte zaubern ein Lächeln auf mein Gesicht und ich möchte die Stimme hören, die mir diese Worte noch einmal zuflüstert, denn ich vermisse ihn auch. Das Aufwachen war so schön mit ihm, so vertraut, so entspannt, so ehrlich. Ich höre dreimal das Freizeichen, dann höre ich Tom. »Hey, Schatz! Schön, dich zu hören. Wie geht es dir?«
»Hallo Schatz! Ich brauche dringend ein paar liebe Worte von dir, damit meine Füße nicht mehr so wehtun und mein Magen nicht mehr so knurrt ...«
»Ach so, ich soll dir also etwas Nettes sagen, damit deine Füße nicht mehr so wehtun?«, beschwert er sich gespielt.
»Nein, natürlich nicht, sondern weil ich dich auch schon vermisse.« Es ist gut, ehrlich zu sein. Tom und ich scherzen viel und machen immer gerne Witze auf Kosten

des anderen, aber wir wissen auch, wann es Zeit ist, ernst zu werden.
»Wie war das Meeting, wie war dein Tag?«, frage ich schnell.
Er erzählt vom Meeting mit den amerikanischen Kollegen und ich von den Eindrücken der Messe. Dann muss ich mich verabschieden, denn von der Stunde, die mir zur freien Verfügung steht, sind schon mehr als zwanzig Minuten vergangen.
»Ich muss, Schatz. Schnell unter die Dusche und dann ab zur Abendveranstaltung. Ich habe auch schon mächtig Hunger.«
»Hab einen schönen Abend und viel Spaß. Pass auf dich auf, Darling. Ich küsse dich, bis morgen!«
Dann ist er weg.
Wie von etwas angezogen, sinkt meine Hand mit dem Handy langsam neben mich auf die Matratze. Bewegungslos, obwohl ich jetzt eigentlich loslegen müsste.
Es ist, als wäre ich auf der Matratze einbetoniert, von vielen Kubikmetern zähen, wasserundurchlässigen Betons.
Was hat er gerade gesagt?
Seit diesem Wort sind meine Gedanken plötzlich in anderen Sphären.
...in der ersten Woche, in der ich Philip kennenlernte, nannte er mich auch so. In einer der ersten Nachrichten schrieb er damals so etwas wie: Sleep well, Darling. War da nicht schon die erste Warnung in mir?

Ich muss mich beeilen, sonst werde ich nicht fertig. Mit einem Blick auf meine Smartwatch weiß ich, dass meine Kollegen in genau 33 Minuten an meine Tür klopfen werden. Sie werden pünktlich sein, dafür kenne ich sie.
Fast panisch springe ich aus dem Bett, ziehe mich hastig aus und stelle die Dusche an. Ich zwinge meine Gedanken in Überlegungen, was ich anziehen werde, dränge sie in Erinnerungen an die Begegnungen des Tages und die

damit verbundenen Gespräche, und als ich merke, das reicht alles noch nicht aus, versuche ich auch noch überschwänglich, irgendein altes Lied laut mitzusingen, während mich die Dusche mit Wasser übergießt.
Schockiert über die lächerlichen Experimente, die ich mir selbst auferlege, und doch ist alles, was ich versuche, erfolglos. Erbärmliche Ablenkungsversuche, die ich mir hätte sparen können, weil mich in Wirklichkeit wieder nur ein Gedanke beschäftigt, der nicht den kleinsten Platz für irgendetwas anderes neben sich lässt. Nur weil Tom mich gerade *Darling* genannt hat. Das sagt er sonst nie, aber ich bin überzeugt, es ist nur ein harmloser Zufall, vielleicht weil er den ganzen Tag mit den amerikanischen Kollegen zu tun hatte. Und doch katapultiert es mich zurück in die Vergangenheit.
Ich kenne diese Momente nur zu gut. Aber ich dachte, ich wäre ihnen entkommen. Ja, ich bin ihnen entkommen, da bin ich mir sicher. Ich habe die ganze Geschichte mit Philip hinter mir. Ich bin alles tausendmal durchgegangen und glaube zu wissen, was passiert ist. Ich habe gelernt, mir selbst wieder zu vertrauen, und das habe ich genau mit der richtigen Person getan, als ich Tom getroffen habe.
Die Wut, die mich überkommt, macht mich plötzlich hellwach. Ich ärgere mich über mich selbst, weil ich immer noch über diese alten Geschichten nachdenke, anstatt dankbar zu sein, einen Mann an meiner Seite zu haben, der es ehrlich und gut mit mir meint. Zur Strafe drehe ich den Thermostat der Dusche ein gutes Stück in die blaue Richtung und schreie überrascht auf, als mich die selbstauferlegte Qual kalt erwischt.
Drei Sekunden halte ich es aus, dann stelle ich die Dusche ab und steige hinaus. Ich wickele mich in das große Badetuch und drehe meine nassen Haare kopfüber in ein kleines Handtuch. Mir ist so heiß, ich muss die Zimmertür einen Spalt öffnen. Das Bad ist komplett in Wasserdampf gehüllt, der nun langsam in das angrenzende Hotelzimmer entweicht.

Stück für Stück baut sich mein Spiegelbild im großen Badezimmerspiegel vor mir auf. Es erinnert mich an das Dalli-Klick-Spiel, das ich als Kind im Fernsehen gesehen habe. Das Bild, das auf der beschlagenen Spiegelfläche immer sichtbarer wird, zeigt mich, und ich stehe regungslos da und sehe zu, wie es sich langsam, Zentimeter für Zentimeter, entwickelt.
Ich kann den Blick nicht abwenden, obwohl mir die Zeit im Nacken sitzt.
Ich hasse es, mir bewusst zu werden, was die Begegnung mit diesem Menschen aus mir gemacht hat, und ich hasse es, mir einzugestehen, dass ich irgendwo tief in meinem Inneren genau deswegen immer noch richtig am Arsch bin. Zu wissen, dass mich diese Sache in die Knie gezwungen hat, obwohl ich eine selbstbewusste, starke Frau war, macht mich traurig. Und in solchen Momenten erinnere ich mich wieder an diese Zerrissenheit in mir von damals, denn verdammt, alles ist leichter zu ertragen als ein ständiger Kampf zwischen Herz und Verstand.
Die Momente, in denen mir das alles so klar wird wie jetzt, treffen mich manchmal unvorbereitet irgendwo in meinem Alltag. Diese Gedanken sind wie Ungeziefer, sie krabbeln überall hin. Sie vereinnahmen mich auf die unangenehmste und vielfältigste Weise.
Mal durch ein Wort, das ich aufschnappe, mal durch eine Szene, die ich beobachte. Manchmal sehe ich im Vorbeifahren auf einem harmlosen, riesigen Werbeplakat, das sich über die Hälfte eines Hauses erstreckt, in großen Buchstaben die Schlagzeile stehen:

Die Drei S des Narzissten:
STATUS – SEX – STAFF

Jedoch sie treffen mich deutlich seltener als noch vor einem Jahr und deshalb gebe ich die Hoffnung und den festen Glauben nicht auf, dass es irgendwann vorbei sein wird.

Tom wird mir dabei helfen und ich mir selbst auch. Was habe ich nicht schon alles geschafft seit der Zeit, als ich nur auf dem Sofa vegetierte und mich von der Außenwelt abschottete. Ich habe mich aus dem tiefen, schwarzen Loch herausgezogen, in das ich hineingefallen war.
Meine Hände stützen sich auf das Waschbecken und ich nähere mich dem Spiegel. Meine Augen blicken direkt in ihr Spiegelbild und verharren dort.
Dann fokussiere ich alle meine Gedanken und führe sie zusammen, wie tausend Kabel, die aus allen Richtungen zu einem einzigen dicken Kabel zusammenlaufen, und ich höre mich laut sagen:
Marie, du hast es geschafft, dich aus dieser toxischen Verbindung mit diesem Mann zu befreien. Du hattest dein Herz verloren. Du hast dich gerettet, und du hast es ganz allein geschafft.
Obwohl du nie danach gefragt hast und es für dich nicht wichtig ist, gebührt dir dafür die größte Anerkennung ...

Eben war ich noch die Frau, die mit dem Mann, der sie liebt, begehrt und vermisst, schöne Worte gewechselt hat. Hätte ich in den Spiegel geschaut, hätte ich eine lächelnde, verliebte, glückliche Frau gesehen. Jetzt blicke ich in ein gequältes und verängstigtes Gesicht und wünsche mir, zu Hause bei Tom zu sein.
Wie soll ich mich jetzt für den bevorstehenden Abend motivieren?
Mein Handy summt und kündigt eine Nachricht an, die mich endlich aus meiner Starre reißt.
Es ist eine Nachricht von Tom: *Ich liebe dich!*
Als hätte er es geahnt, als hätte er es gewusst, als hätte er gespürt, dass ich das jetzt brauche.
Ohne eine Sekunde zu zögern, rufe ich ihn an. Drei Sekunden später höre ich seine Stimme.
»Hey, ich dachte, du hättest es eilig?«
»Ich wollte dir nur schnell sagen, dass ich dich auch liebe!«

Meine Stimme ist leise und zittert ein wenig.
»Das weiß ich doch, mein Schatz. Aber es ist schön, das immer wieder zu hören.« Dann macht er eine kleine Pause und fragt: »Hey, ist alles in Ordnung?«
Obwohl ich es nicht will, lüge ich ihn an. »Ja, alles in Ordnung, ich bin nur müde und hungrig. Und ich habe mich so über deine Nachricht gefreut.«

Ich weiß nicht, ob er mir glaubt, aber er fragt nicht weiter nach, sondern fordert mich auf: »Jetzt mach schon, sonst müssen die beiden Männer auf dich warten, und die haben bestimmt genauso viel Hunger wie du. Dann werden Männer ungemütlich, das weißt du.«
»Bis morgen, mein Schatz.«
»Bis morgen, mein Schatz.«
Er hat es wieder einmal geschafft, mich aus meiner Vergangenheit zu retten, und dafür danke ich ihm im Stillen von ganzem Herzen.

Einundzwanzig

»Ihr Taxi wartet schon vor dem Eingang. Wir wünschen einen schönen Abend«, begrüßt uns ein Mitarbeiter an der Rezeption, obwohl wir ihn noch gar nicht angesprochen haben.

»Vielen Dank.« Dieselben Worte, im selben Moment, von meinen Kollegen und mir. Dann gehen wir hinaus und steigen in ein Taxi, das uns fast eine halbe Stunde durch Frankfurt fährt und uns wieder vor den Messehallen absetzt.

Viele Besucher strömen gleichzeitig zum Eingang. Eine ganze Messehalle wurde in ein Restaurant verwandelt, in dem Buffets und Bars aufgebaut sind und eine Live-Band spielt. Angeblich werden an diesem Abend viertausend Menschen erwartet. Je näher ich der ausgewiesenen Halle komme, desto mehr glaube ich, die Zahl stimmt.

Es ist ein beeindruckender Anblick. Perfekt gedeckte runde Tische mit weißen Tischdecken und Stuhlhussen. Mehrere große Buffets und Bars aus weiß glänzendem Kunststoff. Riesige Vasen mit Blumenarrangements und eine überdimensionale Bühne für eine Band. Die ganze Halle ist in ein gedämpftes, blaues Licht getaucht, nur ein paar bunte Spots, die säulenartig an den Wänden stehen, brechen das Blau und setzen es dadurch noch mehr in Szene. Jeder Besucher, der durch die große Tür tritt, hält unbewusst einen Moment inne, um den Anblick zu genießen. Wir natürlich auch. »Wow, was für ein Anblick!« Frank spricht aus, was wir alle denken. »Und wo setzen wir uns hin, Marie?«

Die Männer schauen mich an, aber ich bin völlig überfordert. »Keine Ahnung. Ihr entscheidet.«

Wir setzen uns in Bewegung und laufen erst einmal durch die halbe Halle, dann suchen sich die Jungs langsam einen Tisch.

Die Wahl fällt auf einen, der insgesamt zehn Personen Platz bietet. Vier Stühle sind schon besetzt. Wieder schauen sie mich fragend an und bitten um meine Zustimmung. »Klar. Perfekt! Neben einem Buffet und einer Bar, was will man mehr?«

»Guten Abend«, begrüße ich unsere neuen Tischnachbarn. »Dürfen wir uns zu euch setzen?«
Freundlich laden sie uns ein, Platz zu nehmen. Das tun wir auch sofort, gelaufen sind wir an diesem Tag mehr als genug. Wir freuen uns, endlich einen Platz für den Abend gefunden zu haben und kommen sofort ins Gespräch. Der Saal füllt sich weiter mit Gästen und wir bestellen die ersten Getränke. Die Müdigkeit in uns muss dringend weggespült werden, damit der Abend ein Erfolg wird. Darin sind wir drei, aber auch die anderen am Tisch, uns einig. In diesem Sinne leeren wir unser erstes Bier und bestellen schnell das nächste. Ab und zu kommen Leute an unserem Tisch vorbei, die einer von uns kennt oder sogar alle. So begrüße auch ich einige Male bekannte Händlerkollegen oder Mitarbeiter unserer Lieferanten. Ein paar Mal erhebe ich mich auch vom Tisch und gehe ihnen entgegen, um mit dem einen oder anderen ein kurzes Gespräch zu führen oder sogar eine Umarmung zu erwidern.
»Bis später auf einen Drink an der Bar...« ist jedenfalls der Satz, den ich unzählige Male zum Abschied sage, und insgeheim befürchte ich, es wird ein feuchtfröhlicher Abend werden, von dem ich hoffe, dass ich ihn durchstehen werde, wenn ich all diese Versprechen einlösen muss.
Bis jemand, von dem wir alle nicht wissen, wer er ist und was er zu sagen hat, eine kleine Rede hält und das Buffet eröffnet, haben wir gute Gespräche geführt, viel Spaß gehabt und ebenso viel Bier getrunken.
Bei der Auswahl der Speisen bleiben keine Wünsche offen. Ob deftig oder mediterran, Pizza oder Pasta,

vegetarisch oder vegan, Salate in allen Variationen und viel Leckeres für Fleischliebhaber. Ich glaube nicht, dass ich alles gesehen habe. Während Frank, Julian und ich mehrere Gänge vom Buffet nehmen, bestellen die Tischnachbarn jedes Mal ein Glas Wein für mich, was zur Folge hat, dass ich nach dem Dessert nicht nur satt bin, sondern auch einen, ich würde sagen, geselligen Alkoholpegel habe. Inzwischen spielt auch die Band, wenn auch noch leise, im Hintergrund.

Den ersten Gang zur Toilette habe ich bis jetzt hinausgezögert, weil ich weiß, wenn ich das erste Mal gehe, werde ich immer wieder gehen müssen. Aber jetzt muss es sein. Der Weg ist weit, ich muss durch die halbe Halle zurück zum Ausgang, und dieser Weg, der mitten durch alle Tische auf einem königsblauen, breiten Teppich führt, ist für mich eine echte Herausforderung. Das wird mir erst richtig bewusst, als ich mich durch die Ansammlung von Tischen schlängele und nun die ersten Meter auf diesem blauen Catwalk gehe. Meine Beine zittern plötzlich, weil ich das Gefühl habe, dass mich links und rechts die Leute an den Tischen anstarren.

Ich bilde mir ein, sie denken, das *ist doch die, die sich jahrelang von einem Narzissten hat benutzen lassen.*

Warum habe ich das eben nicht bemerkt? Warum bin ich nicht am Rand der Halle entlang gegangen?

Solche Momente erinnern mich daran, was mit mir passieren kann, wenn ich meinen geschützten, sicheren Raum verlasse. Bis ich den Waschraum erreiche, macht mir die Resignation wieder bewusst, wie sehr ich mich verändert habe. Früher hatte ich nicht das geringste Problem damit, auf einem breiten blauen Teppich durch einen Raum voller Menschen zur Toilette zu gehen. Aber Gott sei Dank spüre ich schon in dem Moment, in dem ich mich in eine der Toilettenkabinen flüchte und die Tür abschließe, dass sich in mir eine Kraft bündelt, die sich

gegen das *sich Fügen in etwas unabänderlich Scheinendes* stark macht, um Gegenzuwirken.
Solange ich diese Kraft spüre, werde ich nicht aufgeben. So lange werde ich versuchen, mein altes Ich wiederzufinden. Jetzt noch aufzugeben wäre undankbar. Nach allem, was ich erreicht habe und weil ich Tom gefunden habe.
Ich sitze viel länger, als ich sollte, und etwas in mir will nicht mehr zurück. Wahrscheinlich ist es der Alkohol, der mir langsam die Sinne vernebelt. Aber ich kann hier nicht bleiben, weder so, mit heruntergelassener Hose, noch komplett angezogen, will ich länger in diesem aus Kacheln und Trennwänden bestehenden Toilettenraum bleiben, in dem ich fast nichts anderes höre als das Zuschlagen der Türen, Wasserspülungen und die automatischen Händetrockner. Also verlasse ich zielstrebig und schnell die Kabine.
»Marie?« Jemand ruft meinen Namen, als ich durch den Kabinengang in den Vorraum mit den Waschbecken und Spiegeln gehe. Als ich mich umdrehe, blicke ich in ein vertrautes Gesicht, das ich aber seit Jahren nicht mehr persönlich getroffen habe.
»Sylle! Wirklich? Hey, was machst du denn hier?«
»Wahrscheinlich dasselbe wie du, pinkeln!«
Ich mag ihre Art, sie ist eigentlich genau wie ich früher, deshalb haben wir uns immer so gut verstanden. Sie arbeitet bei einem Zulieferer im Verkauf. Wir haben uns vor sieben oder acht Jahren auch auf einer Messe kennen gelernt. Die Chemie zwischen uns hat von der ersten Sekunde an gestimmt.
»Wow, schön, dich wiederzusehen. Komm, lass uns einen Drink an der Bar nehmen und auf unser Wiedersehen anstoßen«, schlägt sie vor.
»Sehr gerne. Wie geht es dir? Alles in Ordnung?«
Wir stehen nebeneinander an den Waschbecken, schminken uns noch schnell und ich bürste mein Haar.

Sylle braucht das nicht, sie hat einen modernen Kurzhaarschnitt, der perfekt sitzt.
Wie alte Freundinnen verlassen wir plaudernd die Toilette und gehen den Weg zurück. Denselben Weg, der mich eben noch bis ins Mark eingeschüchtert hat, und jetzt verstehe ich kaum noch, warum.
Die Musik ist lauter geworden und viele Gäste haben ihre Plätze verlassen und stehen mit einem Getränk an den Bars. Der Anblick in der großen Halle ist plötzlich ein ganz anderer.
Menschen laufen durcheinander, stehen zusammen, unterhalten sich. Tummeln sich vor den Bars und einige tanzen schon. Jetzt habe ich nicht die geringste Angst, dass mich jemand ansieht und denkt, ich sei von einem Menschen manipuliert und benutzt worden. Ich fühle mich gut und Sylle ist bei mir.
Jetzt kann ich mir sogar eingestehen, dass ich mir auf dem Weg zur Toilette alles nur eingebildet habe.
»Ich muss an meinen Tisch zurück und den Jungs Bescheid sagen, sonst melden sie mich als vermisst.«
»Klar, wo sitzt ihr denn? Wer ist bei dir, kenne ich die?«
»Frank und Julian. Ich glaube, Julian kennst du gar nicht und Frank vielleicht vom Telefon.«
Meine Kollegen sitzen brav an unserem Tisch und warten auf mich.
»Hey Jungs, das ist Sybille Tescher von der Düsseldorfer Teppichmanufaktur«, stelle ich meine Begleiterin vor. Julian begrüßt sie mit einem »Hallo« und Frank ist überrascht. »Ach hallo, du bist das...«
»Hey, schön, dich persönlich kennenzulernen.« Sie geht auf ihn zu und schüttelt ihm die Hand.
»Wir haben so oft telefoniert, jetzt habe ich ein Gesicht zur Stimme.«
Ich mache einen Vorschlag. »Sollen wir uns ins Getümmel stürzen und an einer der Bars einen Cocktail trinken?« Keiner sagt etwas, aber alle nicken und stehen auf. Unsere kleine Gruppe bewegt sich langsam auf die nächste Bar zu.

Davor ist schon einiges los, einen Platz direkt am Tresen bekommen wir nicht, aber das ist auch nicht so schlimm. Julian schlängelt sich vorbei, um Getränke zu holen, und irgendwann drückt mir jemand ein Glas in die Hand.
Ich werfe einen Blick darauf und erkenne Wodka-Energy.

Jeder von uns kennt jemanden, der vorbeikommt, sich ebenfalls an die Bar stellt oder sich an uns vorbeischiebt, um Getränke zu holen. Es entsteht eine gute Mischung aus Gesprächen, lustigen Rempeleien und flüchtigen Begegnungen. Plötzlich werde ich heftig von hinten gestoßen, aber im selben Moment an der Taille gepackt und festgehalten. Ein Mann dreht sich zu mir um und entschuldigt sich. »Tut mir leid, ich wollte dich nicht anrempeln, aber hier ist es so eng und ich wollte mir nur ein Bier holen.«

Er ist freundlich und obwohl ich mich erschrocken habe, nehme ich ihm die Entschuldigung ab und glaube ihm. »Schon gut, kein Problem. Du hast mich ja aufgefangen. Es ist also nichts passiert!«, lächle ich ihm zu.
»Das war das Mindeste, was ich tun konnte. Darf ich dich zur Wiedergutmachung auf einen Drink einladen?«
»Gern« höre ich mich sagen. Es muss der Alkohol sein. Ich bin ungehemmt, ganz anders als sonst. Er lässt seinen Arm aus meiner Mitte gleiten und greift nach meiner Hand. Er hält sie fest und bahnt uns einen Weg durch die Menge. Zieht mich und ich folge. Hand in Hand. Alle paar Sekunden dreht er sich zu mir um und schaut mich an, als wolle er sehen, ob ich noch da bin, dabei hält er meine Hand fest in seiner.
»Was kann ich dir bestellen?«, fragt er irgendwann. Ich schaue auf mein Glas und sehe, dass es leer ist. »Noch mal dasselbe, bitte.«
»Was war das?«, fragt er.
»Wodka Energy.«
Er wendet sich von mir ab und dem Team hinter der Theke zu, und bestellt unsere Getränke.

Es dauert eine Weile, aber er lässt meine Hand nicht los, obwohl er es könnte. Ich spüre, wie seine meine warm und fest umschließt und halte nach meinen Jungs und Sylle Ausschau. Sie stehen ganz in meiner Nähe und unterhalten sich. Alles ist gut. Während er auf unsere Bestellung wartet, beobachte ich ihn. Er trägt Jeans, Hemd, Krawatte und Jackett. Seine Krawatte gefällt mir sofort, sie ist dunkelblau und hat etwa alle drei Zentimeter einen schmalen weißen Streifen. Es gibt nur wenige Krawatten, die mir gefallen, und ich glaube, ich kann den Charakter eines Mannes an der Wahl seiner Krawatte beurteilen. Auf meiner persönlichen Krawatten-Bestenliste steht seit Jahren unangefochten Christian Sievers an erster Stelle. Ich bin in Krawatten versunken...
»So, jetzt ganz offiziell noch mal Entschuldigung. Ich hoffe, ich habe dir gerade nicht wehgetan. Ich bin Jonas.«
Er reicht mir ein Glas, ich nehme es.
»Marie. Und, du hast mir nicht wehgetan. Ich habe mich nur erschreckt. Ist schon gut. Trotzdem ist es schön, dass wir zusammengestoßen sind und jetzt darauf anstoßen. Prost!«
Wir nehmen einen großen Schluck und er mustert meinen Oberkörper, bevor er fragt: »Lieferant oder Händler?«
Er hat also meinen Messeausweis gesucht. Seine Frage wäre überflüssig gewesen, wenn ich ihn sichtbar am Revers befestigt hätte, dann hätte er meinen Namen, meine Firma und an der Farbe des Schildes auch Händler oder Lieferant erkennen können.
»Händler. Und du?«
Er trägt einen. Aber es ist zu nah, ich kann es nicht unauffällig lesen. Nur an der Farbe erkenne ich, dass er von der Lieferantenseite kommt.
»Lieferant. Machen wir Geschäfte miteinander?«, fragt er herausfordernd.
»Kommt darauf an, was du vertreibst?«, frage ich frech.
»Erden und fossile Brennstoffe.«

»Dann wohl nicht. Wir verkaufen Wohndesign. Stoffe, Polster, Böden«.
»Nee, dann wohl nicht.« Wir lachen und lassen unsere Gläser aneinanderstoßen.
»Ich glaube, ich muss mich auch nicht mehr ins Zeug legen und um einen Geschäftstermin kämpfen. Da fehlen mir die Argumente, da hilft auch der Alkohol nicht«, resigniert er.
»Da hast du so recht ...«, antworte ich und spiele betont traurig. »Keine Chance auf eine gemeinsame Geschäftsbeziehung.«
Die Musik ist jetzt so laut, dass wir unsere Köpfe zusammenstecken müssen, um uns zu verstehen. Ich frage ihn, wie lange er schon für seine Firma arbeitet und was seine Aufgaben sind. Es dauert nicht lange und wir sind im Gespräch, obwohl eine Unterhaltung mega anstrengend ist. Wir kommen uns sehr nahe, manchmal berührt er beim Sprechen mit seinem Mund meine Ohrmuschel. Zweimal wurden wir schon angerempelt und unsere Körper stießen zusammen. Solche Situationen habe ich schon lange nicht mehr erlebt, ich fühle mich unwohl. Ich weiß nicht, wie lange wir uns schon unterhalten, aber plötzlich stehen zwei andere Männer neben uns und reichen uns ein Bier. Sie und Jonas kennen sich. Sie scheinen ihn gesucht zu haben und beschweren sich nun theatralisch. »Hier bist du und quatschst gemütlich und wir suchen dich auf dem ganzen Messegelände!«
Ich muss genau hinhören, um zu verstehen, was Jonas antwortet, aber ich glaube, er sagt so etwas wie: »Könnt ihr euch nicht selbst beschäftigen? Ich bin mit Marie nett zusammengestoßen und dann sind wir hier gestrandet.«

Seine Kollegen nicken und ich lächle zurück. Mehr wäre zu anstrengend, denn die Musik ist viel zu laut. Irgendwie ist die Stimmung zwischen Jonas und mir jetzt weg und dann sehe ich in einiger Entfernung meine Kollegen und Sylle, die zu mir herüberschaut.

Ich muss gehen, beschließe ich. »Jonas, danke für den Drink und das nette Gespräch. Ich gehe jetzt wieder in meine Einheit.« Während ich mich mit diesen Worten verabschiede, gehe ich noch einmal auf ihn zu, damit er mich versteht. Er legt seinen Arm um mich. »Es war schön, dich kennengelernt zu haben. Vielleicht sehen wir uns mal wieder.« Dann streicht er mir durchs Haar und umarmt mich kurz.

Er ist nett und höflich, und doch fühle ich mich unbehaglich.

Es sind nur noch wenige Meter bis zu Sylle. Bevor ich hinter dem nächsten Körper verschwinde, drehe ich mich noch einmal um und winke Jonas zu, dann tauche ich in der Menge unter und bei ihr wieder auf.

» Wer war das?«, schreit sie mich an. »Keine Ahnung, ich habe ihn gerade erst kennengelernt«, brülle ich zurück.

»Was wollen wir trinken?«, fragt Julian, mehr in einer Geste, indem er sein leeres Glas hochhält. Wir bleiben bei Wodka-E. Er verschwindet und es dauert ewig, bis er mit vollen Gläsern zurückkommt. In der Zwischenzeit schreie ich mir fast die Seele aus dem Leib, um mich mit Frank und Sylle zu unterhalten. Das ist so anstrengend. Die Musik ist toll, aber viel zu laut, um sich zu unterhalten. Ich brauche eine Pause vom Schreien und beschließe insgeheim, nach diesem Drink erst einmal auf die Tanzfläche zu gehen. Und das mache ich kurze Zeit später auch. Sylle kommt mit, die Männer nicht.

Da ist es genauso voll, aber wir fügen uns in den rhythmischen Bewegungsfluss und verschwinden darin. Wieder treffen wir viele Bekannte und nach dem dritten oder vierten Lied verschwindet Sylle mit ein paar Mädels. Neben mir tanzt Jan, der Außendienstmitarbeiter eines Lieferanten für schwere Polsterstoffe. Jan geht, so vermute ich, zum Lachen in den Keller. Ich glaube, er nimmt das Leben so schwer wie die schweren Polsterstoffe, die er jeden Tag an den Mann bringen muss. Das denke ich jedes

Mal, wenn er uns besucht. Während mir das durch den Kopf geht, fällt mein Blick auf Jans Krawatte und ich weiß Bescheid. Passt...
Er will mit mir ein Bier an der Bar trinken und ich muss mit. Wegen der guten Geschäftsbeziehungen. Aber nur auf ein Bier, beschließe ich und trinke mein Glas zügig aus. Schnell verabschiede ich mich mit einer fadenscheinigen Ausrede. »Ich muss los, meine Kollegen wissen nicht, wo ich bin. Danke für das Bier und bis bald.« Seine Verabschiedung warte ich gar nicht mehr bis zum Ende ab, sondern verschwinde schnell in der tanzenden Menge.

Ohne Zweifel spüre ich jetzt den Alkohol. Ein paar Gläser Bier, Wein zum Essen und ein paar Wodka Longdrinks, das bin ich wirklich nicht gewohnt. Etwas orientierungslos verlasse ich die große Tanzfläche, ohne zu wissen, wo ich eigentlich hinwill oder wo Frank, Julian oder Sylle sind.
Also gehe ich erst mal auf die Toilette, beschließe ich, damit ich ein Ziel habe und nicht verloren umherlaufe. Jetzt muss ich nur noch diesen Gang mit dem blauen Teppich finden, denn der endet genau am Ausgang der Halle und vor den Toiletten, erinnere ich mich. Irgendwann ist alles blau unter mir und ich weiß, das ist der richtige Weg. Ein Seufzer der Erleichterung entweicht mir, als ich endlich auf der Toilette sitze. Jetzt merke ich erst richtig den Alkohol und die Müdigkeit. Auf meiner Smartwatch steht 23.38 Uhr. Was würde ich dafür geben, zu Hause mit Tom im Bett zu liegen.

Ein paar Minuten Ruhe werden mir guttun. Ich bleibe sitzen und höre wieder dieselben Geräusche, die ich von meinem letzten und vorletzten Toilettengang kenne, nur dass sie sich jetzt zu einer undefinierbaren Mischung aus Türknallen und Wasserspülen vermischen. Der Alkohol gibt sein Bestes! Zum Glück kann mich niemand sehen, wie ich hier mit heruntergezogener Hose sitze, die Ellbogen auf die Oberschenkel und das Kinn in die Hände gestützt, und mich nicht motivieren kann, aufzustehen.

Aber ich muss zu den anderen und außerdem friere ich. Während ich mir die Hände wasche und in den Spiegel schaue, sehe ich nicht, was um mich herum passiert. Ich höre nur den Bass, der in meinem Bauch vibriert, und die Musik dazu, die immer lauter wird, wenn die Tür zum Flur aufgeht und jemand rein- oder rausgeht. Ich bin so schrecklich müde. Mein Plan ist jetzt, die Jungs zu suchen. Vielleicht wollen sie mit ins Hotel. Das wäre das Schönste. Der blaue Teppich ist wieder mein Wegweiser, zumindest bis zur Mitte der Halle, dann entscheide ich, wo ich meine Suche nach Frank und Julian beginne.

»Marie, Sonnenschein...«, höre ich von weitem, aber ich ignoriere es einfach. Bestimmt bilde ich mir nur ein, etwas gehört zu haben. »Marie!« Jetzt bleibe ich doch stehen und schaue mich um. Eine Gruppe von Männern in Anzügen kommt grölend und mit ausgebreiteten Armen auf mich zu und es dauert einen Moment, bis ich erkenne, wer sie sind. Das gesamte Team eines Lieferanten, mit dem ich regelmäßig zu tun habe, nimmt mich in seine Mitte und nacheinander jeder einzelne von ihnen in die Arme. Sie sind genauso dem Alkohol verfallen wie ich, aber es ist total lustig.

»Schatz, lass uns erst mal was zusammen trinken...«, ruft einer und alle stimmen zu. Sie haken sich links und rechts bei mir ein und führen mich über den blauen Weg zur hintersten Bar der ganzen Halle. »Warum müssen wir so weit laufen? Können wir nicht hier etwas trinken? Ich kann nicht mehr!«, protestiere ich erfolglos. »Weil da hinten unser Tisch ist und unser Chef noch da sitzt und den stellen wir dir erst mal vor.«

»Oh Gott, in meinem Zustand, muss das sein? Nachher blamiere ich mich noch«, jammere ich die nächsten Meter.

»Oder unser Chef. Jetzt komm schon, Süße, und hör auf zu jammern!«

Sie haben gewonnen und ich schweige, bis wir an einer Bar am anderen Ende der Messehalle ankommen. An dieser Bar war ich den ganzen Abend noch nicht. Sie liegt

hinter der Tanzfläche, aber es ist mindestens so voll wie an den anderen Theken. Bevor wir uns ins Getümmel stürzen, führen mich die Jungs zu ihrem Tisch. Alle Stühle sind leer und ihr Chef steht, auf eine Stuhllehne gestützt, mit jemandem in ein Gespräch vertieft. Sie stellen uns einander vor. »Chef, das ist Marie. Marie, das ist Chef.«
»Chef heißt Markus«, korrigiert er schnell und reicht mir die Hand. »Hallo Markus.«
»Bitte, Marie, setz dich und leiste uns Gesellschaft.« Er zieht den Stuhl ein Stück zurück, greift gleichzeitig mit der anderen Hand nach einem der sauberen Weingläser, die in der Mitte des Tisches stehen, und fragt, ob ich Rot- oder Weißwein möchte. Eine entsprechende Auswahl steht auch darauf.
Eigentlich möchte ich gar nichts, aber ich sage: »Rot, bitte«. Schon steht ein perfekt gefülltes Weinglas vor mir und er prostet mir zu. Dann beginnt eine wilde Unterhaltung mit mir, den Jungs, die mich hergebracht haben und ihrem Chef. Wollte ich eben noch gehen, will ich jetzt bleiben. Sie sind so witzig und schlagfertig. Wir sind unbeschwert, ein bisschen hemmungslos, einfach fröhlich. Und ich fühle mich wohl und gut. Was für ein schöner Abend mit wunderbaren Begegnungen.
Vergessen sind die Zeit, die Müdigkeit und mein Plan, ins Hotel zurückzukehren. Unsere ganze kleine Gruppe macht sogar einen Ausflug auf die Tanzfläche, mit Gläsern in den Händen, um zu einem angesagten Lied abzurocken. Und, ich weiß gar nicht mehr, wo Julian und Frank sind. Ehrlich gesagt, ist es mir auch egal. Wir werden uns schon finden. Mein Glas ist schon wieder leer und ich beschließe, mir an der Bar etwas Neues zu holen. Auf Wein habe ich keine Lust mehr.

»Bin gleich wieder da«, rufe ich Chef Markus ins Ohr. Überall nur Körper, dicht an dicht. Ich bahne mir einen Weg über die Tanzfläche, durch die Menge, die sich mit der vor der Bar dahinter vermischt. Sie ist mein Ziel und ich zwänge mich weiter durch die Körper.

Freundlich, lachend. Manchmal bleibe ich stehen und gehe auf eine Anmache ein. Mein Ziel ist ein frischer Wodka-Energy. Irgendwann bin ich endlich da. Der Barkeeper lächelt mich an und beugt sich zu mir herunter. »Was kann ich für dich tun?«, fragt er professionell und ich wundere mich noch, wie er nach so vielen Stunden, so vielen Menschen und so vielen Drinks immer noch so freundlich sein kann. »Einen Wodka-Energy, bitte«, rufe ich ihm zu. Er liest es mir von den Lippen ab, denn sein Blick ist auf sie gerichtet. Dann mixt er den Drink und reicht ihn lächelnd über den Tresen.
»Einen Wodka-Energy, frisch gemixt, bitte!«
»Danke, sehr freundlich. Bis gleich, für den nächsten komme ich bestimmt wieder«, antworte ich freundlich und zwinkere ihm zu. Dann nehme ich den ersten Schluck und drehe mich um, um zu gehen.
Wieder ist es eng. Vorsichtig schiebe ich die Körper zur Seite oder drücke mich an ihnen vorbei. Ich hüte mein Glas, damit es mir nicht aus der Hand gestoßen wird oder ich es versehentlich über einem fremden Körperteil verschütte. Bei jedem zweiten Schritt füge ich einfühlsam und freundlich hinzu: »Entschuldigen Sie, darf ich kurz vorbei?« Ich wiederhole diesen Satz einfach immer wieder und wieder. Er erreicht Gesichter, Schultern, Brustkörbe, Hinterköpfe und Rücken. Ich sage es nur aus Höflichkeit. Irgendwo wird er schon ankommen.
Immer weiter…
Dann dreht sich einer dieser Rücken plötzlich um und ich stehe Philip gegenüber.

Stille.
Von einer Sekunde auf die andere Stille.
Überall Stille.
Ohrenbetäubende Stille.
Und Schmerz.

Ein fast vergessener, schrecklicher, entsetzlicher, beängstigender, stechender, atemraubender Schmerz sitzt plötzlich in meiner Brust.
Als hätte mir jemand ein Messer hineingerammt.
Das Glas gleitet mir aus der Hand und zerschellt vor mir auf dem Boden.
Ohne ein Geräusch.
Immer noch nur Stille.
Kein einziger meiner Muskeln zuckt auch nur einen Hauch, um wie ein automatischer Reflex das Glas aufzufangen, eine Bewegung zu machen oder sich sonst irgendwie zu rühren.
Starre und Stille.
Er sieht mich an.
Ich sehe ihn an.
Ich muss mich einen Moment konzentrieren, um herauszufinden, ob er wirklich vor mir steht oder ob mir der Alkohol einen Streich spielt.
Er schaut mich an und ich merke, wie er überlegt, was er sagen soll. Aber mein Gesichtsausdruck wird ihm hoffentlich nicht bei seiner Entscheidung helfen.
In Sekundenbruchteilen muss ich entscheiden, wie ich reagiere. Etwas in mir möchte ihn begrüßen, mit ihm sprechen, seine Stimme hören. Etwas anderes in mir will sich erklären und Erklärungen einfordern. Aber der größte Teil von mir will einfach nur weg.
Er ist es wirklich. Es ist nicht der Alkohol, der mir vorgaukelt, etwas zu sehen, was nicht da ist.
Er trägt einen Anzug und ein weißes Hemd. Keine Krawatte. Er ist perfekt gekleidet. Er hält ein Weinglas in der Hand, an der mir ein noch breiterer silberner Ring auffällt als der, den er trug, als ich ihn kennenlernte. Dann verändern sich ganz langsam seine Gesichtszüge und er lächelt mich an. Es ist genau dasselbe Lächeln, das mich vor ein paar Jahren von der ersten Sekunde an in seinen Bann gezogen hat. Wie kann es sein, dass ich immer noch so empfinde? Es ist so lange her, und jedes Gefühl, von

dem ich dachte, es sei erloschen, kommt mit voller Wucht zurück.
Jedes Gefühl.
Jedes Gute und jedes Schlechte.
Bei jedem Guten wird der Schmerz in meinem Herzen schlimmer, und bei jedem Schlechten kriecht die Übelkeit ein Stückchen höher in mich hinein.
Das alles in einem Augenblick.
Er sieht noch genauso aus wie damals, nur die Falten um seinen Mund sind etwas tiefer geworden, vielleicht sind auch ein paar weitere dazugekommen. Er trägt eine andere Frisur.
Seine Haare sind viel kürzer, nur ein paar Millimeter. Ich weiß nicht, vielleicht sind es zwei oder drei.
Ich glaube, es sind eher zwei.
Es macht ihn nicht mehr so attraktiv wie früher.
Es macht ihn roher, rauer, kälter, älter.
Es macht ihn weniger liebenswert.
Alles in mir, jede Faser meines Körpers, unterstützt die Entscheidung, nichts zu tun. Ich WERDE nicht mit ihm sprechen, ich WERDE ihn nicht anlächeln, auch wenn etwas in mir etwas anderes will.
Wie lange stehen wir uns jetzt schon gegenüber? Es kommt mir vor wie Minuten, viel zu lange, aber wahrscheinlich sind es nur ein paar Sekunden.
Ich habe mich entschieden.
Meine Muskelstarre löst sich plötzlich und ich kann mich wieder bewegen.
Ich höre wieder.
Es sind die Stimmen um mich herum, es ist Musik. Der Bass vibriert in meinen Eingeweiden.
Wie vor langer Zeit gelernt, rufe ich mir automatisch in Erinnerung, dass man einen Fuß vor den anderen setzen muss, um vorwärtszukommen.
Das mache ich jetzt.
Ich drehe meinen Kopf von ihm weg und setze einen Fuß vor den anderen. Ohne ein Wort zu sagen, schiebe ich mit

meiner Hand wieder einen Körper zur Seite und verschwinde hinter dem nächsten.
Dann breche ich fast zusammen.
Meine Beine geben nach. Ich zittere am ganzen Körper.
Der Schmerz in meiner Brust ist so heftig, dass ich das Gefühl habe, zerrissen zu werden.
Ich möchte mich umdrehen und noch einmal nach ihm sehen.
Ich möchte mich noch einmal vergewissern, ob er es wirklich ist.
Ich möchte wissen, ob und wie er mir nachsieht.
Ich möchte wissen, ob er mir folgt.
Ich möchte wissen, mit wem er zusammensteht.
Ich möchte wissen, ob er mit einer Frau zusammensteht.
Ich möchte wissen, ob er sie schon als Opfer ausgesucht hat und ob er dabei ist, sie zu verführen und zu manipulieren.
Ich will sie warnen, will sie durch die Menge ziehen, weg von ihm.
Weit weg von ihm.
Ich möchte schreien.
Und gleichzeitig bin ich so geschockt und alles in mir verstummt.

Meine Beine sind so instabil wie Wackelpudding und ich befürchte, sie werden mich nicht mehr lange tragen und ich werde zusammenbreche.
Ich muss hier weg.
Ich brauche meinen geschützten Raum, der mich vor den kleinen Dingen des Lebens bewahrt.
Der Schmerz breitet sich aus, von der Mitte meiner Brust hinunter in meinen Bauch und mein Rückgrat und hinauf in mein Gehirn und meinen Verstand.
Ich bin verloren.
Ich sehe das schwarze Loch schon auf mich zukommen.
Ich muss mich in Sicherheit bringen.

Die Büchse der Pandora ist geöffnet, obwohl ich sie gut versteckt hatte, im letzten Verlies meiner Seele.
Wohin soll ich fliehen?
Wohin kann ich mich retten?
Ich gehe weiter durch die Menge, ohne auf sie zu achten. Schaue nicht nach links und rechts. Versuche nicht, einzelne Gesichter in der Menge zu erkennen, sondern gehe einfach weiter, nur auf meine Beine konzentriert, die weiter durchhalten müssen, und auf den Schmerz, der sich nicht schlimmer ausbreiten darf. Dann endlich sehe ich den blauen Teppich unter mir. Ich atme erleichtert auf, denn nun weiß ich, dass er mich in den einzigen geschützten Raum bringen wird, den ich hier kenne und dem ich mich anvertrauen möchte.

Ich konzentriere mich darauf, was meine Beine tun müssen, damit ich vorankomme. Ein Schritt nach dem anderen. Immer weiter, bis ich die Tür zur Damentoilette erreiche.
Jetzt noch schnell in eine der Kabinen verschwinden und ich bin gerettet.
Ich schließe die Tür ab und lehne mich erleichtert dagegen. Mein ganzer Körper zittert, ich kann es sehen. Dann setze ich mich auf die geschlossene Toilette und atme tief durch.
Meine Gedanken bestehen plötzlich nur noch aus drei Worten: ACH DU SCHEIßE!
Immer wieder nur diese Worte

Warum muss das ausgerechnet jetzt passieren, wenn ich einen schönen, lustigen Abend habe und Alkohol getrunken habe? Ich bin nicht sturzbesoffen, aber ein bisschen angeheitert. Vielleicht macht mich das so schwach? Vielleicht wäre ich sonst selbstbewusster und ich wünschte, ich wäre arroganter und würde mich nicht wie ein Häufchen Elend hier zitternd auf der Toilette verstecken.

Ich habe ihn seit fast drei Jahren nicht mehr gesehen. Ich wusste, es könnte passieren. Am Anfang habe ich oft daran gedacht, wie es wäre ihm zu begegnen aber je mehr Zeit verging, desto seltener wurden diese Gedanken. Und seit ich Tom kenne, dachte ich einfach immer weniger an die Möglichkeit eines Treffens.
Irgendwie schien es nicht mehr wichtig zu sein.

HEILIGE SCHEIßE!

Langsam lässt das Zittern nach und ich kann meine Füße stabil auf den gefliesten Boden unter mir aufstellen, ohne dass sich meine Knie wie eine ratternde Nähmaschine auf und ab bewegen.
Tief durchatmen, gleich geht es wieder.

Ein Blick auf die Uhr zeigt 0.48 Uhr.
Wo sind Frank und Julian?
Ich muss sie einfach finden und mit ihnen ins Hotel fahren. Und wenn sie noch nicht wollen, dann fahre ich eben allein. Ich weiß, draußen vor den Messehallen stehen unzählige Taxen. Ich muss nur diese Toilette verlassen, dann bin ich auf dem riesigen Gang, der die Messehallen verbindet und zum Ausgang führt. Dann brauche ich nur noch die Tür eines Taxis zu öffnen, mich hineinzusetzen und sie schließen. Dann bin ich in Sicherheit.
So einfach ist das, Marie!
In der kleinen Handtasche auf meinen Oberschenkeln vibriert es.
Mein Handy.
Das wird Julian oder Frank sein, die mich suchen und mit mir ins Hotel fahren wollen.
Gott sei Dank, gleich bin ich hier weg.
Ich kann es kaum erwarten, zurückzuschreiben, wo ich bin und dass sie mich abholen sollen oder wir uns vor dem Ausgang treffen.
Hastig wühle ich in meiner Clutch nach dem iPhone.
Doch die Nachricht ist weder von Julian noch von Frank.

Es ist eine unbekannte Nummer, die nicht zu meinen Kontakten gehört.
Wahrscheinlich irgendeine Werbung oder so.
Egal.
Ich mache mir gar nicht die Mühe, genau hinzuschauen, ob es eine SMS oder eine WhatsApp-Nachricht ist.
Ich will doch nur Julian oder Frank schreiben.
Face ID hat meinen Bildschirm schon automatisch entsperrt und damit ist auch die Bildschirmankündigung der Nachricht mit der unbekannten Nummer verschwunden. Ich öffne WhatsApp, weil ich Julian schreiben will. Er ist mehr mit seinem Handy beschäftigt als Frank, deshalb glaube ich, ihn schneller erreichen zu können. In diesem Moment sehe ich, wie sich die Chatliste verschiebt und ganz oben eine Nachricht mit der unbekannten Nummer erscheint.
... was ist das? ...
Ohne nachzudenken, tippe ich mit dem Finger darauf und lese.

Schön, Dich wiederzusehen, Schöne Frau. Komm zurück und lass uns zusammen was trinken.

Ich lese die beiden Sätze noch einmal und noch einmal.
Und wieder und wieder.
Dann wird es mir klar:
Diese Nachricht ist von ihm!
Er hatte all die Jahre meine Handynummer noch?
Was ist das?
Was soll das?
Ich verstehe das alles nicht.
Ist es der Alkohol?
Ich muss hier weg.
Sofort.
Auf keinen Fall gehe ich zurück.
Auf keinen Fall werde ich mit ihm etwas trinken und auf keinen Fall werde ich auf diese Nachricht antworten.

Entschlossen öffne ich meine Kontakteliste und suche nach Julian. Dann tippe ich ihn an und warte auf das Freizeichen.
... Bitte, lieber Gott, mach, dass in dieser scheiß Halle Empfang ist.
Nach zweimaligem Klingeln wird er nicht rangehen, dafür ist die Musik zu laut, die Stimmung zu gut und seine Aufmerksamkeit wahrscheinlich auf etwas anderes gerichtet. Ich hoffe nur, dass er den Vibrationsalarm eingeschaltet hat und irgendwann merkt, dass es in seiner Hose vibriert.
Fast will ich verzweifelt aufgeben, da meldet er sich.
» Mariiiiiie.... Hey, wo bist du?«
Die Geräuschkulisse ist so laut, ich fürchte, wir werden uns nicht verstehen. Vor allem, weil er natürlich auch Alkohol getrunken hat, auch wenn ich nicht weiß, wie viel. Ich muss mich kurzfassen und klar ausdrücken, sonst wird das nichts.
»Julian, hör zu, ich fahre jetzt ins Hotel. Willst du mitkommen? Ist Frank bei dir? Kannst du ihn fragen, ob er mitkommen will?«
Ich wusste, was er antworten würde…
»Schnucki, komm her zu mir. Lass uns noch was trinken und dann gehen wir zusammen ins Hotel. Komm hübsch zu Julian, dann tanzen wir eine Runde und dann ...«
»Nein, Julian. Ich komme nicht zu dir. Ich fahre jetzt.«
Nur keinen Verhandlungsspielraum lassen.
Er ist ein toller Kollege. Ein paar Jahre jünger, aber wir kommen gut miteinander aus. Ich fühle mich gerade richtig schlecht, weil ich seine liebe, leicht angetrunkene Einladung ablehne und ihn bitte, mit mir zu kommen, obwohl er anscheinend in bester Feierlaune und Stimmung ist.
Aber es geht nicht anders.
»Julian. Hörst du mich? Ich will ins Hotel. Ihr müsst nicht mitkommen. Ich nehme mir ein Taxi und fahre.

Es ist völlig okay. Ich wollte euch nur Bescheid sagen, damit ihr mich nicht sucht«, versuche ich es noch einmal.
»Marie, wo bist du denn? Hast du dich verlaufen?«
Er hört mir nicht zu - verdammt!
»NEIN. Ich stehe am Ausgang der Halle und möchte einfach nur gehen.«
»Warum?« Er gibt nicht auf.
»Weil ich gehen will. Hörst du?«
Meine Stimme ist viel lauter geworden und die Geräusche in der Toilettenhalle sind bis auf die Wasserspülung und das Türenknallen verstummt.
Jetzt höre ich nur noch Musik und Gemurmel aus meinem iPhone.
Es hat keinen Zweck. Ich gebe auf und gebe ihm eine letzte Information.
»Julian, bis morgen. Wir sehen uns beim Frühstück. Viel Spaß noch. Ich nehme mir jetzt ein Taxi zum Hotel.«
»Dir auch viel Spaß. Ich küsse dich, Mariechen«, lallt er fröhlich.
Scheiß Alkohol!

Resigniert lasse ich die Hand mit dem Handy in meinen Schoß gleiten.
Mit Julian und Frank an meiner Seite hätte ich mich sicherer gefühlt, aber ich schaffe es auch alleine aus dieser Toilette zu kommen und das Messegelände zu verlassen.
Ich muss mich nur kurz sammeln, dann kann es losgehen.

Mein Plan steht.
Raus. Um die Ecke. Der lange Gang zum Ausgang. Taxi.
Bevor ich das Handy einstecke, öffne ich noch einmal WhatsApp. Das muss ich noch mal lesen. Das habe ich mir doch nicht eingebildet.
Ich kann sein Profilbild nicht sehen, weil ich es so eingestellt habe. Nur meine gespeicherten Kontakte können mein Profilbild sehen und ich kann ihr Profilbild sehen.

Statt eines Namens steht die Nummer des Absenders über der Nachricht und jetzt sehe ich, dass er online ist.
Scheiße!
Ohne die App zu schließen, drücke ich schnell den Power-Knopf an der Seite des iPhones und stecke es in meine Handtasche.
Dann verlasse ich die Kabine.
Im Vorraum wasche ich mir die Hände.
Bis auf eine Frau, die sich gegenüber vor einem Spiegel die Lippen nachzieht, ist der Raum leer.
Noch einmal tief durchatmen, dann geht es los.
Ich mache, was ich mir vorgenommen habe.
Doch plötzlich überkommt mich Panik und eine Angst, an die ich vorher nicht gedacht habe:
Was, wenn er mir gefolgt ist und jetzt vor der Toilette auf mich wartet?
Mein Herz schlägt plötzlich schmerzhaft in meiner Halsschlagader und ich suche kurz Halt am Waschbecken vor mir.
Wie lange habe ich mich nicht mehr so ätzend gefühlt?
Jetzt ist es an der Zeit, mir selbst in die Spur zu helfen und die Arschbacken zusammenzukneifen und von hier zu verschwinden:

... Du musst hier raus. Du kannst hier nicht bleiben. Draußen werden viele Leute sein, unter die du dich nur mischen musst. Du musst nur durch diese Tür gehen, links um die Ecke, dann bist du auf der Zielgeraden zum Ausgang. Er wird nicht da sein. Er wird nicht zu DIR kommen. DU musst doch zu ihm kommen. Er will doch wissen, ob er noch Macht über dich hat und ob du seiner Bitte folgst und zurückkommst.

Los geht's.

Ich greife nach dem Türgriff…

»Guten Abend«, begrüßt mich ein älterer Herr freundlich, noch bevor ich die hintere Tür seines Taxis geschlossen habe.
»Guten Abend«, antworte ich erleichtert und weiß nicht, wie viele große Steine in diesem Moment symbolisch von mir fallen.
»Wohin darf ich sie bringen?«, fragt er und ich sage gedankenverloren den Namen des Hotels, in dem wir untergebracht sind.
Ich bin in Sicherheit.
Nur das zählt.
»Ist noch viel los?«, will er dann von mir wissen.
Ehrlich gesagt weiß ich das nicht, denn ich habe mich schon eine ganze Weile auf der Toilette verkrochen. Aber das sage ich ihm nicht, sondern bleibe vage. »Wird jetzt weniger«, damit kann er machen, was er will.
Ich muss die Nachricht noch einmal lesen und hole das Telefon wieder hervor. Vorsichtig, damit ich durch die Bewegungen beim Fahren nicht versehentlich etwas drücke, öffne ich den Chat und lese.
Ganz langsam ...

Schön, Dich wiederzusehen, Schöne Frau. Komm zurück und lass uns zusammen was trinken.

Noch dreimal lese ich diese beiden Sätze. Jedes Wort lasse ich langsam in meinem Kopf, in meiner Seele und in meinem Herzen wirken, dann schiebt der Zeigefinger meiner rechten Hand den Chat wie in Zeitlupe nach links und löscht ihn.

War ich einige Jahre lang durch einen Gefühlscocktail der schlimmsten Art handlungsunfähig, gelähmt und entscheidungsunfähig, so bin ich mir jetzt, hier, trotz des

Alkohols, so sicher wie selten zuvor in meinem Leben, das Richtige zu tun.
Ich weiß, wenn ich seiner Bitte, zurückzukommen, nachgekommen wäre, hätte das nur eine einzige Auswirkung gehabt. Scham überrollt mich plötzlich mit einer Massivität, die mir Angst bereitet, weil ich sie doch nie wieder so empfinden wollte, nachdem ich herausgefunden hatte, was Philip mit mir gemacht hatte. Nie zuvor in meinem Leben, habe ich solche Scham gespürt, mich minderwertiger gefühlt, und obwohl ich irgendwann alles zu wissen glaubte und wusste, es ist eine Scham, die durch toxisches Verhalten eines anderen Menschen hervorgerufen ist, habe ich noch eine ganze Weile lang die Fehler bei mir gesucht.
Inzwischen weiß ich genau, dass es ihm nicht um mich geht und er sich auch nicht freut, mich wiederzusehen, er will nur wissen, ob er noch Macht über mich hat. Ob ich noch an den unsichtbaren Fäden seiner Macht und Manipulation hänge, die er während der Lovebombing- und Gaslighting-Phase um mich gewickelt hat, mit denen er mich bewegen kann wie ein Puppenspieler seine Marionette. Die Entscheidung, welches Stück er spielt, liegt in seinen Händen und füllt sein kleines, schwaches Inneres. Mehr hat er nicht. Keine Empathie, keine aufrichtige Freude, Cold Heart. Er wird es bleiben.
Für immer.

Wenn ich zurückgegangen wäre, hätte ich ihm das einzige gegeben, was er braucht, und dafür manipuliert er andere Menschen und benutzt sie.
Wenn ich zurückgegangen wäre, gäbe ich meine, von ihm so dringend benötigte, durch Macht und Manipulation hervorgerufene, beschissene

Anerkennung.

Epilog

Zitternd liegen meine Hände auf der Handtasche in meinem Schoß. Darin das iPhone. Rein, befreit von der verseuchten Nachricht. Befreit von der Versuchung, diese Nachricht immer und immer wieder zu lesen oder sogar aus irgendeinem Grund zu beantworten. Und das ist gut so. Wie viele Tribute würde er noch verlangen? Hatte ich nicht schon viel zu lange genug entrichtet? Ich bin sicher, es reicht! Ich bin nicht mehr die Untergebene, die dem Herrscher Anerkennung zu erbringen hat.

Plötzlich werde ich ganz ruhig und bin mir sicher, der Alkohol ist ganz aus mir verschwunden. Die Lichter Frankfurts ziehen im Zeitraffer an mir vorbei und verschwimmen in einem Band aus Schwarz- und Orangetönen.

Den typischen Taxifunk höre ich wie durch eine dicke Schicht Watte und verstehe trotzdem oder gerade deshalb kein Wort.

Aber irgendwann höre ich meinen Taxifahrer sagen: »Okay. Mach jetzt noch diese Tour, dann melde ich mich ab.«

Dann schaltet er das Funkgerät aus und das Radio ein.

Genau in diesem Moment füllt sich der Innenraum des Wagens mit einem grandiosen Basslauf, den die ganze Welt kennt. Er bringt jede meiner verdammten, durch Anerkennung verseuchten Zellen zum Vibrieren und gibt mir das Gefühl, noch am Leben zu sein.

Er lässt mich fühlen, ich träume nicht.
Er lässt mich fühlen, dass ich einen Willen habe.
Er lässt mich fühlen, dass ich stark bin.
Ich bin entkommen, ich bin ich.
Ich bin es. Wieder.

Freddie Mercury singt
… another one bites the dust …

... Ja, genau, noch einer beißt ins Gras ...

Aber.Heute.Bin.Ich.Es.Nicht.

Heute hat ein anderer ins Gras gebissen.

***

Julian und Frank treffe ich am nächsten Morgen im Hotelrestaurant.
Ich habe längst gefrühstückt und sitze noch beim fünften oder sechsten Kaffee.
Die Jungs sehen ziemlich mitgenommen aus.
»Oje, euch geht es nicht gut, oder?« Ich traue mich fast nicht, diese Frage zu stellen.
»Sieht man das?« Frank sieht mich trotzig an, als würde er mir die Schuld an seinem Zustand geben. »Nein, überhaupt nicht!« Ich kann es mir nicht verkneifen, ihn aufzuziehen, merke aber, dass ich mir weitere Scherze auf seine Kosten besser verkneifen sollte.
Meine beiden Kollegen teilen mir in den nächsten Minuten kurz und bündig mit, dass sie sich nicht mehr in der Lage fühlen, die Messe zu besuchen.
»Okay, wir fahren nach Hause, sobald ihr gefrühstückt habt.«
Wenn die wüssten, wie sehr ich ihnen zustimme.
Ich bin unglaublich ihrer Meinung.
Keine zehn Pferde hätten mich heute noch einmal in diese Messehalle gebracht, mit der Angst, ihm irgendwo über den Weg zu laufen.
Niemals.
Insgeheim sah ich mich schon ein paar Stunden auf der nächstbesten Toilette des Geländes verbringen, bis die beiden ihr geplantes Vormittagsprogramm absolviert hätten. Es wäre keine Option gewesen, ihnen zu sagen, dass ich die Messe nicht mehr besuchen würde.
Noch weniger wäre es möglich gewesen, ihnen den Grund dafür zu nennen.

Ich bin unfassbar ihrer Meinung.
Ich will unfassbar gerne nach Hause.
Und zwar unfassbar schnell.
Unfassbar weit weg von hier.
Unfassbar zu Tom ...
Ich kann es kaum erwarten!

ACHT MONATE SPÄTER

»Tom?«
Ich hauche gedankenverloren seinen Namen, weil ich ihm dringend etwas sagen muss. Ich will ihm schon so lange etwas sagen und warte auf den richtigen Moment. Irgendwie ist er noch nicht gekommen.
Oder rede ich mir das nur ein, weil ich bisher einfach zu feige war?
Zwischen Tom und mir gibt es keine Heimlichkeiten oder Lügen. Wir haben uns in unserer gemeinsamen Zeit ziemlich viel aus unserem Leben erzählt.
Und das hat so gutgetan.
Jeder Tag ist rein.
Jeder Tag ist ohne Belastungen.
Außer den kleinen, mit denen wir uns im Alltag täglich auseinandersetzen müssen.
Nur die Sache mit Philip habe ich nie ganz aufgeklärt. Ich wollte nicht, dass irgendjemand weiß, wie er mich damals zerstört hat.
Nicht einmal Tom sollte es wissen.
Aber jetzt will ich, dass er es weiß.

Wir sitzen zusammengekuschelt auf der Bank vor den großen Scheiben des Strandcafés und schauen aufs Meer. Es weht ein kalter Wind, der mich trotz Winterjacke und Schal und trotz der Nähe zu Toms Körper frieren lässt. In meinen Händen halte ich eine Tasse Milchkaffee, die meine Finger wärmt. Wir schauen schweigend auf die Nordsee, die von Minute zu Minute näher an den Strand spült. Mit jeder neuen Welle kommt sie ein paar Zentimeter näher. Wir lieben diesen Anblick.
Seit wir ein Paar sind, waren wir schon ein paar Mal hier auf der Insel. Irgendwie ist dieser Ort unser Lieblingsplatz geworden.

Fast eineinhalb Jahre ist es her, dass ich Tom kennengelernt habe, und jeder Tag mit ihm war schöner als der vorherige.
In Momenten wie diesen bin ich unendlich dankbar, dass wir uns damals an diesem Schokoladenregal begegnet sind.
»Ja, Schatz?« Er sagt es so vorsichtig, als wolle er meinen angefangenen Satz gar nicht zu Ende hören, weil er Angst hat, dass mir etwas Schlimmes über die Lippen kommt.

»Weißt du, manchmal möchte ich dir so gerne erklären, wie und warum ich so war, wie ich war, als wir uns kennengelernt haben. Warum ich so vorsichtig war und hinter allem, was du getan und gesagt hast, etwas Böses vermutete. Ich war so verletzt worden, das wollte ich nie wieder zulassen.
Ich wünschte, ich könnte dir jeden Schmerz zeigen, den ich damals erlitten habe, jedes Gefühl, das mich zerstört hat, denn dann würdest du verstehen, was du für mich bist.
Ich wünschte, ich könnte dir zeigen, wie du mein Herz geheilt hast, nur indem du mir vertraut hast.
Ich wünschte, ich könnte dich spüren lassen, wie gut es sich anfühlt, jeden Tag auf die gleiche Weise beachtet und behandelt zu werden.
Ich würde dir so gerne ...«

Er unterbricht mich und zieht mich näher an sich, obwohl das schon fast nicht mehr möglich ist.
Dann greift er nach meiner Hand und drückt sie fest.
Unsere Gesichter sind dem Meer zugewandt.
Wir müssen uns nicht ansehen, um einen vertrauten Moment zu haben.
Seine Stimme ist wie pure Energie, so stark wie die gebündelte, eingefangene Kraft eines Blitzes, als er sagt,
»Ich glaube, ich empfinde es. Alles!«

Plötzlich verschwimmen Himmel und Meer und meine Sicht verwässert. Meine Hand wischt eine Träne weg, die mir unbemerkt aus dem Augenwinkel geflutscht ist.
Ich will nicht, dass er mich weinen sieht, denn meine Tränen sind keine Tränen der Traurigkeit.
Es sind Tränen der Dankbarkeit.
Es sind Tränen der Erleichterung.
Die Träne, die sich gerade ihren Weg über mein Gesicht bahnt, ist eine Träne der Liebe.
Für Tom.
Diese Träne ist für ihn, weil ich nicht bei ihm betteln muss, um geliebt zu werden.
Ich lasse sie fließen und frage mich, was genau er meint, wenn er sagt, dass er es *empfindet.*
Aber ich glaube ihm.
Ich weiß nicht warum, aber ich glaube, er empfindet es wirklich.
Wir haben schon lange nicht mehr darüber gesprochen, was diese kleine Begegnung mit der falschen Person mit mir gemacht hat.
Jetzt glaube ich, Tom weiß es.
Aber ich dachte, er weiß es nur durch die Geschichte, die ich ihm erzählt habe. Ich dachte, er kennt nur die Worte, aus denen diese Geschichte besteht.
Ich dachte nicht, dass er die Gefühle, die Emotionen und meinen Schmerz kennt, die sich hinter den Worten dieser Geschichte verbergen.
Jetzt glaube ich, Tom kennt sie.

Ich glaube nicht, dass Tom und ich heiraten werden, wir haben noch nie darüber gesprochen. Vielleicht ist es uns dann auch nicht wichtig genug.
Aber ich glaube, dass Tom und ich bald eine gemeinsame Wohnung haben werden, denn darüber haben wir schon oft gesprochen. Wir verbringen sowieso viel Zeit zusammen, entweder bei ihm oder bei mir.

Ich glaube nicht, dass unsere Kinder etwas gegen unsere Beziehung haben. Tom behandelt meine Töchter mit einer Souveränität und Herzlichkeit, die mich dahinschmelzen lässt. Es berührt mich zu sehen, wie sie ihm vertrauen und er sie an unserem Alltag teilhaben lässt.
Und ich liebe es, wenn sein Sohn uns besucht, denn ich hatte nie einen Sohn.
Ich glaube, ich möchte mit Tom den kleinen Dingen des Lebens begegnen.
So unbeschwert wie früher.

Wir schweigen eine kleine Ewigkeit.
Das tut gut.
Die Ewigkeit tut gut und das Rauschen der Wellen.
Wir sitzen immer noch eng beieinander.
Ich in seinen Armen.
Meine Tränen sind versiegt und ich denke an das Schokoladenregal und unsere zwei Mittagspausen im Eiscafé. An unsere Urlaube, an seine Brust und seine Brusthaare, die ich immer lieben werde.
Ich denke an unseren Sex.
Ich denke einfach nur an ihn und mich.
An unsere Zukunft.
Nur an die Zukunft, ohne die hässlichen Erinnerungen an die Vergangenheit.
Ich wusste nicht, dass das noch möglich ist.
Als hätte es die Jahre davor nicht gegeben.
Als hätte es Philip nicht gegeben.

Ich dachte, Tom würde auch längst an etwas anderes denken.
Aber das hat er nicht.
Er hat die ganze Ewigkeit der letzten Minuten an nichts anderes gedacht.
Die ganze Stille, der letzten Minuten.
Ich weiß es, weil er sich jetzt plötzlich zu mir umdreht, mich ansieht und dann sagt:

»Schatz, als du mir am Anfang von diesem Mann erzählt hast und was zwischen euch passiert ist, wie du angefangen hast zu zweifeln.
An seinem Verhalten.
Über ihn.
Über dich.
Da wusste ich nicht, was ich davon halten sollte.
Ich wusste es nicht, weil ich mich nie zuvor mit diesem Thema auseinandergesetzt hatte.
Ich wusste nicht, was es bedeutet.
Und jedes Mal, wenn wir wieder darüber sprachen, fragte ich mich, ob du naiv oder leichtgläubig warst und ob du nicht schon viel früher hättest erkennen müssen, was dieser Mann mit dir macht.
Es tat mir weh, so über dich zu denken, denn ich weiß, dass du nicht so bist. Du bist überhaupt nicht leichtgläubig und naiv.
Also habe ich versucht, es herauszufinden. Ich habe darüber gelesen und im Internet recherchiert.
Ich habe tagelang im Büro nichts anderes gemacht, glaub mir. Ich wollte wissen, worum es geht.
Es hat nicht lange gedauert, dann wusste ich es und auch, was es ist.
Ich glaubte, was du geglaubt hast, und das hat mich traurig gemacht.
Sprachlos.
Ich glaube, ich habe gefühlt, was du gefühlt hast.«
Er sieht mich ruhig an.
»Tom, es ist vorbei.« Ich will ihm helfen, weil ich merke, wie schwer es ihm fällt, das zu sagen.

Wenn *ich* in so einer wichtigen Situation so ruhig bin, dann habe ich mir die Worte, die ich sagen will, vorher lange zurechtgelegt.
Ich glaube, bei Tom ist es auch so.
Ich glaube, er hat sich lange auf das vorbereitet, was ich jetzt von ihm höre.

»Das Thema ist so groß, dass man es als gesunder Mensch gar nicht fassen kann. Deshalb habe ich nach einiger Zeit aufgehört, weiter danach zu suchen und darüber zu lesen.
Es hat mich schockiert.
Es hat mich verletzt, weil es dich verletzt hat.

Ich habe aufgehört, als ich jemanden sagen hörte,

Toxisch bedeutet nicht,
dass jemand schlecht zu dir ist.
Toxisch bedeutet, dass er an einem Tag gut zu dir ist und
ein einem anderen Tag schlecht zu dir ist.
Dass er so inkonsistent mit seinen Gefühlen ist, dass du
dich die ganze Zeit wunderst und du dich ständig fragst, ob
du schuld daran bist und ob du gehen oder bleiben sollst.
Die Antwort ist:
IMMER GEHEN

Ich habe mir diese Sätze viele Male angehört. Ich habe jedes Wort in mir aufgenommen. Es hat ein paar Tage gedauert, bis ich es verstanden habe. Bis ich verstanden habe, was sie bedeuten.
Ich habe versucht, mir vorzustellen, wie es war, als er so zu dir war.
Glaubst du mir, wenn ich dir sage, ich *empfinde* es?«

Seit wann weiß er es?
Wieder laufen mir die Tränen übers Gesicht und ich merke, wie sie ganz langsam an meiner Nase vorbeiziehen. Aber ich lasse sie laufen und wünsche mir, dass sie auch den letzten Dreck der Erinnerung mitnehmen.
Wie lange weiß er es schon?
Er sagt nicht, ich verstehe dich, er sagt, *ich empfinde es*.
Dann stimmt es, denn Tom ist nicht oberflächlich.
»Tom, ich glaube dir!«
Meine Worte klingen wie ein Gelübde.
Wir schweigen eine Ewigkeit.

Denn es ist so groß und schwer, was gerade passiert.
Die Stille macht es kleiner und leichter.
»Bist du sicher, dass du mir glauben und vertrauen kannst? Heute, morgen, für immer?«, flüstert er.
Es kommt mir vor, als hätte er Monate gebraucht, um mir diese eine Frage zu stellen, die für uns so viel bedeutet und deren Antwort über unsere gemeinsame Zukunft entscheiden wird. Als ob wir nicht längst wüssten, wie unsere Zukunft aussehen soll. Und doch verstehe ich, dass er mir diese Frage irgendwann stellen muss. Nicht um seiner selbst willen, sondern um meiner selbst willen, weil ich sie vor allem mir selbst ein für alle Mal beantworten muss.
Nach dem, was er mir gerade gestand, brauche ich keine Sekunde über meine Antwort nachzudenken, keine einzige. Denn sie ist längst in meiner Seele und in meinem Herzen ausgebreitet, wie ein neuer fruchtbarer Boden, getränkt mit wichtigen, lebensnotwendigen Nährstoffen, um den kostbaren Samen des Vertrauens wieder wachsen zu lassen.
»Ich glaube und vertraue dir, Tom«.
Es ist ein so schönes Gefühl, wenn man merkt, dass die Anerkennung aus der Wärme der Liebe endlich die Kälte der Anerkennung aus Manipulation besiegt.

Wenn Liebe ein Herz heilt.

Wieder vergeht eine kleine Ewigkeit, dann reißt uns das Gegröle einer vorbeiziehenden Gruppe junger Männer aus unseren Gedanken, die einen Junggesellenabschied feiern und Leute suchen, die ihnen ihre lustigen Utensilien abkaufen.
Hätten sie uns gebeten, ihnen etwas abzukaufen, hätten wir ihnen sicher ein Kondom abgekauft und mit ihnen auf den Bräutigam angestoßen, aber sie beachten uns nicht und gehen weiter. Sie können es nicht wissen, aber durch ihre

laute, lustige Unbekümmertheit haben sie uns gerade aus meiner Vergangenheit gerettet.
Tom steht auf und entfernt sich ein paar Schritte von der Bank, auf der wir sitzen. Ich frage mich, was er vorhat, ob er einfach gehen will, doch dann kommt er zurück und bleibt vor mir stehen.
»Guten Abend. Entschuldigen Sie, hätten Sie vielleicht Lust, heute Abend mit mir essen zu gehen?«, scherzt er.

Ich lache kurz schelmisch, werde aber sofort wieder ernst und antworte gespielt,

»Na ja, wenn Sie mich so fragen... Ich habe heute Abend wirklich nichts anderes vor, Hunger habe ich auch, also warum nicht? Dann lassen Sie uns gehen, verehrter Herr!«
Das Eis ist gebrochen und die Erinnerung an die Kleinigkeit einer Begegnung mit dem falschen Menschen für diese und hoffentlich alle Ewigkeit verbannt.
Er reicht mir die Hand. »Sehr gerne, gnädige Frau!«

... und dann gehen wir eng umschlungen unserer Zukunft entgegen.

Ein paar Worte zur Geschichte

Ein schwieriges Thema. Unglaublich komplex und facettenreich. Trotzdem habe ich mir diese Geschichte ausgedacht, die mit *„Wenn einer liebt und einer lügt"* beginnt und mit *„Wenn Liebe ein Herz heilt"* ein Happy End für Marie hat.

Sie richtet sich vor allem an uns alle. Auf unser Bauchgefühl zu hören, auch wenn wir vieles noch nicht verstehen. Von ausgeübter Macht und Manipulation betroffen zu sein, kann jeden von uns treffen, egal welchen Beruf oder Intellekt wir haben oder wie viel Geld wir besitzen. Es kann uns zutiefst verletzen, krank machen oder sogar brechen. Und wie bei allen psychischen Problemen, gibt es dabei kein Schema oder Konzept.

Diese Geschichte gehört Marie.

Bisher erschienen:

WENN EINER LIEBT UND EINER LÜGT (2022)

WENN LIEBE EIN HERZ HEILT (2023)

Diese Geschichten erzählen von Marie und davon, dass man jemandem sein Herz anvertraut, ohne zu wissen, wie er es behandeln wird.

BEIDE TITEL SIND ERHÄLTLICH BEI AMAZON.
AUCH ALS E-BOOK

Printed in Poland
by Amazon Fulfillment
Poland Sp. z o.o., Wrocław

32597528R00183